Nach dem Tod ihres Mannes lebt Vicky Bauer in einem kleinen Haus in der Nähe von Vancouver. Vor einigen Wochen hat sie eine junge Frau, Rachel, bei sich aufgenommen, die vor ihrem gewalttätigen Mann geflohen ist. Eines Tages erhält Rachel mit der Post ein Fotoalbum, in dem nur ein einziges Bild klebt. Es zeigt Rachel als Kleinkind. In den folgenden Tagen erhält sie weitere Fotos von sich, auf denen sie jeweils ein paar Jahre älter ist. Das letzte Bild zeigt eine Gruppe von Leuten vor dem Gebäude von Rachels alter Schule. Rachel kennt sie alle, bis auf einen Mann, und ausgerechnet dessen Gesicht ist mit einem roten Stift markiert. Was hat das alles zu bedeuten? Wer hat diese Bilder geschickt? Wenig später wird Rachel in der Nähe von Vickys Haus tot aufgefunden.

Die Polizei hat Dennis, Rachels Mann, in Verdacht, aber Vicky lässt das eingekreiste Gesicht auf dem letzten Foto keine Ruhe. Wer ist dieser Mann? Sie recherchiert in Rachels Umfeld, doch je mehr sie herausfindet, desto verworrener scheint alles zu werden. Überdies muss sie zu ihrer eigenen, ganz privaten Verwirrung auch noch feststellen, dass ihr der ermittelnde Polizeibeamte Kent nicht ganz gleichgültig ist …

Leona Gom, Jahrgang 1946, wuchs im Norden von Alberta, Kanada, auf. Sie arbeitete als Dozentin für Englisch und Kreatives Schreiben an der University of Alberta und der University of British Columbia. Für ihre Lyrik und ihre Romane erhielt sie mehrere Auszeichnungen. Heute lebt sie als freie Autorin in White Rock, British Columbia.

Im Fischer Taschenbuch Verlag erschienen die ersten beiden Kriminalromane mit der Heldin Vicky Bauer ›Vicky und der Mord im Sucher‹ (Bd. 14795) und ›Vicky und das Doppelspiel‹ (Bd. 14796).

Unsere Adresse im Internet: www.fischer-tb.de

Leona Gom

Vicky und die rätselhaften Fotos

Roman

Aus dem kanadischen Englisch
von Christel Dormagen

Fischer Taschenbuch Verlag

Die Frau in der Gesellschaft
Herausgegeben von Ingeborg Mues

Deutsche Erstausgabe
Veröffentlicht im Fischer Taschenbuch Verlag,
einem Unternehmen der S. Fischer Verlag GmbH,
Frankfurt am Main, Juli 2002

Die Originalausgabe erschien 1999 bei Second Story Press,
Toronto, Kanada, unter dem Titel:
›Freeze Frame: A Vicky Bauer Mystery‹

Satz: Pinkuin Satz und Datentechnik, Berlin
Druck und Bindung: Clausen & Bosse, Leck
Printed in Germany
ISBN 3-596-14797-2

Für Rita

Prolog

Jemand hämmerte gegen die Tür. Vicky, die in ihrem Arbeitszimmer saß und im Netz surfte, erstarrte. Mit einem Klick trennte sie die Verbindung. Sie würde eine freie Leitung brauchen.

Sie griff nach dem schnurlosen Telefon, um sofort die 911 wählen zu können, ging leise ins Wohnzimmer und sah vorsichtig aus dem Fenster, das den Blick auf einen Teil der Vordertreppe freigab.

Er war es nicht.

Es war Lois, ihre Neunzehn-Uhr-Nachhilfeschülerin. Sie war zu früh, irgendetwas war also eindeutig nicht in Ordnung.

Als Vicky die Tür öffnete, fiel Lois ihr fast entgegen. Sie war vierzehn und für ihr Alter ziemlich klein. Kreideweiß und mit weit aufgerissenen Augen stieß sie keuchend kaum verständliche Worte hervor.

»Jemand – da hinten –« Sie zeigte zur Straße. »Auf dem Bürgersteig – liegt da – liegt einfach da –«

»Um Gottes willen.« Vicky schloss die Tür. »Was ist passiert?«

Lois musste ein paar Mal schlucken. »Ich weiß nicht. Ich war auf dem Weg von der Bushaltestelle hierher, und da hab ich die Jacke gesehen. Ich dachte, es ist halt nur eine Jacke, die jemand vielleicht weggeworfen hat ... Und dann bin ich näher gekommen, und da war es ein Mensch. Der lag da einfach.« Sie lehnte sich gegen die Tür und merkte gar nicht, wie die Büchertasche ihr von der Schulter rutschte und auf den Boden fiel.

Vicky wählte die 911. Noch vor dem ersten Klingeln nahm ein Mann ab. Sie nannte ihm ihre Adresse, gab weiter, was Lois gesagt hatte, und wunderte sich über ihre ruhige Stimme.

»Sie sind sofort da«, sagte sie zu Lois, die zitternd und zähneklappernd neben ihr stand. »Diese Person ... könntest du sagen, ob –« Vicky unterbrach sich. Sie sollte jetzt lieber nicht weiterfragen, das Mädchen stand so schon unter Schock.

»Ich weiß nicht«, sagte Lois. »Ich glaub, ich hab gesehen, wie sich eine Hand bewegte. Ich hätte dableiben sollen, um nachzusehen. Aber ich hab mich so erschreckt, und das Einzige, was ich denken konnte, war, dass ich Hilfe holen muss.«

»Du hast richtig gehandelt. Und jetzt bleibst du hier und beruhigst dich erst mal. Ich werde selber nachsehen. Wenn der Krankenwagen kommt, zeigst du ihnen dann bitte, wo es ist? Schaffst du das?«

Lois nickte.

»Schön. Du machst alles sehr gut. Jetzt wartest du einfach auf sie und zeigst ihnen dann den Weg, falls sie mich nicht schon gesehen haben.«

Vicky suchte hastig nach irgendwelchen Schuhen ohne Schnürsenkel und schlüpfte in der Eile in ein Paar Sandalen. Dann schnappte sie sich – etwas Besseres fiel ihr so schnell nicht ein – die Steppdecke von der Sofalehne, klemmte sie unter den Arm und rannte die Einfahrt hinunter. Die unpraktischen Sandalen schlappten über den Beton. Sie hätte sich doch die Zeit nehmen sollen, ihre Laufschuhe anzuziehen. Ein leichter Regen fiel, aber die Luft war warm und verriet den nahenden Frühling.

Sie bog in die Straße ein und lief weiter. Dass es leicht bergab ging, machte es einfacher. Ohne langsamer zu werden, schob sie die Decke unter den anderen Arm. Es war schon dunkel, die Sonne war vor einer Stunde untergegangen, und jenseits des Lichtkegels von der Laterne an der nächsten Straßenecke konnte sie kaum etwas erkennen. Wieso hatte sie nicht daran gedacht, eine Taschenlampe mitzunehmen?

Ein Kettenhund hatte offenbar gewartet, bis sie auf gleicher Höhe war, und stürzte dann stumm auf sie los, was bedrohlicher war, als wenn er gebellt hätte. Sie stolperte auf dem unebenen Pflaster, hielt sich jetzt eher in der Straßenmitte und presste die Hand in die Seite, wo ein stechender Schmerz begonnen hatte.

Sie rannte. Hinter sich konnte sie das schwache Jaulen der Sirene hören.

Erstes Kapitel

Das erste Bild kam zusammen mit dem Fotoalbum.

Vicky hatte gerade die Lektüre ihrer Morgenzeitung beendet, als sie die Post auf die Fußmatte fallen hörte. Dann plumpste ein Päckchen hinterher. Sie gähnte, reckte sich und ging zur Tür.

Das Päckchen war eine Jiffytüte mit Luftpolsterfütterung und hatte keinen Absender. Vicky wollte gerade die Lasche hochziehen, als sie merkte, dass der Umschlag nicht an sie, sondern an Rachel adressiert war.

Neugierig trug sie den Umschlag in die Küche, denn bis jetzt hatte Rachel so gut wie nie Post hierher bekommen. Am Treppenabsatz rief Vicky nach unten: »Rachel! Ein Päckchen für dich.«

»Komme.«

Vicky goss sich noch eine Tasse Kaffee ein. Sie hörte, wie Rachels Tür aufging und etwas später die Treppenstufen knarrten.

»Für mich? Bist du sicher?« Rachel erschien in der Küche.

Sie trug einen alten blauen Morgenrock aus dem Secondhandladen, den sie, wie früher die Damen in ihren langen Kleidern, hochraffte, damit er nicht über den Boden schleifte. Darunter trug sie einen rosa Flanellschlafanzug, den Vicky ihr gegeben hatte. Er war einige Nummern zu groß, weswegen Rachel die Ärmel und die Hosenbeine mehrmals umgekrempelt hatte. Neben Rachel, die kaum größer als 1,50 Meter war, kam Vicky sich immer auffallend plump vor. Rachel hatte sich heute frei genommen, da sie erkältet war. Aber auch mit ihrer roten Nase, dem zerknautschten Gesicht, dem seitlich am Kopf klebenden blonden Haar und der Delle in der Backe, die von der Kissennaht stammte, sah sie noch umwerfend aus.

Dass man sie selber – mit ihrer stämmigen Figur, der recht exzentrischen Nase und den Mundwinkeln mit eindeutigem Abwärtsdrall – jemals mit dem Adjektiv »umwerfend« beschreiben könnte, hielt Vicky für höchst zweifelhaft. Doch als »unscheinbar« konnte sie auch nicht gerade bezeichnet werden, das wusste sie immerhin. Das dicke schwarze Haar, die großen schwarzen Augen und die glatte Haut, die sie von ihrer indianischen Mutter geerbt hatte, verliehen ihr ein durchaus apartes Aussehen. Die Gene von Vickys weißem Vater hatten weniger deutliche Spuren hinterlassen und allenfalls zu dem beigetragen, was ihre beste Freundin Amanda ihre mediterrane Erscheinung nannte.

Rachel riss die Lasche des Umschlags auf. »Ich habe keine Ahnung, was da drin ist«, sagte sie. Ihre Stimme passte zu ihrem Körper: Sie war zart und dünn und zaghaft, so als könnte schon ein Lufthauch sie fortwehen.

Was sie schließlich herauszog, war ein Fotoalbum. Es war gerade so groß, dass auf jede Seite ein Bild passte, hatte einen dick gepolsterten rosa Einband, in den in imposanter Kursivschrift das Wort »Erinnerungen« eingeprägt war, und enthielt vielleicht ein Dutzend Seiten aus steifem Karton.

»Wie komisch«, sagte Rachel. »Wer schickt mir denn so was?«

Als sie das Album aufklappte, sahen sie es gleich auf der ersten Seite. Es war sorgfältig unter die durchsichtige Folie geschoben und saß exakt in der Mitte der Seite. Das Bild schien alt zu sein – ein leicht angegilbtes Schwarzweißfoto mit weißem welligen Zackenrand.

»Wer ist das?«, fragte Vicky.

Das Album zitterte jetzt in Rachels Händen. Sie legte es auf die Arbeitsfläche.

»Das bin ich«, sagte Rachel. »Es ist ein Babyfoto von mir. Ich erkenne das Kissen wieder, auf dem ich da sitze. Meine Mutter hat es bestickt.« Sie streckte den Finger aus und berührte das Bild – erst das Kissen und dann das winzige Babygesicht, das mit offenem Mund in die Kamera starrte.

»Weißt du, woher das stammt und wer das gemacht hat?«

»Aus einem Album meiner Mom. Sie hat so viele Fotos von mir gemacht. Besonders später. Als sie krank war. Und Bescheid wusste.«

Vicky nickte, ohne den Blick von dem Foto zu wenden. Rachels Mutter war an Krebs gestorben, als Rachel zwölf war. Das war etwas, das sie miteinander verband, hatte Vicky gedacht, als Rachel es ihr erzählte: Sie hatten ihre Mütter zu einem Zeitpunkt verloren, als beide, die Mütter wie die Töchter, noch viel zu jung waren.

»Aber was hat das hier zu suchen?«, fragte Vicky. »Wer schickt dir das jetzt?«

Rachel machte eine Faust, presste sie zwischen Nase und Oberlippe und bewegte den Kopf langsam hin und her. Ob das eine Antwort auf ihre Fragen sein sollte, wusste Vicky nicht.

»Komm, setz dich.« Vicky klappte das Album zu und schob es aus Rachels Reichweite. Sie legte eine Hand auf die Schulter der jungen Frau. Rachel duckte sich weg. Vicky zog die Hand rasch zurück. Sie hätte daran denken sollen, dass Rachel sich nicht gern anfassen ließ.

Beide setzten sich an den Esszimmertisch. Rachel konnte durch das Fenster die Semiahmoo-Bucht des Staates Washington und die Stadt Blaine sehen. Bucht und Stadt strahlten heute im Glanz einer überraschenden Februarsonne. Vickys Haus lag unmittelbar hinter der kanadischen Grenze in White Rock. Das Städtchen drängte sich dicht an ein sichelförmiges Stück Ozean und wurde neidisch von der Stadt Surrey beäugt, die White Rock an den übrigen drei Seiten umschloss.

»Nun erzähl mir mal«, sagte Vicky. »Wer hat dir das geschickt?« Sie legte das Album auf den Tisch.

»Dennis«, sagte Rachel. »Das kann nur er sein.«

Dennis.

Immer wenn dieser Name fiel, musste Vicky an ihre erste Begegnung mit ihm denken. An jenem Tag war sie gerade auf dem Weg zur Bank gewesen. Und als sie auf der Höhe des großen Uhrenturms in der Johnston Road war, dessen Hauptzweck offenbar darin bestand, den Blick vom Hügel auf den Ozean zu verstellen, fiel ihr ein entgegenkommendes Pärchen auf. Beide waren jung, kaum über dreißig, der Mann groß und mit Bodybuilderstatur, die Frau viel kleiner, und beide trugen die gleichen blauweißen Jacken. Der lange blonde Zopf der Frau war halb aufgelöst, und zwar weniger vom Wind als von dem Mann, der mit der Faust immer wieder ruckartig daran zog.

Als das Paar näher kam, konnte Vicky die Worte des Mannes verstehen. Laut und wütend wiederholte er sie. »Hure. Du blöde Hure. Du gottverdammte, nichtsnutzige Hure. Blöde, gottverdammte *Hure!*«

Was sollte sie tun? Es wäre ein Leichtes, wegzusehen, die beiden ziehen zu lassen und sich damit zu beruhigen, dass es sie nichts angehe. Sie blickte die Frau an, in der Hoffnung auf irgendein hilfreiches Zeichen von ihr, eine stumme Aufforderung, entweder zum Eingreifen oder zum Wegschauen. Doch sie sah nur in das vollkommen leere Gesicht einer Schlafwandlerin. Es war ein sehr schönes Gesicht mit vollkommen ebenmäßigen Zügen. Die großen Augen und die zierliche Nase verliehen ihm etwas unschuldig Kindliches, doch seine Ausdruckslosigkeit hatte nichts mit kindlicher Unschuld zu tun.

Jetzt waren sie nur noch wenige Meter von Vicky entfernt. Wieder packte der Mann die Frau an den Haaren. »Du Scheiß-*Hure*«, sagte er und riss ihren Kopf mit einem Ruck zu sich herüber. Ihr Gesicht verriet keinerlei Schmerz.

»Lassen Sie das«, sagte Vicky und stellte sich dem Mann in den Weg. Ihr Herz klopfte, als wollte es davongaloppieren. Was hatte sie da bloß getan?

Der Mann blieb abrupt stehen, ließ die Haare der Frau los und seine Hand sinken. Die Frau blieb ebenfalls stehen. Vicky fixierte den Mann, der, so wie er da jetzt vor ihr stand, sicher mehr als 1,85 Meter groß sein mochte und um die Brust fast genauso breit. Er hatte dickes, dunkles, krauses Haar und entsprechend buschige, bewegliche Augenbrauen. Sein Gesicht war auf eine etwas grobe, selbstbewusste Art hübsch. Er starrte Vicky mit leicht geöffnetem Mund an.

»Das geht Sie nichts an«, sagte er mit einer überraschend zivilisierten Stimme.

»Was Sie da machen, ist strafbar«, sagte Vicky. Sie hoffte, dass das stimmte. »Sie haben nicht das Recht, einen anderen Menschen so zu behandeln.«

»Sie ist meine Frau, und ich kann sie verdammt nochmal behandeln, wie ich will.«

»Nein, das können Sie nicht. Sie ist nicht Ihr Eigentum.«

Der Mann stieß ein raues Lachen aus. Er nahm den Arm der Frau. »Los, komm«, sagte er.

Er machte einen Bogen um Vicky, allerdings nicht ohne sie mit der Schulter anzurempeln, sodass sie gezwungenermaßen ein paar Schritte zurückweichen musste.

Die Frau rührte sich nicht. »Los, *komm* jetzt«, sagte der Mann und packte sie noch fester oben am Arm.

»Sie müssen nicht mit ihm gehen«, sagte Vicky und sah jetzt die Frau an.

Die Frau sagte nichts, sondern senkte nur die Augen. Sie machte einen Schritt vorwärts, ob aus freiem Willen oder weil ihr Ehemann sie zog, hätte Vicky allerdings nicht zu sagen gewusst.

»Da drüben ist eine Bank.« Vicky wies mit der Hand auf eine Bank am Straßenrand, nur wenige Meter von ihnen entfernt. »Da können wir uns hinsetzen und ein bisschen plaudern, wenn Sie möchten. Er kann ja gehen. Ich bringe Sie dann nach Hause. Oder irgendwo anders hin.«

»Herrgott nochmal!«, schrie der Mann. »Lass uns endlich gehen!«

Doch nun regte sich Widerstand in der Frau. Sie veränderte ihre Haltung: Breitbeinig und leicht zurückgelehnt stand sie jetzt da und signalisierte so, dass der Mann sie nur mit Gewalt von der Stelle würde bewegen können.

»Lassen Sie sie los«, forderte Vicky. Aber inzwischen war ihr etwas mulmig geworden. Denn es war ja vermutlich die Frau, die am Ende für Vickys Eingreifen würde bezahlen müssen.

Ein älteres Paar näherte sich und musterte die drei besorgt. Aber vielleicht waren die beiden auch der Grund dafür, dass der Mann die Frau plötzlich losließ und ihr einen leichten Stoß in Vickys Richtung versetzte. Die zwei Frauen stolperten rückwärts gegen das Schaufenster eines Secondhandladens. Die Glasscheiben vibrierten bedenklich.

»Du liebe Güte!«, rief die ältere Frau.

»Dann geh doch!«, schrie der Mann. »Geh! Ist mir doch scheißegal, du nichtsnutzige Hure.« Er schlug mit der Hand so heftig gegen die Laterne neben ihm, dass der Pfahl bebte. Dann drehte er sich um und zog ab.

Das ältere Paar drückte sich an Vicky und der blonden Frau vorbei und starrte die beiden an, als wären *sie* der bedrohliche Teil der Szene.

»Kommen Sie, wir setzen uns erst mal«, sagte Vicky und versuchte das Zittern in ihrer Stimme zu unterdrücken. Die Frau folgte ihr zu der Bank, setzte sich und blickte mit gesenktem Kopf auf ihre Füße. Ihr Haar war nach vorne gefallen und verhüllte das Gesicht.

Und was nun?, dachte Vicky, als sie sich neben ihr niederließ. Es begann zu regnen. Hinter ihrem Rücken lärmte der Verkehr, so wie er es wohl die ganze Zeit getan hatte.

»Wie heißen Sie?«, fragte Vicky.

»Rachel«, kam es schließlich mit dünner Stimme.

Und so war es gekommen, dass Rachel Cornelius Mandaro jetzt in Vickys Haus lebte. Anfangs hatte sie nur für ein oder zwei Stunden bleiben wollen, nur so lange, bis sie entschieden hätte, was sie tun und wen sie anrufen wollte. Dann sollte es nur für die eine Nacht sein, bis sie Rachels Chef und Onkel, John Harding, und dessen Frau Linda erreicht hätte, bei denen sie schon früher untergekommen war. Schließlich hieß es, nur für zwei Wochen, bis Lindas Eltern aus Seattle, die gerade zu Besuch waren, wieder abgereist wären. Aber dann erklärte Linda Vicky am Telefon: »Jedes Mal wenn sie zu uns kommt, endet es damit, dass sie zu Dennis zurückkehrt. Wahrscheinlich hat sie das Gefühl, dass sie uns zur Last fällt, aber sie ist auch so ... so passiv und sucht sich keine eigene Wohnung: Und selbst wenn sie es täte, würde Dennis oder ihr Vater ihr doch wieder einreden, dass sie ihrem Ehemann zu gehorchen hat.«

»Und was soll ich nun tun?«, fragte Vicky. »Soll ich sie für immer hier behalten?«

»Ich weiß es nicht«, sagte Linda. »Aber sie scheint bei Ihnen wirklich glücklich zu sein. Offenbar üben Sie einen guten Einfluss auf sie aus. John erzählte, dass Rachel gestern während der Arbeit tatsächlich vor sich hin gesummt hat. Gesummt! Ich hätte gar nicht gedacht, dass das arme Ding überhaupt weiß, wie das geht.«

Vicky lächelte grimmig. Da wollte jemand sie ganz offensichtlich beschwatzen. Und trotzdem tat ihr das Lob, fast gegen ihren Willen, auch gut: Sie hatte einen Menschen gerettet. Sie, Vicky, war für diesen Menschen wichtig, hatte einen guten Einfluss auf ihn. Und eins musste sie zugeben: Rachel hätte kaum unaufdringlicher sein können. Sie kam nur hoch, wenn Vicky sie dazu aufforderte, und bestand sanft, aber entschieden darauf, so etwas wie Miete zu bezahlen. Vicky war inzwischen tatsächlich dankbar für ihre stille Anwesenheit. Sie fand es tröstlich, wieder die kleinen Alltagsgeräusche eines anderen Menschen im Haus zu hören und zu wissen, dass sie nicht allein war. Es war erst ein Jahr her, dass Conrad gestorben war, und sie hätte nie gedacht, dass sie nach dem Tod ihres Mannes ihr kleines, altes Haus noch einmal mit einem anderen würde teilen mögen. Aber Rachel hatte einen besonderen Status, war weder normale Mieterin noch richtige Freundin. Vicky hätte kaum sagen können, was der eigentliche Grund für ihre wachsende Zuneigung war.

Sie hatte mit Amanda darüber gesprochen. Sie kannte ihre Freundin lange genug, um zu wissen, dass Amandas Ansichten sich nicht gerade durch übertriebenes Taktgefühl auszeichneten. Genau genommen schienen sie meist sogar frei von jeglichem Taktgefühl. »Du spielst eben gerne Gott«, hatte Amanda behauptet, wobei mehr als nur ein kleiner Unterton von Eifersucht in ihrer Stimme mitschwang. Aber diese Erklärung taugte genauso viel wie jede andere auch. Und so war Rachel denn geblieben, für nun mittlerweile schon sechs Wochen.

Damals, an jenem ersten Tag, hatte Vicky geahnt, dass der schwarze Honda, der ihnen gefolgt war, Dennis gehörte. Und so fand sie es auch weniger überraschend, als er vielleicht gehofft hatte, dass er noch am selben Abend gegen ihre Tür hämmerte. Sie spielte das Band ab, das Amanda ihr gegeben hatte. Es hieß »Wütender Hund« und schien ihn tatsächlich von einer nächtlichen Belagerung abgehalten zu haben. Doch am nächsten Tag kam er wieder, und diesmal rief sie die Polizei. Was aber auch nicht half. »Wenn sie noch nicht mal eine richterliche Verbotsverfügung hat ...«, sagte der Polizeibeamte, und das Ganze schien ihn so kalt zu lassen, dass er nicht einmal seinen Satz vollendete.

Auf Drängen der Hardings hatte Rachel offenbar schon mindestens zweimal, nachdem sie Dennis verlassen hatte, eine solche Verbotsverfügung erwirkt. Da sie aber, wie sie Vicky erklärte, jedes Mal wieder zu ihm zurückgekehrt war, würde die Polizei es inzwischen sowieso nur noch für einen Witz halten, wenn sie bei jeder weiteren Flucht wieder darum bäte. Weshalb sie trotz Vickys Bitten jetzt von einem erneuten Antrag absah. Und vielleicht hatte sie sogar Recht. Vicky wusste nämlich, wie wirkungslos solche Verfügungen waren. Manchmal schienen sie weitere Belästigungen geradezu herauszufordern. Eine frühere Lehrerkollegin hatte mehr als vierzigmal die Polizei gerufen, ehe der Mann, der sie belästigte, endlich festgenommen wurde. Nur um kurz danach prompt wieder freigelassen zu werden.

»Er wird sich beruhigen«, hatte Rachel fast beschwörend beteuert.

Und anscheinend hatte sie Recht. Dennis war jetzt schon seit drei Wochen nicht mehr vor ihrem Haus aufgetaucht. Dafür jedoch auf Rachels Arbeitsstelle, in der Kältetechnikfirma ihres Onkels. Aber wenn John Harding es nicht zufällig Vicky gegenüber erwähnt hätte, als er Rachel ein paar Tage später nach Hause fuhr, hätte sie es wohl nie erfahren.

»Ich glaube nicht, dass er mir wirklich wehtun wird«, hatte Rachel gesagt, als sie an einem für die Jahreszeit viel zu warmen Morgen hinten auf der Veranda saßen und Kaffee tranken. »Jedenfalls nicht, wenn es Ernst wird.«

»Nein, natürlich nicht.« Vicky hatte den Sarkasmus in ihrer Stimme nicht verhehlen können. Rachel hatte Dennis schon mehrfach in Schutz genommen, und Vicky kannte inzwischen ihre Weigerung, wütend zu werden, ihm Vorwürfe zu machen. Rachel war durchaus intelligent, aber sie hatte eine Art, sich selbstverleugnerisch und fügsam zu geben, die Vicky irritierte und frustrierte, auch wenn sie wusste, dass sie eigentlich Verständnis zeigen sollte. Fügsamkeit gehörte aber auch wirklich nicht zu den Eigenschaften, die man Vicky hätte vorwerfen können.

»Er ist enttäuscht, dass ich ihm keine Kinder geschenkt habe.

Es macht ihn wütend, wenn er seinen Bruder sieht, die beiden haben nämlich schon drei –«

»Eine Menge Frauen können keine Kinder bekommen. Das gibt ihren Männern noch lange nicht das Recht, sie schlecht zu behandeln. Und außerdem weiß er, dass du eine Gebärmutterschleimhautentzündung hattest und dass dadurch wahrscheinlich deine Eierstöcke beschädigt wurden. Oder behauptet er etwa, dass das ebenfalls deine Schuld ist?«

Rachel rutschte unruhig auf ihrem Stuhl herum und band die Schleife im Gürtel ihres Morgenmantels neu. Sie war so schlank, dass der Gürtel zweimal um ihre Taille gepasst hätte. Eine schmale Taille, hatte Vicky irgendwo gelesen, war, mehr noch als jedes andere weibliche Attribut, ein universelles Symbol für sexuelle Attraktivität und Fruchtbarkeit. Vicky dachte an ihre eigene Taille, die zwar nicht gänzlich verschwunden war, aber eindeutig an Umfang gewonnen hatte. Allerdings hatte die schmale Taille Rachel auch nicht geholfen, sondern ihr einen Mann beschert, der sich jetzt getäuscht und betrogen fühlte.

»Dennis braucht mich, er braucht meinen Respekt. Er möchte doch nur, dass ich ... ihm gehorche.«

»Nur.«

»Immerhin habe ich ihm das bei der Hochzeit versprochen. Mein Vater sagt –«

»Dein Vater«, fauchte Vicky. »Dein Vater glaubt, dass die Welt in sieben Tagen gemacht wurde und dass Frauen Teufel sind, die regelmäßig geschlagen werden sollten. Wieso hörst du überhaupt auf ihn?«

»Er ist mein Vater.«

»Das weiß ich.« Vicky seufzte. Ihr eigener Vater, den sie geliebt und gehasst hatte, war vor sechs Monaten gestorben, und sie vermisste ihn stärker, als sie gedacht hätte.

»Ich glaube einfach nicht, dass Dennis mich wirklich ernsthaft verletzen würde. Das hat er noch nie getan. Er will mich nur ... erinnern, das ist alles. Dass ich ihm gehöre. Dass er immer noch die Kontrolle über mich hat.«

Vielleicht war das der springende Punkt bei dem Fotoalbum, dachte Vicky jetzt, als sie mit Rachel am Esszimmertisch saß und das Album vor ihnen lag. Vicky schlug es noch einmal auf und blätterte vorsichtig alle Seiten um, aber es gab nur das eine Foto. Sie ließ die Seite mit dem Bild aufgeschlagen – jener Fotografie eines Babys, das ein weißes Spitzenkleidchen und gestrickte Schuhchen trug, auf einem Kissen thronte und in die Kamera starrte. Seine Händchen waren so ordentlich in seinem Schoß zusammengefaltet, als hätte das kleine Wesen, aus dem später Rachel werden würde, schon gelernt, still zu sitzen und zu gehorchen.

»Bist du sicher, dass das von Dennis kommt?«

»Das Album hat meine Mutter gemacht, und mein Vater hat es aufbewahrt. Aber es wäre nicht schwierig für Dennis, heimlich ein Bild daraus zu stibitzen oder sogar das ganze Album mitzunehmen. Dad schließt nie die Wohnung ab, wenn er essen geht. Vielleicht hat er Dennis das Bild sogar geschenkt. Ich kann mir gut vorstellen, dass die beiden sich jetzt besser verstehen denn je, weil sie endlich wissen, was für eine Sünderin ich in Wirklichkeit bin.« Rachel wagte ein zaghaftes Lächeln. »Bei mir hat Dennis über den ganzen religiösen Kram immer gelacht. Aber er hat ihm auch genützt. Der Mann als das Haupt der Familie.«

»Dieser Teil der Bibel gefällt sogar manchen Atheisten«, sagte Vicky. Sie ging in die Küche und kam mit dem Umschlag zurück. Sie reichte ihn Rachel. »Sagt dir die Handschrift irgendwas? Sieht sie aus wie die von Dennis?« Die Adresse war mit schwarzem Filzstift sorgfältig in adretten großen Druckbuchstaben gemalt.

»Schlecht zu sagen. Aber doch, ja, es könnte seine sein. Wir hatten einen schwarzen Stift, den wir manchmal zum Beschriften von Paketen benutzt haben.« Rachel hielt die Hand vor den Mund und hustete.

»Aber warum hätte er dir ausgerechnet dieses Bild schicken sollen? Nur um dich zu ärgern?«

»Vermutlich.«

»Falls es nicht doch dein Vater war. Könnte das sein?«

Rachel zog den Morgenmantel noch enger um sich und schlug den Schlafanzugkragen hoch. »Eigentlich sieht ihm so was nicht ähnlich. Er hat eine direktere Art.«

»Wie wär's, wenn du ihn anrufst und ihn nach dem Album fragst?«

Rachel bohrte an der Umschlaglasche. »Wahrscheinlich ist das eine gute Idee«, sagte sie halbherzig. »Aber ...« Sie sah Vicky flehentlich an. »Ich rede so schrecklich ungern mit ihm. Er wirft mir doch nur Bibelsprüche an den Kopf und sagt, ich soll zu Dennis zurückgehen und eine gehorsame Ehefrau sein.«

»Ich könnte ihn doch anrufen und fragen, ob das Album noch da ist.«

»Nein! Nein, bitte nicht. Das würde alles nur noch schlimmer machen, weil er dann denkt, ich hab jemand anders mit reingezogen und rede mit Außenstehenden über private Familienangelegenheiten.«

Vicky zuckte die Achseln und versuchte sich nicht anmerken zu lassen, dass das Wort »Außenstehende« ihr einen leichten Stich versetzt hatte. Aber im Grunde war sie das ja auch, eine Außenstehende, eine Frau, die in das Leben einer anderen Frau hineingeschliddert war und nun erwartete, dass die genauso reagierte wie sie selber. Dabei war Vicky wirklich keine Expertin in Familienangelegenheiten, denn ihr eigener Vater hatte ihre Mutter und sie verlassen, als sie vierzehn war. Und daraufhin hatte ihre Mutter sich aus Verzweiflung mehr oder weniger zu Tode getrunken. Ein Schicksal, das beinah auch Vicky gedroht hätte, wenn Conrad, ihr geduldiger, trauriger, leider inzwischen gestorbener Conrad, sie nicht gerettet hätte. Und die Verwandten, die Vicky noch besaß, stammten alle von der mütterlichen Seite: reinrassige Indianer aus Südalberta. Aber diesen Familienzweig hatte sie inzwischen ziemlich aus den Augen verloren. Als sie vor einem Monat in ihrer Bank wegen eines launischen Computers wieder einmal warten musste, hatte der Bankangestellte ihr ein Kompliment wegen ihrer sonnengebräunten Haut gemacht. Vicky hatte nur geseufzt und keine Lust gehabt, ihn aufzuklären.

Vickys Kater, der es nie zu einem Namen gebracht hatte, kam unter dem Sofa hervorgekrochen, gähnte herzhaft und sprang dann auf Rachels Schoß. Rachel streichelte seinen Kopf und flüsterte ihm so lange Zärtlichkeiten ins Ohr, bis er die Augen schloss und sich zu einem schnurrenden Ball zusammenrollte.

»Wie gut, dass du kein Kind bekommen hast«, sagte Vicky und betrachtete die beiden. »Du hättest es total verwöhnt.«

Rachel lächelte und kraulte den Kater unterm Kinn. Er hob beseligt den Kopf. Er war ein Winterkater, hatte Conrad einmal gesagt: benutzerfreundlich nur, wenn es draußen kalt und regnerisch war. »Vielleicht leidet er ja an einer saisonalen Depression«, hatte Vicky geantwortet.

Es klingelte, sehr laut und anhaltend. Beide sahen einander an, komplizenhaft und ängstlich zugleich, dann blickten sie zur Tür. Rachel klappte rasch das Album zu. Der Kater spürte ihre Anspannung, sprang auf den Boden und sah mit gesträubtem Schwanz ebenfalls zur Tür.

»Dennis.« Rachels Stimme war kaum mehr als ein Flüstern.

Plötzlich lachte Vicky ganz erleichtert. »Nein, das ist Rob.« Sie zeigte auf das Geschichtsbuch auf dem Tisch. »Mein Elf-Uhr-Nachhilfeschüler.«

Rachel fasste sich mit der Hand an die Kehle. »Ach, nur *Rob*«, sagte sie, und auch ihr war die Erleichterung anzuhören, als sie den Namen so aussprach, als handele es sich um einen lieben, alten Freund.

Vicky ging zur Tür und öffnete, ließ aber die Kette vor. »Hallo«, sagte Rob durch den Spalt. »Bin ich zu früh?«

»Nein, nein, du kommst gerade richtig.« Vicky ließ ihn herein. Er brachte nicht nur den Geruch von sauberer Luft mit, die allerdings vom ungewohnten Sonnenschein etwas zu ozonhaltig war, sondern auch zwei kleine braune Blätterpfannkuchen unter seinen Schuhsohlen. Sie stammten vorne von Vickys Weg, den sie seit dem Herbst leider immer noch nicht freigeharkt hatte.

Rob kam erst seit ungefähr einem Monat zu ihr, aber er war schon ihr Lieblingsschüler unter den sechs Kandidaten, die sie zurzeit in Sozialkunde und Englisch unterrichtete. Er war älter als die anderen, zwanzig oder einundzwanzig, und er besuchte nicht die High School, sondern das College, wo er als Hauptfach Psychologie und als Nebenfach Geschichte hatte. Seine Schreibschwierigkeiten lagen nicht an mangelnder Intelligenz, sondern ganz offensichtlich an einer leichten Legasthenie und wahrscheinlich auch einer guten Portion Faulheit. Vicky hatte mit seinen Collegelehrern verabredet, dass sie seine schriftlichen Arbeiten korrigierte und leicht bearbeitete. Meistens musste sie jedoch kaum etwas ändern. Rob war ein fröhlicher, liebenswerter junger Mann mit einer Art Prinz-Charles-Pferdegesicht und einem geradezu unwiderstehlichen Grinsen. In letzter Zeit habe er ziemlich oft gegrinst, hatte er Vicky erzählt. Er hatte nämlich seine leibliche Mutter aufgespürt, und die war sehr glücklich über die Begegnung gewesen. Um das Ereignis zu feiern, hatte Rob sich das rechte Ohr piercen lassen und trug jetzt einen Sticker, an dem er dauernd herumfummelte. Vicky hoffte, dass er sich das bald wieder abgewöhnte.

Rachel verschwand durch die Küche nach unten, aber Robs »Hallo« erreichte sie noch, weswegen sie auch einen Gruß murmeln musste, ehe sie sich zurückzog.

»Sie ist süß«, sagte Rob.

Vicky verzog das Gesicht. »Wenn man diese zierlichen, blonden Filmstartypen mag.«

»Sie ist doch Ihre Mieterin, oder?«

»Sozusagen, ja.«

Rob bekundete nicht zum ersten Mal sein Interesse an Rachel, aber Vicky hatte nicht vor, ihn darin zu bestärken. Sie setzte sich an den Esszimmertisch und legte die Hand auf den College-Aufsatz. *Das Zeitalter der Konflikte.* »So«, sagte sie. »Jetzt lass uns mal diesen Aufsatz über den Mittleren Osten unter die Lupe nehmen.«

Rob sah zu dem Album, das Rachel liegen gelassen hatte. »Erinne-rungen«, sang er mit spöttischer Tenorstimme und blickte dabei auf das geschlossene Album. Dann öffnete er es und betrachtete die Fotografie. »Sind Sie das?«, fragte er.

»Nein. Das ist Rachel.« Ärgerlich, dass er es, ohne zu fragen, geöffnet hatte, klappte sie das Album zu und steckte es wieder in den Umschlag. Aus Furcht, sie könnte zu schroff geklungen haben, sagte sie dann betont locker: »So, College-Knabe, jetzt geht's aber an den Aufsatz.«

»Universitäts-Knabe, wenn ich bitten darf«, sagte Rob. Womit er darauf anspielte, dass sein College erst jüngst Universitätsstatus erhalten hatte und alle seitdem die Nase ziemlich hoch trugen. Schwungvoll nahm Rob seine Büchertasche von der Schulter, legte sie auf den Tisch und öffnete einen Reißverschluss.

Vicky legte das Album auf den Boden, wo es sie nicht mehr ablenken würde, und griff nach ihrem Rotstift.

Zwei Tage später kam der zweite Umschlag.

Zweites Kapitel

Sobald Vicky die schwarzen Druckbuchstaben sah, ahnte sie, was der Umschlag im Geburtstagskartenformat enthielt.

Rachel war zur Arbeit und würde nicht vor fünf Uhr zu Hause sein. Vicky musste sich daher richtig zusammennehmen, um den Umschlag nicht über Wasserdampf zu öffnen. Sie trug den Brief zu dem kleinen Tisch neben der Treppe, auf den sie immer die Sachen für Rachel legte, und stellte fest, dass er, ebenso wie das Album, in Vancouver abgestempelt war. Was natürlich auch nicht besonders hilfreich war. Dennis wohnte in Surrey, arbeitete aber als Busfahrer in Vancouver.

Den Rest des Vormittags verbrachte Vicky mit einem längst überfälligen Staubsaugereinsatz. Immerhin konnte sie das Kellergeschoss auslassen, das Rachel geradezu peinlich sauber hielt. Der Kater zuckte jedes Mal vorwurfsvoll mit dem Schwanz, wenn der Staubsauger ihn von einem Versteck ins nächste trieb.

Das Haus hatte kaum mehr als neunzig Quadratmeter Wohnfläche und schien immer mehr zuzuwachsen. Woher all das Zeug kam, mit dem die Räume zugestellt waren, war Vicky nach wie vor rätselhaft, wo sie doch so ungern irgendwas Neues kaufte. Dabei konnte sie es sich inzwischen leisten: Sie dachte an das Geld auf der Bank und an die dicken Aktienpakete und Investmentfonds, die sie dank Conrads Lebensversicherung hatte erwerben können. Weswegen sie jetzt auch nur sechs Nachhilfeschüler zu nehmen brauchte und nicht doppelt so viele wie noch vor nicht allzu langer Zeit.

Sie rollte das Kabel auf, sah auf die Uhr und seufzte. Die Schule war schon seit fast einer Stunde aus, aber Kristin kam wie üblich zu spät. Wenn Rob ihr unkompliziertester Schüler war, dann war Kristin ihr schwerster Fall. Sie war intelligent, aber faul, und kam nur auf Druck ihrer Mutter – einer grässlich frommen Frau, mit der Vicky ein- oder zweimal am Telefon gesprochen hatte –

und weil Kristins Englischlehrerin gesagt hatte, das Mädchen brauche jemanden, der »ihre Ideen für sie aufschreibt«. Jedenfalls hatte Kristin das behauptet.

»Aha«, hatte Vicky erwidert. Während ihrer zweijährigen Tätigkeit als Aushilfslehrerin hatte sie, wie ihre Freundin Amanda sich ausdrückte, einen guten Riecher dafür entwickelt, wenn etwas faul war. »Dann kannst du mir bestimmt den Namen deiner Lehrerin nennen, damit ich das nachprüfen kann?«

»Ich meine ja nicht, dass *Sie* jetzt alles für mich schreiben sollen«, hatte Kristin gesagt, obwohl sie genau das gemeint hatte.

Danach hatte sich ihr Verhältnis gebessert, was bedeutete, dass Kristin ihre Nachhilfelehrerin jetzt nicht mehr für einen beschränkten Bildungstrottel hielt. Trotzdem fand Vicky Kristin immer noch alles andere als liebenswert.

Jetzt stand sie vor der Tür, zwanzig Minuten zu spät.

»Tut mir Leid«, sagte Kristin. »Aber die haben anscheinend den Busfahrplan geändert.«

Sie war ein attraktives Mädchen mit heller Haut, blondem Haar und großen blauen Augen. Und sie besaß von Natur aus die Sorte sinnliche Lippen, für die Filmstars sich Kollagen unter die Haut spritzen lassen. Aber sie war auch ein bisschen pummelig, und Vicky konnte sich gut vorstellen, dass ihre Klassenkameraden sie häufig hänselten. Und wenn sie Komplimente erhielt, fielen sie sicher in die Kategorie gedankenloser Grausamkeiten à la: »Du hast aber wirklich ein hübsches *Gesicht*!« Kristins Das-macht-mir-gar-nichts-Haltung war vermutlich eine Reaktion darauf. Vicky kannte das nur zu gut aus eigener Erfahrung, und jedes Mal, wenn Neid auf die jungen Menschen in ihr aufstieg, versuchte sie sich daran zu erinnern.

Kristin ließ ihre Jacke aufs Sofa fallen und wickelte sich aus ihrem Schal. Die ersten Male hatte sie den Schal noch umbehalten, um ein purpurfarbenes Muttermal zu verdecken, das aussah wie eine Teetasse und auch so groß war. Entweder vertraute sie Vicky inzwischen, oder es war ihr egal, was Vicky darüber dachte.

»Und?«, sagte Vicky. »Hast du den *Hamlet* zu Ende gelesen?«

»Ein paar von uns haben sich das Video ausgeliehen. Branagh ist ja sooo sexy.«

»Das kann ich mir denken. Aber hast du das Stück auch *gelesen*?«

»Wir haben ein bisschen was in der Schule gelesen. Sie wissen schon, so mit verteilten Rollen.« Kristin öffnete ihre Büchertasche, holte das Stück und ein zerfleddertes Notizheft heraus, auf dem in ungleichmäßiger, verschmierter Kursivschrift »Englisch« stand.

»Wenn du das Stück nicht selber gelesen hast, kannst du nächste Woche auch keine Arbeit darüber schreiben.«

»Es ist doch ein *Theaterstück*. Shakespeare wollte, dass man es sieht, und nicht, dass man es liest.«

Vicky lächelte. Die Diskussion über diese uralte Ausrede überließ sie gern Kristins Englischlehrerin. »Gut, ich werde dir probehalber schon mal ein paar Fragen stellen. Zum Thema, zu den Charakteren, zum tragischen Gehalt und so weiter. Schreib mir eine Seite über Hamlets Charakter.«

»Jetzt sofort?«

Vicky reichte ihr einen Stift und sah auf die Uhr. »Jetzt sofort. Du hast zehn Minuten. Es ist ein Test. Konzentrier dich.«

Kristin seufzte, öffnete ihr Heft. Wenn sie mir jetzt das Leben von Kenneth Branagh aufschreibt, dachte Vicky, dann schreie ich.

Travis, ihr nächster Schüler, erschien pünktlich, und Vicky war noch gar nicht durch mit allem, was sie sich für die Stunde mit Kristin vorgenommen hatte. Aber die schien heilfroh zu sein, dass sie endlich gehen konnte.

Nicht ohne Rührung hatte Vicky beobachtet, wie Kristin rasch nach ihrem Schal griff und ihn sich, als Travis dann das Zimmer betrat, um den Hals wickelte. Mit niedergeschlagenen Augen murmelte sie eine Begrüßung. Bestimmt würde Kristin nicht glauben, dass Travis sie mit unverhohlenem Interesse angeschaut hatte. Sie war aus der Tür, noch ehe Travis den Reißverschluss seiner Jacke aufgezogen hatte.

Er war ein schlaksiger Siebzehnjähriger und so groß, dass er sich angewöhnt hatte, jedes Mal, ehe er einen Raum betrat, nach oben zu sehen, besonders bei Zimmern wie dem ihren. Nur diese Umsicht hatte ihn davor bewahrt, sich den Kopf am Durchgang zwischen Wohn- und Esszimmer zu stoßen. Travis hatte ein freundliches, wenn auch ziemlich unauffälliges Gesicht, das von einer großen, asymmetrischen Nase beherrscht wurde. Der Hockeytrainer der Juniorenmannschaft hatte ihm eine steile Sportlerkarriere prophezeit, und Vicky sagte sich, sie sollte es Travis hoch anrechnen, dass er sich überhaupt für die geisteswissenschaftlichen Fächer interessierte. Sie wusste, dass die vielen Reisen und das dauernde Training den Juniorspielern kaum Zeit für irgendetwas anderes als Hockey ließen. Ebenso wie bei Rob hatte man bei Travis eine leichte Legasthenie diagnostiziert, aber Vicky fand dieses Etikett bei beiden eher ärgerlich als nützlich. Und leider ging ihr auch der gemeine englische Cartoon nicht aus dem Sinn, den sie einmal gesehen hatte. Da sagt ein Direktor zu einem schäbig gekleideten Jungen: »Du stammst nicht aus der Schicht, in der man legasthenisch ist. Du bist einfach nur dumm.«

Aus welcher sozialen Schicht Travis auch stammen mochte, Vicky hielt ihn jedenfalls weder für legasthenisch noch für dumm. Seine Noten waren allerdings miserabel. Immerhin hatte er in seiner letzten Sozialkundeprüfung eine Drei minus bekommen, und Vicky fand, dass er dieses Ergebnis durchaus auch ihrer Hilfe verdankte.

Er setzte sich, stieß mit den Knien gegen den Tisch, und Vickys Kaffeetasse klirrte. »Entschuldigung«, sagte er. Keine einzige Sitzung mit ihm endete, ohne dass er sich entschuldigte, weil er irgendwo gegen gerempelt war.

Vicky ging in die Küche, holte die Weintrauben aus dem Kühlschrank, legte sie auf einen Teller und hielt Travis den Teller vor die Nase. Er grinste.

»Sie schmecken köstlich«, sagte Vicky. »Und jetzt schreibst du die europäischen Länder mit ihren Hauptstädten auf.« Sie nahm eine Traube, sagte »Mmm« und stellte den Teller wieder außer Reichweite in die Küche.

»Zählen Rechtschreibfehler auch?« Begierig holte Travis einen blau linierten Notizblock aus der Tasche.

»Na und ob!«

Vicky bezweifelte, dass ihre kleinen erpresserischen Spiele mit dem chronisch ausgehungerten Travis pädagogisch vertretbar waren, doch das kümmerte sie nicht.

Er schrieb sehr konzentriert an seiner Liste, runzelte die Stirn und biss sich auf die Unterlippe. Sie ging wieder in die Küche, aß noch ein paar Trauben und machte dann das Verandalicht an, da sie neuerdings gegen Abend eine merkwürdige Angst um Rachel beschlich. Wahrscheinlich stand sie jetzt gerade allein an der Haltestelle und wartete auf den Bus. Vicky wanderte mit den Augen zu dem kleinen Tisch neben der Kellertreppe und dem Umschlag darauf.

»Fertig«, sagte Travis.

Vicky griff nach dem Teller mit den Trauben.

»Bei Brüssel bin ich mir nicht sicher«, sagte Travis. »Ob es mit einem oder mit zwei s geschrieben wird.« Sein Magen knurrte.

Vicky nahm seinen Zettel, setzte sich ihm gegenüber und stellte den Teller vor sich auf den Tisch. »Gut, gut, juhu. Brüssel ist richtig. Du hast nur Österreich vergessen und Wien.«

»Oh, Scheiße, ich meine Mist.« Travis schielte verdrossen auf die Trauben.

»Das hast du gut gemacht, Travis. Vor wenigen Monaten hast du noch nicht mal gewusst, wo Europa liegt, beziehungsweise es war dir egal.« Sie nahm eine Traube in der Größe von Österreich vom Teller und reichte ihm den Rest.

Er grinste. »Vielleicht spiele ich da ja irgendwann mal Hockey.«

Danach arbeiteten sie noch einmal das Kapitel über den Gemeinsamen Markt durch. Als er ging, sah Vicky ihm durch das Vorderfenster nach, bis er in seinem funkelnagelneuen schwarzen Sportwagen saß – genau die Sorte Auto, die kein Teenager besitzen sollte, weil damit der Himmel überflüssig wird. Sie merkte, dass sie ihn beobachtet hatte, um sicherzugehen, dass er das Auto heil erreichte. Natürlich hatte sie dabei Rachel im Sinn. Vicky wäre am liebsten in ihr Auto gestiegen, um sie an der Bushaltestelle abzuholen. Ein einziges Mal hatte sie das getan, aber da war Rachel so verlegen gewesen, dass sie es seitdem gelassen hatte. Das Letzte, was Rachel gebrauchen konnte, war jemand, von dem sie sich zu stark umsorgt fühlte.

Vicky zwang sich, die Vorhänge zuzuziehen, sich aufs Sofa zu setzen und in Robs Schulbuch weiterzulesen. *Das Zeitalter der Konflikte*. Das Fach Geschichte war wirklich ein Muntermacher!

Es war fast sechs, als Vicky hörte, wie ein Wagen von der Straße in ihre Einfahrt bog. Sie sprang hoch und spähte durch das Küchenfenster. Ein blauer Mercedes: Erleichtert atmete sie auf. Offenbar hatte John Harding Rachel nach Hause gebracht. Sie nahm sich vor, ihnen keine Vorwürfe zu machen, weil sie nicht angerufen, ihr Sorge bereitet und sich wie gedankenlose Kinder benommen hatten.

Im Wagen saßen drei Personen. Rachel stieg hinten aus, John Harding und eine Frau folgten vorne. Die Frau war Linda, Hardings Ehefrau: Vicky war ihr erst einmal persönlich begegnet, aber sie hatten mehrmals miteinander telefoniert. Linda war eine stille, unscheinbare Frau mit einer scharf geschnittenen Nase. Wahrscheinlich war sie jünger, als sie aussah, und musste wohl doch schon in den Vierzigern sein, da sie einen Sohn von Mitte zwanzig hatte. Das Auffälligste an ihr war ihr dickes schwarzes Haar (vermutlich gefärbt, dachte Vicky nicht sehr nett), das sie zu einer komplizierten Hochfrisur aufgesteckt hatte, die ein wenig altmodisch wirkte. Dafür besaß sie ein bezauberndes Lachen, wie Vicky sich erinnerte, das sie allerdings nur selten einsetzte.

Rachel nahm einen Arm voll Kleider vom Rücksitz. Harding öffnete die andere hintere Wagentür und holte einen Pappkarton heraus, reichte ihn Linda und nahm sich einen zweiten Kleiderhaufen. Alle drei lachten fröhlich, und Vicky ahnte, was geschehen war. Offenbar war es ihnen geglückt, in das Haus zu gelangen, das Dennis vor Rachel verbarrikadiert hatte, und sie hatten ein paar von ihren Sachen zusammengesucht.

Rachel kam die hintere Treppe hoch. Vicky öffnete ihr die Tür. »Na, hast du eingekauft?«, sagte sie.

Rachel lachte. Ihr Gesicht war ganz erhitzt. »Er hat vergessen, das Schloss von der seitlichen Garagentür auszuwechseln! Kannst du dir das vorstellen? Wir wollten eigentlich gar nicht ins Haus, weil wir dachten, das geht nur, wenn man die Fenster einschlägt oder sonst was anstellt. Wir wollten einfach nur mal vorbeifahren und eventuell mit den Nachbarn reden, aber dann hab ich meinen Schlüssel ausprobiert, und er funktionierte!«

Jetzt erschien Linda mit dem Karton auf der Treppe. Wie Vicky sehen konnte, enthielt er Unterwäsche und einige persönlichere Dinge, wie ein Schmuckkästchen, Lockenwickler und Schuhe. »Wir haben versucht, nichts durcheinander zu bringen«, sagte Linda. »Und weil er ihre Sachen in das zweite Schlafzimmer gebracht hat, merkt er vielleicht überhaupt nicht, dass wir da gewesen sind.«

»Wie toll«, sagte Vicky. Rachel trug ihren Kleiderberg ins Kellergeschoss, und Linda folgte ihr vorsichtig die schlecht beleuchtete Treppe hinunter. Vicky unterdrückte eine entschuldigende Bemerkung zu ihrem Haus. Sie war einmal bei den Hardings gewesen und wusste, dass ihr gesamtes Haus kaum größer als die Küche der Hardings war.

Jetzt stand John Harding mit der zweiten Kleiderladung an der Tür. Er hielt Vicky den Stapel hin, sodass sie ihn entgegennehmen musste. Da sie die Treppe aber nicht noch mehr verstopfen wollte, drapierte sie die Sachen über den alten Küchenstuhl auf dem Treppenabsatz, damit Rachel sie nach unten tragen konnte, wenn sie wieder hochkam.

»Wie geht es denn so?«, fragte John Harding. Er war ein hoch gewachsener Mann mit Bauchansatz und Stirnglatze. Sein ergrauendes Haar hatte er extra tief auf der Seite gescheitelt, damit es sich schön über die kahlen Stellen kämmen ließ. Er hatte ein großflächiges, angenehmes Gesicht, auch wenn seine Augen durch die ungewöhnlich dicken Brillengläser eulenhaft vergrößert wurden.

Vicky nahm an, dass er wissen wollte, wie es mit Rachel klappte, und erwiderte: »Oh, gut. Rachel ist eine sehr angenehme Mitbewohnerin.«

Harding hüstelte verlegen, und Vicky begriff, dass ihre Antwort auch als Kritik an ihm aufgefasst werden konnte. Sie wollte gerade etwas hinzufügen, das den Fauxpas wieder gutmachen sollte, da sagte Harding schon: »Ich bin froh, dass sie einen Ort gefunden hat, wo sie sich wohl fühlt.« Er warf einen Blick nach unten in den Keller, um zu sehen, ob Rachel ihn hören konnte, aber sie war noch mit Linda im Schlafzimmer. »Ich fürchte, bei uns hat sie sich nie recht heimisch gefühlt. Natürlich bin ich ihr Onkel, aber eben mütterlicherseits. Und Sie wissen ja, wie ihr Vater ist. Mit Leuten, die nicht seiner Glaubensgemeinschaft angehören, will er nichts zu tun haben. Dabei hatte ich immer das Gefühl, ich sollte mehr für Rachel tun, besonders, nachdem ihre Mutter gestorben war.«

»Sie haben ihr aber doch Arbeit gegeben.«

»Na ja. Das war keine große Geschichte. Ich brauchte sowieso jemand.«

Eine kleine graue Spinne ließ sich von der Decke herab und landete auf Hardings Arm. Er machte einen Schritt rückwärts aus der Tür und wischte sie viel sanfter, als Vicky es getan hätte, hinaus in die Nacht.

»Es muss eine schwierige Zeit für Sie sein«, sagte sie, »mit dem Verzicht auf FCKW. Aber seit 1990 setzen Sie die wahrscheinlich ohnehin nicht mehr ein.«

Harding sah sie verblüfft an und blinzelte mit seinen vergrößerten Augen. »Ich bin überrascht, dass Sie mit diesen Dingen Bescheid wissen. Den meisten Menschen ist es doch völlig egal, was in ihren Kühlschränken ist. Hauptsache, sie funktionieren.«

»Ich glaube, den meisten ist es nicht egal. Sie fühlen sich nur machtlos und wissen nicht, wie sie die Dinge ändern sollen.«

Harding seufzte und kratzte sich an der Nase. »Ich wette, wenn ich hundert Menschen einen Kühlschrank mit Freon anbieten würde, der nur halb so viel kostete wie einer mit einer der H-FCKW-Varianten, die wir demnächst wohl anwenden müssen, dann würden neunundneunzig den billigeren nehmen.«

»Vielleicht nur deshalb, weil Hydrofluorchlorkohlenwasserstoffe genauso schädlich sind. Sie haben zwar in der Atmosphäre eine kürzere Lebensdauer, aber Schaden richten sie trotzdem an.«

Jetzt hatte sie ihn wirklich überrascht. »Sie kennen sich aber wirklich gut aus«, sagte er. »Wie wäre es, wenn Sie bei mir anfingen?«

Vicky lachte.

»Sie könnten Schulungskurse leiten, wie wäre das? Heutzutage scheint mein Beruf hauptsächlich aus Überzeugungsarbeit zu bestehen. Ich muss den Leuten dauernd klarmachen, dass wir das Ozonloch nicht einfach zunähen können. Sie glauben, ich spinne? Ganz und gar nicht.«

Rachel und Linda kamen die Kellertreppe hoch, und Vicky zog sich in ihre Küche zurück, um Platz an der schmalen Treppe zu machen. Linda blieb mit einem Absatz an der obersten Stufe hängen und griff nach Rachels Arm, um nicht das Gleichgewicht zu verlieren. Rachel entzog ihr hastig den Arm und knipste überflüssigerweise das Kellerlicht aus. Vicky registrierte das mit schuldbewusster Genugtuung – Rachel mied also nicht nur ihre Berührung. Falls Linda Rachels Reaktion wahrgenommen hatte, so ließ sie sich nichts anmerken; nur ihre Lippen zuckten leicht, doch das hätte auch Zufall sein können. Allerdings glaubte Vicky zu sehen, wie John Harding erstarrte und etwas zu schnell wegschaute.

»So«, sagte er, »ich denke, wir können jetzt gehen.«

Ob sie ihnen wohl einen Kaffee oder sonst irgendetwas hätte anbieten sollen? Jetzt war es zu spät. Die Hardings waren schon draußen und gingen die Treppe zum Hof hinunter. Außerdem waren sie Rachels Gäste und nicht ihre.

»Nochmals vielen Dank«, sagte Rachel. Sie schloss die Tür und ging zu dem Stuhl, über den Vicky ihre Kleidungsstücke drapiert hatte. Sie hatte immer noch erhitzte Wangen und wirkte so aufgekratzt, wie Vicky sie noch nie erlebt hatte. Ihr Lächeln brachte das verborgene Grübchen in ihrer rechten Wange zum Vorschein. Sie berührte die blaue Stickerei auf einer langärmligen weißen Bluse, die oben auf dem Stapel lag. »Es ist so schön, dass ich all das wieder habe«, sagte sie.

»Das kann ich mir gut vorstellen.«

Rachel schob einen Arm unter den Haufen und nahm ihn hoch. Mit einem fliegenden Rocksaum fegte sie den Umschlag vom Tisch, den Vicky dort abgelegt hatte. In der Hektik hatte sie ihn ganz vergessen. Sie hob ihn auf und reichte ihn Rachel.

»Was ist das?«

»Post für dich. Sieht nach derselben Handschrift aus wie auf dem Päckchen, das du vor zwei Tagen gekriegt hast.«

Langsam ließ Rachel den Kleiderstapel wieder auf den Stuhl sinken und nahm den Umschlag entgegen. Sie stellte sich beim Öffnen der Lasche so unbeholfen an, dass Vicky an sich halten musste, um ihr den Umschlag nicht aus der Hand zu reißen und selber zu öffnen.

Es war eine Schmuckkarte mit zwei Perserkätzchen obendrauf. Als Rachel sie aufklappte, rutschte ein Foto halb heraus. Sie betrachtete es einen Moment lang und reichte es dann wortlos Vicky.

Es war ein Schwarzweißfoto mit einem Kind von etwa acht Jahren, das vor einem kleinen verputzten Haus, ganz ähnlich wie Vickys, stand. Das Mädchen hielt mit beiden Händen eine Frühstücksdose, so groß wie ein ganzes Brot. Die Schultern hatte die Kleine ein wenig hochgezogen, vielleicht, weil sie fror, vielleicht aber auch aus Verlegenheit. Ihr blondes Haar war zu zwei Zöpfen geflochten, die vorne über ihren knielangen Mantel fielen.

»Bist du das?«, fragte Vicky.

Rachel nickte. »Das hat meine Mutter gemacht. Vor unserem Haus in Bellingham. Es war mein erster Schultag.«

»Stammt es aus demselben Album wie das andere?«

»Wahrscheinlich.«

»Und innen auf der Karte steht nichts?«

»Nein.« Rachel reichte sie ihr. Es war eine ganz normale Briefkarte, mehr nicht. Und die zwei süßen Kätzchen waren vielleicht als ironische i-Tüpfelchen gedacht. Hinten auf der Karte stand klein gedruckt »Keine Grüße«.

»Das ist wirklich ...« unheimlich, hätte Vicky fast gesagt, verkniff es sich aber im letzten Moment, »... ärgerlich. Wie wär es, wenn du deinen Vater anrufst? Damit wenigstens eindeutig klar ist, ob die Bilder aus seinem Album stammen.«

»Meinen Vater.« Rachel drehte den Umschlag zwischen den Fingern und betrachtete ihn nachdenklich. Sie biss sich auf die

Unterlippe. »Es ist nur so ... Er redet mich einfach nieder. Ich will immer auflegen, schaffe es aber nicht.«

»Aber du könntest mir doch ein Zeichen geben, wenn du das Gespräch gerne abbrechen möchtest, und ich gehe dann an den Nebenanschluss und sage, ich müsste dringend einen Anruf machen.«

Rachel dachte kurz über den Vorschlag nach. »Gut, wenn es dir nichts ausmacht.«

Sie gingen ins Wohnzimmer, und während Rachel die Nummer ihres Vaters wählte, nahm Vicky den Hörer des schnurlosen Nebentelefons hoch und setzte sich auf die Couch. Über Eck stand das Verlobungssofa, auf dem Rachel sich nur halb auf die Kante gehockt hatte, als wollte sie jeden Moment aufspringen und wegrennen.

»Dad?« Rachels Finger schlossen sich krampfhaft um die Telefonschnur. »Ich muss dich etwas fragen ... Nein, ich muss dich was fragen ... Nein, hör zu –« Sie warf Vicky einen flehentlichen Blick zu, schwieg dann einige Sekunden mit geschlossenen Augen und wickelte die Schnur um die Finger. Vicky konnte nur raten, was der Vater wohl sagte. Schließlich schaffte Rachel es aber doch – mit hoher, hastiger Stimme, so als fiele sie ihrem Vater ins Wort –, nach dem Fotoalbum zu fragen. Danach war sie wieder eine ganze Weile stumm und hielt die Augen geschlossen. Dann legte sie die Hand auf die Sprechmuschel und sagte leise zu Vicky: »Er ist nachsehen gegangen.«

»Schön. Siehst du, ich wusste doch, dass du es kannst.«

Rachel lachte angespannt. »Ja?«, sagte sie ins Telefon. »Es ist weg? Bist du sicher?« Sie schwieg, wartete offenbar auf eine Antwort. »Weißt du noch, wann du es zuletzt gesehen hast?« Sie hörte wieder länger zu und gab Vicky dann ein Zeichen.

Vicky drückte auf den »An«-Knopf.

Sie konnte den Redeschwall schon hören, ehe sie überhaupt den Hörer ans Ohr hielt. »... die Schande über das Haus ihres Vaters und ihren Ehemann bringt. Wenn du gegen den Willen des Herrn handelst, wird dir der gerechte Lohn zuteil werden, meine Tochter. Glaub ja nicht, du kannst mit dem Teufel spielen, ohne den Preis dafür zu zahlen –«

»Hallo?«, sagte Vicky laut. »Rachel, bist du in der Leitung? Ich muss einen Anruf machen.«

Es entstand ein Schweigen. Dann fragte die Stimme streng: »Wer ist das?«

»Das ist meine Hauswirtin, Dad. Ich muss jetzt auflegen.«

»In Ordnung«, sagte Vicky. Hauswirtin? Das Wort hatte sie einen Moment lang aus der Fassung gebracht. Es ging Rachel so leicht über die Lippen, war aber wohl der geeignetste Begriff für ihren Vater. Und trotzdem ...

»Hallo, Sie da, Sie Hauswirtin. Vielleicht können Sie ja meine Tochter zur Vernunft bringen. Sie glaubt, sie könnte ignorieren, was Gott für sie geplant hat. Wenn Sie sie weiter in Ihrem Haus wohnen lassen, versündigen Sie sich ebenfalls. Ihr Platz ist bei ihrem Ehemann –«

»Ich habe jetzt zu telefonieren!« Sie musste seinen Redeschwall mit Schreien übertönen. »Wir legen jetzt auf. Auf Wiedersehen!«

Sie drückte mit dem Finger so fest auf den »Aus«-Knopf, als handelte es sich um eine stark blutende Wunde. Rachel legte ebenfalls auf.

»Junge!«, sagte Vicky. »Jetzt weiß ich, was du meinst.«

Rachel lächelte schwach, strich sich mit beiden Handflächen über ihren Kordrock. »Wenn ich ihm lange genug zuhöre, habe ich das Gefühl ... ich ertrinke, bin ihm ausgeliefert. Ich bekomme Angst und lasse ihn wieder alle Entscheidungen für mich treffen. Ist es nicht absurd, dass ich in meinem Alter immer noch denke, ich müsste meinem Vater gehorchen?«

»Nein, gar nicht. Eltern haben tatsächlich diese unglaubliche Macht über uns. Unser ganzes Leben lang. Erst recht, wenn sie auch noch Gott ins Feld führen.« Sie merkte, dass sie immer noch den »Aus«-Knopf drückte, und ließ ihn los. »Na egal. Was ist mit dem Album, ist es weg?«

Rachel nickte. »Es kann also nur Dennis sein. Bei Dad heißt es dauernd Dennis hier und Dennis da. Er besucht meinen Vater und macht ihm die Hölle heiß, und dann bearbeitet Dad mich, dass ich wieder zu ihm zurückgehe.«

»Aber das wirst du doch nicht.« Eigentlich sollte das eine Frage werden, und sie hatte ein »Oder?« hinzufügen wollen. Doch dann ließ sie es bleiben.

Rachel überlegte einen Augenblick, den Blick in eine Zimmerecke gerichtet.

»Erst mal«, sagte sie schließlich.

Wenn Vicky nicht soeben selber mit Rachels Vater gesprochen hätte, wäre sie mit so einer Antwort nicht zufrieden gewesen. Aber nun konnte sie viel besser würdigen, wie weit Rachel sich schon befreit hatte. Vor einer Woche hatte Rachel gesagt, dass sie sich um eine Scheidung kümmern werde, wenn »die Dinge sich ein wenig beruhigt« hätten. »Beruhigt« klang genauso vage wie »erst mal«, aber für Rachel bedeutete allein schon der Gedanke an eine Scheidung einen Fortschritt.

Rachel nahm noch einmal das Foto in die Hand und fuhr mit dem Finger sanft über das kleine Gesicht. »Ich begreife aber immer noch nicht, was Dennis eigentlich will. Wieso stiehlt er das Album und schickt es mir dann in lauter kleinen Häppchen?«

»Es muss irgend so ein Machtding sein. Er gibt dir etwas, das du gerne haben möchtest, aber nur so, wie er Lust hat.« Vicky stand auf und reckte sich. »Möchtest du etwas essen? Ich habe einen Eintopf gekocht, und für mich allein ist es zu viel. Ich würde den Rest nur wegwerfen.«

Sie musste es so formulieren, denn sonst würde Rachel ablehnen, in den Keller gehen und sich auf ihrer Kochplatte eine Dosensuppe heiß machen oder ein paar Erdnüsse knabbern und behaupten, das sei ihr Abendessen. Ein bisschen hatte sie allerdings doch schon zugenommen, seit sie hier wohnte, aber essen tat sie anscheinend immer noch wie ein Vögelchen. Das war auch der Grund, weswegen Rachel so zierlich war und Vicky, nun ja, eben nicht.

»Wenn das dein Ernst ist«, sagte Rachel.

Drittes Kapitel

Es war schön, mal aus dem Haus zu kommen. Vicky kurbelte das Wagenfenster herunter und ließ sich vom hereinwehenden Regen besprühen. Sie war in Alberta aufgewachsen und konnte nicht begreifen, dass die Menschen in British Columbia sich über Regen im Februar beklagten, wenn man im Rest des Landes Schnee schaufelte. Ihr Wagen, ein klappriger Toyota, ächzte, als sie in Surrey vom King George Highway herunterfuhr und in die Seitenstraße einbog, die zum Haus von Dulci führte.

Wenn sie zu einem Nachhilfeschüler nach Hause kam, verlangte sie zehn Dollar die Stunde mehr als sonst. Allerdings war ihr das stets ein wenig peinlich, da die Eltern sie gewöhnlich unbedingt bewirten wollten und auch die Schüler immer alles taten, um sie zu beeindrucken. Dulci Warner wohnte nicht so vornehm wie manche andere, bei denen sie schon gewesen war – Amanda, über die sie an den Nachhilfejob gekommen war, nannte die Klienten aus solchen Häusern RWMs, Reich Wie Midas. Es handelte sich vielmehr um ein blitzblankes, hübsches Halbgeschosshaus, das immer nach Blumen duftete, da Dulcis Mutter Floristin war.

Heute wollte Dulci gern, dass Vicky ihr beim »Kreativen Schreiben« half. Sie reichte Vicky einen Zettel, auf dem ihre Mutter sich damit einverstanden erklärte. »Das ist wirklich nicht mein Fachgebiet«, protestierte Vicky.

»Ich bin aber verzweifelt. Wir müssen die Geschichte morgen abgeben, und ich hab einfach keine Idee«, jammerte Dulci und raufte sich ihr kurzes rötliches Haar, während sie am Küchentisch saßen. Sie war sechzehn und hatte sich schon zu einer hoch aufgeschossenen jungen Frau zurechtgewachsen, die sich durchaus als schön bezeichnen ließ.

»Hat euer Lehrer euch ein Thema vorgegeben?«

Dulci schüttelte den Kopf. »Nein. Deswegen weiß ich ja auch nicht, wo ich anfangen soll.«

»Wäre es einfacher, wenn ich dir ein Thema gebe, über das du schreiben sollst?«

»Ganz bestimmt. Einen ersten Satz. Sagen Sie mir doch einfach einen ersten Satz.«

Vicky dachte kurz nach. »Also gut. ›Niemand wusste, wieso Victoria ständig diese seltsamen Fotografien ins Haus geschickt wurden.‹«

»Warten Sie, damit ich das aufschreiben kann.«

Vicky lachte. »Ist das wirklich einfacher für dich?«

»Ja, klar.« Dulci sah auf den Satz, den sie hingekritzelt hatte, und kaute so heftig auf ihrem Kaugummi herum, als fürchte sie, es könnte ihr entwischen. »Mir fallen schon lauter Möglichkeiten ein, wie die Geschichte weitergehen kann.«

Ihr Vater kam von draußen aus der Werkstatt. Er war über und über mit Sägespänen bestäubt und verteilte sie jetzt auch auf Küchentisch und Arbeitsflächen. Er war ein kleiner, gedrungener Mann mit einem schwammigen Gesicht, das keinerlei Ähnlichkeit mit Dulci hatte. Scheu lächelte er zu Vicky hinüber.

»Da-ad. Du machst alles dreckig. Mach dich erst mal sauber.«

»Okay«, sagte er schüchtern und verschwand wieder in der Werkstatt. Vicky konnte hören, wie er sich die Sägespäne abklopfte. Noch ein Vater, der lernte, seiner Teenagertochter zu gehorchen.

»Dann mach dich jetzt mal an die Geschichte«, sagte Vicky. »Und wenn du die erste Seite fertig hast, möchte ich sie lesen. Oder vielleicht solltest du mir lieber erst eine Gliederung zeigen.«

»Ich brauche keine Gliederung. Das ist eine Erzählung und keine Erörterung. Außerdem muss ich unbedingt am Computer schreiben. Mir fällt garantiert nichts ein, wenn ich nicht am Computer sitze.«

Vicky seufzte. Die junge Generation. »Gut, dann druckst du es mir eben aus, wenn du was fertig hast.«

Während Dulci in ihrem Zimmer arbeitete, saß Vicky unruhig am Küchentisch und las in dem neuen Sozialkundebuch, das sie zum Glück mitgebracht hatte. Es war reine Zeitverschwendung, überhaupt hierher zu kommen, dachte sie, gar nicht zu reden von dem rausgeworfenen Geld der Warners.

Dulcis Vater kam in die Küche zurück und machte ein erstauntes Gesicht, als er sie so alleine dasitzen sah.

»Dulci arbeitet an ihrem Computer«, sagte Vicky schnell. Sie kam sich wie eine Angestellte vor, die bei einem Nickerchen ertappt wird.

»Schon gut.« Mr. Warner schenkte sich einen Kaffee ein und hielt Vicky fragend die Kanne hin. Sie schüttelte den Kopf. »Wie macht sie sich denn so?«

»Gut«, sagte Vicky. »Sie ist ein intelligentes Mädchen und muss einfach nur lernen, sich zu konzentrieren.«

»Wir verwöhnen sie zu sehr«, sagte ihr Vater, als hätte Vicky ihn getadelt. »Sie ist nun mal unser einziges Kind.«

»Einzelkinder haben eine Menge Vorteile. Sie müssen nicht diesen ganzen Geschwisterrivalitätskram durchmachen.«

»Da-ad.« Dulci stand in der Tür. »Hör auf, Mrs. Bauer zu nerven.«

Vicky lachte lauter, als sie beabsichtigt hatte. »Das geht schon in Ordnung«, sagte sie. »Ich habe doch nur hier gesessen und auf dich gewartet.«

»Na ja«, sagte Mr. Warner und schlüpfte wieder aus der Tür Richtung Werkstatt. »Dann lass ich euch zwei mal weitermachen.«

Dulci seuzte. »Leider.«

Vicky musste daran denken, wie ihr eigener Vater wohl auf so einen rotzfrechen Ton reagiert hätte. Wahrscheinlich mit einer Ohrfeige. Und was hätte Rachels Vater getan? Geschwisterrivalität wäre für Rachel und sie selber jedenfalls ein Zuckerschlecken gewesen im Vergleich zum Kampf mit ihren Vätern.

»Hier ist meine erste Seite«, sagte Dulci und reichte Vicky das Blatt. »Ich bin jetzt so richtig drin in der Geschichte.«

Als die Stunde um war, hatte Dulci fast eine ganze erste Fassung fertig, und sie druckte ein Exemplar für Vicky aus, damit sie es mit nach Hause nehmen konnte. Soweit Vicky die Geschichte gelesen hatte, spielten darin offenbar CIA-Spione und

Fotos von Victorias Ehemann mit einer ANDEREN Frau (in Großbuchstaben), die eine russische Agentin war, eine Rolle. »Meistens ist es besser, wenn man über etwas schreibt, das man kennt«, hatte Vicky an einem bestimmten Punkt eher halbherzig geäußert, da sie nicht wusste, ob man das auch heutzutage noch den jungen Schriftstellern riet. Das, was Schüler an Leben kannten, war ja im Grunde ziemlich langweilig.

Während sie ins Auto stieg, überlegte sie, ob sie es wagen konnte, die Geschichte Rachel zu zeigen, entschied sich aber dagegen. Es würde Rachel sicher nicht gefallen, dass ihr Leben als Vorlage für Schulaufgaben herhalten musste.

Heute holte sie Rachel von der Arbeit ab, da sie sowieso in der Gegend war. Der Regen hatte aufgehört, und die Sonne, die jetzt schräg durch die Windschutzscheibe fiel, blendete sie. So war sie froh, als sie in das Gewerbegebiet abbiegen konnte, in dem Hardings Firma für Kältetechnik lag.

Sie bestand aus einem Büro, einem Präsentationsraum und einem großen, fensterlosen Gebäude für Lagerung und Reparaturen. Ein großer Tank, der, wie Vicky vermutete, die Kühlflüssigkeit enthielt, war über mehrere dicke Rohre mit dem Gebäude verbunden.

Sie parkte seitlich vom Komplex direkt neben dem kleinen roten Pick-up, den Junior, der Sohn der Hardings, häufig fuhr. Nach Rachels Aussage war Junior sehr gut in seinem Job. Er hatte hauptsächlich mit dem Verkauf zu tun, aber auch mit der Reparatur und Wartung von Firmengeräten, was das eigentliche Kerngeschäft des Unternehmens war. Wahrscheinlich war es vor allem Junior zu verdanken, dass die Firma expandiert und im letzten Jahr drei zusätzliche Techniker eingestellt hatte.

Vicky ging nach vorne zum Haupteingang. Durchs Fenster konnte sie Rachel an ihrem Schreibtisch sitzen sehen. Sie addierte gerade irgendetwas auf einer Rechenmaschine, die einen weißen Papierstreifen ausspuckte. Junior saß am Schreibtisch hinter ihr und telefonierte. Sie konnte seine Stimme sogar durch die Tür hören.

Sie betrat das Büro. Rachel blickte hoch, lächelte. Sie trug ein züchtiges blaues Kleid mit einer Zickzackbordüre, die nicht nur ihren Kragen schmückte, sondern auch vorne über die ganze Länge des Kleides lief. Offenbar ein Teil aus ihrer frisch aufgefüllten Garderobe.

»Hallo«, sagte Rachel. »Nur noch ein paar Minuten.«

»Hetz dich nicht.«

Junior legte auf und grinste sie an. »Hallo«, sagte er und stellte einen Aktenordner in einen der vier deckenhohen Aktenschränke, die einen Großteil der Bürofläche einnahmen.

»Tag, Junior«, sagte Vicky.

Es kam ihr albern vor, ihn »Junior« zu nennen, obwohl er eigentlich Vance hieß, aber er hörte den Namen lieber. Vielleicht, weil er so das Gefühl hatte, immer noch das verwöhnte Kind nachsichtiger Eltern zu sein. Er musste ungefähr Mitte zwanzig sein, hatte aber schon etwas von der schweren Massigkeit seines Vaters und jenes Polster am Hals, das, wenn er erst mal dreißig war, ein Doppelkinn sein würde. Seine Züge waren wenig markant, aber was ihm an Prägnanz fehlte, machte er mit Ehrgeiz und Begeisterung wett. Vicky war ihm bisher erst zweimal begegnet, aber jedes Mal hatte er wie jemand gewirkt, dem gerade neue Batterien eingesetzt worden waren. Vielleicht lag das daran, dass er erst kürzlich geschieden worden war. Rachel mochte ihn ziemlich gern, und während sie in Gegenwart seines Vaters immer noch nervös wurde, obwohl er doch ihr Onkel war, schien sie sich mit Junior recht wohl zu fühlen.

»Na, wie laufen die Geschäfte?«, fragte Vicky ihn.

»Großartig!« Er rieb sich tatsächlich vergnügt die Hände und zeigte dann aufs Telefon. »Das war eben unser Anwalt. Er hat gerade einen Wartungsvertrag mit der Nippon-House-Restaurantkette unterzeichnet.«

»Wie wunderbar«, rief Rachel. Sie wandte sich an Vicky. »Junior bemüht sich seit einem Monat um diesen Vertrag.«

»Ich habe eine Menge japanisches Essen verdrücken müssen, um diesen Auftrag an Land zu ziehen, das kann ich Ihnen flüstern«, sagte Junior und tätschelte seinen leicht gerundeten Bauch. »Ich gehe jetzt mal in den Club, um es Dad zu erzählen.« Er nahm sein Jackett vom Garderobenständer und trabte pfeifend aus der Eingangstür.

Vicky zog die Augenbrauen hoch und sah Rachel an. »Er scheint ziemlich zufrieden mit sich zu sein.«

»Das darf er auch ruhig. Ich hoffe nur, dass sein Vater es auch zu würdigen weiß.« Rachel reckte die Arme. »Na, sein Tag war bestimmt sehr viel besser als meiner. Heute Morgen musste ich fast nur überfällige Rechnungen anmahnen. Du kannst dir nicht vorstellen, wie manche Leute einen behandeln, wenn sie einem Geld schulden. Eine Frau hat mich verflucht, ich glaube, in Spanisch, und mir dann erklärt, sie habe gesagt: ›Ich hoffe, dass deine Kinder Würmer kriegen.‹«

»Bei der Übersetzung geht immer was verloren.«

»Jedenfalls kann ich sie jetzt dem Inkassobüro übergeben. Die haben bestimmt schon schlimmere Sachen gehört.« Sie kritzelte eine Nummer auf die Rechnung, die sie gerade bearbeitet hatte, packte dann die Rechenmaschine in ihre Schreibtischschublade, drückte ein paar Tasten ihres Computers und fuhr ihn herunter. Der Rechner gab so etwas wie einen langen Seufzer von sich, und sie mussten beide lachen.

Erst als sie schon fast zu Hause waren, fragte Rachel in einem betont beiläufigen Ton: »Hab ich irgendwelche Post?«

Vicky war genauso neugierig wie Rachel. »Das weiß ich nicht«, sagte sie. »Ich bin heute aus dem Haus gegangen, bevor die Post kam.«

Sie überquerten die North Bluff Road in Richtung White Rock und fuhren dann langsam den Hügel hinunter, der schließlich am Ufer endete. Der Himmel war bedeckt, und es wurde schon dunkel. Vicky machte die Scheinwerfer an. Auf der Höhe der Pacific Avenue bog sie ab; das Meer lag vor ihnen glatt wie die Prärie. Sie musste wieder daran denken, wie überrascht sie gewesen war, als sie den Ozean an dieser Stelle zum ersten Mal gesehen hatte. Sie war damals auf Wellen und Brandung eingestellt, aber die Wucht der Strömungen wurde durch den langen, schützenden Arm von Vancouver Island und durch die anderen Golf-Inseln in der Straße von Georgia stark abgemildert. Die verschwommenen Buckel der Inseln konnte Vicky jetzt in der bläulichen Ferne erkennen. Sie bog in die Gasse hinter ihrem Haus ein.

Und trat heftig auf die Bremse. Nicht nur die Gasse, auch ihre Einfahrt war von einem schwarzen Honda blockiert.

»Dennis«, hauchte Rachel.

Vicky fuhr rechts ran und hielt vor der Hecke ihrer Nachbarin Birdy.

»Was sollen wir jetzt machen?«, flüsterte Rachel.

»Ich weiß es nicht«, sagte Vicky. »Aber wir steigen wohl besser nicht aus.«

Die Fahrertür des Honda öffnete sich. Dennis trug Jeans und die blauweiße Jacke, die er auch bei ihrer ersten Begegnung angehabt hatte, und er wirkte mindestens so groß und muskulös, wie Vicky ihn von damals in Erinnerung hatte. Er kam jetzt auf sie zu – mit etwas krummen Beinen, so als hätten die sich erst an den mächtigen Rumpf gewöhnen müssen.

»O Gott«, sagte Rachel.

»Ich kann rückwärts aus der Gasse fahren, ehe er bei uns ist.«

»Das könnte ihn provozieren.«

»Alles, was wir machen, provoziert ihn.«

Jetzt war Dennis an Vickys Fenster. Wenn sie den Wagen nicht so dicht an Birdys Hecke geparkt hätte, wäre er bestimmt zur Beifahrerseite gegangen. Vicky guckte unwillkürlich auf seine Hände und seine Taschen. Seine eine Jackentasche war ausgebeult. Bitte mach, dass das nur seine Handschuhe sind, betete sie im Stillen. Ihr Herz hämmerte. Sie legte den Rückwärtsgang ein, blickte in den Rückspiegel, jederzeit bereit, den Fuß von der Kupplung zu nehmen.

Dennis tippte gegen die Scheibe. Schlug nicht, sondern tippte. Höflich. Aber sein Gesicht wirkte angespannt, streng und wegen der unrasierten Bartstoppeln noch unfreundlicher. Seine Haltung hatte etwas von der gezügelten Kraft einer Schlagfalle.

Sie drehte ganz langsam ihr Fenster fünf Zentimeter herunter. »Hallo, Dennis«, sagte sie und versuchte, ihre Stimme gelassen klingen zu lassen, nicht ängstlich.

»Ich will mit ihr reden«, sagte Dennis und wies mit dem Kopf auf Rachel, die sich in ihrem Sitz verkrochen hatte und wegschaute.

»Wir wollen keinen Ärger«, sagte Vicky. »Fahren Sie bitte Ihren Wagen aus dem Weg.«

Dennis ließ Rachel nicht aus den Augen. »Ich weiß, dass du in meinem Haus warst«, sagte er mit wachsendem Zorn in der Stimme. »Ich hab dir nicht erlaubt, mein Haus zu betreten, du blödes Miststück.«

»Sie hat nur ein paar persönliche Sachen geholt«, sagte Vicky. Wie redete man bloß mit einem Menschen wie Dennis? Das Einzige, worauf sie sich verstand, war, vernünftig zu argumentieren. Sie wusste aber auch, dass Belästiger vernünftigen Argumenten nicht zugänglich sind. Doch was sollte sie sonst machen? Ihm drohen?

»Wenn ich dich da nochmal reinschleichen sehe, dann bring ich dich verdammt nochmal um«, sagte Dennis mit immer lauterer Stimme. »Du betrittst mein Haus nur noch, wenn du bei mir bleiben willst. Ist das klar? Ist das klar?«

»In Ordnung. Und jetzt fahren Sie bitte Ihren Wagen weg.«

»Und Sie stecken Ihren Rüssel gefälligst nicht in fremde Angelegenheiten!«

Vicky begriff jetzt, wieso Rachel ihn nicht direkt anschauen mochte. Seine dunklen Augen schienen ihr seinen Willen geradezu aufzuzwingen. Anders als sie vielleicht erwartet hätte, zog er seine buschigen Augenbrauen nicht zusammen, sondern hoch, wodurch die Augen besonders wütend und groß wirkten. Eine Narbe in seiner rechten Augenbraue sah aus, als hätte er sich ein kleines Dreieck ausrasiert.

Vicky sah weg. Vielleicht, um ihn zu besänftigen, vielleicht hielt sie aber auch sein grimmiges Starren nicht länger aus. »In Ordnung«, sagte sie ruhig.

»Und du« – Dennis steckte seinen Finger durch den Fensterspalt und zeigte auf Rachel –, »du bist meine Frau. Du hast versprochen, mich zu lieben, zu ehren und mir zu gehorchen. *Gehorchen.* Wehe, du vergisst das, ich warne dich!«

Beinah hätte Vicky das Fenster rasch hochgekurbelt, um ihm seinen vorwurfsvollen Finger zu brechen. »Lassen Sie uns in Frieden, Dennis«, sagte sie. »Bitte. Fahren Sie wieder nach Hause.«

»Halt die Schnauze! Ich wär doch gar nicht hier, wenn du nicht wärst, du Scheißlesbe!«

Na denn. »Verschwinden Sie, Dennis«, sagte sie. »Und zwar auf der Stelle.«

Dennis schlug mit der Hand auf das Dach ihres Toyota. Der Wagen wippte. Rachel schrie auf, verkroch sich noch tiefer in ihren Sitz.

»Sie haben mir gar nichts vorzuschreiben!«

»Lassen Sie die beiden in Ruhe! Und fahren Sie das Auto da weg von meiner Hecke!«

Die laute Stimme direkt neben Dennis' Ellbogen ließ alle drei zusammenfahren. Birdy. Du lieber Gott, dachte Vicky, jetzt würde sie schuld sein, wenn ihre alte Nachbarin zusammengeschlagen wurde. Schon als Birdys Außenbeleuchtung angesprungen war, kurz nachdem sie in den Pfad eingebogen waren, hätte sie wissen müssen, dass Birdy sie beobachtete. Breitbeinig stand sie jetzt da und hielt einen Besen an die Brust gedrückt wie ein Gewehr, das sie jeden Moment hochreißen, anlegen und abfeuern würde. Sie war eine kleine, stämmige Frau, die Dennis kaum an die Brust reichte, und hatte ein ständig rot angelaufenes Gesicht, was ihr praktischerweise einen kriegerischen Ausdruck verlieh. Sie war vor kurzem siebzig geworden, verfügte aber über die Kondition einer Zwanzigjährigen, nur mit einer ganzen Portion mehr Selbstbewusstsein.

»Das geht dich überhaupt nichts an, Omi«, sagte Dennis, allerdings kaum hörbar.

»Alles geht mich etwas an. Und jetzt steigen Sie in Ihren Wagen da und hören mit dem Quatsch auf.« Sie ließ den Besen so heftig auf den Bürgersteig sausen, dass die Borsten knackten.

Dennis stand einfach nur da. Sein Mund bewegte sich, ohne dass etwas herauskam. Mit angehaltenem Atem beobachtete Vicky seine Hände.

Schließlich drehte er sich wieder zu Rachel um und sagte so leise, dass Birdy ihn nicht hören konnte, durch den Fensterspalt: »Es ist noch nicht vorbei.« Dann schlenderte er zu seinem Wagen, stieg ein, knallte die Tür zu und fuhr mit quietschenden

Reifen so wild los, dass er dabei eine dunkle Warnspur auf dem Pflaster hinterließ.

Vicky begann zu lachen. Sie öffnete ihre Wagentür und hätte Birdy glatt umarmt, wenn der Besen sie nicht daran gehindert hätte. »Das war wunderbar«, sagte sie. »Vielen Dank.«

»Ich habe doch nur meine Hecke verteidigt«, grinste Birdy. »Er dachte, ich wäre genauso wütend auf Sie wie auf ihn.«

»Wir müssen Sie beim nächsten Mal, wenn er aufkreuzt, wieder rufen«, sagte Vicky.

»Gerne. Es gibt nicht viele Schlägertypen, die einer alten Frau mit Besen standhalten können. Das wissen die Leute zwar nicht, aber es stimmt.«

»Das klingt ja glatt zitierfähig«, sagte Vicky.

Birdy warf einen kurzen Blick in den Wagen. »Wie geht es Ihnen, Rachel?«

Als Rachel eingezogen war, hatte Birdy nicht lange gefackelt und Rachel gleich in den ersten Tagen abgefangen, als sie von der Arbeit kam, und sich vorgestellt. Damals hatte Vicky sich über ihre Aufdringlichkeit geärgert, aber jetzt war sie dankbar dafür.

»Hallo, Mrs. Birdsell.«

»Haben Sie denn nicht so eine Verbotsverfügung gegen diesen Kerl?«, fragte Birdy.

»Nein, nicht direkt«, gab Rachel vage zur Antwort.

»Sie sollten sich besser irgendwas besorgen. Er klingt ziemlich durchgeknallt.«

»Seiner Ansicht nach bin ich in sein Haus eingebrochen und habe Sachen gestohlen.«

»Übrigens auch *dein* Haus«, konnte Vicky sich nicht verkneifen, »und *deine* Sachen.«

»Nun, Sie wissen ja, wo wir zu finden sind, mein Besen und ich, wenn Sie uns brauchen«, sagte Birdy und verschwand wieder in ihrer Einfahrt.

Vicky legte den Gang ein und fuhr ihre eigene Auffahrt hoch, halb in Erwartung irgendwelcher Anzeichen von Dennis' Besuch. Ihr fiel aber nichts Ungewöhnliches auf, bis auf eine leere Bierdose, die ein kalter Windstoß ihr laut scheppernd vor die

Füße rollte. Vicky hob sie auf und fragte sich, ob Dennis sie wohl weggeworfen hatte.

Ihre rechten Nachbarn waren gerade im Fortgehen begriffen und nickten ihr zu. Vicky schwenkte die Bierdose in einem leicht missglückten Versuch zurückzuwinken. Das Verhältnis zwischen ihnen hatte sich bald nach dem Einzug der Familie abgekühlt. Vicky hatte nämlich, nach den obligatorischen Bemerkungen zu ihrem reizenden Kind, mit möglicherweise hörbarer Panik in der Stimme die Einladung der Frau zum Babysitten ausgeschlagen. »Ich dachte, es würde Ihnen *Freude* machen«, hatte die Frau daraufhin pikiert bemerkt, und irgendwie schien es danach für beide Seiten keinen Ausweg mehr aus der verfahrenen Situation zu geben. Trotzdem bedeutete diese Familie gegenüber dem Vorgänger eine deutliche Verbesserung. Richard. Es fiel ihr immer noch schwer, das Haus anzusehen, ohne sich ihn darin vorzustellen, ohne an ihre heftige, verrückte, desaströse Beziehung mit ihm zu denken. Verglichen mit Richard fiel das Ehepaar, das sich nur eine Gratisbabysitterin wünschte, jedenfalls in die Kategorie von Menschen, die Vicky für einigermaßen normal hielt.

Rachel folgte ihr ins Haus, und Vicky legte als Erstes die Bierdose in den Recyclingeimer oben an der Kellertreppe, und zwar so vorsichtig, als handelte es sich um eine hypersensible Sprengladung.

»Was nun?«, sagte Vicky. »Sollen wir die Polizei rufen?«

Eine ganze Weile sagte Rachel gar nichts. »Ohne Verbotsverfügung werden die sowieso nichts unternehmen.«

»Wirst du dir also eine besorgen?«

»*Mit* einer würden sie auch nichts tun.«

Vicky verkniff sich eine gereizte Antwort. Allerdings war sie nicht auf Rachel wütend, sondern auf die Polizei, auf das System, das Rachels Bemerkung leider so richtig machte.

»Ich hatte doch gehofft, dass es vorbei ist«, sagte Rachel. »Ich dachte, er lässt mich endlich in Ruhe. Ich wusste zwar, dass er diesmal sauer sein würde, weil ich mir meine Sachen geholt habe, aber dann kommt doch wieder all das alte Zeug. Von wegen ich soll zurückkommen und ihm gehorchen und all das.«

Vicky seufzte. »Ja, das hab ich ja selber gehört. Ich finde aber, du solltest dir trotzdem diese Verfügung besorgen. Das ist besser als nichts. Es zeigt ihm jedenfalls, dass du es ernst meinst.«

»So ernst wie all die anderen Male? Als ich zu ihm zurückgekehrt bin?«

»Diesmal ist es was anderes«, beharrte Vicky. Das Gespräch nahm eine Wendung, die sie nervös machte. »Dieses Mal hast du ihn wirklich verlassen.«

»Hoffentlich.«

»Wenn er nochmal hier auftaucht, dann gehe *ich* diese Verbotsverfügung besorgen. Ich hab Grund genug dazu, und die Polizei wird mich nicht so leicht los wie dich.«

Rachel bedachte sie mit einem kleinen Lächeln. »Du hast ja keine Ahnung.«

»Wie? Glaubst du etwa, Dennis würde hingehen und ihnen erzählen, ich sei lesbisch und hätte dich entführt?«

Rachel pulte an ihren Fingernägeln, mied Vickys Blick. »Es tut mir Leid, dass er das gesagt hat. Du weißt schon, das mit ... der Lesbe.«

Vicky lachte. »Ich habe das als Kompliment genommen.«

Als Vicky den Mantel abgelegt und die Post an der Haustür aufgesammelt hatte, war Rachel schon unten in ihrem Zimmer verschwunden. Vicky musste sie wieder hoch rufen.

Rachel sah den Umschlag in Vickys Händen. Sie legte die Finger auf die Lippen und presste sie so kräftig, dass sie ganz bleich und platt aussahen. Vicky hielt ihr den Umschlag hin.

Rachel schüttelte den Kopf. »Du öffnest ihn«, sagte sie.

Das Bild steckte in einer ähnlichen Karte wie beim letzten Mal: mit zwei Kätzchen auf der Vorderseite. Das Foto war wieder schwarzweiß, und es war, wie Vicky sofort erkennen konnte, wieder Rachel, diesmal im Alter von vielleicht elf Jahren. Sie trug ein weißes Rüschenkleid, saß an einem Strand auf einem dicken Treibholzbalken und hielt zwei großen, grauen Seemöwen ein Stück Brot hin. Sie lächelte, doch in sehr angespannter Haltung, so als würde sie gleich aufspringen und wegrennen.

Rachel nahm Vicky das Foto sanft aus der Hand. »Mom sagte, ich soll aufpassen. Sie sagte, die könnten mich vielleicht beißen. Ich war auch vorsichtig. Aber eine hat mich trotzdem gezwickt.« Rachel rieb sich den Zeigefinger ihrer rechten Hand. »Die Möwe hat nicht mal die Haut durchbohrt, aber ich kann es trotzdem noch fühlen. Ich spüre noch die Überraschung.«

Der nächste Umschlag kam am Tag darauf, einem Freitag. Inzwischen war Vicky die Handschrift vertraut, und auch das Grußkartenformat war immer das gleiche. Sie fragte sich, ob Dennis das so lange durchziehen würde, bis das Album von Rachels Vater vollkommen leer war. Und dann? Auf dem Weg in den Keller – sie wollte waschen – legte sie den Umschlag auf den Tisch am Treppenabsatz. Die Tür zu Rachels Zimmer, das zwischen Waschküche und Heizungsraum lag, war wie üblich geschlossen, und Vicky musste an sich halten, um nicht hineinzugehen und zu schnüffeln. Seit Rachels Einzug war sie nicht mehr in dem Zimmer gewesen, konnte sich seinen Zustand aber gut vorstellen. Die Waschmaschine hatte noch nie so blitzsauber ausgesehen. Und die kleinen Fensterscheiben über dem Spülbecken in der Waschküche waren, wie Vicky jetzt feststellte, tatsächlich aus klarem Glas. Sogar die stets in Spinnweben gehüllte Heizung schien geschrubbt worden zu sein, und die Kellertoilette hätte keine Putzkolonne sauberer scheuern können. Rachels Angebot, auch oben zu putzen, war sehr verführerisch gewesen, aber Vicky hatte dann doch genügend Stolz aufgebracht, es abzulehnen.

Heute hatte sie zwei Privatstunden. Die erste mit Ajit, einem jungen indischen Immigranten, der seinen Altersgenossen in den Naturwissenschaften sicher um zwei Jahre voraus war, aber sein Englisch verbessern wollte, lief glatt wie immer. Dann erschien Kristin und verlangte, dass Vicky ihren Englischaufsatz über Wordsworth überarbeitete, damit sie eine bessere Note erhielt.

»Das kann ich doch nicht für dich machen«, erklärte Vicky ihr zum ungefähr zehnten Mal. Wenn das Mädchen jetzt etwas in der Richtung von Dafür-bezahle-ich-Sie-schließlich antwortet, dachte sie zornig, dann sage ich: Leb wohl, das war's.

Kristin überraschte sie. »Ich weiß«, sagte sie. »Ich bin einfach nur zu faul, um es selber zu machen.«

Vicky lachte. »Stimmt haargenau. Du bist sehr intelligent, wie du weißt –« ein bisschen Schmus fürs Selbstbewusstsein –, »und wenn ich mich mit dir unterhalte, merke ich, dass du Wordsworth verstanden hast. Du musst dich einfach hinsetzen und es aufschreiben.«

Kristin seufzte und rieb sich am Hals, wodurch ihr Muttermal dunkelrot anlief. Offenbar hatte sie gerade einen Ausschlag: Lauter kleine rote Pickel bedeckten ihre Handrücken. »Ich weiß.«

»Gut, dann erklär mir mal etwas ausführlicher, was du mit diesem Satz hier meinst: ›Menschen, die London nicht lieben, haben eine dumpfe Seele.‹ Du weißt, dass das Sonett nicht auf so etwas Simples hinausläuft.«

Kristin nahm ihren Stift, rutschte auf ihrem Stuhl herum, seufzte und begann endlich zu schreiben.

Als die Sitzung vorüber war und Kristin gerade gehen wollte, kam Rachel nach Hause und knallte ihr die Tür in die Rippen. Die überschwänglichen wechselseitigen Entschuldigungen der beiden fand Vicky ebenso komisch wie ärgerlich. Sie selber war in einer härteren Welt aufgewachsen, einer Welt, in der man solche Entschuldigungen für Gelegenheiten aufsparte, wo wirklich Blut floss.

Vicky winkte Kristin hinterher, als sie die Auffahrt hinunterging. So betreten, wie sie zurücklächelte, hätte man glauben können, Vicky habe ihr gerade Betrug im Examen vorgeworfen. Das Mädchen zog die Kapuze über den Kopf, da es leicht regnete, und eilte fort.

»Was haben die jungen Leute bloß gegen Regenschirme?«, fragte Vicky, noch bevor sie merkte, dass Rachel ebenfalls keinen dabeihatte.

»Das ist nicht cool«, sagte Rachel.

Sie zog ihre Jacke aus, die blauweiße, die zu der von Dennis passte. Darunter trug sie Blazer und Rock, beide marineblau, mit einer grauen Bluse und passenden Slippern. Mit ihrem straff zurückgekämmten, im Nacken gebundenen Haar sah sie ganz wie eine tüchtige Geschäftsfrau aus und nicht mehr wie die kleine, verhuschte Unglücksmaus, als die Vicky sie kennen gelernt hatte.

»Da ist wieder ein Brief für dich.«

Rachel war schon bei dem Tischchen am Treppenabsatz. Sie

öffnete den Umschlag, und Vicky sah zu ihrer Überraschung, dass sie tatsächlich ein wenig lächelte, so als erwarte sie etwas Erfreuliches. Rachel klappte die Karte auf, wieder eine mit zwei Kätzchen vorne drauf, und betrachtete das Foto einen Moment lang, ehe sie es Vicky reichte.

»Bist du das?«

Ganz offensichtlich. Anders als bei den vorherigen handelte es sich um ein Farbfoto. Ein etwa fünfzehnjähriges Mädchen saß auf einem Sofa links neben einem nur halb sichtbaren Weihnachtsbaum. Sie trug ein rotes, hochgeschlossenes Kleid aus irgendeinem glänzenden Material und hatte schon das wunderschöne Gesicht der erwachsenen Rachel. Vicky war plötzlich ganz gerührt beim Anblick dieser jungen Frau, die so viel von der Zukunft erhoffte und auf die so viel Enttäuschung und Verrat warteten. Rachel musste ihr das Foto schließlich aus der Hand nehmen.

»Das ist jetzt das vierte, nicht?«, fragte Vicky.

Rachel nickte. »Jedes Mal bin ich ein bisschen älter. Das Ganze ... passt so gar nicht zu Dennis.«

»Für einen, der so auf direkte Konfrontation aus ist, kommt es mir in der Tat ziemlich hintersinnig und verschlungen vor.«

»Wie lange wird er damit wohl noch weitermachen?«

»Du hast doch gesagt, dass das Album ursprünglich deiner Mutter gehörte und dass sie gestorben ist, als du zwölf warst. Stammt dieses Bild hier denn woanders her?«

»Nein, das hat mein Vater gemacht. Eine Zeit lang habe ich das Album aufbewahrt. Ich glaube, bis zu meiner Heirat und noch ein bisschen danach. Das letzte Foto im Album stammt von meinem ersten Hochzeitstag. Das hat auch mein Dad gemacht.« Sie hielt inne. »Ich weiß noch, wie er mir den Fotoapparat mit der Bemerkung zurückgab, er fände es unfassbar, dass ich immer noch nicht schwanger bin. Und ich glaube, danach fing Dennis dann ebenfalls an, darauf herumzureiten.«

»Wie alt warst du da?«

»Einundzwanzig.«

»Da du ja offenbar bei jedem neuen Bild ungefähr fünf Jahre älter bist, kommt jetzt vielleicht nur noch eins.«

Rachel steckte das Foto wieder in die Klappkarte. »Da wäre vom Album meiner Mutter nicht viel geblieben, fünf Bilder.«

In dem Augenblick erschien Lois, eine weitere Nachhilfeschülerin, und Rachel huschte rasch nach unten. Vicky hätte gern gewusst, ob sie jetzt wohl das kleine Album, das ihr geschickt worden war – das mit dem Wort »Erinnerungen« auf dem Einband –, öffnen und das neue Foto liebevoll hinter das vierte Seidenpapier schieben würde, genau wie Dennis es offenbar von ihr erwartete.

Lois war vierzehn und ein Erbstück von Amanda, die sie in Französisch unterrichtet hatte. Lois war die klassische Streberin. Angetrieben wurde sie von einer Mutter, die nach Amandas Aussage dafür sorgte, dass ihre Tochter alles an Talent bekam, was mit Geld zu kaufen war. Während ihrer Sitzungen musste Vicky fast genauso hart arbeiten wie Lois. *Wieso habe ich in dieser Arbeit nur eine Eins gekriegt und keine Eins plus? Können Sie mir noch mehr Übungsaufgaben zu der Karte mit den Vegetationsperioden geben? Können Sie mich nach den Namen der wichtigsten Nebenflüsse von jedem großen Strom fragen? Können Sie mir noch ein Beispiel für ein verzweigtes Flusssystem nennen?* Nach Kristin, die sich lieber über Kenneth Branagh unterhalten hätte, war Lois irgendwie erfrischend.

Die Stunde war fast vorbei, als das Telefon klingelte. Vicky ließ den Anrufbeantworter abnehmen. Und sie erkannte die Stimme mit dem lauten Kommandoton sofort. Rachels Vater. Sie versuchte zuzuhören, worauf Lois so ungeduldig wurde, dass sie leise mit ihrem Bleistift auf den Tisch trommelte.

»... Ich weiß nicht, wie es passiert ist, aber hier ist es«, sprach die Stimme in die Maschine. »Ich wusste, dass es verschwunden war, aber heute kam ich vom Mittagessen zurück, und da stand es in dem Regal, wo es immer gestanden hat. Also, ich weiß nicht ...« Er hustete, und sein Ton änderte sich, wurde plötzlich listig, so als sei ihm gerade etwas Schlaues eingefallen. »Du kannst es haben, wenn du willst. Du kannst vorbeikommen und es abholen. Ich brauche es sowieso nicht mehr. Also, Rachel, bist du da? Bist du da? Huhu! Diese Maschinen! Da komme ich nie mit zurecht.« Es folgte ein längeres Klappern, danach plötzlich laute Radio- oder Fernsehgeräusche, und dann war die Verbindung unterbrochen.

Lois hatte nach ihrer Stunde noch nicht einmal die Haustür hinter sich geschlossen, als Vicky schon die Treppe hinuntermarschierte und an Rachels Tür klopfte.

Sie hatten gerade die Auffahrt zum Steveston Highway genommen. Rechter Hand lagen die Fantasy Gardens, die von einem früheren Provinzgouverneur zu einem christlichen Themenpark erweitert worden waren. Sie fuhren an den Bauernhöfen, dem riesigen buddhistischen Tempel und, weil Rachel Vicky nicht rechtzeitig Bescheid gesagt hatte, auch an der Konservenfabrik vorbei. Das Zentrum von Steveston, das den südwestlichen Zipfel von Richmond, einem Vorort von Vancouver, bildete, war eine bizarre Mixtur aus Discountläden, Geschäften für Anglerbedarf und ein paar schickeren Restaurants, die sogar als »idyllisch« hätten durchgehen können. Ursprünglich war Steveston ein blühendes japanisches Fischerdorf gewesen. Aber während des Krieges hatte die Regierung sämtliche japanische Schiffe samt Fischereiausrüstung konfisziert und weiterverkauft, ohne jemals irgendeine Wiedergutmachung zu leisten, weder im noch nach dem Krieg. Diese unerfreuliche Geschichte haftete Steveston immer noch an.

»Ich glaube, es geht von der Trites Road ab«, sagte Rachel und starrte in die Karte. Ihr Vater wohne noch nicht lange in dem Altenheim, sagte sie, um ihre Unsicherheit zu erklären. Er hatte vorher in Bellingham im Staate Washington gelebt, wo Rachel geboren und aufgewachsen war und wahrscheinlich auch geblieben wäre, wenn sie nicht Dennis geheiratet hätte. Der wollte aber nach Kanada ziehen, weil dort nicht so viele Ausländer lebten wie in den USA. Ausländer, hatte er Rachel erklärt, seien Menschen, denen die weiße Hautfarbe fehlte.

Jetzt waren sie auf der Westwater, die sich am Ufer entlangschlängelte, mit den nackten, grauen Gebäuden der Britannia-Werft zur Rechten. Ein großes Schild am Eingang versprach die Sanierung des Geländes, was bedeutete, dass sich immer mehr Eigentumswohnungen für gehobene Ansprüche an der Wasserfront breit machen würden. Natürlich erwähnte kein Sanierer, was mit Richmond passieren würde, wenn »The Big One«, das große Erdbeben, ausbrach. Wenn sich die saftige Erde der Flussmündung, wie es Geologen zufolge schon bei früheren Erdbeben geschehen war, mehr oder weniger in Wasser auflöste.

»Da ist es«, sagte Rachel. »Ich kann mich noch an den Hafen für kleinere Schiffe, hier am Südende, erinnern.«

Vicky bog nach links ab und ließ den aufgemotzten Wagen, der ihr im Nacken saß, vorbeirasen. Die Hillcrest-Altenanlage war ein zweistöckiges Gebäude, neu und nicht billig, mit vielleicht fünfzig Zimmern. Das Haus hatte mehrere große, runde Ausbuchtungen, in denen sich offenbar die Ess- und Freizeiträume befanden. Das hohe Eisengatter am Eingang stand offen, aber Vicky konnte ein Wachhäuschen und eine Überwachungskamera sehen, deren dunkles Knopfauge genau auf sie gerichtet war. Sie stellte den Wagen auf dem Besucherparkplatz ab und folgte Rachel nach drinnen.

Das Foyer war groß und luftig und mit bequemen Sofas und genügend Ficusbäumen ausgestattet, um ein gesundes grünes Ambiente zu schaffen. Ein Mann mit weißem Bart und Schneidezähnen so groß wie Grabsteine notierte am Empfang ihre beiden Namen, die Nummer von Vickys Führerschein, ihre Telefonnummer, den Namen des zu besuchenden Anwohners und die vermutliche Länge ihres Aufenthalts. Vicky war drauf und dran, ihn zu fragen, ob er vielleicht auch an eine Leibesvisitation dächte, lächelte aber lieber nur höflich. Wer weiß, ob sie selber im Alter nicht dankbar für einen so beschützten Wohnort wäre. Außerdem sah der Mann nicht wie ein Gefängniswärter aus, sondern eher wie der heilige Petrus höchstpersönlich, der sie für einen Trip durch das Jenseits prüfte, das hinter der dicken, zu stark gepolsterten Flügeltür liegen musste, auf die er jetzt mit dem Lächeln eines Erzengels wies.

Der Korridor jenseits der Flügeltür war entschieden weniger großartig als die Empfangshalle. Wahrscheinlich ist es im Himmel auch nicht anders, dachte Vicky. Sie gingen an zahllosen Türen vorbei, von denen einige – vielleicht als Aufforderung für Besucher – halb offen standen, und kamen zu einer der runden

Ausbuchtungen, die Vicky von außen gesehen hatte. Es war tatsächlich der Esssaal. Zwei Türen weiter blieb Rachel stehen.

»Hier ist es«, sagte sie. Ihre Stimme war nur noch ein Flüstern.

»Keine Angst. Wir müssen ja nicht lange bleiben.«

»Er ist aber ... es fällt mir so schwer, ihm gegenüberzutreten.« Ihre Wangen waren blass, und sie hielt sich an ihrem Handtaschenriemen fest, als müsste sie sich gegen einen Straßenräuber verteidigen. Ihre Hand zitterte, als sie an die Tür klopfte.

»Herein.«

Sie traten ein. Der Raum war größer, als Vicky erwartet hatte. Das Fenster ging nach Süden, und man konnte die Zedern vor dem Eingang des Gebäudes sehen. Trotzdem handelte es sich nur um ein Zimmer mit angrenzendem Bad. Das Bett stand an der Wand, und der Rest des Zimmers war voll gestellt mit Sesseln, Beistelltischchen, einem gewaltigen Fernseher und einem bis an die Decke reichenden Bücherregal, das überquoll von religiösen Schriften und Traktaten.

Jacob Cornelius saß auf dem Bett. Neben ihm lag, aufgeschlagen, als habe er es eben noch durchgeblättert, ein Fotoalbum von der altmodischen Sorte, mit filzartigen schwarzen Seiten, Fadenheftung und silbernen Fotoecken. Vicky sah, wie Rachel es mit hungrigen Augen fixierte. Sie selber ließ ihren Blick zu dem Mann wandern. Sie hatte einen Menschen erwartet, der zu der lauten, aggressiven Stimme passte, aber Jacob Cornelius war ein kleiner Mann, kleiner als sie, schmalgliedrig und von Osteoporose gekrümmt. Sein Haupt krönte ein dichter, verwegener grauer Haarbusch, doch sein Gesicht war ganz und gar faltig, und sein Kinn hing schlaff über dem Hemdkragen, der direkt am Hals festgeknöpft schien. Er trug einen blau gestreiften Schlips, und das weiße, frisch gebügelte Hemd hing lose über einer geblümten Schlafanzugshose aus Flanell.

Vicky zwang sich, ihm wieder ins Gesicht zu sehen, und es waren seine Augen, die sie in Bann schlugen. Seine unglückliche Kleidung mochte alles Mögliche nahe legen, aber seine wachen blauen Augen, die Rachel anstarrten, machten deutlich, dass es sich bei ihm nicht um einen Fall von Senilität handelte.

»Ist das da die Hauswirtin?« Genauso hatte Vicky seine Stimme in Erinnerung, laut, grob und daran gewöhnt, die verlangten Antworten auch zu bekommen. Sein Blick streifte Vicky nur kurz, um sich sofort wieder Rachel zuzuwenden.

Rachel musste sich erst räuspern, ehe sie sprechen konnte. »Ja«, sagte sie. Aus dem anschließenden Schweigen schloss Vicky, dass Rachels Fähigkeit, Menschen einander vorzustellen, damit wahrscheinlich erschöpft war. Währenddessen hatte Rachel das aufgeschlagene Album nicht aus den Augen gelassen.

»Tja also«, sagte ihr Vater und strich mit der Hand über das Album. »Wie gesagt, eines Tages war es auf einmal wieder da. Es war weg, und dann war es wieder da.«

»Fehlen irgendwelche Bilder?« Rachel redete mit piepsiger Stimme, wie ein verängstigtes Kind.

»Ein paar.« Er klappte das Album zu, legte es auf seinen Schoß.

Vicky sah, dass Rachel etwas sagen wollte, aber offenbar nicht in der Lage war, die Wörter zu formulieren. Ihr Gesicht war fast durchsichtig weiß, wie Perlmutt, und sie knetete unruhig ihre Hände.

»Wir können nicht bleiben«, sagte Vicky. »Wir wollten bloß das Album abholen.«

Jacob Cornelius packte es fest mit beiden Händen. Ein kleines, listiges Lächeln zog seine knittrigen Lippen auseinander. »Ich habe es mir anders überlegt«, sagte er und sah Rachel scharf an. »Ich habe beschlossen, es zu behalten, bis du wieder zu Dennis zurückkehrst.«

»Das können Sie nicht machen«, protestierte Vicky. »Wir sind doch extra hergekommen, um es abzuholen. Sie haben gesagt, dass Rachel es haben kann.«

Jetzt blickte Rachels Vater Vicky an. Es war ihr kaum möglich, diesen Augen standzuhalten, diesem eisig blauen Funkeln. »Ich habe gesagt, sie soll zu ihrem Ehemann zurückkehren! Sind Sie vielleicht taub? ›Die Weiber seien untertan den Männern als dem Herrn.‹ Ist sie schon so heidnisch, dass sie die Bibel vergessen hat? Sie ist meine Tochter, und ich habe sie Dennis übergeben. Und jetzt macht sie mir Schande, sie macht sich selber Schande, sie macht Gott Schande. Sie hat eine Pflicht zu erfüllen! Eine Pflicht! ›Denn der Mann ist des Weibes Haupt.‹ Es könnte doch gar nicht deutlicher sein!«

Vicky lachte. »›Epheser‹«, sagte sie und war selbst überrascht, dass sie sich noch an einen alten Streit mit einer frommen Klassenkameradin erinnerte. »Und in den darauf folgenden Versen steht, dass Frauen und Männer einander untertan sein sollen und dass die Männer ihre Frauen genauso lieben sollen wie sich selbst. Und eins steht fest, ich habe nicht gesehen, dass Dennis sich in irgendeiner Form daran hält. Sie etwa?«

Die Augen des alten Mannes wurden schmal; er war aus dem Konzept gebracht, aber nicht so gründlich, wie Vicky gehofft hatte. »Auch der Teufel kennt die Bibel«, zischte er und drückte das Album an seine Brust, als brauche er es, um sich vor ihr zu schützen. Eine Karikatur, dachte Vicky und starrte ihn an: ein Schauspieler, der übertreibt. Nur, dass das hier real war, er war Rachels höchst realer Vater.

»Also, Sie geben uns jetzt das Album, und ich verspreche, dass ich nicht länger Ihr Zimmer verpeste«, sagte Vicky.

Rachel fing an zu weinen. »Nein«, wimmerte sie. »Bitte nicht.«

»Da sehen Sie, was Sie angerichtet haben«, sagte Rachels Vater triumphierend.

Vicky sah Rachel bestürzt an. »Es ist alles gut«, sagte sie weich.

»Sie sind es doch, die meine Tochter gegen Gott aufstachelt!«, schrie Rachels Vater. »Sie stiften sie zu all dem an, sodass sie jetzt ihren Ehemann und ihren Vater nicht mehr ehrt! Was sind Sie nur für eine Frau?«

»Ich bin eine einfache Witwe«, sagte Vicky etwas einfältig. Es war das Erste, was ihr einfiel.

»Eine Witwe!« Er schauderte, so als sei alles noch viel schlimmer, als er erwartet hatte. »›Eine Witwe, welche aber in Wollüsten lebt, die ist lebendig tot.‹«

Es hätte eine Menge cleverer Antworten darauf gegeben, aber Vicky merkte inzwischen, dass sie dieses Spiel, sein Spiel, nicht gewinnen konnte, deshalb sagte sie nichts. Er würde das verdammte Album nicht herausrücken, und er war mit Rachel offenbar genauso verfahren, wie er es sich vorgenommen hatte.

Jacob Cornelius beugte sich so weit vor, dass sein Oberkörper und das Album fast parallel zum Fußboden waren, und kam dann ächzend auf die Füße. Er wandte sich an seine Tochter und wies mit der freien Hand dramatisch auf Vicky. »Sage dieser ... dieser *Frau*, sie soll verschwinden!«

»Geben Sie uns das Album, und wir verschwinden beide«, sagte Vicky, doch sie wusste, er würde ihrer Stimme anmerken, dass sie wenig Hoffnung darauf hatte.

»Verschwindet!« Er zeigte auf die Tür.

Das Album rutschte ihm aus der Hand, und Vicky überlegte einen Moment lang, ob sie es sich schnappen sollte. Ihre Beinmuskeln spannten sich, sozusagen in Vorwegnahme ihres Spurts durch den Korridor – Vicky, der Quarterback der säkularen Humanisten –, vorbei am Heiligen Petrus im Foyer und durch die Eingangstür: Touchdown. Wenn Rachel nicht dabei gewesen wäre, hätte sie es vielleicht riskiert.

»Möchtest du jetzt gehen?«, fragte sie Rachel und versuchte, nicht daran zu denken, was sie machen sollte, wenn Rachel nein sagte.

Doch Rachel nickte. Sie drehten sich um, und Vicky öffnete die Tür. Sie spürte ein Kribbeln im Rücken, so als könnte der Mann ihr etwas hinterherschleudern. Weihwasser vielleicht. Obwohl das wohl nicht so recht zu seiner puritanischen Glaubensgemeinschaft passte.

Im Korridor kam ihnen eine Frau im Rollstuhl entgegen. Sie lächelte und wollte ganz offensichtlich etwas sagen. Aber als sie Rachels Gesicht sah, senkte sie die Augen und fuhr wortlos an ihnen vorbei.

Viertes Kapitel

Am Sonntag fuhren Vicky und Amanda nach Vancouver, um sich in einer kleinen Kunstgalerie mit angeschlossenem Kino die restaurierte Fassung von *Vertigo* anzuschauen. Vicky hatte Rachel zwar gefragt, ob sie Lust habe mitzukommen, war aber erleichtert, als sie ablehnte. Nach der Geschichte mit ihrem Vater im Altersheim waren sie ein wenig befangen im Umgang miteinander, fast als hätten sie sich etwas zuschulden kommen lassen und nicht Rachels Vater.

Nach dem Kino wollte Amanda eigentlich noch mit Vicky ins *Le Parvenu*, ein neues französisches Restaurant, aber die lange Schlange davor schreckte sie ab.

»Ich bin sowieso nicht dafür angezogen«, sagte sie. Sie trug eine Jogginghose mit einer marineblauen Tuchjacke, die ihre beste Zeit bei der Vorbesitzerin erlebt hatte. Amanda arbeitete jetzt zwar ganztags und hatte sich nach und nach eine ordentliche Berufsgarderobe zugelegt, aber am Wochenende erinnerte sie sich, wie sie behauptete, gern an ihre ärmlichen Anfänge. Die beiden Frauen hatten sich vor Jahren als Vertretungslehrerinnen in höchst bescheidenen Verhältnissen kennen gelernt.

Sie fanden ein kleines, gut besuchtes Restaurant in der Robson Street und bestellten Salat mit Reis und Garnelen und einer hinreißenden Currysoße.

»Ich bin ja froh, dass ich mich nicht dem Franzosentest aussetzen musste«, sagte Amanda und wedelte mit der Hand vor ihrem Gesicht. Ihr Mund war groß und ausdrucksvoll, und sie betonte ihn meist noch mit dunkelrotem Lippenstift. Sie hatte einen neuen Kurzhaarschnitt mit blonden Strähnen, der gut zu ihrem pummeligen, runden Gesicht passte, das zu Sommersprossen neigte. Seit dem letzten Treffen der beiden Frauen hatte sie offenbar zugenommen. Vicky ärgerte sich, dass sie es überhaupt registrierte: der Dickwanst, der den Kessel rund nennt.

»Und – wie hat dir der Film gefallen?«, fragte sie.

Amanda nahm einen großen Schluck Wasser. »Ach, ich weiß nicht. Es stimmt ja wohl, wahrscheinlich ist *Vertigo* tatsächlich ein großer surrealistischer Film und eines der Meisterwerke des Jahrhunderts, aber irgendwie hat er was Mechanisches. Alles ist so ... tot irgendwie, die Personen kommen mir wie Wachsfiguren vor, und ihre Dialoge sind so steif –«

»Aber darum geht es doch gerade!« Vicky konnte nicht an sich halten, sie musste die Freundin unterbrechen. »Diese totenähnliche Erstarrung von San Francisco zeigt doch nur, wie verhängnisvoll Scotties Besessenheit ist. Er sitzt in dieser Spirale fest, sie alle beide, er und Madeleine, und es gibt keinen Ausweg für ihn. Jene Madeleine, die ihm einen hätte zeigen können, existiert nicht mehr und hat in Wirklichkeit auch nie existiert. Am Anfang ist Scotties Observierung noch ziemlich zielgerichtet, aber allmählich wird sie immer verschlungener, bis sie schließlich in einen perfekten Kreis mündet. Was ja wiederum die Form romantischer Getriebenheit ist. Das ist ziemlich brillant.«

»Wenn du es sagst, Professor Pingelig.«

Vicky verzog das Gesicht. »Du bist gemein«, sagte sie, obwohl sie die Bemerkung wahrscheinlich verdient hatte. Sie kannte ihre Neigung zum Dozieren, wenn es um Filme ging.

»Na, egal«, sagte Amanda. »Ich musste jedenfalls die ganze Zeit daran denken, wie es mir wohl erginge, wenn ich Judy wäre. Diese kleine, unscheinbare Verkäuferin, aus der Scottie völlig verbissen eine neue Madeleine machen will.«

»Das Objekt der Besessenheit«, sagte Vicky. Vor ihrem inneren Auge schoben sich plötzlich Rachels Züge über Kim Novaks Gesicht – beide besaßen sie dieselbe passive, bleiche Schönheit.

»Was ist denn mit Rachel?«, fragte Amanda, als könnte sie Vickys Gedanken nachvollziehen, was sie vermutlich auch getan hatte.

Vicky erzählte ihr vom Besuch bei Rachels Vater, und Amanda bekam einen Schreck. »Seid bloß vorsichtig, ihr beiden«, sagte sie. »Der verrückte Vater hört sich ja fast noch schrecklicher an als der verrückte Ehemann.«

»Rachel behauptet dauernd, dass Dennis ihr niemals etwas antun würde.«

Amanda schnaubte verächtlich. »Und natürlich glaubst du ihr. Wach auf!«

»*Ich* bin doch hier nicht die Ahnungslose«, sagte Vicky verletzt. »Aber wenn Rachel nichts unternehmen will, kann ich sie ja wohl kaum dazu zwingen.«

»Ich habe zufällig gerade einen Artikel von einer belästigten Frau gelesen. Sie sagt, nicht nur Angst und Schuldbewusstsein hätten sie gequält – nach dem Motto: Es kann ja nur an mir liegen, wenn dieser arme Kerl sich zu mir hingezogen fühlt –, sondern auch ein Drang zur Verleugnung. Sie musste nämlich leugnen, dass sie sich tatsächlich in sehr großer Gefahr befand, sonst hätte sie nicht funktionieren können. Vielleicht geht es Rachel jetzt ja ähnlich, und vielleicht geht es auch dir ähnlich.«

»Nein, das stimmt nicht«, sagte Vicky. Wenn Amanda nicht so vorwurfsvoll geklungen hätte, hätte sie vielleicht weniger schroff reagiert.

»Also gut, dann nenne ich dir eine Statistik: In Nordamerika ist jedes vierte weibliche Mordopfer vorher von einem Mann belästigt worden, den das Opfer einmal geliebt hat.«

Jede Vierte. Vicky starrte krampfhaft auf die Tischplatte, um sie nicht alle vor sich zu sehen, all die ermordeten Frauen. Und jedes vierte Gesicht trug Rachels Züge. Statistiken, hatte sie einmal einen Arzt sagen hören, seien nichts anderes als Menschen, denen die Tränen abgewischt worden sind.

»Und wenn so ein Kerl die Kontrolle verliert«, fuhr Amanda fort, »dann bringt er nicht nur die Frau um, sondern auch irgendwelche anderen Menschen, die ihr vielleicht geholfen haben.«

Vicky stocherte in ihrem Salat. Plötzlich sahen die Garnelen in der Currysoße so giftig gelb aus, dass sie ungenießbar schienen.

»Im Moment amüsiert dieser Dennis sich damit, Rachel die Fotos zu schicken«, sagte Amanda. »Aber du hast ja gesagt, dass sie ihm demnächst ausgehen könnten. Vielleicht ist das Spiel also bald vorbei. Dann braucht er was Neues, um ihr

Angst zu machen und weiter das Gefühl der Kontrolle über sie zu haben.«

»Birdy hat ihre Hilfe angeboten«, sagte Vicky. »Sie hat da so eine Theorie über alte Frauen und Besen.«

Amanda seufzte. »Ich meine es übrigens ernst, Mädel!«

»Das weiß ich. Aber was soll ich machen? Rachel rauswerfen?«

»Natürlich nicht«, sagte Amanda ungeduldig. »Aber du solltest wenigstens auf dieser Verbotsverfügung bestehen.«

»Da du dich in Statistiken auskennst, weißt du auch, dass wir uns nicht darauf verlassen können. Erst recht nicht, wo Rachel schon mehrmals zu Dennis zurückgekehrt ist. Entweder tut die Polizei gar nichts, oder sie macht Dennis nur noch rasender. Übrigens raten einige Psychoheinis doch sowieso ab von solchen Verfügungen, weil sie den Kerl nur provozieren.«

»Ich weiß, ich weiß.« Amanda piekste mit den Zinken ihrer Gabel in die kleine Serviette unter ihrem Wasserglas. »Hier ist noch eine Statistik für dich: Die ersten vier Monate, nachdem eine Frau ihren Partner verlassen hat, sind die gefährlichsten. Man muß sie einfach aussitzen. Und sehr, sehr vorsichtig sein. Nichts unverschlossen lassen.«

»Ich habe meinen Videorekorder mit der elektronischen Kindersperre abgeschlossen. Zählt das auch?«

»Vicky!«

»Okay. Tut mir Leid. Einverstanden. Ich werd vorsichtig sein.«

Das nächste Bild kam am Montag.

Rachel war zu Hause, als es kam. Harding hatte gesagt, sie brauche erst nachmittags zu erscheinen, weil das Büro renoviert wurde. Sie musste das Päckchen mit den CDs für Vicky (die einmal auf das Lockangebot von 11 CDs für 1 Cent reagiert hatte und sich jetzt mit einer endlosen Reihe von Sendungen konfrontiert sah, an deren Bestellung sie sich kaum noch erinnern konnte) durch den Türschlitz plumpsen gehört haben. Sie war, schon fürs Büro gekleidet, die Treppe hochgekommen und stand wartend an der Haustür, als Vicky aus ihrem Arbeitszimmer trat. Sie sahen sich wortlos an, und dann bückte Vicky sich und hob den rechteckigen Umschlag auf, von dem beide wussten, dass er an Rachel adressiert war.

Rachel holte tief Luft, fuhr mit dem Fingernagel unter die Lasche und riss sie so vorsichtig auf, als dürfe der Umschlag auf keinen Fall beschädigt werden.

Dieses Mal waren auf der Karte keine Kätzchen. Stattdessen eine Reproduktion von Munchs *Der Schrei.* Vicky sah zu, wie Rachel die Karte aufklappte und das darin liegende Foto betrachtete. Sie biss sich dabei so heftig auf die Unterlippe, dass sie ganz weiß wurde.

»Was ist los?«, fragte Vicky. »Ist es anders als die anderen?«

Rachel schüttelte langsam den Kopf, ohne den Blick von dem Foto zu wenden. Vicky wartete nicht ab, bis Rachel ihr das Bild endlich reichte, sondern reckte den Kopf, um es auch zu sehen.

Es handelte sich um eine professionelle Farbaufnahme von acht Menschen, von denen die Hälfte auf einer Bank saß, während die anderen dahinter aufgereiht standen. Bis auf zwei waren es alles Frauen, und alle trugen sie ähnlich lange, dunkle Kleider. Ihre Frisuren mochten vor zwanzig Jahren modern gewesen sein. Die zwei Männer, die hinten in der Mitte standen, trugen Anzug, Krawatte und eine ernste Miene. Das Alter der Personen reichte von etwa dreißig bis sechzig, und nach dem, was vom Hintergrund zu sehen war – eine Tafel oder ein Anschlagbrett –, schien es sich um den Lehrkörper einer Schule oder einer ähnlichen Institution zu handeln.

Um einen der beiden Männerköpfe war mit roter Tinte ein dünner Kreis gezogen. Aber was Rachel wohl am meisten erschreckt haben musste, waren die Worte, die, ebenfalls in roter Tinte, auf der Innenseite der Grußkarte standen: *Weißt du denn nicht, was er getan hat?*

Vicky spürte, wie sich auf ihren Armen eine Gänsehaut bildete.

»Stammt dieses Bild denn nicht aus dem Album deiner Mutter?«, fragte sie. »Weißt du, wer der Mann ist? Oder wo das Foto gemacht wurde?«

Rachel brauchte sehr lange für ihre Antwort. Als sie dann endlich redete, war ihre Stimme so leise, dass Vicky die Ohren spitzen musste. »Ich weiß, wo das ist.«

Vielleicht ist es ja unklug, weiter in Rachel zu dringen, dachte Vicky, aber sie konnte einfach nicht anders. »Und? Wo ist es?«

Rachel klappte die Karte zu. Ihre Finger zitterten. »Können wir uns setzen?«, sagte sie.

»Natürlich.«

Vicky führte sie zum Esszimmertisch, und sie nahmen auf genau den Stühlen Platz, auf denen sie auch schon nach der Ankunft des ersten Bildes gesessen hatten. Draußen war ein herrlich sonniger Tag, genau wie damals, und das Licht glitzerte auf dem Wasser der Semiahmoo-Bucht. Rachel kniff die Augen zusammen und sah so betont aus dem Fenster, dass Vicky schließlich an der Strippe der Jalousie zog, um die Lamellen zu schließen.

Rachel blinzelte mehrmals, dann senkte sie den Blick und sah auf die Karte in ihrer Hand. Sie stellte sie, wie es sich für solche Grußkarten gehörte, aufgeklappt vor sich auf den Tisch. Das Foto rutschte heraus, mit der richtigen Seite nach oben.

»Es stammt nicht aus dem Album meiner Mutter. Ich weiß nicht, wo es herkommt.« Sie hielt inne. »Aber ich ... Aber ich weiß, wer die Menschen sind. Wo es aufgenommen wurde. Wann das war, wann es aufgenommen worden sein muss.« Wieder verstummte sie.

Vicky schlug die Beine übereinander und stellte sie wieder nebeneinander. Das war ja mühsamer, als einem Schüler die Antworten aus der Nase zu ziehen!

»Als ich sechzehn war«, fuhr Rachel schließlich fort, »fand mein Vater, dass ich zu ... wild wurde, dass ich ... falsche Freunde hatte, und deshalb hat er mich in diese Schule gesteckt.« Sie zeigte auf das Bild. »Sie wurde von seiner Religionsgemeinschaft geleitet und hieß Christliche Hammond-Schule für Mädchen. Sie war direkt da drüben –« Rachel zeigte auf die geschlossene Jalousie. »Außerhalb von Blaine. Wir konnten von dort aus White Rock sehen und machten immer Witze, dass wir abhauen würden. Wir müssten nur durch die Bucht schwimmen und über die Grenze fliehen.«

»Waren sie denn so streng mit euch? Mit Hölle und Fegefeuer und allem Drum und Dran?«

»Ja. Es herrschte ... Disziplin.« Rachel sah jetzt nicht mehr auf das Foto. »Manche Lehrer konnten allerdings auch nett sein. Miss Butler zum Beispiel, an die erinnere ich mich noch.« Rachel zeigte mit dem Finger auf eines der Gesichter. »Aber die meisten waren sehr streng. Immerhin sollten sie uns ja zu Gehorsam und Gottesfurcht erziehen. Abrichtung zum Gehorsam hat eines der Mädchen dazu gesagt. Es gab jede Menge religiösen Lernstoff, und wir wurden die ganze Zeit überwacht. Vielleicht war das das Schlimmste, dass wir uns wie in einem Gefängnis fühlten. Wir durften das Haus nie verlassen. Selbst wenn Eltern zu Besuch kamen, durften wir nicht mit ihnen irgendwohin gehen.«

»Und dieser Mann? Der mit dem eingekringelten Gesicht?«

»Das *weiß* ich nicht!«, schrie Rachel. »Ich *weiß* es nicht!«

Rachels heftige Reaktion ließ Vicky zusammenfahren. »Er scheint ja ein Lehrer der Schule zu sein«, sagte sie vorsichtig.

»Der andere Mann war irgend so ein Verwalter, vielleicht der Direktor, ein Pfarrer, aber den hier kenne ich nicht. Wirklich nicht!«

»Hast du eine Ahnung, was er angeblich getan haben soll?«

Rachel schüttelte den Kopf. Ganz plötzlich stand sie auf und ging in die Küche. Vicky hörte, wie sie den Wasserhahn aufdrehte. Als sie zurückkam, hielt sie ein Glas Wasser in der Hand, und kaum saß sie wieder, trank sie es in einem Zug fast ganz aus. »Ich glaube, dieser Mann gehörte auch irgendwie zum Personal, vielleicht war er der Hausmeister, aber ich erkenne ihn nicht wieder.«

»Hast du eine Ahnung, woher Dennis dieses Foto haben könnte?«

»Wahrscheinlich gehört es meinem Vater. Wie gesagt, die Schule wurde von seiner Glaubensgemeinschaft geleitet.«

»Also«, sagte Vicky in forschem Ton. »Dennis will dich einfach nur weiter verrückt machen.« Sie sah rasch auf die Uhr. »Vielleicht sollten wir jetzt los.« Sie würde Rachel unterwegs im Büro absetzen, da sie ihren Videorekorder zur Reparatur bringen musste. Mit der elektronischen Kindersperre kam sie einfach nicht zurecht.

Rachel sah ebenfalls auf die Uhr und sprang hoch. »Oje, ich habe versprochen, um ein Uhr da zu sein.« Vicky sah ihr die Erleichterung an. Nun musste Rachel sich nicht mehr zu dem Foto äußern und zu der Frage, die in roter Tinte auf der Karte stand.

Es war nur wenige Minuten nach eins, als Vicky bei Harding Kältetechnik vorfuhr, aber Rachel hastete ins Gebäude, als käme sie Stunden zu spät. Vicky hatte gerade den Rückwärtsgang eingelegt, als John Harding in seinem blauen Mercedes direkt neben ihr hielt. Er winkte, und vielleicht, weil Vicky sehr langsam zurücksetzte, um nicht gegen seinen Wagen zu fahren, kam er zu ihr herüber, nachdem er ausgestiegen war. Sie kurbelte das Fenster herunter.

»Danke, dass Sie Rachel gebracht haben«, sagte er und strich sich mit der Hand über den Kopf, um ein womöglich verrutschtes Haar an Ort und Stelle zu schieben.

»Kein Problem. Übrigens werden Sie heute etwas nachsichtig sein müssen, da Rachel ein bisschen durcheinander ist. Sie hat wieder eines dieser Fotos bekommen.«

»Fotos?«

Was hatte sie da angerichtet? Sie war einfach davon ausgegangen, dass Rachel den Hardings von Dennis' Machenschaften erzählt hatte.

»Du lieber Gott«, stammelte sie. »Das hätte ich nicht – Aber Dennis, wir nehmen an, dass es Dennis ist, er schickt Rachel dauernd diese Fotos aus dem Album ihrer Mutter. Nur heute war es ein Bild von einer religiösen Schule, in die sie geschickt wurde, als sie sechzehn war. Das wissen Sie ja sicher.«

»Religiöse Schule?«

Irgendwie antwortete er für Vickys Geschmack ein bisschen zu schnell, tat ein bisschen zu überrascht. Sie blickte hoch. Seine durch die Brille vergrößerten Augen ruhten auf dem oberen Rand ihres Wagenfensters, das sie nicht ganz heruntergekurbelt hatte. Er fuhr mit seinem Zeigefinger mehrmals über die Glaskante und rieb sich dann den Dreck von den Fingern.

»Wir hatten nicht viel mit Rachels Vater zu tun«, sagte Harding. »Erst recht nicht nach dem Tod von Rachels Mutter. Ich kann mich noch erinnern, wie der alte Cornelius mich wissen ließ, dass ich wegen meines unchristlichen Lebenswandels in der Hölle schmoren werde.« Er lachte, doch es klang verlegen. »Als Rachel dann ins Teenageralter kam, waren wir uns ziemlich fremd geworden. Aber gerade da hätten wir sie sicherlich stärker unterstützen sollen. Vielleicht hätte sie dann nicht einen Mann geheiratet, der genauso schlimm ist wie ihr Vater.«

Vicky, die ihn nicht aus den Augen ließ, spürte, wie sich ihr Misstrauen verflüchtigte. Warum hätte er sie schließlich anlügen sollen? Hätte es denn irgendetwas geändert, wenn er von der Schule gewusst hätte? Er war es jedenfalls nicht, der Rachel das Foto geschickt hatte.

»Na ja«, sagte sie. »Wahrscheinlich versucht Dennis immer noch, sie auf jede erdenkliche Art und Weise zu terrorisieren.«

Harding seufzte. »Er ist ein hundsgemeiner Kerl. Einmal wartete er draußen auf sie, als sie mit Junior vom Mittagessen kam, und sagte, wenn er sie noch einmal mit Junior erwische, werde er Junior einen Denkzettel verpassen.« Er schüttelte den Kopf. »Einen Denkzettel. Nur weil er mit seiner Cousine essen geht. Mit einem Menschen wie Dennis kann man einfach nicht vernünftig reden.«

»Rachel ist ziemlich mutig. Ich wäre inzwischen längst ein Nervenwrack.«

»Sie müssen auch vorsichtig sein, Vicky. Dennis hasst alle, die ihr helfen.«

Sei vorsichtig. Amanda hatte dasselbe gesagt. Vicky verabschiedete sich von Harding, winkte Rachel durchs Fenster zu und fuhr rückwärts auf die Straße.

Sei vorsichtig. Waren sie denn beide wirklich in Gefahr, Rachel und sie selber? Oder hatte Rachel Recht, und was Dennis machte, war nichts als Bluff und leere Drohungen? Die meisten Männer sind natürlich wütend, wenn sie von ihren Frauen verlassen werden, aber nur die wenigsten würden ihrer Frau tatsächlich Gewalt antun. Oder der Freundin ihrer Frau. Und außerdem konnte Vicky sich nicht jede Sekunde in Acht nehmen. Hieß das nun, wie Amanda behauptet hatte, dass sie die Wirklichkeit leugnete? Aber sie verleugnete doch nichts, wenn sie einsah, dass sie verdammt wenig dagegen unternehmen konnte, falls Dennis tatsächlich vorhatte, ihr etwas anzutun!

Vicky lieferte den Videorekorder ab und fuhr wieder nach Hause. Unterwegs stellte sie das Radio sehr laut, um die Welt jenseits der spröden Liebeslieder von Alanis Morissette auszusperren. Eigentlich sollte ihr Leben doch inzwischen einfacher sein, dachte sie. Sie hatte sich schon fast daran gewöhnt, dass Conrad nicht mehr da war. Ganze Tage vergingen mittlerweile, ohne dass sie an ihn dachte. Sie hatte Spaß am Unterrichten, und sie genoss es, dass sie zum ersten Mal im Leben mehr Geld besaß, als sie brauchte. Und dann war Rachel plötzlich in ihr Leben getreten. Rachel und mit ihr Dennis.

Als sie zu Hause ankam, sah sie Rob vorne auf ihrer Treppe sitzen. Er hatte die Beine von sich gestreckt, die Augen geschlossen und hielt das Gesicht in die Sonne. Er war zu früh.

»Tut mir Leid, dass du warten musstest«, sagte sie.

»Das macht nichts.« Er ließ seine Büchertasche auf den Couchtisch fallen. »Ich dachte, ich könnte vielleicht Ihre sexy Untermieterin erwischen.«

»Sie hat genug Männer, die sie belästigen, vielen Dank«, sagte Vicky und hätte es am liebsten sofort wieder zurückgenommen. Anscheinend konnte sie heute einfach nicht den Mund halten, wenn es um Rachels Privatleben ging.

»Belästigen?«

Also gut, da konnte sie es ihm auch genauso gut erzählen. Immerhin besuchte Rob inzwischen das College, er war erwachsen. Und ein zusätzliches Paar wachsamer Augen in Rachels Nähe könnte nicht schaden. »Es geht um ihren Mann. Er will nicht akzeptieren, dass sie ihn verlassen hat. Wenn du also jemand hier herumschleichen siehst, sag Bescheid.«

»Mein Gott, die arme Frau. Ich hatte in der elften Klasse mal eine Freundin, deren alter Freund genauso war. Sie hatte richtige Angst vor ihm.«

»Hat er ihr jemals, na, du weißt schon, was getan?«

»Unheimliche Anrufe hauptsächlich. Dann ist ihr Vater zu ihm hin und hat mit ihm geredet, und dann hörte es auf. Vielleicht sollte Rachels Vater auch mal mit dem Mann reden.«

Vicky lachte, erzählte ihm aber lieber doch nicht, dass Rachels Vater selber Teil des Problems war. »So« – sie zeigte auf seine Büchertasche –, »jetzt lass mal den überarbeiteten Essay über den Nahen Osten sehen.«

Rob öffnete den Reißverschluss an einer Ecke der Tasche und zog ein krumpeliges Päckchen heraus: ein halbes Dutzend doppelt gefalteter Zettel. Vicky verzog das Gesicht. »Bei deinem Lehrer solltest du ihn aber lieber nicht in dieser Form abliefern. Das wäre so, als würdest du dich in stinkiger Unterwäsche mit einem Mädchen treffen.«

Rob lachte, faltete die Zettel auseinander und strich sie glatt. »Es ist doch nur ein Entwurf, Mom.«

»Werd nicht ungezogen.«

»Ungezogen!« Er blies die Backen auf. »Was ist das denn für ein altmodisches Wort?«

Vicky nahm die Seiten und gab ihm damit einen Klaps. »Etwas mehr Respekt vor älteren Menschen, bitte schön«, sagte sie.

Rachel arbeitete länger, weil sie die liegen gebliebene Arbeit erledigen wollte. Und so war es schon spät, als Vicky Juniors Wagen vorm Haus halten hörte. Beide schienen noch draußen im Auto sitzen zu bleiben, denn es dauerte eine Weile, bis Vicky den Schlüssel im Schloss hörte. Und als Rachel dann die Treppe hochkam, entfuhr Vicky eine Bemerkung, die ein bisschen sehr nach Schnüffelei klang. Sie sagte nämlich etwas über Junior und wie gern er offenbar mit ihr zusammen sei.

Rachel errötete. »Wir haben uns nur über die Arbeit unterhalten«, sagte sie und zog ihre Jacke aus.

»Natürlich.« Das klang ironisch, obwohl Vicky es gar nicht so gemeint hatte.

»Junior ... na ja, ich mache mir Sorgen wegen ihm.« Rachel seufzte. »Er arbeitet zu viel. Er will um jeden Preis Erfolg, bei ihm muss alles immer unbedingt klappen und richtig sein.«

»Du brauchst dich nicht zu rechtfertigen. Sag einfach, dass

ich mich gefälligst um meine eigenen Angelegenheiten kümmern soll.«

Rachel lächelte. »Wenn du dich nur um deine eigenen Angelegenheiten kümmern würdest, wäre ich nicht hier.«

Vicky lachte. »Komm nach oben, trink eine heiße Schokolade und guck mit mir die Serie. *The Outer Limits* ist genau das, was du jetzt brauchst, es macht den Kopf schön leer.«

Es überraschte Vicky allerdings nicht, dass Rachel mit der Begründung ablehnte, sie wolle lieber ihren Roman zu Ende lesen. Dennis habe immer darauf bestanden, mit ihr zusammen fernzusehen, erklärte sie, und zwar Sendungen, die er aussuchte, Polizeishows und Hockeyspiele und die schwachsinnigen Vorabendserien. Und als sie Vickys Bücherregale gesehen habe, sei sie sich wie eine Gefangene vorgekommen, die aus der Isolationshaft in eine Luxuswelt entlassen wird. Jetzt las sie schnell, gierig und wahllos. Das einzige System, nach dem sie offenbar vorging, war das Alphabet, weswegen sie jetzt auch einen D.-H.-Lawrence-Roman las, nachdem sie einen von Margaret Laurence beendet hatte.

»*Söhne und Liebhaber*, stimmt's?«, sagte Vicky.

Rachel nickte. »Das ist wirklich was anderes als *A Jest of God*.«

»Das glaube ich gerne. Es handelt sich ja auch um eine andere Laurence.«

»Ich weiß.« War da etwa ein gereizter Unterton herauszuhören? Zwar hatte Rachel die High School nicht beendet, aber Vicky wusste trotzdem, dass sie sich lieber vor herablassenden Bemerkungen hüten sollte, zumal sie Rachels Lesehunger kannte.

»Damit wurde bei uns in der Schule immer getestet, wie kanadisch wir waren«, fuhr sie deshalb hastig fort. »Sie wollten sehen, ob wir Laurence auch mit u statt mit w schrieben.«

»Mich hat jedenfalls die Frau in dem Roman genervt. Ich fand es blöd, wie sie sich von ihrer Mutter herumkommandieren ließ. In *Söhne und Liebhaber* will die Mutter die Hauptfigur auch herumkommandieren, aber der Sohn lässt es im Grunde nicht zu.«

»Bis er sie dann sogar umbringt.« Zu spät fiel Vicky ein, dass Rachel vielleicht noch gar nicht an der Stelle war. Oje, oje!

Aber Rachel sagte: »Ja, das ist ziemlich schrecklich. Aber vielleicht hätte die Frau in Laurence' Roman das auch tun sollen.« Sie musste Vickys erstaunte Miene bemerkt haben, denn sie fuhr rasch fort: »Ich meine, nicht in Wirklichkeit, nicht im richtigen Leben. Aber sind Romane nicht genau dazu da? Dass wir uns Lösungen vorstellen können, die im wirklichen Leben undenkbar sind?«

»Das ist eine interessante Theorie«, sagte Vicky.

Sie überlegte gerade, was sie darauf antworten könnte, als Rachel gähnte und meinte, sie sollte jetzt wohl besser gehen, sonst würde sie schon nach zwei Seiten einschlafen. Vicky sah ihr nach, wie sie die Treppe hinunterging, und fand nicht zum ersten Mal, dass Rachel komplizierter war, als sie schien. Wie ein Buch, das man liest und bei dem immer wieder eine Seite fehlt.

Vicky machte sich eine heiße Schokolade und stellte den Fernseher an. Sie sah zu häufig fern, das war ihr durchaus bewusst. Aber wie froh war sie an so manchem Abend, wenn die kleinen redenden Gesichter, die Autojagden, die Rockvideos und die Sendungen über fremde Länder sie ablenkten. So musste sie wenigstens nicht an Conrad denken, an ihre Einsamkeit, ihr verzweifeltes Verlangen nach einem Gläschen, nur einem einzigen Gläschen, bitte, damit sie durch die Nacht kam. Und es war ihr ja vollkommen klar: Wenn sie dem Wunsch nach diesem einen Gläschen nachgäbe, würde sie wieder in der Hölle landen. Fernsehen war die unbedenklichere Sucht.

Die heutige Folge von *The Outer Limits* war enttäuschend – lauter durchschaubare Monster mit schlechtem Make-up –, und sie wollte gerade das Gerät abschalten, als sie glaubte, unten im Keller einen Schrei zu hören. Der Kater fuhr hoch, sträubte den Schwanz und spitzte die Ohren in Richtung Treppe. Vicky stellte den Ton ab. Stille.

Sie ging zur Kellertreppe und rief: »Rachel?«

Keine Antwort. Sie knipste das Licht an und stieg vorsichtig die Treppe hinunter. Wenn irgendjemand durch die Vorder- oder Hintertür ins Haus gekommen wäre, hätte sie ihn garantiert gehört, auch bei laufendem Fernseher. Aber wenn derjenige nun schon vorher eingedrungen war und sich im Keller versteckt gehalten hatte –

Unten an der Treppe blieb sie mit klopfendem Herzen stehen. Die nackte Glühbirne beleuchtete die Waschmaschine, den Trockner, den unförmigen Trumm von Heizung, den Haufen mit Kartons und Koffern hinten an der Wand und die Ecke ohne Teppich, wo Conrad sich eine Werkbank gebaut und sein Werkzeug aufgehängt hatte. Die Tür des kleinen Badezimmers stand offen, und sie konnte hineinsehen. Nichts Ungewöhnliches.

Die Tür zu Rachels Zimmer war keine zwei Schritte entfernt. Sie hielt den Atem an und horchte angestrengt.

»Rachel?«, sagte sie leise.

Sie hörte ein Geräusch im Zimmer, eine quietschende Sprungfeder, einen Schritt. Vicky drehte sich halb um, setzte einen Fuß auf die unterste Stufe und packte mit einer Hand das Geländer, und zwar möglichst weit oben, um sofort losstürzen zu können. Die Tür ging auf, und vor ihr stand Rachel in ihrem rosafarbenen, geblümten Schlafanzug, das Haar zu einem unordentlichen Zopf geflochten, und kniff die Augen zusammen.

»Alles in Ordnung?«, fragte Vicky erleichtert. »Ich dachte, ich hätte was gehört.«

»Es tut mir Leid. Ich habe geträumt. Ein Albtraum, ein grauenhafter Albtraum. Dann bin ich aufgewacht und saß aufrecht im Bett. Ich muss gerufen oder geschrien oder was weiß ich gemacht haben. Es tut mir Leid. Es war so ... es war einfach furchtbar.«

»Komm hoch und trink ein Glas warme Milch. Dann kannst du wieder einschlafen.«

»Gut.«

Rachel wartete im Esszimmer, während Vicky die Milch in der Mikrowelle heiß machte. Als sie mit dem Becher ins Zimmer kam, stand Rachel am Fenster. Sie hatte die Jalousie hochgezogen und starrte auf das verwackelte Spiegelbild des Mondes in der Semiahmoo-Bucht und auf die Lichter von Blaine am anderen Ufer.

»Wovon handelte der Traum denn?«

Rachel zuckte zusammen und drehte sich um. Sie nahm die Milch, setzte sich aber nicht. »Es war ...« Sie schloss die Augen. »Er handelte von dem Bild. Von dem Mann.«

»Wusstest du, wer er war?«

»In dem Traum ...«

Vicky wartete, versuchte, nicht ungeduldig zu sein. Rachel war manchmal so. Sie brauchte dann lange, um ihre Gedanken in Worte zu fassen.

»Im Traum ist der Mann ... Er versteckt sein Gesicht hinter irgendwas, einer Maske oder so, aber ich weiß, dass er der Mann vom Foto ist. Er steht über mir, und dann ... vergewaltigt er mich.«

Vicky kippte ein wenig nach hinten, als hätte Rachel ihr einen Stoß vor die Brust versetzt. »Glaubst du«, sagte sie vorsichtig, »dass das vielleicht wirklich passiert ist?«

Rachel setzte sich. Ihre Hände hielten den Becher umklammert, aus dem sie noch keinen Schluck getrunken hatte. »Das ist viel zu schrecklich und bestimmt nicht passiert. Das kann nicht sein! Weil es doch nicht sein kann, dass ich so etwas vergessen würde, oder? Das war einfach nur ein Traum, ein blöder Traum.«

»Natürlich. Aber manchmal ... manchmal lohnt es sich, Träume genauer zu untersuchen –«

Rachel setzte den Becher ab und legte die Hände flach auf den Tisch. Ihre Nägel waren bis aufs Fleisch abgekaut. »Verdrängte Erlebnisse, ist es das, was du meinst? Ich habe darüber gelesen. Anscheinend glaubt man inzwischen, dass die Therapeuten einem diese ... diese falschen Erinnerungen suggerieren, dass die nicht real sind.«

»Ich glaube eigentlich nicht, dass das sehr häufig vorkommt. Und außerdem hätte dir doch kein Therapeut diese Erinnerung einreden können, oder?«

»Hmm ... nein. Aber die stammt doch aus einem Traum! Wenn ich Therapeuten nicht trauen kann, dann kann ich doch erst recht nicht meinen Träumen trauen.«

»Nein, nein, natürlich nicht. Und trotzdem gibt es so etwas wie eine plötzliche Rückkehr verdrängter Erinnerungen. Menschen, die etwas Traumatisches erlebt haben, ›vergessen‹ es so lange, bis sie in der Lage sind, damit umzugehen. Ich habe mal in Alberta einen Autounfall gehabt. Jemand ist mir an einer Ampel seitlich reingefahren, und ich konnte mich lange Zeit nicht erinnern, was passiert war. Ich wusste noch, wie ich während der Fahrt die Hand ausstreckte, um einen anderen Radiosender zu suchen, und dann saß ich mit einem Mal in der Küche einer fremden Frau, die die Polizei anrief. Erst sechs Monate später konnte ich mich plötzlich an die Einzelheiten des Unfalls erinnern.«

»Du hast dich aber *erinnert*. Du hast es nicht *geträumt*.«

»Stimmt«, sagte Vicky. »Aber diverse Untersuchungen haben ergeben, dass traumatische Erinnerungen in einem anderen Teil des Gehirns gespeichert werden als normale Erinnerungen. Und wenn sie wieder auftauchen, können sie manchmal durchaus etwas Halluzinatorisches haben.«

»Aber ...« Rachel schüttelte den Kopf. »Manchmal erinnern sich Menschen falsch, sie erinnern sich an Dinge, die in Wirklichkeit gar nicht passiert sind. Deshalb geben Hypnosen ja angeblich auch keine verlässliche Auskunft. Weil Menschen nämlich dazu gebracht werden können, sich an Dinge zu erinnern, die sie sich nur einbilden. Und dann dieser Satz auf der Karte, wo ich gefragt werde, ob ich wüsste, was er getan hat. Das war so ... suggestiv. Ich soll darüber nachdenken, *was* er getan hat, *was*! Auch wenn da vielleicht gar nichts gewesen ist, auch wenn es gar nichts gegeben hat, woran ich mich erinnern könnte. Jetzt versucht mein Verstand sich etwas auszudenken, das passt. Dennis war mal bei einem psychologischen Berater, die Polizei hatte ihn dazu verdonnert. Vielleicht weiß er deshalb, wie das geht, wie er meinem Verstand einreden kann, dass etwas geschehen ist, was in Wirklichkeit gar nicht geschehen ist.«

»Das würde ich Dennis eigentlich nicht zutrauen«, sagte Vicky. Aber was wusste sie schon? Vielleicht tat Dennis genau das: Er manipulierte Rachel. Und vielleicht sollte sie jetzt schleunigst aufhören, von verdrängter Erinnerung zu reden, sonst wäre sie ja genau wie Dennis. »Gut, vielleicht war es wirklich nur ein schlechter Traum, so wie du gesagt hast. Träume sind große Opportunisten. Sie suchen sich eine reale Angst des Tages – eine, die ihnen am passendsten erscheint, und dann musst du die ganze Nacht damit kämpfen.« Vicky hatte selber reichlich darunter gelitten.

»Nur ein schlechter Traum«, sagte Rachel seufzend. »Hoffentlich.« Sie trank ein bisschen von der Milch, die inzwischen kalt sein musste, und verzog das Gesicht beim Schlucken. »Oh«, sagte sie.

»Was ist?«

»Ich fürchte, die ist sauer.«

Fünftes Kapitel

Vicky war in der Küche und versuchte gerade, eine Schale mit dickflüssiger Weizenkleie etwas appetitlicher herzurichten, als Rachel die Treppe hochkam, um zur Arbeit zu gehen. Sie hatte rote Augen, die Haut darunter war hässlich violett, und alles an ihr wirkte ein wenig zerknautscht, so als hätte jemand anders sie angezogen, jemand, der achtlos und in Eile war.

Während Rachel sich einen Kaffee einschenkte, langte Vicky zu ihr hinüber und zog die rechte Kragenecke ihrer Bluse, die nach innen geklappt war, ordentlich heraus. Eigentlich war sie darauf gefasst, dass Rachel zurückschreckte, doch sie sagte nur zerstreut »Danke« und nahm einen Schluck von ihrem Kaffee. Anscheinend merkte sie nicht einmal, dass Vicky ihr die Sahne reichte, damit sie ihn nicht schwarz trank.

»Wie hast du geschlafen?«, fragte Vicky, als sei die Antwort nicht unübersehbar.

»Ich habe wieder diesen Traum gehabt. Immer wenn ich gerade eingeschlafen war, war er wieder da.« Sie knipste den Schnabel vom Sahnespender in einem fort auf und zu.

»Ach, du Arme.«

»Dieser Mann. Sein Gesicht war nicht zu sehen, aber ich weiß, dass er es ist. Ich weiß, dass er der Mann vom Foto ist.«

»Ich denke, es würde dir gut tun, mit einem Therapeuten zu reden. Ich kenne da eine Frau, bei der ich auch mal war. Die könnte dir bestimmt dabei helfen herauszufinden, ob es einfach nur ein Traum ist oder ob mehr dahinter steckt –«

Rachel schüttelte heftig den Kopf. »Nein, nein. Ich will nicht, dass mir jemand falsche Erinnerungen einredet. Ich muss das selber für mich lösen.«

Vicky musste an sich halten, um keine vorschnelle Bemerkung zu machen. »Wie kann ich dir denn sonst helfen?«, fragte sie stattdessen.

Rachel rieb sich ihr rechtes Auge, wodurch es nur noch röter wurde und leider eine Menge Wimpern auf ihrer Wange landeten.

»Ach, Vicky, ich weiß es nicht. Ich sollte dich nicht damit belästigen.«

»Unsinn. Das ist doch wichtig. Und ich glaube auch nicht, dass Dennis mit seinen kleinen sadistischen Spielereien schon fertig ist.«

»Ich bin gespannt, was er mir als Nächstes schickt.«

Als wäre soeben eine neue Sendung durch den Schlitz geplumpst, sahen beide kurz zur Haustür.

Doch an dem Tag kam nichts für Rachel. Auch wenn Vicky mitten in Kristins stotternder Antwort zum Unterschied zwischen Shakespeare- und Petrarca-Sonetten aufsprang und allzu beflissen zur Tür eilte, als die Post kam. Sie sammelte die Wasserrechnung und den Safewayprospekt auf und kehrte zum Tisch zurück.

»Sie können froh sein, dass Sie die Post noch direkt nach Hause kriegen«, sagte Kristin. »Überall sonst gibt es inzwischen diese schrecklichen zentralen Briefkästen.«

»Das ist der Vorteil, wenn man ein altes Haus besitzt«, sagte Vicky.

»Aber es ist ungerecht.«

»Natürlich ist es das! Die Post macht Gewinne – da bräuchte sie doch eigentlich keine Stellen bei der Zulieferung zu streichen. Dass sie es trotzdem tut, ist nur ein weiteres typisches Beispiel für die Folgen von Privatisierungsmaßnahmen.«

Kristin lächelte. Vicky wusste nicht, ob sie verärgert oder belustigt sein sollte, weil sie sich zu einem Vortrag hatte hinreißen lassen. Wenn sie noch an der Schule unterrichten würde, wäre sie wahrscheinlich unfähig, sich politisch so neutral zu verhalten, wie es von Lehrern im Klassenzimmer erwartet wird.

»Wenn mein Dad Sie hören könnte«, sagte Kristin, »würde er sagen, Sie klängen wie ein Kommunist.«

»Und was würdest du erwidern?«

Kristin zuckte die Achseln. »Ich weiß nicht. Das haben wir noch nicht in der Schule gehabt.«

Vicky lachte. »Es freut mich, dass du so viel Vertrauen in die Schulbildung hast.«

»Ich glaube sowieso nicht, dass es irgendwo noch Kommunisten gibt.«

»Vielleicht hat es die nie gegeben«, sagte Vicky. »Vielleicht waren die alle nur ein Traum.« Lustig, lustig, lustig, das Leben ist nur ein Traum. Sie piekste mit ihrem Bleistift in Kristins Notizheft und zwang sich, daran zu denken, was Kristins Kapitalistenvater ihr dafür zahlte, dass sie seine Tochter unterrichtete. »So, nun aber zurück zu Shakespeare. Hast du das Reimschema schon aufgeschrieben?«

Kristin verzog das Gesicht und machte einen schiefen Mund, so als müsste sie sich auf eine Amputation ohne Betäubung vorbereiten. »A B B A –«

»Nein, nein. Pass auf, du sagst jetzt am besten mal ein Sonett auf. Dann erkennst du das Reimschema.«

»Aufsagen? Echt? Das ganze Ding?«

Vicky seufzte. »Vergib mir. Was habe ich mir nur dabei gedacht?«

Genau in dem Moment, als Kristin ging, erschien Travis für seine Zwei-Uhr-Sitzung. Vicky konnte nicht anders, sie musste einfach vorne durchs Fenster spähen und zugucken, wie die beiden sich auf der Treppe aneinander vorbeischlängelten – Kristin mit niedergeschlagenen Augen, roten Wangen und einer kicherigen Bemerkung und der linkische Lulatsch Travis, der mit seinen langen Armen wedelte wie ein verwirrter Vogel, der zu groß zum Fliegen ist. Ach, die Jugend mit ihrem Geflatter und ihren juckenden Hormonen! Es war schon sehr lange her, dass Vicky ihre eigenen Hormone hatte zappeln fühlen, und sie hatte sich bisher stets eingeredet, sie vermisse jenes Gefühl auch nicht. Doch als sie jetzt die beiden jungen Leute auf ihrer Treppe beobachtete, regte sich etwas in ihr und ließ sich auch nicht wegleugnen, etwas wie Verlust und Neid und Traurigkeit, und zwar so plötzlich und so heftig, dass ihre Augen feucht wurden.

Sie blinzelte mehrmals heftig, ging zur Tür und setzte ihr Lächeln auf – für Travis, für die Stunde mit ihm, für den Moment, wo sie Kräcker und Käse servieren und ihn grinsen sehen würde, während beide nur darauf konzentriert wären, die richtigen Namen für die richtigen Länder und Kontinente zu finden ... Hormone verboten.

Rachel war etwas zu früh. Vicky sah sie den Weg entlangkommen, sie rannte fast und hatte sich ihre Handtasche quer über Schulter und Brust gehängt, um schneller laufen zu können. Bestimmt wollte sie wissen, ob wieder ein Foto gekommen war. Vicky stieg die Treppe hinunter, um die Hintertür aufzuschließen. Eigentlich hätte Rachel doch gut von der Arbeit aus anrufen können, um zu fragen. Aber anscheinend hatte sie irgendwelche seltsamen Regeln, was das unnötige »Stören« von Vicky anging.

»Hallo«, sagte Vicky. Sie war wieder in die Küche verschwunden und ließ das Spülwasser ablaufen, damit Rachel nicht auf die Idee kam, sie lauere ihr auf.

»Hallo.« Rachel rieb sich die Hände. »Kalt heute.« Sie zog den Mantel aus. »Gibt's Post für mich?« Das sagte sie in einem beeindruckend beiläufigen Ton.

»Nein.«

Rachel stieg die vier Stufen zur Küche hoch. Sie roch nach der Luft draußen – frisch und kühl und ein wenig feucht.

»Da sollte ich wahrscheinlich froh sein«, sagte sie. Sie fing an, das Geschirr wegzuräumen, und stellte die Töpfe ordentlich ineinander gestapelt in den Schrank, in dem es normalerweise so aussah, als seien die Sachen quer durch den Raum hineingeworfen worden. »Aber es macht mich nur noch nervöser, wenn ich nicht weiß, was wohl als Nächstes kommt. Und wann. Ich musste den ganzen Tag an das Foto und an den Mann denken.«

Vicky reichte ihr ein paar Kaffeebecher. »Wenn man doch jemand fragen könnte. Deinen Vater zum Beispiel.« Als sie Rachels entsetzte Miene sah, fügte sie hastig hinzu: »Okay, okay, ich weiß, dass das kein Thema ist.« Sie richtete sich auf. »Gibt es die Schule noch?«

»Welche Schule?«

»Die auf dem Bild. Die Christliche Hamilton-Schule.«

»Hammond.« Rachel sah sie mit aufgerissenen Augen an.

»Die Christliche Hammond-Schule. Wenn es die noch gibt,

könnten wir doch mal hinfahren, mit Leuten reden, ihnen das Foto zeigen. Vielleicht gibt es ja noch welche von den alten Lehrern.«

Rachel starrte sie einfach nur an. Aber Vicky konnte sehen, dass sie ja sagen würde.

Sie beschlossen, gleich am nächsten Tag hinzufahren, falls nichts Erhellendes mit der Post käme. Was der Fall war. Vicky holte Rachel um zwei Uhr von der Firma ab. Rachel hatte angeboten, zum Ausgleich zwei Tage lang die Mittagspause durchzuarbeiten, obwohl Vicky überzeugt war, dass die Hardings das nicht erwarteten.

»Hast du ihnen erzählt, wo wir hinfahren?«, fragte Vicky, als Rachel ins Auto stieg. Rachel hatte ihr Haar zu einer Art französischem Knoten geschlungen, der Vicky ganz neidisch machte. Sie hatte beobachtet, wie Rachel das Haar in Minutenschnelle zu einer Frisur aufsteckte, für die Vicky bestimmt eine Stunde gebraucht hätte, und das auch nur unter Mithilfe eines Friseurs. Vicky besaß das dichte schwarze Haar ihrer Mutter, das sich leider gegen alle Bemühungen um raffinierte Eleganz sträubte. Als sie sich das letzte Mal Locken hatte legen lassen, hatte Amanda gesagt, es sehe doch nett aus, und das war, wie beide wussten, kein Kompliment.

Rachel schüttelte den Kopf. »Wahrscheinlich hätte ich das tun sollen, aber ich möchte sie eigentlich nicht gern da hineinziehen.« Sie hielt inne. »Sie machen sich so schnell Sorgen um mich.« Das klang irgendwie ein bisschen ausweichend. Und Vicky verkniff sich mühsam einen Kommentar.

Durchs Fenster konnte sie Junior und John Harding vorne im Büro sehen. Sie winkte, doch die beiden waren zu sehr in ein gestenreiches Gespräch mit zwei kleinen Japanern vertieft, um sie zu bemerken. Alle vier trugen anthrazitfarbene Anzüge mit weißen Hemden und blauen Krawatten. Als Vicky dann noch Rachels schwarze Hose und die silbrige Baumwollbluse registrierte, musste sie sich eingestehen, dass sie sich heute auch etwas netter hätte anziehen können. Ihre flauschigen Jogginghosen waren an manchen Stellen schon fast durchgescheuert, und ihr rotes Sweatshirt hatte ein halbes Dutzend ausgeleierte Löcher, die von den Krallen ihres Katers stammten. Dadurch dass sie zu Hause arbeitete, war sie in puncto Kleidung, nun ja, ein wenig nachlässig geworden. Und heute fuhren sie immerhin in die Vereinigten Staaten. Da sollte sie sich ein bisschen respektvoller zeigen.

An der Grenze mussten sie weniger als fünf Minuten warten. Der Grenzposten winkte sie durch, ohne sich irgendwelche Skepsis wegen ihres indianischen Aussehens anmerken zu lassen. Und dann war es nicht mehr schwer, sich in den Peace Portal Drive einzufädeln. Rechter Hand lag der Ozean, und die Straße schlängelte sich sehr hübsch am Ufer entlang. Doch mit ihren Secondhandläden, den Kneipen und schmuddeligen Restaurants hatte die Gegend das heruntergekommene Aussehen von teurem Spekulationsboden, der auf seine goldenen Zeiten wartet.

»Wie sah es denn aus, als du hier gelebt hast?«, fragte Vicky.

»Was?« Rachel hatte durch die Windschutzscheibe gestarrt und sich dabei auf die Unterlippe gebissen. »Oh, diese Straße. Das weiß ich nicht. Wir durften die Schule nicht verlassen. In dem ganzen Jahr, als ich dort war, habe ich das Gelände, glaube ich, nur ein- oder zweimal verlassen. Sie haben uns noch nicht mal Weihnachten nach Hause fahren lassen.«

»Ist es das erste Mal, dass du wieder hierher kommst?«

Rachel nickte. »Vielleicht gibt es die Schule gar nicht mehr. Es ist über fünfzehn Jahre her. Die Glaubensgemeinschaft ist zwar gewachsen, aber vielleicht haben sie ihr Geld in was anderes gesteckt.«

»Hier abbiegen?«

»Ich glaube.«

Jetzt waren sie auf einer Straße, die um Drayton Harbour herumführte. Rechts konnten sie die Semiahmoo-Bucht sehen und jenseits des Wassers White Rock. Der Ort leuchtete in der Nachmittagssonne, die durch die dünnen Wolken gebrochen war. Es herrschte Ebbe, aber der Sand war noch blasig vom Wasser.

»Sie stand irgendwo hier«, sagte Rachel. Eine Haarsträhne hatte sich aus ihrem französischen Knoten gelöst, Rachel wickelte sie unaufhörlich um ihren Finger.

Sie kamen jetzt in ein Wohngebiet mit Häusern rechts und

links auf schmalen Grundstücken. Es gab aber auch die unvermeidliche Werbetafel mit dem Versprechen: »Hier entstehen demnächst zweihundert Eigentumswohnungen.« Vicky wusste, wenn sie immer weiter hoch führe, würde sie auf der breiten Allee landen, die an den eingezäunten Wohnanlagen und den privaten Golfclubs vorbei zu der Landzunge mit dem Semiahmoo-Touristenzentrum ganz am Ende führte. Dort war Conrad vor vielleicht fünf Jahren mit ihr essen gegangen, und zwar zur selben Jahreszeit, genauer gesagt, am Valentinstag. Eine Sekunde lang schloss sie die Augen. Denk nicht dran: bitte nicht! Rachels Vergangenheit war der Grund für diese Fahrt, nicht ihre eigene.

»Da!«

Rachel zeigte nach rechts auf ein Haus mit einem Wassergrundstück. Es war ein großes, zweistöckiges Gebäude mit weiß gestrichenen Seitenwänden und dunkelroten Zierbändern und mochte etwa vierzig Jahre alt sein. Das Ziegeldach war allerdings neu, auch bei der Reihe schmaler, hoher Fenster nach Osten handelte es sich eindeutig um eine Modernisierung, und die breite vordere Veranda hatte ebenso wie die Treppe, die zu ihr hinaufführte, das unverwitterte Aussehen frisch geschnittenen Holzes. Das Haus schien über mindestens dreißig Zimmer zu verfügen, trotzdem wirkte es in keiner Weise offiziell oder anstaltsartig. Vicky wusste nicht, was sie eigentlich erwartet hatte, vielleicht eine Art düsteres, halb verfallenes Bates Motel. Dieses Haus sah jedenfalls trotz seiner Größe freundlich, ja fast heimelig aus. Das Gelände machte einen gepflegten Eindruck mit Rasen, Efeu und Lorbeerbäumen, die das ganze Jahr über ein gesundes Grün verbreiteten. Zwei Erdbeerbäume dicht am Wasser passten mit ihrer roten Rinde gut zur Schmuckfarbe des Hauses.

»Bist du sicher, dass es das ist?«

»Ja. Es hat sich ... ein bisschen verändert, dieser verglaste Teil da ist neu, aber es ist die Schule. Mein Zimmer war da oben.« Sie zeigte auf ein Fenster im zweiten Stock. Gleichzeitig drehte sie die Haarlocke in ihrem Nacken so heftig um den anderen Zeigefinger, dass sich ihre Haarnadeln lösten.

Ein Lieferwagen schoss an ihnen vorbei, und der Fahrer warf

Vicky einen bösen Blick zu, da sie inzwischen Schritt fuhr. Ohne Rachel zu fragen, bog sie in die Einfahrt ein.

Jetzt entdeckte sie auch das Schild über der Eingangstür: Chiropraktische Pazifikklinik.

Rachel begann zu lachen, und es klang ein bisschen hysterisch. »Eine chiropraktische Klinik! Sie haben daraus eine chiropraktische Klinik gemacht!«

»So ist es. Möchtest du reingehen?«

»Hat das denn überhaupt Sinn?«

Vicky fuhr in eine Parkbucht neben der Treppe.

»Wo wir nun schon mal hier sind. Ich gebe zwar zu, dass es wenig Sinn hat, aber man weiß ja nie. Vielleicht ist da jemand, der uns etwas über die Geschichte des Hauses erzählen kann.« Vicky bemerkte einen dünnen Schweißfilm auf Rachels Stirn. »Ist alles in Ordnung mit dir? Wir müssen da nicht rein, wenn du nicht möchtest.«

»Doch, es ist alles in Ordnung. Wir versuchen es.«

Sie gingen den Weg hoch, öffneten die Tür. Die Eingangshalle war so leuchtend weiß gestrichen, dass Vicky die Augen zusammenkneifen musste. Auf einer überglasten Tafel an der gegenüberliegenden Wand standen die Namen von etwa zehn Chiropraktikern, und ein halbes Dutzend Menschen saß aufgereiht vor dieser Wand und blätterte in Illustrierten. Hinter einer halbkreisförmigen verchromten Theke saß eine Empfangsdame in einem blassblauen Laborkittel und tippte etwas in einen Computer, während ein Drucker unaufhörlich chamoisfarbene Seiten einzog und wieder ausspuckte. Die Frau war dunkelhäutig und hatte ein flächiges Gesicht und einen auffallenden Leberfleck über der rechten Augenbraue. Mit einem professionellen Lächeln fragte sie die beiden, ob sie einen Termin hätten.

»Tja, also«, sagte Vicky, »ich hatte gehofft, Sie könnten mir etwas über dieses Gebäude erzählen. Vor etwa fünfzehn Jahren war es, glaube ich, eine Schule von –« Sie wandte sich an Rachel. »Wie hieß die christliche Gemeinschaft nochmal?«

Rachel ließ ihren Blick in der Halle umherschweifen, schien aber nicht so sehr etwas Vertrautes zu suchen als vielmehr einen möglichen Fluchtweg. »Freichristliche Vereinigungskirche«, sagte sie leise.

In das professionelle Lächeln der Empfangsdame mischte sich ein Hauch von Belustigung oder Widerwillen. Vicky konnte es ihr nicht verdenken. »Die Schule nannte sich Christliche Hammond-Schule für Mädchen«, fuhr sie fort, »und wir hatten gehofft, wir könnten in Erfahrung bringen, was aus ihr geworden ist, ob sie vielleicht woandershin gezogen sind. Wir besitzen ein Foto vom Kollegium und dachten, vielleicht könnte jemand hier einen bestimmten Mann auf dem Foto identifizieren.« Sie sah, wie die Empfangsdame den Kopf zu schütteln begann, und vielleicht, um einer Ablehnung zuvorzukommen, wandte Vicky sich rasch an Rachel und sagte: »Zeig ihr das Foto.«

Rachel wühlte in ihrer Handtasche und zog es heraus. Vicky stellte erleichtert fest, dass sie die Begleitkarte mit der Anspielung offenbar zu Hause gelassen hatte.

Die Empfangsdame warf einen Blick auf das Foto. »Es tut mir Leid, aber das war vor meiner Zeit. Die Klinik existiert jedenfalls seit fünf Jahren, das weiß ich. Davor stand das Gebäude glaube ich leer, aber es kann schon sein, dass hier früher eine Schule untergebracht war.«

Eine ältere Frau hatte sich von ihrem Stuhl erhoben und kam, gestützt auf einen Stock mit drei kleinen gespreizten Füßen, zu ihnen herüber. Sie versuchte, einen Blick auf das Foto in Rachels Hand zu werfen. Rachel zog es unsicher weg.

»Ich konnte mir schlecht die Ohren zuhalten.« Die Frau lächelte beruhigend. »Ich erinnere mich noch gut an die Hammond-Schule, weil ich früher eine Zeit lang hier vorbeigefahren bin. Ich habe immer hochgeschaut und überlegt, nach was für einem Lehrplan die Mädchen wohl unterrichtet wurden. Ich kannte eine der Lehrerinnen. Sie war eine richtige Lehrerin. Die anderen – na ja, ich glaube, die waren gar nicht ordentlich ausgebildet, jedenfalls nicht alle. Es gab sogar mal Ärger deswegen. Und der Mann« – sie zeigte auf das eingekringelte Gesicht –, »an den kann ich mich auch erinnern. Wie hieß er nochmal? Es war ein Name, der zu einer religiösen Schule passt, dachte ich damals. Irgendwas wie Angelico, Angeletti –«

Das Bild segelte zu Boden. Rachel rannte quer durch die Eingangshalle, ihr langes blondes Haar wehte hinter ihr her. Sie stieß die Tür auf und war draußen, ehe Vicky überhaupt begriff, was passiert war.

Die ältere Frau bückte sich und hob das Foto auf. Irgendetwas knackte in ihrer Wirbelsäule, als sie sich wieder aufrichtete. »Es tut mir Leid, wenn ich sie verstört habe«, sagte sie. »Ich dachte, Sie wollten etwas über die Schule erfahren.«

Vicky nahm das Foto entgegen. »Das stimmt auch. Vielen Dank für Ihre Hilfe. Es tut mir Leid, wenn meine Freundin ein wenig ... beunruhigt ist. Sie haben uns sehr geholfen, wirklich.«

Sie ging zur Tür und versuchte so angestrengt, den Blick der wartenden Patienten zu meiden, dass sie fast gegen den Ficus am Eingang gerempelt wäre. »Wo hast du denn deine Augen?«, murmelte sie zu der Pflanze.

Rachel lehnte am Wagen und blickte auf die Straße. Mit einer Hand hielt sie sich den Magen. Sie sah so aus, als müsste sie sich gleich übergeben.

»Entschuldigung«, sagte sie. Sie schluckte. »Es war so kindisch. Wegzulaufen wie ein verschrecktes Kaninchen.«

»Hast du den Namen wieder erkannt?« Vicky versuchte, die Frage beiläufig, fast uninteressiert klingen zu lassen.

»Angeletti.« Rachels Stimme war kaum mehr als ein Flüstern. »Angeletti.«

Das war ein deutliches Ja, entschied Vicky. »Wir könnten bestimmt noch mehr herausfinden, wenn wir wollten.«

»Nein. Fahren wir lieber nach Hause.«

Rachel ging zur Beifahrertür, wartete, bis Vicky aufgeschlossen hatte. Ihr Gesicht schien mittlerweile wieder versiegelt zu sein, ausdruckslos. Betrübt stellte Vicky fest, dass es dieselbe ausdruckslose Miene war, die Rachel gemacht hatte, als Vicky ihr zum ersten Mal begegnet war, damals auf der Straße in White Rock, als Dennis sie angebrüllt und an ihr gezerrt und gerissen hatte.

Plötzlich war Vicky hellwach. Sie setzte sich auf, spitzte die Ohren. Es regnete, sie hörte, wie das Wasser auf die Stechpalme vor ihrem Fenster tropfte. Doch da war noch etwas anderes. Stimmen? Dann sah sie unter ihrer Tür einen schwachen Lichtschein. Sie ging zur Tür und horchte. Es war eine Frauenstimme, leise, fast flüsternd.

Vicky öffnete ganz langsam die Tür. Das Licht kam aus dem Wohnzimmer, und es war Rachels Stimme. Nach den Pausen und den unterbrochenen Sätzen zu urteilen sprach sie am Telefon. Vicky sah zu der Uhr mit Leuchtzifferblatt auf ihrem Nachttisch: ein Uhr früh. Sie nahm ihren Morgenmantel vom Haken an der Tür, zog ihn an und ging ins Badezimmer, ohne extra leise zu sein. Sie knipste das Licht an, füllte ein Glas mit Wasser und ging dann über den Flur zum Wohnzimmer.

»Ich muss jetzt aufhören.« Sie konnte Rachels leise Stimme hören. »Ich glaube, ich habe Vicky aufgeweckt.«

Vicky kam um die Ecke, gähnte, vermutlich nicht sehr überzeugend, und sagte: »Na, konntest du nicht schlafen?«

Rachel saß in ihrem Schlafanzug auf der Couch, die Hand noch auf dem Hörer. Sie verströmte einen scharfen Schweißgeruch, den Geruch von Angst.

»Ich hab dich aufgeweckt. Das tut mir Leid. Dabei habe ich versucht, leise zu sein.«

»Das macht nichts. Du solltest das schnurlose Telefon nachts mit ins Zimmer nehmen.« Der Kater hatte seinen geheimen Schlafplatz verlassen, wo immer der sein mochte, und beobachtete sie mit aufmerksamen Augen.

»Ich brauche es nicht. Ich weiß nicht, was in mich gefahren ist. Ich habe Dennis angerufen.«

»*Dennis*?« Vicky setzte sich auf die Sofalehne, versuchte, Rachel nicht anzustarren und nichts Ärgerliches oder Sarkastisches zu sagen. Im *Handbuch für Belästigungsopfer* würde ein nächtlicher Anruf bei dem Typen ganz oben auf der »Was-du-niemals-tun-solltest«-Liste stehen.

»Es war wirklich blöde. Aber ich hatte wieder diesen Traum, diesen grauenhaften Traum, und ich konnte es einfach nicht ertragen, es war so furchtbar. Ich hatte Angst, wieder einzuschlafen, und deshalb bin ich aufgestanden und herumgewandert, und dann dachte ich: Ich muss Dennis unbedingt fragen, wieso er mir dieses Bild geschickt hat und was er weiß.« Rachel hatte die Arme um sich geschlungen und wiegte sich. Sie zitterte.

»Und was hat er gesagt?«

Sie lächelte schwach. »Eine Frau hat abgenommen.«

»Wirklich?«

»Als ich nach Dennis fragte und sie ihn mir gab, fing er an zu toben und warf mir vor, ich hätte ihn in die Arme anderer Frauen getrieben. Und er behauptete, er wisse nichts von den Fotos.«

»Das würde er doch nie freiwillig zugeben.« Vicky stand auf. »Soll ich die Heizung andrehen?«

»Nein, nein. Ich gehe gleich wieder ins Bett.« Doch sie blieb sitzen.

»Hat ... es dich verletzt, das mit der anderen Frau?«

»Mich verletzt? Du lieber Gott, nein. Ich war erleichtert. Wenn er eine andere findet, lässt er mich jedenfalls in Ruhe. Dann willigt er endlich in eine Scheidung ein.«

»Da hat dein Anruf ja doch etwas genützt.«

Rachel schob die Hände zwischen die Schenkel und zog die Schultern ein wenig hoch. »Ja, wahrscheinlich. Aber er hilft mir trotzdem nicht, die Nacht zu überstehen. Diesmal war der Traum noch schlimmer als sonst. Der Mann, ich glaube, es war Angeletti, hat mich ... vergewaltigt, mit verdecktem Gesicht, genau wie die anderen Male, aber diesmal waren auch andere dabei. Sie haben meine Arme festgehalten. Und meine Beine. Und haben mich runtergedrückt. Eine der Personen war vielleicht eine Frau. Sie hatten alle verdeckte Gesichter. Es war grauenhaft.« Sie kniff krampfhaft die Augen zu.

»Komm, ich mache die Heizung an, Rachel. Dann können wir uns noch ein bisschen unterhalten.«

»Nein, wirklich nicht. Ich gehe jetzt wieder ins Bett.« Sie stand auf und kam hinter dem Couchtisch hervor. Der Kater sauste mit gesträubtem Fell in den Flur, dann wieder zurück, als wollte er sagen, es dürften gern noch mehr außerplanmäßige Dinge passieren.

»Dann nimm wenigstens eine Schlaftablette. Ich hole dir eine.«

Rachel schüttelte den Kopf. »Nein, das geht nicht. Auch wenn es Albträume sind, muss ich sie ertragen. Vielleicht wollen sie mir ja etwas mitteilen.«

»Aber wenn sie so schrecklich sind, wenn sie dich vom Schlafen abhalten –«

»Du hast mir doch selber gesagt, ich soll auf meine Träume achten, Vicky.«

Vicky lachte. »Manchmal neige ich zu solchen Weisheiten.«

Sie musste zugeben, dass in Rachels Haltung etwas lag, das sie bewunderte. Sie selber hatte es immer bequemer gefunden, ihre Ängste und ihre schlechten Träume mit Alkohol zu betäuben. Da war Rachel mutiger.

»Ich denke, ich drehe trotzdem die Heizung an.« Vicky rieb sich die Arme. »Wenn wir jetzt doch noch schlechte Träume haben, dann handeln sie wenigstens nicht davon, dass wir uns zu Tode frieren.«

Am nächsten Tag kam ein weiterer Umschlag.

Sie ging damit ans Fenster, um zu sehen, ob sie wenigstens die Karte darin erkennen konnte, aber der Umschlag war zu dick. Deshalb legte sie ihn widerstrebend auf den Tisch oben am Treppenabsatz. Sie würde halt warten müssen, bis Rachel von der Arbeit kam.

Sie zog einen sauberen Pullover, ihr schwarzes Bolerojäckchen und den langen, gestreiften Rock an. Den Rock besaß sie für die seltenen Gelegenheiten, wo sie Lust hatte, sich als Dame zu kleiden. Sie erwartete Ajit zum Nachhilfeunterricht, und vielleicht weil er immer in Schlips und Kragen erschien und stets frisch rasiert war, hatte sie das Gefühl, er verachte sie ein klein wenig wegen ihrer schlabbrigen Jogginghosen und Sweatshirts. Außerdem hatte sie gerade erst in einem Artikel gelesen, dass Autoverkäufer, die ihre Kunden verbal und körpersprachlich nachahmen, am erfolgreichsten sind. Und Nachhilfelehrer waren Autoverkäufer ohne Autos.

Ajit kam ein paar Minuten zu spät, was ungewöhnlich für ihn war. Und betroffen stellte Vicky fest, dass er offenbar geweint hatte.

»Wie geht's, wie steht's?« Sie hängte seine Jacke auf und überlegte, wie viel sie ihn wohl fragen könnte.

Sie hörte, wie Ajit sich hinter ihr die Nase putzte. »Oh, nicht gut, Mrs. Bauer. In der Schule ja, da ist es okay, aber bei mir zu Hause nicht gut.«

Ach, du lieber Gott. Sie drehte sich um, sah in das Gesicht mit den wunderschönen, großen braunen Augen, deren Weißes jetzt blutunterlaufen und geädert war. Ajit war schmal und nur wenige Zentimeter größer als sie, wirkte aber athletischer und muskulöser als Travis, der Hockeyspieler.

»Komm, setz dich erst mal«, sagte sie. »Erzähl mir, was los ist.«

Er folgte ihr ins Esszimmer, ließ sich auf einen Stuhl fallen und streckte die Arme auf dem Tisch aus, als wollte er sie sich in Handschellen legen lassen.

»Meine Eltern«, sagte er. »Sie wollen eine Heirat für mich arrangieren. Mit einem Mädchen in Indien.«

»Aha. Und ich vermute, das gefällt dir nicht.«

Er schüttelte den Kopf. »Natürlich nicht. Ihre Familie ist reich, das ist der einzige Grund, weswegen meine Eltern das tun wollen. Sie glauben, wenn wir verheiratet sind, schicken ihre Eltern genug Geld, damit ich die Universität bezahlen kann. Wenn ich Arzt werden will, sagt mein Vater, dann muss das Geld irgendwoher kommen.«

»Ich kann verstehen, wieso dieses Arrangement dir nicht gefällt.«

»Wirklich? Ich wünschte, Sie könnten mit meinem Vater reden.«

»Ich fürchte, das steht mir nicht zu. Gibt es in der Schule psychologische Berater, mit denen du vielleicht reden könntest?«

»Ja, eine Frau. Ich habe schon mit ihr geredet. Aber sie versteht mich nicht. Sie glaubt, es ist, weil ich gegen die Sitte bin, gegen arrangierte Ehen.«

»Und? Bist du das denn nicht?« Vicky rieb ihr Ohr, vielleicht hatte sie ja nicht ordentlich zugehört.

Ajit richtete sich auf und sah sie an. »Nein, ich dachte, das wäre von Ihnen verstanden worden. Es ist, weil ich nicht ein Mädchen heiraten kann. Ich bin ... nicht so gemacht.«

Vicky lächelte. »Ach so. Natürlich. Jetzt verstehe ich.«

Ajit seufzte. »Wenn ich sie nicht heirate, kann ich nicht studieren und Arzt werden. Aber wenn ich sie heirate, werde ich meiner Natur untreu sein.«

»Ganz zu schweigen davon, dass du *ihr* untreu wärst.«

»Ja, natürlich. Aber sie ist unglücklich zu Hause. Und es gibt irgendeinen Skandal, einen Mann, der sie nicht wollte, vielleicht. Sie möchte gern nach Kanada kommen. Für sie ist es vielleicht noch ein guter Handel.«

Vicky runzelte die Stirn. »Ich denke, du weißt, was du zu tun hast.«

»Nein. Was habe ich denn zu tun?«

Sollte sie sich als gute Therapeutin verhalten und ihm so lange die richtigen Fragen stellen, bis er selber die richtige Antwort fand? Oder sollte sie das Ganze abkürzen?

»Ich glaube, wenn du sie heiratest, wirst du unglücklich sein. Und du wirst das arme Mädchen um eine echte Ehe betrügen. Wenn du unbedingt Arzt werden willst, dann kannst du, wenn du sehr fleißig bist, Stipendien und Darlehen bekommen und mit Teilzeitjobs Geld verdienen. Du bist sehr intelligent. Dein einziges Handicap war bis vor kurzem dein mangelhaftes Englisch. Aber ich wette, inzwischen ist es besser als das mancher deiner Klassenkameraden.«

Er lächelte erfreut. »Ja, das ist vielleicht so. Ich liebe Englisch. Ich spreche es jetzt zu Hause. Meine Mutter mag das nicht, aber mein Vater ist stolz. Er weiß, Englisch ist die Sprache, die man braucht, um weiterzukommen.«

»Wissen deine Eltern von ... ähm, deiner Natur?«

»O ja. Das ist kein Problem für sie. Zwei meiner Onkel sind genauso.«

»Manche Eltern sind nicht so vorurteilslos.«

»Meine sind praktisch. Sie akzeptieren das, was ist.«

»Heißt das, sie werden auch deine Entscheidung für oder gegen die Heirat akzeptieren?«

Ajit seufzte. »Irgendwann vielleicht. Aber wenn es etwas ist, das man noch ändern kann, können sie sehr ... es gibt ein englisches Wort dafür ... dickköpfig! Sie können sehr dickköpfig sein.«

Es klopfte an der Haustür. Vicky sah auf die Uhr. Für Rachel war es noch zu früh, außerdem vergaß sie nie ihren Schlüssel.

»Entschuldige«, sagte sie zu Ajit.

Sie ging zum vorderen Fenster und beugte sich über die Couch, um zu sehen, wer es war. Sie konnte nur ein Stück von einem Männerrücken und eine Hand erkennen. Der Mann schien eine Uniform zu tragen und hielt ein in braunes Papier eingewickeltes Päckchen in der Hand, vielleicht ein Buch. Sie ging zur Tür, legte die Kette vor, öffnete und spähte durch den Spalt.

Dennis.

Hoffentlich ließ sich ihr Schreck nicht auf dem Teil ihres Gesichts ablesen, den Dennis durch den Spalt sehen konnte. Vicky hätte am liebsten die Tür wieder zugeknallt, wusste aber, dass das nicht gut wäre.

»Sie haben hier nichts zu suchen, Dennis.«

Sie beobachtete seine Hände, ob sie sich etwa zu Fäusten ballen oder irgendeine Waffe aus dem Päckchen ziehen würden, das er ihr jetzt entgegenstreckte.

»Ja, ist ja gut. Ist sie hier?«

»Nein. Bitte gehen Sie.«

»Ich wollte ihr nur das hier geben. Da, geben Sie es ihr.« Er hielt das Päckchen hochkant und steckte es in den Türspalt.

»Ich glaube nicht, dass sie es haben will. Sie haben ihr in letzter Zeit schon genug Sachen gegeben.«

»Nehmen Sie es, Herrgott nochmal!«

Er schob das Päckchen immer weiter durch und hielt es jetzt nur noch mit den Fingerspitzen fest. Sein Daumen erschien ihr so dick wie ihr eigenes Handgelenk. Wenn sie es nicht nähme, würde er es fallen lassen, dachte sie. Vorsichtig fasste sie es an und fühlte die harten Kanten einer Schachtel unter dem Einwickelpapier. Kaum hatte sie das Päckchen auch nur berührt, ließ Dennis es los.

»Es ist ein Geschenk«, sagte Dennis. »Zum Valentinstag. Als

Entschuldigung für die Frau, die bei mir war. Rachel weiß, dass das nichts zu bedeuten hatte. Wenn sie nach Hause käme und mir eine richtige Ehefrau wäre, müsste ich keine anderen Frauen haben.«

»Sie können so viele Frauen haben, wie Sie wollen. Das ist Rachel völlig egal. Lassen Sie sie einfach nur in Frieden.«

»Geben Sie ihr das«, sagte Dennis. Er drehte sich um, stieß dabei auf der schmalen Veranda gegen die Tür, ging die Treppe hinunter und schlenderte zur Straße. Seine O-Beine waren sogar in der weiten blauen Hose zu erkennen, die wahrscheinlich zu seiner Busfahreruniform gehörte.

Vicky war überrascht, wie undramatisch das Ganze geendet hatte. Sie wartete, bis er an der Straße war. Dann schloss sie sachte die Tür und zuckte bei dem metallischen Quietschen des Riegels zusammen – als könnte das Geräusch ihn wieder zurückrufen.

An einer Ecke hatte sich der Klebestreifen von dem braunen Einwickelpapier gelöst, und sie faltete es vorsichtig auseinander. Es war tatsächlich ein Valentinsgeschenk, eine Schachtel mit Black-Magic-Pralinen. Vicky traute Dennis durchaus zu, dass er in jede Praline Zyanid gespritzt hatte. Rachel würde höchstwahrscheinlich keine einzige davon essen. Sie trug die Schachtel zum Tisch neben der hinteren Tür, allerdings nicht ohne sich zu vergewissern, dass das Zellophanpapier noch unberührt aussah.

Sie schob die Schachtel unter den Briefumschlag, der mit der Post gekommen war, und kehrte an den Esszimmertisch zurück, wo Ajit saß und sie anstarrte.

»Wer war das?«, fragte er.

»Das«, sagte Vicky, »passiert, wenn man eine falsche Ehe eingeht.«

Rachel registrierte nur den Brief. Wahrscheinlich hatte sie nicht zugehört, als Vicky ihr erklärte, die Schachtel in dem braunen Packpapier sei ebenfalls für sie.

»Du öffnest ihn bitte«, sagte sie zu Vicky.

Vicky riss den Umschlag auf, war aber mindestens genauso

aufgeregt und ungeschickt. Wie sie sich gedacht hatte, war es eine Grußkarte und zu ihrer Erleichterung wieder mit demselben Kätzchenbild obendrauf wie bei den ersten drei Karten. Sie war auf einen weiteren Munch gefasst gewesen, auf jenes schreiende weiße Gesicht, das ihr trotz der breiten Vermarktung immer noch einen Schreck einjagte. Sie klappte die Karte auf, stellte fast noch erleichterter fest, dass drinnen nichts stand, und blickte erst dann auf das Bild.

Es war ein Schwarzweißfoto und offenbar wieder ein Bild von Rachel, diesmal im Alter von etwa siebzehn. Sie stand vor einem Gebäude, das wieder das kleine verputzte Haus vom zweiten Foto zu sein schien, und trug weite Jeans und einen Pullover mit V-Ausschnitt. Es sah aus, als lächele sie, vielleicht blinzelte sie aber auch nur in die Sonne. Wer immer das Foto aufgenommen hatte, musste sehr weit weg gestanden haben, wahrscheinlich auf der anderen Straßenseite. Unten am Bildrand konnte man noch ein Stück Straße oder Bürgersteig erkennen. Rechts war ein Teil von einem großen Baum zu sehen, und die kahlen Äste ließen darauf schließen, dass es später Herbst oder Winter sein musste.

Sie reichte Rachel das Bild. »Wenigstens bist nur du drauf, und es ist nicht so bedrohlich wie das letzte.«

Rachel nahm es. »Vielleicht wäre es mir sogar recht gewesen, wenn noch so eins gekommen wäre. Dann könnte ich vielleicht endlich begreifen, was das Ganze soll.« Sie hielt das Foto ins Licht und betrachtete es sehr genau.

»Stammt es aus dem Album deiner Eltern?«

»Ich glaube. Komisch, an das hier kann ich mich gar nicht erinnern. Ich wüsste auch nicht, wer es aufgenommen hat. Vermutlich Dad.« Sie betrachtete es immer noch stirnrunzelnd.

»Seltsam, dass dies hier wieder schwarzweiß ist, wo die letzten beiden doch Farbfotos waren. Es ist auch etwas größer als die anderen. Vielleicht wurde es mit einem anderen Fotoapparat aufgenommen. Und woanders entwickelt.«

Rachel nickte. »Vielleicht ist es doch nicht aus dem Album meiner Mutter.«

»Woher könnte es denn sonst stammen?«

»Vielleicht hat es jemand gemacht, der auf Besuch war.«

»Die Hardings vielleicht?«

»Das kann ich mir nicht denken. Mein Vater hat ihnen nach dem Tod meiner Mutter mehr oder weniger das Haus verboten. Und außerdem: Wie hätte Dennis an das Foto kommen können, wenn es jemand anders gehört? Nein, es muss einfach in dem Album gewesen sein. Ich kann mich halt nur an die frühen Bilder genauer erinnern. Wahrscheinlich, weil ich sie als Kind so oft angeschaut habe.«

»Jetzt sind es also insgesamt wie viele? Sechs? Eins von der Hammond-Schule, die anderen alle von dir, und jedes Mal bist du ein bisschen älter.«

Rachel schloss die Augen und lehnte den Kopf gegen die Wand. »Wie lange kann er noch so weitermachen?«

»Ach, übrigens«, sagte Vicky. »Die Schachtel. Die ist auch für dich. Aber die hat er persönlich abgeliefert.«

Verständnislos blickte Rachel erst zu dem Päckchen und dann zu Vicky. »Dennis?« Sie sah rasch wieder zu der Schachtel.

»Ich habe hineingelinst, weil ich wissen wollte, ob auch nichts Gefährliches drin ist. Es sind Pralinen zum Valentinstag. Er hat gesagt, dass er sich damit für die Frau entschuldigen wollte, die letztens über Nacht bei ihm war.«

»Du lieber Gott.« Rachel machte keine Anstalten, die Schachtel an sich zu nehmen.

»Soll ich sie wegwerfen?«

»Ich – ach, gib sie mir ruhig. Der arme Dennis. Er glaubt, wenn er –«

»Was heißt hier der arme Dennis? Lass dich bloß nicht von ihm einwickeln. Mit einer lausigen Schachtel Pralinen, Herrgott nochmal!«

Rachel senkte den Blick und biss sich auf die Lippe. Vicky zwang sich zu einem Lachen und sagte fröhlicher, als ihr eigentlich zumute war: »Tut mir Leid! Jetzt bin ich es, die dich herumkommandiert.«

»Nein, du hast ja Recht, er versucht mich wirklich zu manipulieren. Aber ist es denn falsch, wenn man trotzdem ein bisschen Mitleid mit ihm hat?«

»Das will er doch genau, dass du Mitleid mit ihm hast und ihm verzeihst –«

»Aber wenn ich nicht zu ihm zurückkehre, dann kann ich doch Mitleid mit ihm haben, oder?«

»Ja, wahrscheinlich«, sagte Vicky vorsichtig. »Solange du es ernst meinst. Das mit dem Nie-mehr-zu-ihm-Zurückkehren.«

Rachel schwieg einen Moment. Dann strich sie mit einem Finger sanft an der Kante der Schachtel entlang – eine Geste, die Vicky mit Bedauern als zärtlich bezeichnet hätte, wenn Rachel nicht gleichzeitig gesagt hätte: »Ich glaube, ich bin jetzt so weit. Ich werde die Scheidung einreichen.«

Als Vicky mitten in der Nacht durch einen dumpfen Knall geweckt wurde, war sie nach dem ersten Schreck nicht besonders alarmiert. Sie zog ihren Morgenmantel über, machte das Licht an und schlich auf nackten Füßen zum Treppenabsatz.

»Rachel? Ist alles in Ordnung?«

Niemand antwortete. Sie bekam Angst. Ganz leise und vorsichtig stieg sie zwei Stufen hinunter, jederzeit zum schnellen Rückzug bereit.

»Rachel?«

»Alles in Ordnung. Entschuldigung.«

»Schon gut. Ich dachte, ich hätte etwas fallen gehört.«

Die Tür ging auf, und Rachel trat heraus. Sie sah zerzaust aus und blinzelte ins Licht der Deckenlampe. »Das stimmt. Ich hatte wieder diesen Traum, und als ich aufwachte, wusste ich nicht, wo ich war. Ich hab mit den Armen rumgefuchtelt und den Lichtschalter gesucht, dabei hab ich dann das Glas Orangensaft von meinem Nachttisch gestoßen.«

»Du meine Güte.« Vicky stieg die Treppe ganz hinunter. »Ist es kaputt?«

»Nein, aber meine Jacke ist voll gespritzt. Eine große Sauerei. Ich glaub, ich wasch sie erst mal, damit ich sie morgen wieder zur Arbeit anziehen kann.«

»Nein, nein, wasch sie später. Du kannst eine von meinen Jacken haben. Nimm die grüne, die GoreTex-Jacke.«

»Bist du sicher?« Rachel rieb sich die Augen mit den Fäusten, ihr Gesicht war noch ganz zerknautscht, wie das eines Kindes.

»Natürlich.«

Rachel ließ die Arme sinken. »Es war wieder derselbe Traum. Angeletti. Und auch die anderen, die Masken trugen und mich runterdrückten. Es war so grauenhaft ... Vielleicht nehme ich jetzt doch lieber eine Schlaftablette.«

Mit gesträubtem Nackenfell kam der Kater vorsichtig die Treppe herunter. Er schnüffelte am Türrahmen, als hätte der böse Traum dort seine Duftmarke hinterlassen.

Sechstes Kapitel

Die Steppdecke, die Vicky sich unter den Arm geklemmt hatte, war ins Rutschen gekommen und wickelte sich um ihre Beine. Sie musste stehen bleiben, um sie wieder zusammenzufalten, und lief dann weiter. Feiner Regen schlug ihr ins Gesicht.

Am Ende des Häuserblocks, fast genau unter der Laterne, konnte sie den Körper am Straßenrand liegen sehen. Sie stolperte weiter, ihre Sandalen machten ein klatschendes Geräusch auf dem Bürgersteig, ihr Atem ging keuchend, kleine Dampfwölkchen kamen stoßweise aus ihrem Mund. Ohne es zu wollen, registrierte sie die hell erleuchteten Fenster ringsum: lauter warme, sichere Höhlen, in denen das Leben ganz normal weiterging. Fast wäre sie hingefallen, der Bürgersteig war uneben, voller Schlaglöcher und vom Regen ausgewaschen.

Sie drehte sich um. Auf der Straße vor ihrem Haus stand Lois und winkte dem Krankenwagen, der gerade um die Ecke gebogen war. Auf Birdys Veranda leuchteten die zwei Hochleistungsstrahler auf, und im Geiste sah Vicky plötzlich ihre Nachbarin zum Besen greifen und, zu allem entschlossen, die Tür öffnen.

Vicky lief weiter, aber jetzt etwas langsamer, weil sie nur noch wenige Meter von der Person entfernt war, die am Straßenrand lag. Bitte, bitte, betete sie. »Bitte.« Sie sagte das Wort laut in die feuchte, trübe Dunkelheit.

Sie sah trotzdem, dass es Rachel war. Es war ihre eigene grüne Jacke, die ihr als Erstes auffiel, dann Rachels braune Leinenhandtasche, die ein paar Schritte weiter weg lag, und schließlich das blonde Haar. Rachel lag auf dem Rücken. Ihre Beine waren leicht angezogen und nach links gekippt, und ihr Kopf zeigte in dieselbe Richtung.

Vicky bückte sich, ließ die Steppdecke fallen. »Rachel? Rachel?«

Sie mochte ihr nicht ins Gesicht schauen. Rachel hatte den linken Arm von sich gestreckt, mit der zarten weißen Handfläche nach oben, und darauf konzentrierte Vicky jetzt ihren Blick, auf diese dargebotene weiße Handfläche. Sie kniete nieder, streckte den Arm aus, legte ihre Hand sanft in Rachels. Sie war kalt und feucht.

Der Krankenwagen war fast da, Vicky konnte schon das blinkende Warnlicht sehen, das sich im Rinnstein spiegelte. Offenbar hatten sie die Sirene ausgestellt, denn alles schien plötzlich vollkommen still zu sein.

Sie zog ihre Hand weg. Rachel wäre vor dieser unerbetenen Berührung zurückgeschreckt. Aber die offene Hand sah so ungeschützt aus, so entblößt und irgendwie sexuell, dass Vicky, nur um irgendetwas in ihrer entsetzlichen Hilflosigkeit zu tun, sie umdrehte, zur schützenden Erde hin.

Zwei Männer sprangen aus dem Krankenwagen. Einer trug eine rote Tasche, der andere eine kleine Sauerstoffflasche und unter dem Arm etwas, das Vicky erst für eine Art Surfbrett hielt, bis sie erkannte, dass es eine Stabilisierungshilfe für den Transport von Unfallopfern war. Rückenbrett hieß so etwas, wie sie sich dunkel erinnerte.

Vicky wusste, die Männer würden die Dinge tun, die sie gelernt hatten, Dinge, die Leben retten sollten, aber sie war sicher, dass Rachel tot war. Sie stand auf und ging zu den Männern.

»Wie lange liegt sie schon hier?«, fragte der erste Mann. Er war groß, hatte eine breite Brust und trug eine blaue Uniform, und eine idiotische Sekunde lang dachte Vicky, es sei Dennis.

»Ich weiß es nicht, ich bin gerade erst gekommen.«

»Sieht nach einem Unfall mit Fahrerflucht aus«, sagte der zweite Mann. »Haben Sie gesehen, was passiert ist?« Er kniete sich neben Rachel.

»Nein.« Sie trat einen Schritt zurück, ließ die Männer ihre Arbeit tun, überließ ihnen Rachel. Der Kniende legte seine Finger an ihren Hals, fühlte nach einem Puls.

»Hallo?«, sagte er laut. »Können Sie mich hören?«

Als keine Antwort kam, legte er seine Wange auf ihre Brust, horchte, schob ihr dann ein kleines Plastikröhrchen in den Mund und blies hinein.

»Sie sollten die Polizei rufen«, sagte Vicky. »Wenn es sich um einen Unfall mit Fahrerflucht handelt, sollte die Polizei kommen.«

»Die ist direkt hinter uns.« Der erste Mann kniete sich jetzt auch hin und legte das Brett neben Rachel. »Fertig für Wirbelsäulenfixierung?«

»Sandsäcke«, sagte der andere. »Riemen.«

Sie legten einen harten Plastikkragen um Rachels Hals, bereiteten den Transport auf dem Rückenbrett vor.

Vicky schloss die Augen, wich zurück. Das Atmen fiel ihr schwer, die kühle Abendluft stockte in ihrem heißen Hals. Sie ging zu dem Krankenwagen, lehnte die Stirn dagegen. Sogar mit geschlossenen Augenlidern konnte sie noch das rote Blinklicht sehen.

»Nein«, hörte sie einen der Sanitäter sagen. »Scheiße.«

Neben ihr knallte eine Wagentür. Sie fuhr zusammen, trat einen Schritt zurück, wäre fast über ihre schlappenden Sandalen gestolpert. Zwei Polizisten kamen auf sie zu, die blinkenden Alarmlichter beider Wagen vermischten sich. Ein Polizist ging zu den Sanitätern, er hielt eine Taschenlampe, stützte die Lampe mit seiner Schulter ab, so wie Vicky es in Filmen gesehen hatte, männlich, professionell. Nicht so, wie sie die Lampe gehalten hätte, mit beiden Händen vorm Bauch. Der andere Polizeibeamte blieb neben Vicky stehen. Im Licht der Scheinwerfer flackerte sein Gesicht nacheinander weiß, rot, schwarz.

»Haben Sie sie gefunden?«

Vicky nickte. Sie blickte weiter starr auf die Taschenlampe des anderen Polizisten, konzentrierte sich nur darauf, um nicht in den Lichtstrahl selber zu blicken, der direkt auf ihre Augen gerichtet war. »Gefunden?« Sie fühlte sich wie betäubt, die Zunge lag schwer und unförmig in ihrem Mund. »Nein, ich glaube, doch nicht. Ich war es nicht. Das Mädchen in meinem Haus hier in der Straße, Lois, die hat sie gefunden. Sie kam zur Nachhilfestunde, dann ist sie gerannt, um mich zu holen. Ich habe die 911 gewählt.«

Der Polizeibeamte hatte einen Notizblock hervorgeholt und schrieb etwas darauf. »Und Sie heißen?«

»Vicky Bauer. B-A-U-E-R.«

»Kennen Sie diese Frau?«

»Sie wohnt in meinem Haus. Sie kam gerade von der Bushaltestelle. Sie heißt Rachel. Rachel Mandaro.«

»Mandaro?« Das schrieb der Polizist nicht auf.

»M-A-N-D –«

»Ich weiß, wie man das schreibt. Ist sie Dennis Mandaros Frau?«

»Ja.«

»Ist das der Typ, für den wir mal diese Verbotsverfügung ausgestellt hatten?«

»Ja.«

»Aber momentan gibt es keine für ihn, oder?«

»Sie dachte, wo die ihr damals schon nicht geholfen hat, würde es jetzt auch nichts ändern.«

Die Sanitäter trugen Rachel an ihr vorbei. Sie beeilten sich, als wäre das noch nötig, als könnte das Krankenhaus sie gesund machen, als gäbe es noch Hoffnung. Sie mussten sich so verhalten, das wusste Vicky. Sie schloss die Augen, drehte sich wieder mit dem Gesicht zum Krankenwagen.

»Es tut mir Leid«, sagte der Beamte. »Sie können jetzt gehen, wenn Sie möchten. Ihr Protokoll können wir später aufnehmen. Sollen wir Sie nach Hause bringen?«

»Nein, vielen Dank, ich kann gehen. Ich möchte lieber zu Fuß gehen.«

»Sind Sie sicher?« Er fasste an seine Hüfte und zog etwas hervor, das Vicky, die ihn aus den Augenwinkeln beobachtete, selbstverständlich für seine Pistole hielt, das dann aber doch nur ein Telefon war. »Wir brauchen sowieso noch Unterstützung. Wir waren davon ausgegangen, dass es sich nur um einen Autounfall handelt.«

»Und das ist es nicht. Es ist kein Unfall.«

Sie hatte es nicht wie eine Frage klingen lassen, weswegen sie keine Antwort erwarten konnte, und sie erhielt auch keine. »Wenn es Ihnen recht ist, werden wir etwas später vorbeikommen, um mit Ihnen zu reden.«

»Ja, natürlich. Ich wohne da vorne.« Sie machte eine vage Geste mit der Hand. »Wo Lois gestanden hat.«

Der Krankenwagen zitterte leicht, und sie begriff, dass die Männer das Brett und Rachel hineinschoben. Sie trat einen Schritt zurück, drehte sich um und machte sich auf den Heimweg, wobei sie sich auf jeden einzelnen Schritt konzentrierte. Inzwischen brannten fast alle Außenlichter an den Häusern, und ein Mann, der auf seiner Veranda stand, rief ihr zu: »Was ist passiert?«

»Das weiß ich nicht«, sagte sie und ging weiter. Ich weiß es nicht, wiederholte sie im Stillen für sich. Ich, Schritt, weiß, Schritt, es, Schritt, nicht. Hinter ihr schaltete der Krankenwagen seine Sirene ein. Sie musste jetzt einfach nur nach Hause gehen, und alles würde wieder gut sein. Sie würde die Tür hinter sich schließen und die Stereoanlage voll, voll, voll aufdrehen, und dann würde sie ... dieses eine Mal ausnahmsweise, das konnte doch nicht schaden, dieses eine Mal brauchte sie es ganz dringend ... sie würde sich ein Glas einschenken.

Sie erschrak, als ihre Haustür offen stand und die Außenbeleuchtung brannte, und sie erschrak noch mehr, als jemand in ihrem Hauseingang stand. Lois. O Gott. Jetzt musste sie sich auch noch um die arme Lois kümmern.

Sie ging die Einfahrt hoch. Lois winkte ihr, als hätte Vicky sie vielleicht nicht gesehen oder könnte womöglich einfach weitergehen und müsste hereingewinkt werden.

Als sie die Treppe hochstieg, sprang ihr der Kater vor die Füße und verschwand dann in den Büschen. Darauf hätte sie gefasst sein müssen. Im Dunkeln trieb er gern dieses Spiel mit ihr. Sie erschrak aber trotzdem und taumelte gegen das Geländer.

»Was ist passiert?« Lois zitterte so heftig, dass die Wörter ganz verzerrt klangen und kaum zu verstehen waren.

»Du frierst«, sagte Vicky, zog sie nach drinnen und schloss die Tür. Aus irgendeinem Grund hatte das Mädchen die Jacke ausgezogen und nur in Jeans und einem dünnen Baumwoll-T-Shirt draußen gewartet.

»Was ist passiert?«

»Der Krankenwagen hat sie weggebracht.«

»Ist sie ... tot?«

»Ich bin nicht sicher.« Das war, wie sie fand, keine eindeutige

Lüge. »Pass auf, ich mache dir jetzt erst mal etwas Heißes zu trinken. Dann sollten wir deine Mutter anrufen.«

»Das hab ich schon. Es war doch hoffentlich in Ihrem Sinne.«

»Selbstverständlich.«

»Sie möchte herkommen und mich abholen. Ist das in Ordnung? Wenn die Stunde ausfällt?«

Vicky musste an sich halten, um nicht in hysterisches Gelächter auszubrechen. »Aber selbstverständlich. Du hast doch einen richtigen Schock erlitten, Lois. Aber du hast vollkommen richtig gehandelt.«

»Das finde ich gar nicht. Ich bin doch weggerannt.«

»Nein, du bist losgelaufen, um Hilfe zu holen. Das war genau richtig.«

Vicky ging in die Küche und machte für sie beide eine Tasse heiße Schokolade. Wie gut, dass Lois hier ist, dachte sie. Sonst hätte sie womöglich aus dem Regal über dem Kühlschrank die bewusste Flasche geholt, die sie dort stehen hatte, weil sie sie brauchte, um sich klarzumachen, dass sie jeden Tag eine Wahl traf, dass sie einerseits stärker als die Flasche war, andererseits aber schwach genug, um sie dort stehen zu haben, und zwar für den Moment, wo sie sie wirklich brauchen würde, wo sie ihr nicht mehr widerstehen konnte. Das letzte Mal, als sie nicht hatte widerstehen können, war jetzt über ein Jahr her. Es war der Tag gewesen, an dem Conrad starb, der Tag, an dem sie Witwe geworden war.

Sie stützte sich mit den Händen schwer auf die Arbeitsfläche, atmete tief ein und langsam wieder aus. Sie sollte lieber über Rachel nachdenken, nicht über Conrad, nicht über sich selbst. Der Polizeibeamte würde bald erscheinen und mit ihr reden wollen. Sie musste unbedingt einen vernünftigen Eindruck machen.

Die Mikrowelle klingelte. Vicky nahm die heißen Tassen heraus und reichte eine Lois, die vorne am Fenster stand und auf ihre Mutter wartete. Vicky musste an sich halten, um nicht die Vorhänge zuzuziehen und zu erklären, wie gut sie von draußen zu sehen seien, wie leicht zu treffen. Nur wenige Minuten später sah sie voller Erleichterung den blauen Explorer vorfahren: Lois' Mutter.

»Mommy ist da!« Lois klang wie eine Fünfjährige. Sie stellte ihre Tasse ab, schnappte sich ihre Jacke und rannte an die Tür.

Erst in dem Moment, als Vicky Lois ins Auto steigen sah, fiel ihr ein, dass die Polizei wahrscheinlich auch mit dem Mädchen würde reden wollen. Na ja, zu spät, dachte sie und zog die Vorhänge zu, um die gefährliche Nacht auszuschließen. Dann würden sie eben zu Lois nach Hause fahren müssen.

Vicky stellte fest, dass eine ihrer Sandalen ganz schlammig war. Sie hatte keine Ahnung, wie das passiert war, wusste aber, wo es gewesen sein musste. Sie schüttelte die Schuhe von den Füßen, setzte sich aufs Sofa und trank ihre heiße Schokolade.

Rachel war tot. Wie konnte Rachel einfach tot sein? Sie sollte jetzt unten in ihrem Zimmer sein und später hochkommen, damit Vicky sie zu einem gemeinsamen Abendessen überreden konnte. Und dann würden sie sich erzählen, wie es ihnen tagsüber mit ihrer Arbeit ergangen war, danach würden sie entscheiden, welche Bücher aus Vickys M-Bestand Rachel als Nächstes lesen sollte: von Alice Munro über Iris Murdoch bis zu Toni Morrison, auf keinen Fall aber Norman Mailer, denn, was immer er auch geschrieben haben mochte, er hatte versucht, eine seiner Frauen zu töten –

Wie hatte Dennis das tun können? Sie waren zwar beide gewarnt worden, aber Vicky hatte es im Grunde trotzdem nicht für möglich gehalten. Dennis war ein Tyrann, und ja, er war auch gefährlich, aber Rachel töten, sie auf der Straße überfahren und dann abhauen ...

Ein klarer Fall von Verleugnung. Sie hatten beide die Möglichkeit geleugnet.

Es klingelte. Sie sprang hoch, und etwas heiße Schokolade schwappte über den Tassenrand auf ihre Hand.

Es klingelte erneut. »Mrs. Bauer«, sagte eine laute Stimme. »Hier ist Corporal Kent.«

Sie öffnete die Tür. Der Mann, der dort stand, trug ihre Steppdecke, und sie brauchte einen Moment, um zu begreifen, wie das möglich sein konnte.

»Ich nahm an, es sei Ihre«, sagte er und reichte sie ihr.

»O ja.« Sie nahm das unförmige Bündel entgegen. Der Stoff

war kalt, ein wenig feucht und hatte nichts Tröstliches mehr. »Ich weiß gar nicht, wieso ich auf die Idee gekommen bin, sie mitzunehmen.«

»Das haben Sie sehr richtig gemacht«, sagte er. »Sie wissen schon, um sie warm zu halten.«

»Sie ist aber doch tot?«

Der Polizeibeamte sagte so lange nichts, dass schon sein Schweigen eine Antwort war. »Leider, ja.«

Sie glaubte, es handele sich um den Polizisten, der am Krankenwagen mit ihr geredet hatte, aber sicher war sie sich nicht. Er trug die Standarduniform: marineblaue Windjacke über beigefarbenem Hemd und dazu die vertraute marineblaue Hose mit gelben Seitenstreifen der Berittenen Königlich-Kanadischen Polizei. Und natürlich eine Pistole. Sie versuchte, nicht auf die Pistole zu gucken. Der Mann war Ende dreißig oder Anfang vierzig, schlank, aber muskulös. Er hatte braunes, sehr kurz geschnittenes Haar und ein rötliches, rundes Gesicht mit einer auffallend schiefen Nase. Sie war mindestens einmal gebrochen und hatte nach der Reparatur einen leichten Linksdrall. Menschen mit symmetrischen Gesichtern wirkten für das jeweils andere Geschlecht am attraktivsten, hatte Vicky irgendwo gelesen, wahrscheinlich zur gleichen Zeit wie den Artikel über die sexuelle Ausstrahlung von Frauen mit schlanker Taille. Es ärgerte sie, dass ihr so etwas Blödes jetzt durch den Kopf gehen musste.

Er nahm den Sessel, auf den sie gezeigt hatte, hockte sich allerdings mit durchgedrücktem Kreuz nur auf die Kante und lehnte ihr Angebot für eine Tasse Kaffee ab.

»Im Grunde habe ich kaum noch Fragen«, sagte er. »Ich weiß, wie schrecklich das alles für Sie sein muss.«

»Ja.« Sie setzte sich auf das Sofa gegenüber und machte es genau wie er, klemmte ebenfalls nur auf der Sofakante. Sie behielt die Steppdecke im Schoß, schob die gefalteten Hände darunter und presste sie auf ihre Schenkel. Sie war sich ihrer nackten Füße bewusst – am linken klebte immer noch getrockneter Schlamm –, ließ einen Zipfel der Decke zu Boden gleiten und versteckte ihre Füße darunter.

»Also –« Er holte seinen Notizblock hervor, klappte ihn auf, fuhr mit dem Zeigefinger über die ganze Seite bis zum unteren Rand. »Erzählen Sie mir einfach noch einmal, was heute Abend passiert ist.«

Vicky holte tief Luft und erzählte ihm dann das jämmerlich wenige, was sie wusste. Bevor er sie darum bitten konnte, ging sie zum Tisch mit ihrem Adressbuch und schrieb ihm Lois' Adresse und Telefonnummer auf.

»Glauben Sie, es war Dennis?«, fragte sie.

Der Corporal rutschte unbehaglich in seinem Sessel hin und her, schlug die Beine übereinander, stellte sie wieder nebeneinander. »Ich darf dazu nichts sagen. Aber erzählen Sie mir, was Sie über ihn wissen.«

Und so erzählte sie ihm alles. Von ihrer ersten Begegnung mit Dennis, von den Fotos und vom Pralinengeschenk, das er gestern durch die Tür geschoben hatte. Heute war Valentinstag. Die ersten Tränen stiegen ihr in die Augen. Vicky schluckte, blinzelte sie weg.

»Wissen Sie, was für ein Auto er fährt?« Falls der Beamte ihre Tränen bemerkt hatte, ließ er sich nichts anmerken.

»Einen schwarzen Honda. Wieso? Glauben Sie, jemand könnte ihn heute Abend gesehen haben?«

»Ihre Nachbarin« – er zeigte in die Richtung von Birdys Haus – »erzählte uns, sie habe im Durchgang zwischen den Häusern einen schwarzen Wagen gesehen, als sie ihre Außenbeleuchtung anmachte, um Müll wegzubringen. Er stand hinter ihrer Hecke, aber angeblich hat sie ihn deutlich wegfahren sehen, als sie gerade die Treppe hinunterging. Das war gegen halb sieben. Könnte er dort geparkt haben?«

»Er hat da schon einmal auf uns gewartet.«

»Wann ist Mrs. Mandaro gewöhnlich von der Arbeit gekommen?«

»Gegen halb sechs oder sechs. Heute hat sie allerdings gesagt, sie müsse länger arbeiten.«

»Wenn ihr Mann ihr also zur üblichen Zeit hätte auflauern wollen, hätte er dort im Durchgang gewartet.«

»Wahrscheinlich. Aber da hätte er lange warten müssen.«

»Immerhin hätte er von dort aus, an Mrs. Birdsells Haus vorbei, gut die Straße überblicken und seine Frau kommen sehen können, ohne dass sie ihn bemerkt hätte?«

»Vermutlich. Ich glaube, da ist nichts, was die Sicht verstellt. Sie können es ja nachprüfen.«

Der Corporal nickte und blätterte in seinem Notizblock eine Seite weiter. »Können Sie uns die Namen von Mrs. Mandaros nächsten Verwandten nennen?«

Die nächsten Verwandten. Ich, hätte Vicky am liebsten gesagt. Meine Verwandte, meine Schwester, meine Tochter.

»Da ist erst mal ihr Vater. Jacob Cornelius. Er lebt in Richmond. Und sie arbeitet für ihren Onkel, John Harding. Weitere Verwandte kenne ich nicht.«

»Haben Sie deren Adressen?«

»Die der Hardings, ja. Die ihres Vaters habe ich vergessen. Wahrscheinlich hat Rachel sie unten.« Hat. Hatte. Innerhalb von einer Sekunde wird, wurde aus Gegenwart Vergangenheit.

»Würden Sie mir wohl zeigen, wo das ist?«

»Ja, gern.« Vicky fand, er hätte sie nicht um Erlaubnis bitten müssen. Was er ja genau genommen auch nicht getan hatte, aber sie wusste die Formulierung zu schätzen.

Sie führte ihn durch die Küche, wobei sie sich eine entschuldigende Bemerkung über das schmutzige Geschirr auf der Arbeitsplatte verkniff, und die Stufen zum Treppenabsatz hinunter. Sie blieb stehen, starrte auf den kleinen Tisch. Der Brief. Den hatte sie total vergessen.

Fast wäre der Beamte gegen ihren Rücken geprallt, jetzt scharrte er hinter ihr ungeduldig mit den Füßen.

Sie zeigte auf den Tisch. »Heute Morgen ist wieder ein Brief für Rachel gekommen.«

»Ein Brief?«

»Ich erzählte Ihnen doch davon. Dennis hat ihr lauter Fotos geschickt.«

»War sie sicher, dass die von ihm kamen?«

»Ziemlich. Es war eine Art Psychospiel, das er mit ihr trieb. Nachdem das fünfte Foto gekommen war – das mit dem eingekringelten Männergesicht –, hat sie ihn spät in der Nacht angerufen, und er hat geleugnet, dass er der Absender ist. Aber wer hätte es sonst sein sollen? In der Nacht hatte er übrigens eine Frau bei sich«, fügte sie hinzu, weil es ihr gerade wieder einfiel. »Das war wahrscheinlich auch der Grund dafür, dass er Rachel die Pralinen geschenkt hat.«

Der Corporal zog eine kleine Tüte aus seiner Jackentasche, hob den Umschlag vorsichtig an einer Ecke hoch und ließ ihn in die Tüte fallen.

»Der darf wahrscheinlich nicht schon hier aufgemacht werden, oder?«, fragte Vicky.

Corporal Kent warf ihr einen raschen Blick zu, ohne seine Verblüffung verbergen zu können. »Nein«, sagte er. »Wir müssen ihn erst auf Fingerabdrücke untersuchen.«

»Natürlich.«

Sie gingen die Treppe hinunter und zu Rachels Zimmer. Es fiel Vicky schwer, die Tür zu öffnen, ohne vorher anzuklopfen, und noch schwerer fiel es ihr, einzutreten. Sie war noch nie in Rachels Zimmer gewesen. Es sah immer noch, überraschend unverändert, wie das schlichte, helle Gästeschlafzimmer aus, das sie in Erinnerung hatte: das Doppelbett, auf dem sehr ordentlich ihre blau gestreifte Überdecke lag; die beiden Nachtschränkchen mit Tempotüchern, Wassergläsern und Büchern; die zwei Stühle, über die Kleidungsstücke drapiert waren; die Kommode mit dem schmalen Bord voll frisch gewaschener Unterwäsche und der kleinen Kochplatte auf der feuerfesten Unterlage, der Becher mit Bleistiften und Kulis, ein Glas Erdnüsse, ein Transistorradio, ein paar Kosmetikartikel, ein Föhn, Nähzeug, ein Lexikon, eine Bibel und das rosa Album mit dem aufgeprägten Wort »Erinnerungen«.

Vicky zeigte darauf. »Das ist das Album, das er geschickt hat. Wahrscheinlich sind die Bilder da drin.«

Corporal Kent nahm einen Bleistift aus dem Becher, schob ihn ungefähr bei der dritten Seite in das Album und hob es leicht an. Vicky konnte einen kurzen Blick auf eines der Fotos hinter Seidenpapier werfen. Genau wie Dennis es gewollt hätte. Der Polizeibeamte ließ das Album vorsichtig in eine große Tüte gleiten.

»Hat sie die Umschläge und die Karten aufbewahrt?«

»Ich kann sie nirgends sehen. Wenn sie nicht im Album sind, hat sie sie wahrscheinlich weggeworfen.«

»Gut. Sagen Sie mir jedenfalls Bescheid, wenn Sie sie finden sollten.« Er versiegelte die Tüte. Sie hatte zu viel Luft, war ganz prall und stramm, aber er machte sie nicht noch einmal auf. »Gibt es irgendwo ein Adressbuch?«

Vicky sah ihn verständnislos an.

»Verwandte. Ihr Vater.«

»Ach ja.« Auf der Kommode lag nichts, aber als sie die oberste Schublade aufzog, entdeckte sie einen linierten Schreibblock, einen Taschenrechner, einen Stapel Aktenordner und obendrauf zu ihrer Überraschung eine Drehkartei. Sie blätterte zum Buchstaben C, und da standen Name und Telefonnummer von Rachels Vater in ihrer winzigen, nach links kippenden Druckschrift. Vicky ließ das Verzeichnis an der Stelle aufgeklappt und reichte es dem Corporal. Sie dachte, er werde die einzelne Karte herausnehmen, aber er nahm die ganze Drehkartei.

»So, das ist wohl erst mal alles, was wir brauchen.« Er sah sich im Zimmer um. »Hat sie hier irgendwelchen ... Besuch empfangen?«

Aus der Pause, die er vor dem Wort »Besuch« gemacht hatte, schloss Vicky, dass er wahrscheinlich »Männer« meinte.

»Nicht, dass ich wüsste«, sagte sie. »Vielleicht haben die Hardings ein paarmal vorbeigeschaut, aber nicht, um zu bleiben, sondern eher, um etwas zu bringen oder um sie abzuholen. Sie hatte keine ... Bekannten. Sie empfing keine Gäste.«

Der Polizeibeamte nickte. Ihren leicht sarkastischen Unterton bei dem Satz »Sie empfing keine Gäste« schien er überhört zu haben.

Als sie den Raum verließen, stieß Vicky mit dem Fuß gegen den halb in der Abseite stehenden Holzstuhl. Als sie nach der Lehne griff, um ihn beiseite zu schieben, merkte sie, dass sie Rachels Jacke in der Hand hielt, die, die Rachel am Abend vorher mit Orangensaft bekleckert hatte. Sie hob sie vorsichtig hoch.

»Ist das ihre?«

Vicky nickte, schluckte den Schmerz im Hals herunter. »Sie

hat sie gestern Abend mit Saft bekleckert. Deshalb hatte ich ihr für heute meine Jacke gegeben.«

»Sie hat Ihre Jacke getragen, als sie getötet wurde?«

Der scharfe Ton seiner Stimme machte ihr Angst. »Vielleicht war es ja doch nur ein Unfall«, sagte sie. »Ein Unfall mit Fahrerflucht und nicht Dennis. Nur irgendein Besoffener oder ein Jugendlicher in Panik.«

Er gab keine Antwort, nahm nur einen Ärmel der Jacke hoch, rieb ihn zwischen den Fingern und ließ ihn wieder fallen. »Nun gut«, sagte er nach einer ganzen Weile, »ich gebe Ihnen Bescheid, wenn wir ihr Zimmer noch einmal untersuchen müssen. So lange rühren Sie bitte nichts an und beseitigen auch nichts von ihren Sachen.«

Sie stiegen wieder die Treppe hoch. Wie ein Gespenst tauchte plötzlich der Kater auf und schlich neben ihnen nach oben.

»Himmel!« Der Corporal griff nach dem Geländer.

»Oh, das tut mir Leid. Ich dachte, er sei noch draußen.«

Jetzt waren sie hinten an der Tür. »Wenn es Ihnen recht ist, gehe ich hier raus«, sagte Corporal Kent. »Ich möchte nochmal den Seitenweg lang gehen.« Mit der Drehkartei wies er unbeholfen in die Richtung. Die Karten kippten vornüber, und Vicky bezweifelte, dass er noch den Finger auf Jacob Cornelius' Adresskarte hatte.

»Selbstverständlich.« Vicky schaltete die Außenbeleuchtung ein. Dann sagte sie, und sie bereute es sofort: »Wenn Sie wollen, könnte ich den Hardings Bescheid sagen. Ich kenne sie ein bisschen.«

Sie spürte, wie er sie anschaute und ihr Angebot erwog. »Ja, gern. Das wäre wirklich nett von Ihnen. Wie Sie sich vorstellen können, gehört es zu den schlimmsten Aufgaben in diesem Beruf, die Verwandten zu informieren.«

»Das kann ich mir denken. Ich beneide Sie nicht darum, dass Sie es Mr. Cornelius mitteilen müssen.« Eigentlich müsste sie Corporal Kent wohl vorbereiten auf das, was ihn dort erwartete, aber sie wusste es selber nicht genau. Was würde der alte Mann wohl sagen? Dass Rachel es verdient hatte?

»Gut, wir bleiben in Verbindung.«

Als er fort war, ging Vicky wieder ins Wohnzimmer, setzte sich aufs Sofa, lehnte sich zurück und schloss die Augen. Nun, da sie gerne geweint hätte, kamen die Tränen nicht. Vielleicht konnte sie es einfach noch nicht glauben. Vielleicht erwartete sie immer noch, dass Rachel jeden Moment die Außentreppe hochkam.

Sie saß mit geschlossenen Augen da und hatte das Gefühl, deutlich älter und gefühlloser zu werden. Erst als der Kater auf ihren Schoß sprang, fuhr sie zusammen und setzte sich gerade hin. Ihr fiel ein, dass sie versprochen hatte, die Hardings anzurufen.

Besetzt. Sie legte auf, wanderte durchs Zimmer, zitterte und hatte die Arme um sich geschlungen, mochte aber die Heizung nicht anstellen, fast als dürfte sie sich diese Bequemlichkeit nicht gönnen. Ihr Telefon klingelte, sie überließ der Maschine die Antwort.

»Hallo! Hier ist Birdy. Es stimmt also? Der Bastard hat Rachel umgebracht? Ich habe es nämlich gesehen. Ich habe sein schwarzes Auto gesehen, das hat da geparkt und auf sie gewartet. Also, Sie rufen mich einfach an, wenn Ihnen danach ist.« Sie schwieg einen Moment. »Das muss sehr hart für Sie sein, nicht?«

»Ja«, sagte Vicky laut, nahm aber nicht den Hörer ab. Sie drückte auf »Wiedergabe«, hörte sich die Nachricht noch einmal an, ehe sie automatisch gelöscht wurde.

Sie versuchte es erneut bei den Hardings, es war noch immer besetzt. Sie nahm den Kater in die Arme und trug ihn so lange umher, bis er, um sich freizustrampeln, auch seine Krallen einsetzte. Dann wählte sie wieder. Besetzt. Sie machte sich ein Glas Milch warm, trank es aus, rief wieder an. Immer noch besetzt. Seit ihrem ersten Versuch war mittlerweile eine Dreiviertelstunde vergangen. Wieso hatte sie das bloß nicht der Polizei überlassen? Die hätten nicht angerufen, sondern wären persönlich hingefahren.

Das könnte sie doch auch. Im Haus hielt sie es sowieso schlecht aus, es war zu bedrückend, und sie hatte sich schon mehrmals dabei ertappt, wie sie im Geiste nach der Ginflasche oben im Regal über dem Kühlschrank griff. *Dies ist eine solche*

Gelegenheit, flüsterte es in ihr, *dies ist ohne Hilfe nicht auszuhalten. Und ich weiß, wie es weggeht.*

Sie zog Socken und Laufschuhe an und machte sich gar nicht erst die Mühe, den dreckigen Fuß zu waschen. Dann eilte sie nach draußen zu ihrem Auto, ohne vorher alle Lichter im Haus zu löschen.

Es dauerte nur zehn Minuten bis zum Haus der Hardings in Chantrell Estates, einem Neubaugebiet mit bescheidenen Einfamilienhäusern. Sie war schon zweimal da gewesen, das erste Mal hatte sie Rachel abgeholt, das andere Mal war Rachel dort zum Essen eingeladen, und sie hatte sie hingefahren. Deshalb fand Vicky das Haus auch sofort, obwohl sie vorher nicht die Adresse nachgeschlagen hatte.

Sie parkte in der Auffahrt hinter dem schimmernden blauen Mercedes. Die Garagentür stand offen. Vor dem Mercedes konnte sie Juniors roten Lastwagen mit einer Ladung Sperrholz und Röhren neben dem gelben Tracker erkennen, den sie Linda hatte fahren sehen. Als sie aus dem Wagen stieg, sprang ein Bewegungsmelder an, und auf dem Weg zum Eingang musste sie die Hand vor die Augen halten, um nicht geblendet zu werden. In der Nachbarschaft begann ein Hund wie wild zu bellen, gleichzeitig vernahm sie ein rasselndes Geräusch, so als werfe er sich gegen einen Maschendrahtzaun. Sie zitterte und ging schneller. Als sie auf die Klingel drückte, hörte sie es tief im Innern des Hauses läuten. In der Luft lag ein schwacher Zederndufte, der von den zwei gut gepflegten Bäumen zu ihrer Rechten kam.

Im Flur ging das Licht an. Sie lächelte ins Guckloch. Junior öffnete ihr. Er trug Jeans mit einem Loch am Knie und einen Pullover mit einem hellen Bleichflecken am Ärmel. Ihr fiel auf, dass sie ihn bisher nur im Anzug gesehen hatte.

»Vicky! Kommen Sie doch herein.«

Sie blieb auf der Schwelle stehen und rührte sich nicht. Was sollte sie jetzt, wo sie hier war, bloß sagen oder tun?

»Ich habe versucht, Sie anzurufen, aber es war immerzu besetzt.«

»Tut mir Leid. Was ist denn los?« Junior packte sie am Ellbogen und versuchte, sie ins Haus zu ziehen.

»Rachel ist tot«, sagte sie. »Ein Unfall mit Fahrerflucht.«

John Harding war inzwischen im Flur erschienen und lächelte, als er Vicky erkannte. Und als sie die schrecklichen Worte sagte, schaute sie ihm ins Gesicht. Er wurde blass, sein Lächeln erstarb.

»Was?«, sagte er.

»Rachel ist tot.«

»Was reden Sie da?«, wollte Junior wissen. Er klang ärgerlich. »Wie kann sie denn tot sein? Ich habe sie doch vor wenigen Stunden noch gesehen.«

»Es ist gerade erst passiert. Nicht sehr weit von meinem Haus. Sie kam wohl von der Bushaltestelle und war auf dem Weg nach Hause.«

Jetzt tauchte Linda aus der Küche auf. Sie wischte sich die Hände an einem Geschirrtuch ab, blieb neben der großen Flurvase mit Osterglocken stehen und starrte Vicky an.

»Was ist passiert?«, flüsterte sie.

»Sie sagt, Rachel wurde getötet. Bei einem Unfall.« John Harding hob eine Hand und hielt sie gegen die Wand, vielleicht, um sich zu stützen, vielleicht aber auch, um Linda daran zu hindern, dass sie nach vorne an die Tür kam.

Linda hielt sich die Hand vor den Mund. Ihre Augen weiteten sich, waren nur noch große schwarze Pupillen. »O nein. Nein.«

»Das kann nicht sein«, sagte Junior jetzt. Er klang fast noch zorniger, seine Stimme bebte.

»Sind Sie sicher?« Harding nahm die Hand von der Wand, kam zur Haustür und stellte sich neben Junior. Das Atmen schien ihm schwer zu fallen.

»Ja. Leider. Eine meiner Nachhilfeschülerinnen hat sie gefunden, wahrscheinlich kurz nachdem es passiert ist. Es kam auch sofort ein Krankenwagen. Aber die konnten nichts mehr machen.«

»Dennis. Dieser Bastard«, sagte Junior.

Er schlug mit der Faust gegen den Türrahmen und sackte dann mit verzerrtem Mund gegen die Wand. Er musste sich gegen den Lichtschalter gelehnt haben, denn plötzlich wurde es dunkel im Flur. Vicky sah die drei, Junior, John Harding und Linda, nur noch als reglose Silhouetten, schwach beleuchtet von dem Licht, das aus der Küche am Ende des Flurs kam. Die gelben Osterglocken neben Linda sahen jetzt grau aus, so als wäre ihr Licht ebenfalls plötzlich ausgeknipst worden. Irgendwo hinten im Haus hörte Vicky einen Fernseher mit den gemütlichen Abendgeräuschen einer komischen Serie mit eingeblendetem Gelächter.

Mit einem Mal fühlte sie sich entsetzlich müde. »Es tut mir schrecklich Leid«, sagte sie. »Wenn Sie Genaueres wissen wollen, wird die Polizei Ihnen wahrscheinlich Auskunft geben können.«

Sie drehte sich um und ging zu ihrem Wagen. Sie dachte, man werde sie vielleicht zurückrufen, aber das tat keiner der drei. Der Nachbarhund begann wieder mit seinem wütenden Gebell. Sie setzte den Wagen schnell zurück, ohne die Scheinwerfer anzumachen, weil sie nicht die drei Menschen anstrahlen wollte, die vermutlich immer noch ungläubig und starr vor Schmerz dort in ihrem dunklen Flur standen.

Unterwegs merkte sie, wie ihr Fuß immer weniger aufs Gas drückte. Es gab keinen Grund, so zu rasen. Das Haus würde leer sein. Rachel würde nie mehr dort sein.

Sie hielt auf der Buena-Vista-Straße, und zwar an der Stelle, wo einem der plötzliche Anblick des Ozeans an sonnigen Tagen den Atem verschlug. Sie ließ den Kopf aufs Lenkrad sinken und weinte.

Sie wusste nicht, wie lange sie dort so gesessen hatte, jedenfalls kam irgendwann ein Mann mit einer Taschenlampe aus dem Haus, vor dem sie parkte, und leuchtete in ihren Wagen, sodass sie sich rasch aufrichtete und wegfuhr.

Wie gut, dass sie alle Lichter angelassen hatte! Sie betrat das Haus durch die Hintertür und ging hoch zur Küche, ohne zur Kellertreppe zu schauen. Der Kater strich ihr jaulend um die Füße.

»Rachel ist fort«, erklärte sie ihm. »Gewöhn dich dran.«

Der Anrufbeantworter blinkte: drei Nachrichten. Vicky seufzte, setzte sich, drückte auf Wiedergabe. Die erste Nachricht war von Amanda. Sie fragte, ob Vicky Lust habe, am Wochenende mit ihr essen zu gehen. Es folgte eine unbekannte kalte Frauenstimme, die sich als Lois' Mutter vorstellte. Sie sagte: »Angesichts dessen, was geschehen ist, halten wir es für das Beste, wenn Lois ihren Nachhilfeunterricht bei Ihnen nicht fortsetzt. Ich rechne auf Ihr Verständnis. Wir werden Ihnen einen Scheck zuschicken, der die bis dato angefallenen Honorare abdeckt.« *Ich rechne auf Ihr Verständnis*: Ja, da hatte sie sogar Recht.

Jetzt kam die letzte Nachricht. Vicky hielt die Luft an, setzte sich kerzengerade. Die Stimme war laut und stockend, und sie verstummte immer wieder.

»Vicky. Hier spricht Dennis. Dennis, Rachels Dennis. Sie kann nicht tot sein, sie ist doch nicht tot, oder? Die Polizei war bei mir und hat gesagt, sie ist tot. O Gott, o Gott. Das ist doch nicht wahr, oder? Rachel doch nicht. Sie haben gesagt – sie sagten, dass sie von einem Auto überfahren wurde. Sie glauben wahrscheinlich, dass ich es war. Aber lieber Gott, wie hätte ich – wie hätte ich sie töten können. Ich liebe sie. Das wissen Sie. Ich habe ihr diese Pralinen geschenkt. Sie ist doch nicht tot, oder? Oder?« Jetzt weinte er, Schluchzer unterbrachen seine Worte, und dann kamen keine Worte mehr, nur noch sein Weinen war zu hören, und ein paar Sekunden später legte er auf.

Vicky drückte auf »Pause« und versuchte sich zu erinnern, wie sich die Nachricht speichern ließ. Sie konnte versuchen, das Band herauszunehmen, allerdings hatte sie keine Ahnung, wie man ein neues einsetzte. Und die Gebrauchsanweisung war natürlich längst verschwunden. Schließlich fand sie ihren kleinen Kassettenrekorder und nahm Dennis' Anruf auf. Die Polizei würde seine Nachricht haben wollen. Für den Fall, dass sie ihn verhafteten. Und sie würden ihn ganz sicher verhaften.

Sie hörte sich die Nachricht noch ein weiteres Mal an, bevor sie sich automatisch löschte. Es fiel ihr schwer, ihm nicht zu glauben. Verstand er es etwa, so gut zu schauspielern, dass er sogar Tränen simulieren konnte?

Sie stand abrupt auf, entfernte sich von dem zurückspulenden Gerät. Fahr doch zur Hölle, dachte sie wütend. Vielleicht hatte er tatsächlich nicht vorgehabt, sie umzubringen, als er sie anfuhr. Vielleicht hatte es nur eine weitere Drohung sein sollen, so wie damals, als er sie mit der Faust am Haar gerissen, ihr seine Schulter in den Rücken gerammt und mit dem Fuß gegen die Tür getreten hatte. Aber diesmal war er zu weit gegangen und hatte seine Wut am Gaspedal ausgelassen. Diesmal hatte er sie getötet.

Es war schon tiefe Nacht, als sie endlich einschlief, und dann wurde sie fast sofort wieder von dem Traum aufgeweckt. Sie fuhr hoch, das Laken war nass vor Schweiß, ihr Atem ging keuchend.

Sie lag auf einem harten Bett in einem weißen Raum. Sie hatte panische Angst, schlug um sich. Menschen hielten sie an den Armen fest. Ein Mann mit verdecktem Gesicht beugte sich über sie, drückte ihr gewaltsam die Beine auseinander, vergewaltigte sie.

Siebtes Kapitel

Die Klingel! Sie kämpfte sich wach, strampelte ihr Bettzeug so heftig weg, als käme das plötzliche Geräusch aus den Laken. Sie sah auf die Uhr. Elf. Nach dem Licht draußen zu urteilen, musste es Morgen sein. Wieder klingelte es. Vielleicht war es Dennis, der gekommen war, um Rachels Auslieferung zu fordern –

Gerade wollte sie in den Ärmel ihres Morgenmantels schlüpfen, als sie mitten in der Bewegung innehielt. Rachel war tot. Vicky verschloss die Augen vor dem plötzlichen Ansturm von Erinnerungen und sank zurück aufs Bett.

Es klingelte erneut. Vielleicht kam Dennis jetzt ja ihretwegen. Vielleicht hatte er sowieso von Anfang an sie und nicht Rachel umbringen wollen. Der Polizeibeamte schien sich doch gestern Nacht sehr dafür interessiert zu haben, dass Rachel Vickys Jacke trug, als sie angefahren wurde –

Sie strich sich heftig mit der Hand übers Gesicht und dann durchs Haar. Sie musste jetzt unbedingt klar denken. Da war jemand an der Tür. Es war unwahrscheinlich, dass es Dennis war. Trotzdem griff sie nach dem schnurlosen Telefon, als sie hinunter in die Diele ging. Für alle Fälle.

Als sie durch das Guckloch spähte, seufzte sie. Kristin. Sie hatte vergessen, für heute alle Stunden abzusagen. Sie band ihren Morgenmantel ein bisschen ordentlicher zu, versuchte eine etwas weniger brummige Miene aufzusetzen und öffnete die Tür. An Kristins Gesicht konnte sie allerdings ablesen, dass sie keinen besonders einladenden Eindruck machte.

»Oh!« Kristin sah rasch auf ihre Uhr. »Ich dachte, ich sollte um elf kommen.«

»Das solltest du auch. Es tut mir Leid. Ich habe vergessen, abzusagen. Aber wenn du willst, können wir jetzt die Sitzung trotzdem machen. Es ist nur so, dass ... gestern Abend etwas passiert ist, was mich, na ja, was mich ziemlich durcheinander gebracht hat.«

»Was ist denn passiert?«

Sie sollte es ihr sagen, irgendwann müsste sie es sowieso all ihren Nachhilfeschülern sagen. Nur Dulci war Rachel nie begegnet, da Vicky sie zu Hause unterrichtete.

»Die Frau, die hier bei mir gewohnt hat, Rachel, sie ist gestern Abend getötet worden. Ein Unfall mit Fahrerflucht.«

»Was?« Kristin starrte sie an.

»Es tut mir Leid. Ich weiß, dass das ein Schock sein muss.«

Kristin starrte sie nur weiter stumm an. Sie wurde weiß im Gesicht. Mit der Hand tastete sie nach dem Geländer. Sie trat einen Schritt zurück und wäre die Treppe hinuntergefallen, wenn sie sich nicht am Geländer festgehalten hätte.

»*Getötet*? Wie kann sie denn *getötet* worden sein?«

»Sie wurde ... Es ist einfach passiert.«

»Wie kann sie denn *tot* sein? Ich hab sie doch noch vor ein paar Tagen gesehen.«

Das sagte sie genauso verwirrt wie Junior, dachte Vicky, während sie Kristin hilflos ansah: Ich hab sie doch gerade erst *gesehen*, wie kann sie da *tot* sein?

»Es tut mir Leid, aber ich kann es nicht ungeschehen machen.«

Das klang brüsker, als sie beabsichtigt hatte, und zu ihrer Bestürzung sah sie, wie Kristins Augen sich mit Tränen füllten. Die junge Frau nickte, sah zu Boden. Das rote Muttermal an ihrem Hals schien noch dunkler anzulaufen.

Vicky streckte die Hand aus und streichelte Kristins Arm. »Was hältst du davon, wenn du jetzt nach Hause gehst und mich morgen anrufst. Wir machen dann einen neuen Termin. Und sag deinen Eltern, dass ich die Stunde dann nicht berechnen werde.«

Kristin nickte, sah ihr jedoch nicht ins Gesicht. Sie standen beide verlegen da, und gerade, als Vicky dachte, sie müsste sie nun doch hereinbitten, machte Kristin kehrt und eilte die Treppe hinunter. Vicky wollte schon die Tür schließen, als Kristin stehen blieb, sich umdrehte und sagte: »Wo ist er denn passiert? Dieser Unfall mit Fahrerflucht.«

»Etwas weiter die Straße hinunter«, sagte Vicky und widerstand dem Drang, in die bewusste Richtung zu blicken oder zu zeigen. Jugendliche hatten irgendwie makabre Neigungen, dachte sie. »Pass gut auf dich auf«, fügte sie lahm hinzu und schloss die Tür.

Sie hielt immer noch das schnurlose Telefon in der Hand, und so rief sie denn, ehe sie wieder Gründe fand, die Sache zu vergessen, ihre anderen Nachhilfeschüler an und machte für die nächsten Tage neue Termine. Bei Ajit nahm sein Vater ab, und unter anderen Umständen hätte sie vielleicht ein Gespräch über die Heiratsabsichten für seinen Sohn begonnen, aber jetzt würde sie nur geheucheltes Interesse aufbringen können. Dulci nahm schon beim ersten Klingeln ab, und die Enttäuschung, dass es sich nur um ihre Nachhilfelehrerin handelte, war ihr anzumerken. »Ich hoffe, dass es Ihnen bald besser geht«, sagte sie pflichtschuldig, obwohl Vicky gar nicht erwähnt hatte, wieso sie den Termin heute absagte. Aber Krankheit war natürlich der einzige Grund für Lehrer, Unterricht ausfallen zu lassen, und Vicky widersprach ihr nicht. Bei Rob nahm keiner ab. Travis wiederholte immerzu vergnügt: »Kein Problem, kein Problem«, und Vicky musste ihn mehrmals daran erinnern, dass sie neue Termine festlegen sollten.

Natürlich brauchte sie Lois nicht anzurufen. Vicky konnte sich nicht vorstellen, dass ihre Mutter sich jemals wieder bei ihr melden würde. Aber sie hätte gern mit dem Mädchen geredet. Es erschien ihr unklug, allerdings auch verständlich, dass die Mutter der Tochter jeden Kontakt untersagt hatte, so als verbände Lois und Vicky irgendetwas Schändliches, das sie getrennt leichter vergessen würden. Vicky beschloss, Lois in etwa einer Woche noch einmal anzurufen, um zu sehen, ob die Mutter vielleicht ihre Meinung geändert hatte.

Eigentlich hatte Vicky ihren Schülern den Grund für die ausgefallenen Stunden nennen wollen, aber sie brachte es einfach nicht fertig. Sie würden es sowieso bald genug von alleine herausfinden. Vielleicht wäre es auch einfacher für sie alle, wenn erst einmal etwas Zeit verging. Natürlich könnten sie es auch aus der Zeitung erfahren. Vicky konnte sich gut vorstellen, wie die Reporter jetzt da draußen herumlungerten und Fotos von den gelben Absperrbändern machten, die die Polizei inzwischen wohl um den Tatort gespannt hatte, und wie sie überlegten, ob sie es wohl noch bis zum Redaktionsschluss für Sonntag schafften. Im Grunde sind die jungen Leute gar nicht sensationslüsterner als wir anderen auch, dachte sie finster.

Sie machte noch einen Anruf.

»Wir treffen uns zum Mittagessen am Pier«, sagte sie, als Amanda abnahm. »Ich brauche dein Ohr.«

»Ich bringe meine anderen Körperteile auch mit. Für alle Fälle.«

Sie standen am Ende des Piers und blickten über die Semiahmoo-Bucht zu dem Küstenstreifen jenseits der Grenze, wo Vicky und Rachel erst vor drei Tagen entlanggefahren waren. Der Himmel hatte die blassgraue Farbe einer Dauertieffront, und es regnete leicht. Dagegen hatte Vicky allerdings kaum etwas einzuwenden, es bedeutete nämlich, dass sie den Pier fast für sich allein hatten. Ein Schwarm gelbschnäbeliger Seetaucher zog seine Kreise unten im Wasser, und jedes Mal, wenn die Vögel nach Futter tauchten, verschwanden ihre glänzend schwarzen Köpfe und bunten Rücken.

»Sie haben ihn also festgenommen?« Amanda zog den Kragen ihrer Jacke fester um den Hals, da ein strammer Ostwind ihnen den Regen ins Gesicht blies.

»Ich glaube nicht. Sie haben wahrscheinlich keine ausreichenden Beweise.«

»Aber da ist doch die ganze Geschichte der beiden. Wieso können sie ihn denn da nicht anklagen?«

»Vielleicht reicht diese Geschichte nicht als Beweis. Ich glaube zwar, sie gehen davon aus, dass er es getan hat, aber es fehlt ihnen ein eindeutiges Indiz. Die rauchende Pistole sozusagen.«

»Also könnte der Schweinehund womöglich ungeschoren davonkommen?«

»Er hat eine Nachricht auf meinen Anrufbeantworter gesprochen. Und da klang er ... Also er klang sehr überzeugend geschockt und verstört.«

Amanda starrte sie an. »Du glaubst doch wohl nicht, dass er unschuldig ist?«

»Nein, wahrscheinlich nicht. Aber das Ganze passt vorne und hinten nicht zusammen. Zum Beispiel diese Fotos, die er ihr geschickt hat. Was sollte das? Wer war dieser Angeletti? Letzte Nacht habe ich Rachels Traum geträumt, in dem sie festgehalten wird und er sie vergewaltigt.«

»Ach, Vicky. Du solltest einen Therapeuten aufsuchen. Immerhin ist Conrad erst ein Jahr tot, und jetzt ist ein Mensch, mit dem du ebenfalls zusammengewohnt hast, umgebracht worden. Damit wird man nicht so schnell fertig.«

»Ich kriege mich schon wieder ein.«

»Du hast doch nicht ...« Amanda räusperte sich und blickte sie verlegen an. Schließlich machte sie mit Daumen und Zeigefinger eine Geste, als halte sie eine unsichtbare Teetasse und führe sie zum Mund.

»Nein«, sagte Vicky steif, »das habe ich nicht.«

»Sei doch nicht eingeschnappt. Ich wollte doch nur ... also, ich hätte es verstanden. Wenn du es getan hättest.«

»Wir sollten umkehren. Es ist kalt.«

Sie wanderten den Pier entlang. White Rock lag auf dem Hügel direkt vor ihnen und sah im Regen grau und verschlafen aus. Zwei Seemöwen, die über ihren Köpfen gekreist waren, landeten ein paar Schritte vor ihnen, beäugten sie hoffnungsvoll und hüpften kaum beiseite, als die zwei Frauen sich näherten. Im Westen konnten sie den Amtrak-Zug sehen, der an der Küste entlang nach Seattle fuhr. Die Gleise lagen gefährlich dicht an der Kaimauer, und Vicky sah unwillkürlich immer wieder nach Osten, zu dem großen weißen Felsen, von dem die Stadt ihren Namen hatte. Sie senkte den Kopf, lief schneller.

»Hast du heute Abend Lust auf Kino oder sonst irgendwas?«, fragte Amanda, als sie bei ihrem Wagen angelangt waren. »Damit du mal an was anderes denkst?«

»Vielen Dank, lieber nicht. Außerdem sollte ich wahrscheinlich sowieso zu Hause sein. Falls die Polizei anruft oder Rachels Zimmer nochmal sehen will.«

»Du lieber Schreck, die können doch nicht erwarten, dass du zu Hause sitzt und auf sie wartest.«

»Du lieber Schreck.« Vicky lächelte. »Ist das ein Oxymoron?«

»Nein, aber Schrecken wird am besten mit Schrecken bekämpft. Wenigstens sagt man das.«

Die Polizei setzte sich erst am nächsten Tag, einem Sonntag, mit ihr in Verbindung. Sie hatte wieder Rachels Albtraum gehabt, in dem der finstere Mann, der Angeletti hieß, ihre Beine auseinander zwang, während jemand anders ihre Arme festhielt. Und als sie schließlich zitternd aufwachte, wollte sie nur noch, dass der Traum nie mehr wiederkehrte. Sie nahm zwei Schlaftabletten, die sie in einen totenähnlichen Schlaf versetzten, bis das Telefon am nächsten Morgen klingelte.

»Dürfte ich vorbeikommen?« Das war Corporal Kents Stimme. »In einer halben Stunde?«

»Ja, gut.«

Sie trank hastig zwei Tassen Kaffee und zog sich an. Ihr Aufzug – weiße Bluse zu wadenlangem Kordrock – hatte etwas leicht Gouvernantenhaftes, was, wie sie annahm, den Erwartungen der Polizei entsprach. Dann setzte sie sich aufs Sofa und wartete. Der Kater sprang auf ihren Schoß. Sie holte den Kamm mit den feinen Zinken unter dem Sofa hervor und striegelte ihn ganz konzentriert. Er wand sich gleichzeitig vor Wonne und Unbehagen. Als es endlich an der Haustür klingelte, klebten die elektrisch aufgeladenen ausgekämmten Haare fast alle an ihrem Rock.

»Treten Sie ein.« Auf der Straße sah sie das Polizeiauto stehen, weiß mit dem modernen bunten Streifen an der Seite und dem ebenso tröstlichen wie lächerlichen Emblem auf dem hinteren Kotflügel: dem berittenen Polizisten auf dem galoppierenden Pferd. Dabei fiel Vicky wieder ein, dass die Berittene Königlich-Kanadische Polizei Disney die Lizenz zur Benutzung ihres Logos erteilt hatte. Vielleicht sollten sie dafür eine Mickymaus auf ihren Kotflügel kleben.

Der Corporal reichte ihr die Zeitung, die auf der Veranda gelegen hatte.

»Vielen Dank«, sagte Vicky. »Möchten Sie einen Kaffee?«

»Ja, gern. Das wäre wirklich nett.« Vicky registrierte, dass er heute keine Uniform trug, sondern nur ein grünes Sweatshirt, eine Freizeithose und ein Jackett, dessen Aufschläge und Ellbogen schon bessere Zeiten gesehen hatten. Sie fühlte sich etwas zu förmlich angezogen und wünschte, sie hätte sich für Jeans entschieden.

»Gibt es was Neues?«

»Wir haben Mandaro verhaftet.«

»Tatsächlich? Was für eine Erleichterung.«

»Ja, wahrscheinlich. Allerdings wäre es schön, wenn wir einen echten Augenzeugen hätten. Die Frau, die er als sein Alibi angegeben hat, sagte, sie sei nicht mit ihm zusammen gewesen. Und sie hat uns auch noch ... weitere Informationen gegeben.«

Sie hoffte, er werde noch etwas ausführlicher erzählen, doch das tat er nicht. Wahrscheinlich hatte er schon mehr gesagt, als er durfte.

Er hustete hinter vorgehaltener Hand. »Ich kann Ihnen keine Einzelheiten nennen. Aber mit der Zeugenaussage Ihrer Nachbarin sieht der Fall ziemlich gut aus.«

Vicky ging in die Küche und schenkte ihnen beiden einen Kaffee ein. Der Corporal folgte ihr, tat Zucker in seine Tasse und rührte energisch um. Ping, ping, ping schlug der Löffel innen gegen die Tasse.

Ping. Zu ihrer Bestürzung spürte Vicky eine leichte sexuelle Regung.

Sie trat einen Schritt beiseite und ließ Wasser ins Spülbecken laufen, als müsste der Teller, der darin stand, unbedingt eingeweicht werden. Wie konnte sie nur solche Gefühle für diesen Mann haben? Für den Ermittler im Fall des erst zwei Tage zurückliegenden Mordes an Rachel?

»So«, sagte sie brüsk und drehte den Wasserhahn fest zu. »Brauchen Sie noch etwas?«

Jemand klopfte hinten an ihre Tür. »Oh«, sagte der Corporal. »Das wird Wachtmeister Kulyk sein. Er hat draußen im Durchgang zwischen den Häusern ein paar Fotos gemacht und wird auch noch welche von ihrem Zimmer machen. Es wird nicht lange dauern, da ich nicht davon ausgehe, dass wir noch irgendetwas Brauchbares finden. Sie scheint sich hier gar nicht richtig niedergelassen zu haben.«

Richtig niedergelassen. Nein, da hatte er Recht, dachte Vicky.

Es war eine vorübergehende Lösung gewesen: Rachel hatte das, anders offenbar als Vicky, nicht vergessen.

»Selbstverständlich«, sagte sie. »Machen Sie nur.«

Er ließ den anderen Beamten herein, und beide gingen gemeinsam die Treppe hinunter. Vermutlich hätte sie auch mitgehen sollen, aber was hatte das für einen Sinn? Es würde nur wehtun, wenn sie mit ansehen müsste, wie die fremden Hände Rachels wenige Habseligkeiten so geschäftsmäßig durchwühlten. Plötzlich schoss ihr der Gedanke durch den Kopf, dass die Polizei sie wegen des unangemeldeten Wohnraums anzeigen könnte. Allein die Kochplatte verstieß wahrscheinlich schon gegen die Brandschutzbestimmungen.

Wenigstens hatten sie Dennis festgenommen. Es würde also Gerechtigkeit walten, wenn auch nur in Form der leidenschaftslosen Vergeltung des Staates.

Die Beamten kamen wieder hoch, und der Wachtmeister verschwand durch die Hintertür nach draußen. Corporal Kent ging ins Wohnzimmer, wo Vicky so tat, als lese sie in einem Lehrbuch. Er trug einen offenen Pappkarton, den Rachel vielleicht für ihre schmutzige Wäsche benutzt hatte. Jetzt lagen lauter Papiere darin, die der Corporal wohl zusammengesucht hatte.

»Irgendwas gefunden?«, fragte sie.

»Eigentlich nicht.« Er stellte den Karton auf den Esszimmertisch. »Das hier sind hauptsächlich leere Aktenordner, ein paar Briefe, Rechnungen, wahrscheinlich ist nichts Brauchbares darunter. Aber man weiß ja nie.«

»Ich wollte Sie etwas fragen«, sagte Vicky. »Und zwar zu dem Umschlag, der am Freitag gekommen ist. Sie wissen schon, der, in dem wahrscheinlich wieder ein Foto war.«

Als hätte er schon auf ihre Frage gewartet, griff der Corporal in seine Jackentasche und zog einen Umschlag heraus. Vicky nahm an, dass er schon auf Fingerabdrücke untersucht worden war. »Vielleicht können Sie mir sagen, wann es aufgenommen worden ist«, sagte er.

»Wohl kaum.« Vicky zog die Karte heraus. Obendrauf waren wieder die üblichen zwei Perserkätzchen. Sie klappte die Karte auf. Ihre Hände kamen ihr unförmig vor, zu viele Finger.

Dass die Karte diesmal keine handschriftliche Bemerkung enthielt, registrierte sie eher beiläufig, während sie das Foto musterte. Darauf war Rachel zu sehen, die auf Vickys Verandastufen saß und lächelnd auf die Straße blickte. Hinter dem Wohnzimmerfenster war eine zweite Gestalt erkennbar. Sie selber.

»Du lieber Gott«, sagte sie. Sie berührte Rachels kleines Gesicht, so wie Rachel es bei den anderen Fotos gemacht hatte.

»Haben Sie eine Ahnung, wann das aufgenommen worden ist?«

Vicky schüttelte den Kopf. Sie musste immerzu das Foto anstarren – Rachels Gesicht mit der Haarsträhne, die der Wind ihr übers Kinn geweht hatte, und im Fenster, verschwommen und unbeteiligt, sie selber.

»Wäre es denkbar«, fragte der Corporal, »dass sie so lächeln würde, wenn ihr Mann dieses Foto gemacht hätte?«

»Ich glaube nicht, dass sie den Fotografen anlächelt. Sie guckt ja nach Westen, und der Standort des Fotografen ist hinter Birdys Vorderrasen, also im Osten. Hätte jemand gegenüber von Birdys Haus in einem geparkten Auto gesessen und dazu noch mit einem Teleobjektiv fotografiert, dann hätte Rachel es nicht einmal gemerkt.«

Der Corporal beugte sich zu ihr herüber, um das Bild zu betrachten. Sie musste an sich halten, um nicht vor ihm zurückzuweichen. »Und? Können Sie etwas zum Zeitpunkt der Aufnahme sagen?«

»Ich weiß nicht. Es muss natürlich irgendwann in den beiden letzten Monaten gewesen sein. Außerdem scheint auf dem Bild die Sonne, und bei unserem Klima schränkt das die Möglichkeiten noch weiter ein.«

»Haben Sie denn irgendeine Ahnung, wen sie angeguckt haben könnte?«

»Wahrscheinlich niemanden. Sie saß gern vorne auf der Treppe und betrachtete den Sonnenuntergang. Vielleicht wollte Dennis ihr demonstrieren, dass sie keineswegs sicher war. Ich vermute, dass er davon ausging, sie werde das Foto erhalten, bevor er sie tötete. Das wäre so, als würde er zu ihr sagen: ›So, das hier ist die Gegenwart, jetzt habe ich dich eingeholt.‹ Vicky gab ihm das Foto zurück. Aus einem plötzlichen Impuls heraus fragte sie: »Was meinen Sie, ob ich wohl alle Fotos wiederkriegen könnte? Sie haben immerhin eine gewisse emotionale Bedeutung. Für die Familie. Und schließlich waren sie gestohlen.«

Corporal Kent sah sie an. Erst jetzt ging ihr die Doppeldeutigkeit ihrer Bemerkung auf: Vielleicht glaubte er ja tatsächlich, sie würde behaupten wollen, die Polizei hätte die Fotos gestohlen. Als er dann aber antwortete: »Auf alle Fälle könnte ich im Labor Kopien für Sie machen lassen«, war sie verblüfft.

Für Sie. Nicht *für die Familie.* War sie denn wirklich so gut zu durchschauen?

»Das wäre sehr nett«, sagte sie und versuchte, nicht allzu dankbar zu klingen. »Übrigens, haben Sie das fünfte Foto näher untersucht? Das mit dem eingekringelten Männergesicht?«

»Wir sind schon dabei, Nachforschungen anzustellen. Etwas auszugraben, was fünfzehn oder zwanzig Jahre zurückliegt, und dann noch mit Hilfe der Washingtoner Polizei, das ist, nun ja, nicht ganz einfach.«

»Aber ... es ist doch *wichtig*, oder?«

Der Corporal steckte das Bild in den Umschlag zurück und schob ihn in seine Jackentasche. »Wir werden es prüfen«, sagte er ein wenig steif. »Also, ich denke, ich gehe jetzt.«

Er öffnete schon die Haustür, als ihr die Nachricht einfiel, die sie aufgenommen hatte. »Oh, warten Sie, Corporal ...« Sie hatte seinen Namen vergessen.

Er drehte sich um. »Kent.« Er wippte ein wenig mit den Füßen. »Sie können auch Clark zu mir sagen, wenn Ihnen das lieber ist.«

»Stimmt ja. Clark Kent.« Sie stieß ein albernes kleines Lachen aus, da er ja offenbar diesen Supermann-Witz gemacht hatte, auch wenn seinem Gesicht nichts anzumerken war. »Und Ihren Supermann-Umhang haben Sie wohl im Wagen liegen?«

»Das ist leider kein Witz. Wegen des Namens müssen Sie sich an meinen Vater wenden.«

»Oh ... Also, ich finde ihn ... charmant, wirklich. Besonders für einen Polizisten.«

»Ich kann damit leben.«

Ob es ihm wohl wehtun würde zu lächeln? Vicky bezweifelte, dass er überhaupt wusste, wie das geht.

»Na ja«, sagte sie, »jedenfalls hat Dennis mich an dem Abend, als Rachel starb, angerufen und eine Nachricht auf meine Maschine gesprochen. Dass die Polizei gerade bei ihm gewesen sei. Und ich habe eine Kopie von dem Band gemacht. Er sagt zwar nichts Bedeutendes, aber ich dachte, ich sollte es trotzdem festhalten.« Sie reichte ihm die Kassette.

»Danke.« Er nahm sie, wog sie ein wenig in der Hand. »Hat Ihre Maschine den Zeitpunkt des Anrufs aufgezeichnet?«

»Nein, das kann sie leider nicht. Aber der Anruf muss etwa gegen neun gekommen sein. Als ich weg war. Bei den Hardings. Um ihnen das mit Rachel zu sagen.«

»Gegen neun. Aha. Gut. Wir bleiben in Verbindung.« Er hielt sich die Kassette an die Stirn, als wollte er auf spöttische Weise salutieren.

Er war erst wenige Minuten fort, als das Telefon klingelte. Kaum erkannte sie Robs Stimme, als ihr einfiel, dass sie ihn noch einmal hätte anrufen müssen, um die Stunde für den Nachmittag abzusagen.

»Ist das wahr?«, sagte er. »Ist das wahr?«

»Wahr?« Sie begriff nicht, wonach er fragte.

»Rachel. Dass sie umgebracht wurde. Die Frau, die bei Ihnen wohnte. Ich hab es in den Nachrichten gesehen. Was ist denn passiert?«

»Ein Autounfall.« Wenn er es im Fernsehen gesehen hatte, wusste er wahrscheinlich mehr, als ihm gut tat.

»Ach Gott, die Ärmste. Das ist einfach ...« Er verstummte. Sie konnte hören, wie er den Hörer aus der einen Hand in die andere nahm. »Was für eine Tragödie. Sie war ... sie war so hübsch.«

Der Tod von hässlichen Menschen war also keine Tragödie. Aber das behielt Vicky lieber für sich. Rob war jung, er hatte Rachel sehr attraktiv gefunden. Da konnte sie ihm die Bemerkung nicht übel nehmen.

»Es tut mir Leid«, sagte sie und versuchte, freundlich zu klingen. »Ich weiß, dass das ein Schock ist. Ich habe versucht, dich gestern anzurufen, um unsere Stunde abzusagen, aber du warst nicht da. Ist es dir recht, wenn wir einen neuen Termin machen? Wie wäre es mit Donnerstag? Um zwei?«

»Donnerstag. Ja, klar, okay, das macht nichts.«

»Gut, dann sehen wir uns also Donnerstag.«

»Ich bin so ... unglücklich«, sagte Rob. »Ich wünschte, ich könnte etwas tun.«

»Ich weiß.«

In der Nacht hatte sie wieder den Traum. Sie stand auf, wanderte im Haus umher. Es war, als hätte Rachel ihren Albtraum zurückgelassen, ihn Vicky hinterlassen, damit sie ihn verstünde.

Es erschien ihr fraglich, ob die Polizei sich überhaupt die Mühe machen würde, Angeletti und die Christliche Hammond-Schule für Mädchen in die Ermittlungen einzubeziehen. Sie hatten ja ihren Schuldigen. Für eine Verurteilung würden sie zwar noch weitere konkrete Beweise benötigen, aber das Motiv als solches war überzeugend genug.

Unten stand der Kater, miaute und kratzte an Rachels Tür.

»Ich weiß«, sagte Vicky.

Achtes Kapitel

Es dauerte ein paar Tage, bis sie wieder etwas von Corporal Kent hörte.

»Ich dachte mir, Sie würden die Kopien gerne haben wollen«, sagte er.

Sie brauchte ein paar Sekunden, um sich zu erinnern. »Ja, natürlich. Die Fotos.«

Das schnurlose Telefon war launisch. Sie wanderte im Zimmer umher, um eine Stelle zu finden, wo es sich besser benahm.

»Ich dachte, ich könnte ... Also, ich wollte Sie fragen, ob wir uns irgendwo zum Mittagessen treffen können.«

Vicky starrte den Kater an, als hätte er diese überraschende Bemerkung getan. Bat der Mann etwa um ein *Rendezvous*?

»Doch, das wäre nett. Soll ich Sie abholen?«

»Ich kann bei Ihnen vorbeikommen.«

»Also gut. Da werden die Nachbarn eben denken, dass ich verhaftet werde.«

»Ich kann in meinem Privatwagen kommen, wenn Ihnen das lieber ist.« Seiner Stimme war nicht anzumerken, ob er wusste, dass sie einen Witz gemacht hatte.

Vielleicht hatte sie das ja auch nicht. Abgesehen von Birdy hatte sie wenig Glück mit ihren Nachbarn. Das Ehepaar, deren Baby sie nicht hatte hüten wollen, grüßte jetzt kaum noch, und die Leute gegenüber vom Durchgang hatten erst im vergangenen Monat auf ihrem Rasen ein Schild aufgestellt, dessen Zeichensetzung ein wenig kryptisch war: »Verboten. Für Katzen.« Vicky hatte sogar ein gewisses Verständnis dafür, da ihr Kater tatsächlich ein resolutes Revierverhalten an den Tag legte.

Der Corporal fuhr dann in einem unauffälligen alten Taurus-Modell vor. Allerdings erschien er in Uniform.

»Tut mir Leid, das hier«, sagte er, während sie zum Wagen gingen, und zeigte auf seine Kleidung und seine Pistole. »Hoffentlich regt das die Nachbarn nicht auf.«

»Das ist schon in Ordnung«, sagte sie.

»Ich bin schließlich noch im Dienst.«

»Ach, dann ist es also kein Rendezvous.« Wie blöd! Sie lachte kläglich und wusste, er würde dieses Lachen nicht verstehen. Sie öffnete rasch die Beifahrertür, ehe er ihr zuvorkam.

Sauber konnte man das Autoinnere nicht nennen. Das Armaturenbrett war ganz staubig, nur um die verschiedenen Schalt- und Drehknöpfe nicht, und auf dem Boden lagen so viele leere Styroporbecher und zerknüllte Zeitungen, dass sie Schwierigkeiten hatte, einen freien Platz für ihre Füße zu finden.

Er stieg ein, ließ den Motor an. Ohne sie anzuschauen, sagte er: »Doch. Es könnte doch eins sein. Wenn Sie wollen. Ein Rendezvous.«

Sie war sich noch nie so dämlich vorgekommen. »Es tut mir Leid. Ich wollte nur einen Witz machen.«

Er legte den Gang ein und fuhr ohne zu antworten los. Das war eine ärgerliche, aber durchaus effektive Methode, fand Vicky: Wenn der Herr nicht weiß, was er sagen soll, sagt er gar nichts. Frauen können sich so was nur selten erlauben.

Sie fuhren über die Buena Vista hinunter zum Ufer; erst dann fragte er sie, ob ihr das Bootshaus recht sei. Natürlich war sie einverstanden. Das Bootshaus hatte den schönsten Blick auf die Bucht, den Golf und die Inseln. Selbst an einem bedeckten Tag wie heute war es dort bestimmt netter, als wenn man auf Straßenhöhe am Marine Drive säße, wo die Lastwagen und die schnellen Flitzer wenige Zentimeter von der Tischkante entfernt um die Wette dröhnten.

Die langbeinige Kellnerin, die ihnen die Karten brachte, sagte: »Clark! Wie schön, Sie zu sehen. Dad hat erst vor kurzem noch nach Ihnen gefragt.«

Clark. Dann hieß er also tatsächlich so. Sein Vater musste wirklich Sinn für Humor gehabt haben. Kein Wunder, dass sein Sohn offenbar beschlossen hatte, ohne Humor fahre er besser.

Sie bestellten Meeresfrüchte und als Beilage Salat.

»Möchten Sie ein Glas Wein?«, fragte Clark. Sie konnte nicht umhin, ihn genauer zu studieren. Seine Augenbrauen waren dicht und buschig und nicht symmetrisch und die Augen selber von einem ungewöhnlich tiefen Blau. Es war die Farbe, die der Himmel kurz vorm Dunkelwerden annimmt. »Ich kann Ihnen aber leider nicht Gesellschaft leisten. Im Dienst.«

»Vielen Dank, aber für mich auch nicht.« Fast hätte sie ihm den Grund genannt, die Worte lagen ihr schon auf der Zunge, aber sie schluckte sie hinunter. Es war doch albern, sich, nur um ihn kurz aus der Fassung zu bringen, als eine gefährdete Person darzustellen.

Er griff in seine Tasche, zog einen kleinen quadratischen Umschlag hervor, reichte ihn ihr. Der Umschlag war nicht zugeklebt, sie öffnete ihn und stellte fest, dass alle sieben Bilder in derselben Größe reproduziert worden waren – vier in Schwarzweiß wie die Originale und drei in Farbe. Obendrauf lag das Foto von der fünfzehnjährigen Rachel im roten Kleid, deren Gesicht schon die spätere Schönheit verriet. Sie blickte Vicky direkt in die Augen.

Vicky machte den Umschlag wieder zu, legte ihn hin. Wieso hatte sie sie eigentlich haben wollen, diese Bilder mit all ihrem Schmerz?

»Danke«, sagte sie. »Ihr Vater wird sich darüber freuen.«

»Vielleicht. Schwer zu beurteilen, wenn ein Mann behauptet, seine Tochter sei tot, weil sie Gott nicht gehorsam war.«

»Hat er das wirklich gesagt?«

»Mehr oder weniger.«

Vicky seufzte. »Er ist wirklich ein Charmeur, nicht wahr?«

»Stimmt.«

»Haben Sie Dennis' Fingerabdrücke auf den Bildern gefunden?«

»Nun, es wäre doch merkwürdig, wenn er keins von ihnen angerührt hätte.«

Er hatte zwar nur ihre Frage pariert, aber wahrscheinlich würde sie sowieso nicht mehr aus ihm herauskriegen.

Die Kellnerin brachte ihre Gerichte. Es war ihr eigentlich zu viel, aber Vicky war hungrig und hatte nicht vor, nur wie ein Vögelchen zu essen. Schließlich handelte es sich nicht um ein Rendezvous, und sie brauchte Clark Kent nicht mit einem zierlichen Scarlett-O'Hara-Appetit zu beeindrucken.

Er spießte eine Garnele auf, führte sie zum Mund und ließ die Gabel wieder sinken.

»Übrigens«, sagte er. »Ich kann Ihnen wenigstens erzählen, dass wir Angeletti gefunden haben.«

»Wirklich?«

Clark hob die Gabel erneut, schob die Garnele in den Mund, kaute, langsam. Vicky hätte ihn am liebsten mit ihrer Gabel gepiekst: Die Art, wie dieser Mann das Schweigen einsetzte, war eindeutig nervig. Sie zwang sich, selber einen Bissen zu nehmen und zu warten.

»Im Grunde war es ziemlich einfach«, sagte Clark schließlich. »Die Glaubensgemeinschaft, zu der die Mädchenschule gehörte, existiert noch, auch wenn die Schule schon seit längerem geschlossen ist. Angeletti hat tatsächlich dort gearbeitet. Später ist er dann nach Florida gezogen. Unglücklicherweise ist er dort vor zwei Jahren gestorben.«

»Tot? Ach, Scheiße.« Vicky lehnte sich zurück. Es war ihr egal, dass er merkte, wie enttäuscht sie war.

»Selbst wenn er Rachel ... also wenn er sie tatsächlich all die Jahre vergewaltigt hätte, könnten wir jetzt nichts mehr unternehmen.«

»Aber wieso hat Dennis ihr dann das Bild geschickt?«

»Er muss etwas über die Schule herausgefunden haben, und nach dem, was Sie sagen, wollte er seiner Frau wohl damit Angst machen.« Jetzt aß Clark sehr schnell, als müsste er seine Pausen von vorher wettmachen.

»Sie hat davon diese schrecklichen Albträume bekommen. Und jetzt habe ich sie.«

»Sie haben ihre Albträume?«

Vicky lachte kläglich, wischte das Thema mit ihrer Gabel weg. »Na ja, man konnte sich schlecht aus Rachels Leben raushalten.«

»Aber Sie kannten sie doch erst seit zwei Monaten.«

»Vielleicht hat sie mütterliche Instinkte in mir geweckt.« Sie versuchte, nicht verärgert zu klingen. Womöglich hatte er genau wie Dennis den Verdacht, dass ihr Interesse an Rachel nicht nur platonisch war.

Clark leerte mit einem großen Schluck seine Kaffeetasse. Er sah auf seine Uhr, rieb sich mit der Hand den Hals und zuckte leicht zusammen. »Ich sollte allmählich gehen«, sagte er. »Sind Sie so weit?«

»Jederzeit.« Sie hatte den Fehler gemacht, ihre Gabel für eine Minute hinzulegen. Einigermaßen sehnsüchtig blickte sie auf den Rest ihrer Garnelen und den Salat.

»Ich möchte Sie nicht hetzen.«

»Alles in Ordnung. Ich bin fertig.« Sie griff nach ihrer Jacke.

Die Kellnerin kam herbeigeeilt. »Kein Nachtisch?«, rief sie.

»Nein, vielen Dank, nur die Rechnung.« Clark zog sein Portemonnaie heraus.

»War das ein Geschäftsessen?«, fragte Vicky. »Oder soll ich meins selber bezahlen?« Es war ihr egal, ob er das für einen Witz hielt oder nicht. Die Kellnerin verwandelte ihr Kichern in ein Hüsteln und verzog sich rasch.

Zum ersten Mal sah Vicky ihn lächeln. Zumindest glaubte sie, dass es ein Lächeln war, dieser leicht verzogene rechte Mundwinkel, der sein Gesicht noch unsymmetrischer machte. »Ich dachte, es sei ein Rendezvous«, sagte er.

»Ich dachte, Sie sagten, es sei keins.«

»Ich dachte, Sie wollten nicht, dass es eins ist.«

Sie musste sein Lächeln erwidern und versuchte, ihren Mundwinkel genauso schief zu verziehen wie er. »Heutzutage bezahlen Frauen auch bei einem Rendezvous ihren Anteil selber.«

»Gut, dann war es eben ein Geschäftsessen.«

Als sie vor ihrem Haus angelangt waren, räusperte Clark sich und nahm die Hände vom Steuer. »Würden Sie es, ähm, mal mit einem richtigen Rendezvous versuchen wollen? Kino oder so?« Er sah sie nicht an.

»Ein richtiges Rendezvous.« Ihr letztes richtiges war schon sehr lange her. Was meinst du dazu, Conrad, fragte sie ihn im Geiste, aber Conrad schwieg schon seit langem. Und Amanda, was hältst du davon? Mach es, sagte Amanda. Aber er ist ein *Polizist*, Amanda. Mein Gott nochmal!, sagte Amanda.

»Klingt nett«, sagte Vicky. »Einverstanden.«

Er nickte, als hätten sie sich über eine lästige Erledigung geeinigt. »Diesen Samstag vielleicht?«

»Okay.«

»Ich rufe Sie an.«

Sie stieg aus dem Wagen, ging zu ihrer Haustür. Hinter sich konnte sie den Taurus wegfahren hören. Der Motor müsste dringend mal in die Werkstatt.

Sie steckte gerade ihren Schlüssel ins Schloss, als sie Birdy um die Buchsbaumhecke biegen sah, die ihre Vorgärten voneinander trennte. Birdy schnitt die Hecke immer so kurz, dass sie genauso gut hätte drübersteigen können. Instinktiv wollte Vicky den Schlüssel umdrehen, rasch ins Haus verschwinden und so tun, als hätte sie ihre Nachbarin nicht gesehen, aber sie wusste, dass es für eine überzeugende Vorstellung zu spät war.

Birdy trug ihren alten einäugigen Kater. Er hing so schlaff in ihren Armen, dass Vicky schon fürchtete, er sei tot und Birdy wolle sie bitten, ihn zu begraben.

»Dieser Bulle«, sagte Birdy, »ist der nun gekommen, um Sie festzunehmen oder um mit Ihnen zu schlafen?«

Vicky lachte. Zu ihrer Erleichterung legte der Kater bei dem Geräusch die Ohren ein wenig an. »Vielleicht beides.«

»Irgendwie ist er süß«, sagte Birdy. »Er kann mich gern jederzeit zu einer Befragung einbestellen.«

»Er heißt Clark Kent. Können Sie sich vorstellen, dass Eltern einem Kind so etwas antun?«

Birdy stieß einen Pfiff aus. »Jedenfalls könnte er damit schlecht Mitglied der Mafia werden.«

Sie bückte sich ächzend und setzte den Kater mit großer Vorsicht auf den Boden. Der blickte mit seinem einen entzündeten Auge um sich und trottete dann langsam nach Hause.

Birdy richtete sich wieder auf. »Gestern hat mich die Polizei angerufen. Sie sagten, ich müsste vielleicht vor Gericht erscheinen und bezeugen, dass ich den Wagen vom Ehemann hinten im Durchgang gesehen habe.«

»Sind Sie denn sicher, dass es seiner war?«

»Nicht hundertprozentig. Aber es war ein schwarzes Auto,

das genau an der Stelle herumlungerte, wo man die Straße überblicken kann und wo der Kerl schon früher gestanden hat. Ein Mann, der seine Frau nicht gehen lassen will? Na klar war er das.«

»Aber trotzdem bleibt Raum für Zweifel.«

Birdy kniff ein Auge zu und blinzelte sie an. Das musste sie von ihrem Kater gelernt haben. »Sie haben tatsächlich Zweifel!«

»Ich wünschte mir einfach, der Fall wäre wasserdicht. Damit Dennis keine Möglichkeit hätte davonzukommen, wenn er es wirklich war.«

»*Wenn* er es war?«

Vicky wand sich verlegen. Natürlich war Dennis schuldig. Wieso konnte sie den Gedanken an seinen blöden, verlogenen, trickreichen Anruf nicht loswerden? Wieso glaubte sie, es würde etwas ändern, wenn man mehr über die Fotos wüsste? Selbst wenn zufällig doch nicht er es war, der die Bilder geschickt hatte, dann hatte er aber auf jeden Fall Rachel getötet.

»Sie haben Recht«, sagte sie. »Ich weiß noch aus dem Philosophieunterricht, dass nach Occams Rasiermesser eine schlichte Theorie stets einer komplexen vorzuziehen ist.«

»Ein Rasiermesser hat das gesagt?«

»Na ja, die messerscharfen alten Philosophen eben.« Vicky wusste nie genau, wann Birdy nur so tat, als wäre sie furchtbar ungebildet. Sie drehte den Schlüssel um. »Tschüs, bis später.«

Birdy runzelte die Stirn und kratzte sich an der Augenbraue. »Schneiden Sie sich bloß nicht beim Rasieren.«

Kaum war Vicky im Haus, als sie draußen vor ihrer Einfahrt einen schwarzen Camaro halten sah. Ein schwarzes Auto: Wenn der Mörder Rachel nun tatsächlich wegen der Jacke mit Vicky verwechselt hatte? Und wenn er jetzt zurückkam, um die Richtige zu erwischen? Und wenn Dennis auf Kaution freigelassen worden war und einen anderen Wagen fuhr? Was dann? Oder hatte sie womöglich einen anderen leidenschaftlichen Feind? Einen Autofahrer, den sie unterwegs beschimpft hatte, oder einen Mann, den sie abgewiesen hatte, oder einen Nachhilfeschüler, der durchgefallen war –

Nachhilfeschüler. Sie lachte. Es war Rob. Sie hatte ihre Stunde um zwei vollkommen vergessen. Als sie ihm öffnete, lächelte sie ihn vor Erleichterung an.

Rob lächelte ein wenig gezwungen zurück. »Hallo«, sagte er. »Hoffentlich ist es Ihnen recht. Dass ich heute komme. So kurz nach ... Rachel.«

Sofort machte Vicky ein ernstes Gesicht. Sie musste auf den jungen Mann peinlich vergnügt gewirkt haben. Vielleicht hätte sie ihn doch nicht so schnell wieder bestellen sollen, sowohl um ihret- als auch um seinetwillen.

»Nein, nein, das ist schon in Ordnung. Ich war nur froh, dass du in dem schwarzen Auto gesessen hast, weil Rachel wahrscheinlich auch von einem schwarzen Auto umgebracht wurde, und ich hatte plötzlich einen kleinen Panikanfall –«

»Aber es war doch ihr Mann, oder nicht?«

»Ja, er hat ein schwarzes Auto. Ich dachte nur ... einen Moment lang hatte ich dieses komische Gefühl.«

»Vielleicht sollte ich mein Auto anders anmalen.« Er lächelte sie etwas verkrampft an. »Haben sie ihn denn verhaftet? Den Ehemann?«

Vicky nickte und führte Rob zum Esszimmertisch, wo er seine Büchertasche sachte abstellte. »Genau hier hab ich gesessen, als ich sie zum ersten Mal sah«, sagte er und legte die Hand auf den Stuhl vor ihm. »Sie kam aus dem Keller und fragte, ob sie sich ein Brot machen dürfe. Ich fand sie so wunderschön. Sie trug eine rote Strickjacke und hatte ihr Haar hinten mit so einem plüschigen Gummiband zusammengebunden. Es ist einfach ganz ... ganz traurig.«

»Ja.«

Rob blickte mit einem so schmerzverzerrten Gesicht zur Küche, dass Vicky schnell wegschaute, ihr Exemplar von Robs Geschichtsbuch herholte und sich setzte. Nach einem kleinen Moment setzte Rob sich ebenfalls.

»So«, sagte sie entschieden. »Wie kommst du voran? Nächste Woche hast du doch Semesterhalbzeitprüfung, oder?«

»Ja, Aufsatz und Fragen beantworten.« Er seufzte. »Was ich am liebsten mache.«

»Wiederholt euer Lehrer den Stoff mit euch, oder muss das jeder für sich tun?«

Er schnipste mit dem Reißverschluss seiner Büchertasche. »Das muss ich wohl alleine machen.«

Sie hätte ihre Frage wirklich netter formulieren sollen. »Gut, dann zeig mal deine Notizen vom letzten Monat. Die können wir dann zusammen durchgehen.« Sie griff nach Robs Notizheft und schlug es auf, etwas, das sie noch nie getan hatte. Nur vier Seiten waren beschrieben. »Ist das dein zweites Notizheft?«, fragte sie hoffnungsvoll.

»Nein, mehr hab ich nicht. Ich schreibe mir nie viel auf. Der Typ erzählt doch nur das Lehrbuch nach. Warum soll ich mir da die Mühe machen?«

»Diese Mühe solltest du dir aber machen, weil das Aufschreiben selber schon eine Art Lernen ist. Zuhören ist passiv. Wenn du so viel wie möglich aufschreibst, verbessert sich deine Lernfähigkeit um mehr als fünfzig Prozent.« Die Zahl war aus der Luft gegriffen, aber das war im Grunde egal.

»Ich kann mein eigenes Geschriebenes aber schlechter lesen als das Buch. Was hat das also für einen Sinn?«

»Der Sinn ist, dass du dir die Dinge beim Aufschreiben besser einprägst. Auch wenn du die Aufzeichnungen nie wieder liest –«

Ganz plötzlich stand Rob auf, wobei er mit den Knien gegen den Tisch stieß. »Das bringt mir hier überhaupt nichts. Ich kann genauso gut nach Hause gehen.« Er nahm sein Notizheft, schob es in die Tasche, drehte sich um und marschierte zur Tür.

Vicky starrte ihn überrascht an. Sie hatte ihn früher schon viel heftiger angefahren, und die Kritik war jedes Mal locker an ihm abgeprallt.

Bevor sie sich überhaupt erhoben hatte, war er schon aus der Tür. Sie sah ihn fast im Laufschritt die Einfahrt hinuntergehen, die Büchertasche schlug gegen seine Schulter. Er ließ den Camaro aufheulen und schoss davon, Kies flog von den Hinterrädern in Birdys Hof.

Wie hatte sie sich so verschätzen können? Rob war ihr Lieblingsschüler, und nun hatte sie ihn aus dem Haus getrieben. Vielleicht hatte es ja etwas mit Rachel zu tun. Er hatte sie kaum gekannt, aber er war jung, und für junge Menschen war der Tod noch sehr viel beängstigender. Vielleicht gehörte sie aber auch nur in die lange Reihe seiner Prüfungspeiniger.

Sie holte sich ein Glas Wasser und trank es sehr langsam am Küchenfenster. Draußen fiel jetzt ein feiner Regen, der wie ein feuchter Nebelschleier in der Luft hing.

Es war Junior, der anrief.

»Ich dachte mir, meine Eltern oder ich sollten vielleicht vorbeikommen und Rachels Sachen zusammenpacken«, sagte er. »Ich nehme an, dass Sie nichts davon behalten wollen. Und dass das für Sie wahrscheinlich keine sehr angenehme Aufgabe wäre.«

»Oh.« Sein Angebot überrumpelte sie. Und sie wusste nicht, ob sie erleichtert oder verletzt sein sollte. Rachels Sachen gehörten ja tatsächlich nicht ihr. Und solange kein Testament auftauchte, gehörten sie vermutlich Rachels Vater. Aber was sollte der mit einem Arm voll Frauenkleidung, einer Schachtel Lockenwickler, Nähzeug und einem Becher mit Stiften anfangen? Da war natürlich noch die Bibel. Er würde die Bibel haben wollen.

»Es tut mir Leid«, sagte Junior und reagierte auf ihr Schweigen. »Das sollte nicht gefühllos klingen. Natürlich können Sie gerne alles behalten –«

»Nein, nein. Ich will die Sachen nicht. Sie gehören sowieso nicht mir. Ich weiß Ihr Angebot zu schätzen. Ich – ja, bitte, kommen Sie. Wenn man es aufschiebt, wird es nur noch schmerzlicher.«

Während sie am Küchenfenster Ausschau nach seinem Wagen hielt, da sie annahm, er werde hinten vorfahren, versuchte sie vor sich selber ihre Entscheidung zu rechtfertigen. Es war gut, dass er kam; wenn sie die Sache hinauszögerte, würde es nur immer schwieriger werden. Womöglich würde sie dann noch zu einem dieser Menschen, die krankhaft an Erinnerungsstücken hängen.

Nach weniger als zwanzig Minuten stand Junior vor ihrer Hintertür. Er sah ein wenig erhitzt aus. Gesicht und Haar waren feucht vom Regen, als wäre er gelaufen und nicht im Mercedes seines Vaters hergefahren, der jetzt mit leisen Klopfgeräuschen in ihrer Einfahrt stand.

»Ich habe noch nichts zusammengepackt«, sagte Vicky. »Für den Fall, dass die Polizei nochmal kommt. Das halte ich allerdings für unwahrscheinlich. Aber vielleicht sollten Sie trotzdem erst mal bei denen nachfragen, ehe Sie ... also ehe Sie die Sachen beseitigen. Sowieso sind es wohl nur ein paar kleine Kartons und ein oder zwei Arme voll Kleidung.«

»Kein Problem«, sagte er und klopfte auf die Taschen seines weiten, beigefarbenen Trenchcoats. »Ich habe ein paar große Müllsäcke mitgebracht.«

Er musste bemerkt haben, wie sie bei dem Wort Müllsäcke zusammenzuckte, denn er zog die Hände rasch weg und rieb sie verlegen aneinander. Es machte ein trockenes, knisterndes Geräusch, genau wie die Säcke, als er auf seine Taschen geklopft hatte. Er trat ständig von einem Fuß auf den anderen, als täte es weh, wenn er länger als ein paar Sekunden auf einem Bein stünde. Rachel hatte einmal gesagt, er habe etwas von Duddy Kravitz, und Vicky hatte gedacht, sie meine sein aggressives Unternehmergehabe. Aber vielleicht hatte Rachel weniger an das Buch von Richler gedacht als an den Film und das nervöse Gezappel von Richard Dreyfuss. Immerhin war sie in Vickys Bücherregal erst bei M angelangt.

Vicky riss sich zusammen. »Ich bin Ihnen wirklich dankbar«, sagte sie. »Es wäre in der Tat sehr hart für mich, wenn ich allein davor stünde.«

»Kein Problem. Außerdem ist da ... Es gibt da ein paar Sachen aus dem Büro, die sie vielleicht bei sich zu Hause hatte.«

»Nur ein oder zwei Stifte und Ähnliches. Ach ja, und eine Drehkartei. Die hat die Polizei mitgenommen und noch ein paar andere Sachen.«

Junior räusperte sich. »Aha? Na ja, ich wollte auch nicht unterstellen, dass sie Büromaterial gestohlen hat –«

»Ich weiß.«

Vicky führte ihn die Kellertreppe hinunter. Vor der Tür von Rachels Zimmer blieb sie stehen. Rachels Zimmer: Aber das war es doch nicht mehr, jetzt gehörte es wieder ihr und würde als zusätzliches Schlafzimmer und als Lagerraum dienen. Sie öffnete die Tür, forderte Junior auf einzutreten.

»Ich gehe einen Karton für die Badezimmersachen holen«, sagte Vicky. »Und für alles, was kaputtgehen und auslaufen kann. Die Kleidung kann ja in die ... Säcke.«

Als sie mit dem Karton zurückkam, hatte Junior schon die meisten Kommodenschubladen in einen dieser grünen Säcke aus dicker Plastikfolie ausgeleert, die man sonst für Gartenabfälle benutzt. Eigentlich wäre das ihre Aufgabe gewesen, dachte Vicky, während sie zusah, wie er Rachels Unterwäsche zusammenklaubte und dazu die Socken, die sie gemeinsam ausgesucht hatten.

Bis auf die Bibel und die Kochplatte nahm sie alles von der Kommode und tat es in den Karton. Die Kochplatte gehörte ihr und die Bibel ... Sie hatte das Bedürfnis, sie zu behalten, für den Fall, dass sie Jacob Cornelius damit besänftigen müsste. Falls Junior bemerkt hatte, wie sie die Bibel in die offene oberste Kommodenschublade schob, äußerte er sich nicht dazu.

Als er nach dem Wecker und den Büchern auf dem Nachttisch griff, sagte Vicky: »Halt, warten Sie. Die Bücher gehören mir.«

Junior sagte nichts und legte die Bücher nur zurück. *Unter dem Vulkan. Söhne und Liebhaber. A Jest of God.* Hatte Rachel überhaupt Zeit gehabt, sie alle zu Ende zu lesen? Auf dem Einband von *A Jest of God* war ein Foto von Joanne Woodward aus dem Film *Rachel, Rachel.* Erst jetzt fiel Vicky wieder ein, dass die Hauptfigur ja so hieß. Als Rachel damals von dem Buch sprach, hatte sie es nicht erwähnt.

Jetzt waren nur noch die Kleidungsstücke übrig, die im Schrank hingen, und die überließ Vicky Junior, während sie das Badezimmer ausräumte. Es ist so wenig – das war alles, was sie denken konnte, während sie die Shampooflasche, die Haarbürste, die noch verpackten Seifenstücke zusammensammelte: Es ist so wenig! Im Medizinschränkchen fand sie nur ein Fläschchen mit Aspirintabletten, ein Wasserglas, Zahnbürste und Zahnpasta, Zahnseide, ein Deodorant, eine Nagelfeile und eine kleine Kosmetiktasche. Selbst in einem Hotelzimmer würde man mehr Dinge einzupacken haben.

Sie wollte zurück ins Schlafzimmer, blieb aber an der Tür stehen.

Junior stand vor dem Schrank und hielt Rachels letztes Kleidungsstück, ein weißes Kleid, in der Hand und drückte sein Gesicht in den Stoff. Als er Vicky an der Tür hörte, drehte er sich um, ließ das Kleid aber nicht sinken. Tränen liefen ihm über die Wangen.

»Entschuldigung«, sagte Vicky.

»Ich vermisse sie«, sagte Junior, und es waren seine ersten Worte, seit er das Zimmer betreten hatte. Er ließ das Kleid sinken. »Ich glaube, ich hatte gerade angefangen, mich in sie zu verlieben.« Er lachte. Es klang dumpf und krächzend.

»Man konnte sich so leicht in sie verlieben«, sagte Vicky.

»Sie war zehn Jahre älter als ich, aber ich konnte mich so gut mit ihr unterhalten. Sie wusste, wie schwierig es für mich war, mit meinem Vater zusammenzuarbeiten. Manchmal bin ich nämlich sein Sohn, manchmal sein Angestellter und manchmal einfach nur sein Prügelknabe. Und darüber konnte ich mit Rachel sprechen. Und auch darüber, ob ich wieder nach Hause zurückkehren sollte. Über meine Exfrau. Tina wollte nie mit mir verheiratet sein. Sie wollte mich nur so lange, bis sie ein Kind hatte. Sie wollte jemanden, der ihr den Unterhalt bezahlte.«

»Ich wusste nicht, dass Sie ein Kind haben.«

»Ich sehe ihn kaum. Ich muss einen Haufen Geld bezahlen. Ich musste ihr das Haus und alles Mögliche überlassen, und was ich dafür bekomme, ist ein Junge, der mich anschaut, als wäre ich ein Fremder.« Er öffnete die Hand und ließ das Kleid in den Sack gleiten. »Das Leben ist so voller Scheiße.« Er machte einen Knoten in den Sack und zurrte ihn so fest, dass das Plastikmaterial sich verzog. »Nun gut.« Er reckte sich, drückte die Schultern durch und schien um einige Zentimeter zu wachsen. »Es hilft nichts, darüber nachzugrübeln. Gibt es sonst noch etwas? Das Bettzeug gehört vermutlich Ihnen?« Seine Stimme klang plötzlich energisch, geschäftsmäßig und schaffte nach seinem vertraulichen Bekenntnis wieder Distanz zwischen ihnen.

Vicky nickte. »Ich glaube, das ist alles. Haben Sie die Sachen aus Ihrem Büro gefunden, nach denen Sie suchten?«

Junior hob den Sack hoch. »Ach, das war nichts. Nichts Wichtiges jedenfalls.«

Er ging zur Tür, und Vicky musste ihm rasch ausweichen. Dann war er schon oben an der Treppe, ehe sie überhaupt ihren Karton nehmen und ihm folgen konnte. Sie stellte den Karton auf die Küchenablage, um ihn zu verschließen. Sie musste es mehrmals probieren, bis sie die Laschen endlich in der richtigen Reihenfolge ineinander gesteckt hatte. Es schien wichtig zu sein, dass er richtig verschlossen war.

Junior hatte den Kofferraum des Mercedes geöffnet und wartete auf sie. Er trommelte auf den Kotflügel, trat von einem Fuß auf den anderen und schien es plötzlich sehr eilig zu haben. Er stellte den Karton in den Kofferraum, klappte ihn zu, rieb sich die Hände, genau wie vorher, als er an ihrer Tür stand. Um nicht gereizt zu reagieren, musste Vicky sich sagen, dass das halt seine Art war, mit Situationen fertig zu werden. Im Grunde hatte Rob sich heute Mittag auch nicht viel anders verhalten, als er versuchte, seinen Erinnerungen davonzulaufen, aus Scham, dass ihn jemand dabei beobachtet hatte.

»Vielen Dank, Vicky. Ich weiß, dass es auch für Sie hart war. Passen Sie gut auf sich auf.«

»Das werde ich.«

Sie drehte sich rasch um, weil sie es ihm einfacher machen wollte. Als sie das Haus betrat, war er schon fort. Sie schälte sich eine Orange über dem Spülbecken und sah dabei durchs Fenster auf ihren Forsythienbusch, der schon seine zierlichen gelben Blüten entfaltete. Aber sie musste immer noch an den großen grünen Sack und den Karton in Juniors Kofferraum denken. Was würde er bloß damit machen? Er könnte beides mit nach Hause nehmen und hüten wie einen Schatz, aber genauso gut könnte er die Sachen ohne nachzudenken bei der Heilsarmee abgeben.

Sie ließ ein Bad einlaufen und machte das Wasser so heiß, wie sie es gerade noch ertragen konnte. Der ganze Raum war voller Dampf. Sie lag lange mit geschlossenen Augen in der Wanne. Der Zimmerwein, den sie vor dem Fenster aufgehängt hatte, gedieh prächtig in dem Licht und der Feuchtigkeit, und jetzt war eine Ranke hinter den Duschvorhang geklettert und schien fest entschlossen, sich im Fugenkitt am Wannenrand zu verankern. »Du solltest der Pflanze mal einen Haarschnitt verpassen«, hatte Rachel gesagt. Vicky wickelte sich das zarte Ende der Ranke um den Finger und hielt sie an ihren Hals, wo sie sich wieder aufrollte.

Endlich stand sie auf, zog sich an und briet sich eine halbherzige Mahlzeit aus übrig gebliebenen Kartoffeln, Erbsen und Blumenkohl. Sie schob eine alte Beatles-Kassette in den Rekorder, stellte die Musik sehr laut und fühlte sich noch einsamer.

Sie hätte etwas behalten sollen, nicht nur die Bibel. Den Kamm, das Nähzeug, irgendwas.

Sie besaß tatsächlich noch etwas, fiel ihr plötzlich ein. Etwas, das sie Junior vielleicht auch hätte mitgeben sollen, weil sie es nur unter dem Vorwand von Clark bekommen hatte, dass sie es der Familie weiterreichen werde.

Sie holte den Umschlag mit den Fotos aus ihrem Portemonnaie und breitete die Bilder in der richtigen Reihenfolge auf dem Esszimmertisch aus. Das erste hatte schon im Album gesteckt, es war das mit Rachel als Baby auf einem Kissen. Das zweite hatte in der ersten Perserkätzchenkarte gelegen, und darauf war Rachel etwa acht und stand vor dem alten Haus ihrer Eltern in Bellingham, Washington. Auf dem dritten war sie etwa elf, saß auf einem Stück Treibholz und fütterte zwei Seemöwen. Auf dem vierten war Rachel ungefähr fünfzehn und stand in einem roten Kleid neben einem Weihnachtsbaum.

Und dann das fünfte, das schreckliche fünfte, das in der Munch-Karte ankam. Das mit der Frage *Weißt du denn nicht, was er getan hat?* Das Bild von dem Lehrerkollegium der Christlichen Hammond-Schule für Mädchen. Aus irgendeinem Grund war der Kreis um das Gesicht des Mannes im Hintergrund auf der Kopie nicht zu sehen, aber im Geiste sah Vicky ihn immer noch. Angeletti. Ein nettes, normales Gesicht mit einem netten, normalen Lächeln. Offenbar tot inzwischen. Hieß das, wie Clark angedeutet hatte, dass das, was damals möglicherweise geschehen war, jetzt keine Bedeutung mehr hatte? Es hatte aber doch offenbar für Dennis Bedeutung gehabt. Oder für den, der die Fotos geschickt hatte, wer immer das war.

Das sechste Bild, das wieder in einer Kätzchenkarte gesteckt hatte, war das, an das Rachel sich nicht erinnern konnte, von dem sie nicht wusste, wann es gemacht worden war. Darauf war sie etwa siebzehn und stand wieder vor dem verputzten Elternhaus in Bellingham. Und dann das letzte Bild, das Bild, das am Valentinstag gekommen war und das Rachel nicht mehr gesehen hatte: Da saß sie vorne auf Vickys Verandastufen und blickte nach Westen, und Vicky selber war eine undeutliche graue Gestalt hinter dem Fenster. Selbst jetzt noch schauderte ihr bei dem Anblick. Sie wanderte mit den Augen zur rechten Ecke des Bildes und versuchte sich die Kamera vorzustellen und das Auge dahinter, das sie beide von einem Standpunkt hinter Birdys Rasen und hinter der niedrigen Buchsbaumhecke anvisierte.

»Das warst du doch, Dennis, oder? Wieso gestehst du nicht?«

Der Kater sprang auf den Stuhl, auf dem Rachel immer gesessen hatte, reckte den Kopf über die Tischkante und betrachtete andächtig die Bilder.

»Es war doch Dennis, nicht?«, fragte sie ihn.

Er hob eine Pfote und versetzte einem Bleistift einen Schubs, sodass er zu Boden fiel.

Sie seufzte. »Das ist deine Antwort auf alles.«

Sie wollte auf keinen Fall den Traum wieder träumen. Es war Rachels Traum, und Rachel war tot. Angeletti war tot. Ihre Geschichten waren zu Ende. Vicky machte einen Handel mit sich selbst: Wenn sie heute Nacht den Traum nicht mehr träumte, würde sie die Bilder Jacob Cornelius schicken. Und wenn der Traum doch wieder kam ...

... dann würde sie Amanda bitten, mit ihr zusammen über die Grenze in den Staat Washington zu fahren und zu sehen, ob sie irgendjemanden fänden, der wusste, was Rachel wirklich in der Christlichen Hammond-Schule für Mädchen widerfahren war.

Neuntes Kapitel

»Also, wie wär's? Ich lade dich auch zum Essen ein.«

»Einverstanden. Ich war schon eine Ewigkeit nicht mehr in den Staaten. Muss ich eine Pistole mitnehmen?«

»Die geben sie einem doch an der Grenze.« Vicky schob einen Fuß unter den Kater und hievte ihn von der Telefonschnur, an der er zu knabbern begonnen hatte.

»Samstag Morgen habe ich noch zu tun«, sagte Amanda. »Wie wäre es mit nachmittags?«

»Da bin ich beim Friseur. Für mein Starrendezvous.«

»Was? Du lässt dir die Haare machen? Für Supermann? Wieso machst du dir überhaupt die Mühe. Beim Fliegen geht die Frisur doch sowieso wieder zum Teufel.«

»Ha, ha.« Allmählich gingen Vicky die Supermannwitze auf die Nerven.

»Übrigens kann ich dir auch die Haare schneiden. Früher konnte ich das ziemlich gut.«

»Deine Preise sind zu hoch.«

Amanda lachte. Sie konnten jetzt unbelastet über Geld witzeln, da Amanda inzwischen ganztags arbeitete und Vicky das Geld von Conrads Lebensversicherung und von der Unfallversicherung hatte. Es war noch gar nicht so lange her, da wussten beide nicht, wie sie durch den Monat kommen sollten.

»Und was hältst du von Sonntag?«, fragte Amanda. »Den Samstag kannst du dir in die Haare schmieren.«

»Sonntag ist prima.«

»Welchen Film guckt ihr euch an?«

»Er hat gefragt, ob ich *Larry Flynt – Die nackte Wahrheit* schon gesehen hätte. Der wird gerade auf einem Festival gezeigt.«

»Nicht besonders romantisch.«

»Jedenfalls haben wir dann hinterher was, worüber wir reden

können. Ich hoffe doch, dass sein Vorschlag für ausgerechnet diesen Film nichts damit zu tun hat, dass der *Hustler* seine Lieblingsillustrierte ist.«

»Wieso holt ihr euch nicht einfach das Video?«

»Es handelt sich doch um ein Rendezvous. Da geht man schließlich aus.«

»Ist ja schon gut. Dann geh aber nicht ohne deine Jadeohrringe. Und wenn er lästig wird, kannst du sagen, da sei Krypton drin.«

Als der Samstag dann kam, war Vicky ganz flau vor Aufregung. Wieso hatte sie bloß zugesagt? Sie hatte mit diesem Mann doch überhaupt nichts gemeinsam außer Rachels Tod. Und der wäre nun wirklich eher ein Grund, ihm aus dem Weg zu gehen. So war sie dann auch fast froh, als die Friseuse ihr nachmittags die Ponyfransen so kurz schnitt, dass sie vom Kopf abstanden, als wären sie elektrostatisch aufgeladen.

Trotzdem war sie schließlich viel zu früh fertig. Und obwohl sie sich zweimal neu umgezogen hatte, fühlte sie sich in ihren schwarzen Leggings mit der locker fallenden Tunika immer noch zu aufgedonnert. Sie schleuderte die schwarzen Stöckelschuhe in die Ecke und schlüpfte in ihre alten Laufschuhe mit Kreppsohle.

Sie rief erneut bei Rob an, aber da nahm immer noch keiner ab, nicht einmal die Maschine. Ihr wollte einfach das Bild nicht aus dem Kopf, wie er auf und davon gegangen war: Die Geschichte war noch nicht erledigt, sie würden irgendwann darüber reden müssen. Vielleicht fand er aber auch nur ihre Stunden inzwischen unproduktiv. Als Collegestudent war Rob sowieso eine Extrazugabe gewesen, wo sie doch auf High-School-Schüler spezialisiert war.

Aber nun, da Lois aufgehört hatte und Rob nicht mehr kam, blieben ihr nur noch Travis, Kristin, Ajit und Dulci. Der liebenswerte Sportler Travis würde ihr auf jeden Fall noch bis zum Ende des Schuljahrs erhalten bleiben, zumal, wenn sie ihn gut fütterte. Ajits Vater hatte einen Vertrag unterschrieben, der zum selben Termin auslief. Aber mit Kristin und Dulci verabredete sie sich immer von Mal zu Mal, und sie war nicht sicher, ob die beiden noch den ganzen Juni über kommen würden. Kristin interessierte sich mit jedem Tag weniger für die Schule, und es hätte Vicky nicht gewundert, wenn sie demnächst überhaupt nicht mehr hinginge.

Sie würde also wieder Aushänge in den Schulen machen müssen. Ärgerlich zupfte Vicky ihren BH zurecht, den sie heute vorsichtshalber angezogen hatte. Aber es sollte nicht allzu schwierig sein, neue Nachhilfeschüler zu bekommen. Privatunterricht galt nämlich nicht mehr als Makel. Und Amanda sagte, gerade die besseren unter den Nachhilfeschülern fänden Privatstunden inzwischen »cool«. Und da jetzt die Schlussexamina nahten, könnte die damit verbundene Prüfungsangst das Geschäft ein wenig beleben.

Es klingelte. Sie spähte vorne aus dem Fenster und sah Clarks silbernen Taurus auf der Straße stehen. In der Sonne blinkte der Kofferraum in allen Regenbogenfarben. Es waren Wasserperlen, wie Vicky feststellte, in denen sich das Licht brach: Das Auto kam frisch aus der Waschanlage. O Gott, dachte sie. Auf was habe ich mich da bloß eingelassen?

Erst als sie wieder im Auto saßen, fragte Vicky ganz beiläufig: »Und? Wie hat Ihnen der Film gefallen?« Immerhin hatte er nicht darauf bestanden, dass sie auch noch den zweiten Hauptfilm, *Private Parts*, mit ihm guckte. Larry Flynt und Howard Stern an einem einzigen Abend wären ein sicherer Auslöser für ihren Würgereflex gewesen. Das Thema des Filmfestivals lautete: »Freie Meinungsäußerung. Der Film«, und sie vermutete stark, dass Clark von ihr eine liberal-aufgeklärte Einstellung erwartete. Danach war ihr allerdings momentan gar nicht zumute.

Clark fuhr zur Brücke, Richtung Burrard. Er brauchte so lange für seine Antwort, dass Vicky schon glaubte, er werde sich gar nicht äußern. Schließlich sagte er: »Es war ja nicht schwer, ihn als Unterhaltung zu mögen. Und ich muss zugeben, dass es mir gefallen hat, wie Falwell als reaktionärer Heuchler behandelt wird.«

»Aber?« Vicky musste sich buchstäblich auf ihre Hände setzen, um ihn nicht mit wildem Fuchteln zu unterbrechen. Sie hatte sich geschworen, ihm so viel wie möglich zu entlocken, bevor sie sich zu irgendwelchen Vorträgen hinreißen ließ. Vielleicht schaffte sie es ja sogar, nicht ihr Examen in Filmwissenschaften zu erwähnen.

»Aber ...« Er bremste vor der roten Ampel am Broadway. Ein Popcornbecher rollte unter Vickys Sitz hervor. Sie setzte den Fuß darauf. Offenbar hatte Clark den Boden nicht nur frei geräumt, sondern sogar gesaugt, stellte sie fest.

Er wartete, bis es wieder grün war, ehe er endlich fortfuhr: »Ich kann nicht behaupten, dass ich begeistert bin, wenn ein Schleimscheißer wie Flynt wie ein Held behandelt wird.«

Vicky machte ein erstauntes Gesicht.

»Gut, ich weiß, dass Filme sich einen etwas freieren Umgang mit der Wahrheit erlauben können, aber trotzdem.« Clark rutschte in seinem Sitz herum, fasste das Lenkrad weiter oben an. »Der Film handelt von diesem Kerl, dem die Amerikaner angeblich dankbar zu sein haben: Weil er nicht aufgegeben hat, leben sie heute in einem freieren Land. Aber so war es nicht. Durch den realen Prozess wurde damals der Schutz für den ersten Verfassungszusatz in keiner Weise erweitert, er bestätigte nur, was sowieso schon existierte. Der eigentliche Prozess fand schon vorher statt, und zwar gegen die *New York Times*. Im Flynt-Fall wurde nur bestätigt, dass Falwell sich nicht auf eine ›emotionale Notlage‹ berufen konnte. Na großartig.«

»Das wusste ich alles gar nicht.«

»Und die Parteinahme für freie Meinungsäußerung ist auch ziemlich einseitig. Der Film stellt nur die simple Behauptung auf, Pornographie sei ein harmloses Vergnügen und Menschen, die sie verbieten wollen, seien gefährlicher als diejenigen, die sie produzieren. Und so einfach ist es wahrhaftig nicht.«

Inzwischen waren sie auf der Oak-Street-Brücke, wo die Autobahn begann. Bei höheren Geschwindigkeiten schienen die Räder seines Wagens zu flattern. Vicky merkte, dass sie den Popcornbecher platt gedrückt hatte, und schob ihn wieder unter den Sitz.

»Da stimme ich Ihnen zu«, sagte sie. »Der Widerstand gegen den *Hustler* kam auch von einer Menge guter Leute, nicht nur von der religiösen Rechten.« Sollte sie das Wort mit F erwähnen? Ach, zum Teufel. Bisher lief es doch gut. »Feministinnen wie Gloria Steinem haben darauf hingewiesen, wie infam frauenfeindlich die Illustrierte ist. Und wie rassistisch und homosexuellenfeindlich.«

»Wenn es nach mir ginge, dann würde ich all diese verdammten Blätter auf einen Haufen werfen und ein Streichholz an den Stapel halten.«

Oje, oje. »Aber«, sagte Vicky vorsichtig, »es sind dann immer die falschen Hefte, die verbrannt werden.«

»Wirklich?« Seine Stimme bekam einen schärferen Klang. »Wenn Sie all das Zeug sähen, das wir in den Wohnungen der Typen finden, die gerade ein Kind gequält oder getötet haben, würden Sie anders denken.«

»Ja, wahrscheinlich –«

»Wir finden die schlimmsten Sachen. Sachen, die absolut zum Kotzen sind. Und so was haben wir auch in Mandaros Haus gefunden.«

»Bei Dennis?« Sie starrte ihn an.

»Tut mir Leid.« Clark rutschte mit den Händen wieder am Lenkrad herunter, als wollte er die Worte wegwischen. »Das hätte ich Ihnen nicht erzählen dürfen.«

Vicky wusste nicht, was er bedauerte: dass er sie nicht geschont hatte oder dass er zu redselig war. »Handelte es sich um Bilder ... von Rachel?«

Er warf ihr einen Blick zu und schwieg einen Moment. »Nein«, sagte er schließlich. Aber vielleicht war das auch nur die Antwort, von der er glaubte, sie wolle sie hören.

Eine Weile fuhren sie schweigend, erst durch den Tunnel und dann in den Vorort Delta. Es herrschte sehr starker Verkehr. Früher hätte eine dichte Autoschlange bedeutet, dass die Fähre von Vancouver Island gerade gelandet war, aber mittlerweile bedeutete es nur noch, dass es auf dem Festland zu viele Autos gab.

»Ich war mal auf einer Konferenz«, sagte Clark schließlich und schaltete die Scheibenwischer ein, da ein leichter Sprühregen eingesetzt hatte. »Da trat so ein junger Anwalt der bürgerlichen Freiheiten auf und erklärte uns Polizisten: ›Sie würden nicht glauben, was für ordinäres Zeugs ich gesehen habe.‹ Ordinär! Wir mussten alle schallend lachen. Ordinär!«

»Wahrscheinlich ist das das Problem. Die Öffentlichkeit soll weiter glauben, es gehe nur um dreckige Bilder einerseits und religiöse Moralisten andererseits.«

»Das muss sie nicht. Sie möchte es aber. Welcher intelligente, nette Mensch würde sich gern auf der Seite der Repression wieder finden, wenn er die freie Meinungsäußerung unterstützen kann?«

»Dabei haben wir in diesem Land sowieso kein Recht auf freie Meinungsäußerung«, sagte Vicky.

»Vollkommen richtig.«

Vicky wusste nicht genau, wie weit sie dieses Gespräch noch treiben sollte. Vielleicht sollte sie es lieber an einem Punkt beenden, wo sie noch einer Meinung waren.

»Was halten Sie von einem Kaffee?«, fragte sie. »Ich habe noch einen Gutschein für zwei Cappuccinos bei Starbucks.« Sie sah in ihrem Portemonnaie nach, als wäre das noch nötig, als hätte sie nicht vorm Weggehen darauf geachtet, den Gutschein einzustecken. Für alle Fälle, hatte sie sich eingeredet. Beziehungsweise für den Fall, dass sie keine Lust hatte, ihn zu sich nach Hause einzuladen, aber trotzdem den Abend noch verlängern wollte.

Clark sah auf die Uhr, drückte einen Knopf, um das Zifferblatt zu beleuchten. »Okay«, sagte er, »einen schnellen. Ich habe morgen Frühdienst.«

Vicky musste lächeln. Vielleicht hatte er sich ja auch eine Hintertür offen gehalten.

Sie gingen zur Starbucks-Kaffeebar in White Rock, weil das die Einzige war, von der beide genau wussten, wo sie lag. Vicky hätte gern eine flapsige Bemerkung darüber gemacht, dass sie, falls sie in Streit gerieten, ja gut zu Fuß nach Hause gehen könnte, aber sie fürchtete, Clark würde sie nur ganz sachlich anblicken und sagen, zu dieser späten Stunde sei das nicht ratsam.

Das Lokal war nicht sehr voll, aber laut und ungemütlich, und Vicky hatte das Gefühl, dass sie die ältesten Menschen waren, die der Kellner jemals bedient hatte. Sie tranken ihren brühheißen Kaffee wahrscheinlich schneller als nötig.

»Woher wissen Sie so viel über den Flynt-Prozess?«, fragte Vicky.

»Ich war gerade unten in den Staaten, als er stattfand. Ich habe da Jura studiert.«

»Jura? Und wieso sind Sie dann hier oben gelandet?«

Clark zuckte die Achseln. »Wahrscheinlich konnte ich mir irgendwann nicht mehr vorstellen, Anwalt zu sein. Ich war zu lange Polizist gewesen. Außerdem war es sowieso eher die Idee meiner Frau.«

Na, großartig! Die Frau. Vielleicht sollte sie, wo er ihr schon die Möglichkeit bot, auch gleich nachfragen. »Sind Sie geschieden?«

Wieder ließ er sie warten, blickte in seine Tasse. »Sie starb an Krebs.«

»Oh, das tut mir Leid.«

»Es ist schon lange her. Ich habe mich daran gewöhnt.«

»Mein Mann ist auch gestorben. Ich bin noch dabei, mich daran zu gewöhnen.«

Er nickte, ohne sich überrascht zu zeigen. Vicky fragte sich, ob er wohl Nachforschungen angestellt hatte. Sie war sicher, dass es bei der Polizei eine Akte über sie gab.

»Mit der Zeit wird es leichter«, sagte er.

Sie hätte Conrad nicht erwähnen sollen. Sie spürte nämlich, wie sich ihr Hals mit einem Mal zusammenzog und die Tränen ihr in die Augen traten. Zum Glück blickte Clark immer noch in seine Tasse und rührte mit dem Teelöffel darin herum.

»Möchten Sie gehen?«, fragte er.

Woher wusste er das? Vielleicht hatte er ja in seinem Beruf gelernt, solche kaum merklichen Veränderungen in Stimme und Haltung zu registrieren.

»Ja, vielleicht.«

Sie fuhren schweigend. Vicky musste ihm erst an der allerletzten Ecke die richtige Straße zeigen. Er hielt kurz vor der Stelle an, wo Rachel umgebracht worden war, und sie hätte gern gewusst, ob er das absichtlich getan hatte.

Sie saßen im Wagen, Vicky mit der Hand am Türgriff. Wenn sie die Tür jetzt öffnete, würde die Innenbeleuchtung sie beide bescheinen, und aus irgendeinem Grund wollte sie das plötzlich vermeiden.

»Also«, sagte sie, »vielen Dank für das Kino.«

»Gern geschehen.«

Sie öffnete die Tür. Das Licht schien ihn genauso zu irritieren wie sie. »Gute Nacht dann.«

»Möchten Sie das wiederholen? So einen Abend?« Er sagte das in einem Ton, als würde er sie zu einer Beerdigung einladen. »Wenn nicht, ist es auch in Ordnung.«

»Nein, ich – das heißt, doch. Okay, warum nicht?«

Lächelte er? Es sollte wohl ein Lächeln sein. Schief war es, aber ein Lächeln. Sie erwiderte es und fragte sich, ob ihrs wohl auch so uneindeutig und irgendwie lustlos wirkte wie seins.

Im Haus ließ sie sich erst mal aufs Sofa fallen. Der Abend war eigentlich nicht schlecht verlaufen, aber da war eine irgendwie steife Befangenheit zwischen ihnen, die sich die ganze Zeit nicht gelegt hatte. Und dann hätte sie auch noch fast geweint. Was sollte das denn? Sie hatte sich schon lange nicht mehr so gefühlt, so überwältigt vom Verlust ihres Mannes. Vielleicht hatte es ja außerdem auch noch mit Rachel zu tun. Zu viel Tod.

Der Kater sprang ihr auf die Brust und begann zu stampfen. »Demnächst bist du dran«, sagte Vicky. »Du bist ja auch kein Küken mehr.«

Sie sah, dass der Anrufbeantworter blinkte, und drückte den Wiedergabeknopf. Robs Stimme.

»Es tut mir Leid, dass ich letztens so weggelaufen bin. Ich hatte mich über was anderes geärgert. Einen Tag vorher hatte ich einen Riesenkrach mit meiner Freundin, und das war ... ich war ... also ich hoffe, Sie sind mir nicht böse. Ich möchte gerne noch ein paar Stunden bei Ihnen nehmen. Vielleicht nach den Zwischenprüfungen. Bitte sagen Sie mir Bescheid, ob das in Ordnung ist.«

Vicky lächelte erleichtert. Vielleicht hatte sie auch ein bisschen wegen Rob weinen wollen: noch ein Verlust, noch ein Scheitern. Sie wählte seine Nummer und bat den jungen Mann, der abnahm, Rob auszurichten, er möge anrufen, sobald er eine Stunde wolle.

»Na, wie war das Rendezvous?«, fragte Amanda, als sie in der Schlange an der Grenze standen.

»Ganz okay, glaube ich. Er hat den Film besser aufgenommen, als ich dachte. Allerdings wären wir womöglich über das Thema Zensur aneinander geraten, wenn wir das Gespräch fortgesetzt hätten.«

»Wenn er schon den Film ausgesucht hat, hast du ihn dann wenigstens für dich bezahlen lassen?«

»Wir haben halbe-halbe gemacht. Nur der Kaffee ging dann auf meine Rechnung.«

»Ts, ts, ts. Damit hast du seine Männlichkeit untergraben, meine Liebe.«

»Ich dachte, bei deinem letzten Rendezvous hättest du sogar alles bezahlt.«

»Es blieb mir nichts anderes übrig. Ich schwöre dir, der Typ war so verkniffen, dem hätte ich ein Sandkorn in den Hintern schieben können, und am nächsten Tag wäre es eine Perle gewesen.«

Vicky lachte. »Das klingt doch nach einer guten Investition.«

»Oje. Du hättest seinen Hintern sehen müssen.« Amanda reckte die Arme und drückte die Handflächen gegen die Wagendecke. »Und? Wirst du deinen Polizisten wiedersehen?«

»Er fragte, ob er wieder anrufen darf. Ich weiß aber nicht, ob er es ernst meint.«

Sie fuhr vor das Kontrollhäuschen, versicherte dem Zollbeamten, dass sie nicht geschäftlich unterwegs seien, sondern nur zu ihrem Vergnügen, und verkniff sich die Bemerkung, dass Vergnügen vielleicht nicht ganz das passende Wort war. Der Mann winkte sie durch und hatte die Augen schon beim nächsten Wagen.

Vicky fuhr auf den Highway 5 Richtung Bellingham. Amanda zeigte auf ein Schild am Straßenrand, auf dem »Vorsicht Bildwechsel« stand; jemand hatte aus dem W ein B gemacht. Beide lachten, und Vicky sagte, das erinnere sie an ein riesiges Schild, das sie mal in der Nähe von Chilliwack gesehen hatte. Darauf stand »Vergiss deinen Pott nicht«. Jemand hatte aus dem G ein P gemacht. »Der muss ganz schön analfixiert gewesen sein«, sagte

Amanda. »Egal. Erzähl mal ein bisschen mehr. Wie ist Mr. Kent so?« Amanda zog ihre Schuhe aus und legte die Füße auf das Armaturenbrett.

»Schüchtern würde ich ihn vielleicht nicht nennen, aber er ist ... ernst.«

»Hattet ihr denn wenigstens ernsthaften Sex?«

»Ich bitte dich.«

Amanda seufzte. »Wenn es dir nur um Freundschaft geht, dann hast du doch schon mich.«

»Vielleicht könnte es ja auch nett sein, Freundschaft mit einem Penisträger zu schließen, ohne dass man das Teil dann nutzt.«

»Ein Penis und eine Pistole«, seufzte Amanda, »was will ein Mädchen mehr.«

»Zum Beispiel, dass du gefälligst mal auf die Karte guckst. Welche Abfahrt nehmen wir?«

Amanda hatte die Karte um den vergrößerten Ausschnitt von Bellingham herum mehr zusammengeknüllt als ordentlich gefaltet. »Hmm«, sagte sie. »Um Yogi Berra zu zitieren: ›Wir haben uns verirrt, liegen aber gut in der Zeit.‹« Sie wanderte mit dem Finger die Autobahn entlang. »Okay. Du musst nach was Ausschau halten, das Whatcom-See heißt. Viel versprechender Name.«

Vicky hatte sich die Adresse der Glaubensgemeinschaft ausgerechnet von deren Internet-Homepage geholt. Anscheinend handelte es sich um eine große Organisation mit über hundert Gemeinden. Und die, die am nächsten bei der ehemaligen Schule lag, befand sich im Lake Way. Ursprünglich hatte Vicky erst anrufen wollen, aber dann das vage Gefühl gehabt, sie sollte es doch lieber sein lassen. Außerdem war Sonntag, da würden sie vielleicht tatsächlich jemanden antreffen. Als sie in den Lake Way einbogen, frischte der Wind kräftig auf, und Vicky spürte, wie er sein Spiel mit dem Wagen trieb. Vor ihr schlug eine graue Seemöwe heftig mit den Flügeln und bewegte sich trotzdem rückwärts.

Sie fanden die Kirche schnell, sie lag nur wenige Kilometer von der Autobahn entfernt. Freie Christliche Verbindungskirche stand in Schönschrift auf dem großen Holzschild vorne auf dem gepflegten Rasen. Das Gebäude fiel nicht unter die Kategorie der Mammutkirchen, war aber auch nicht das bescheidene Kirchlein drunten im Tal. Es schien relativ neu und von einem Architekten entworfen zu sein: Das konkave Dach schwang sich an einer Seite zu einem Kirchturm auf, konnte allerdings die Ähnlichkeit mit einer Skateboardrampe nicht ganz verleugnen. Im rechten Flügel schien sich unten ein fensterloser Saal zu befinden, und der linke enthielt ungefähr ein Dutzend kleinerer Räume, bei denen es sich um Klassenzimmer handeln mochte. Das ganze Gebäude war in einem heftigen Weiß gestrichen, doch der absolute Blickfänger war das gewaltige kupferne Kreuz an der Eingangstür.

»Allmächtiger«, sagte Amanda. »Muss ich da rein?«

»Ja«, erwiderte Vicky und sah sie streng an.

Amanda öffnete ihre Wagentür. »Dafür hab ich was gut bei dir.«

Sie konnten Orgeltöne hören, sahen aber nur drei Autos auf dem Parkplatz, weswegen es unwahrscheinlich war, dass gerade ein Gottesdienst stattfand. Der Wind schlug ihnen beim Gehen die Röcke um die Beine. Beide trugen sie Röcke und langärmlige, weite Blusen, eine Kombination, die hoffentlich unauffällig genug für eine Kirche war. Amanda griff nach Vickys Arm, und Vicky merkte, dass ihre Freundin vielleicht sogar noch nervöser war als sie selbst. Amandas Eltern waren leidenschaftliche Atheisten gewesen, und womöglich hatten sie dem Kind Geschichten über die Christen erzählt, die genauso gruselig waren wie die von Christen über Atheisten. Vicky war in der United Church getauft worden, und zwar hauptsächlich, um die kleine ländliche Gemeinde zu beruhigen, in der ihre Eltern lebten. Danach gab es für sie und ihre Familie allerdings kaum noch Anlass, eine Kirche zu betreten. »Missionare!«, pflegte ihre Mutter zornig zu verkünden. »Die sind doch mit ihren Bibeln zu uns gekommen wie Soldaten mit dem Gewehr.«

Vicky musste an die Bibel denken, die bei ihr unten im Keller lag, Rachels Bibel, und dann fiel ihr Rachels Vater ein und dass nicht nur die Ureinwohner einst mit Worten aus der Bibel bombardiert worden waren.

»Ich denke die ganze Zeit, gleich springt mich irgendwas an«, sagte Amanda. »Irgendwas Fauchendes mit einer Menge Zähne.«

Vicky lächelte, allerdings mit möglichst wenig Zähnen. »Sie sollten ein Schild ›Betreten verboten‹ auf dem Rasen aufstellen, und zwar direkt vor dem Eingang«, sagte sie.

Amanda sah sie wortlos an.

Die Spitze vom Kreuz zitterte leicht, als Vicky die Tür öffnete. Eine lockere Schraube, wie sie feststellte.

»Jetzt weiß ich, wie Dracula sich fühlte«, murmelte Amanda mit Blick auf das Kreuz.

Sie betraten eine schwach erleuchtete Vorhalle. Auf einem Empfangspult lagen eine Art Gästebuch und mehrere mit Gummibändern verschnürte Broschürenpäckchen. An einer Wand waren Klappstühle aufgestapelt, und gegenüber standen drei große, würdevolle Ledersessel um einen dreibeinigen Tisch. An den Wänden hingen neben gerahmten religiösen Kunstwerken auch die Fotos von vier streng blickenden Männern, bei denen es sich offenbar um kirchliche Würdenträger handelte. Auf einer Anschlagtafel entdeckten die beiden Frauen Termine für Gebetsgruppen und andere Veranstaltungen, mahnende Spendenaufrufe von Wohltätigkeitsverbänden, Vorschläge für Briefkampagnen und schließlich das Foto eines blassen Teenagermädchens. Das Bild klebte auf einem Blatt Papier, und darunter stand in dicken schwarzen Buchstaben: »Wer hat Sarah gesehen?«

Die Orgeltöne kamen aus dem Gebäudeflügel mit dem Versammlungssaal. Es war nicht zu überhören, dass gerade jemand übte. Er stümperte sich jedes Mal bis zu einer bestimmten Stelle vor und fing wieder von vorne an. Vicky zeigte auf den rechten Korridor. Amanda nickte. Über ihnen rüttelte der Wind am Dach, die Balken ächzten und knirschten. Etwas flog am Fenster vorbei – ein Vogel, ein Stück Papier, ein Dachziegel? Schwer zu sagen.

»Betreten wir etwa verbotenes Gelände?«, fragte Amanda. »Mir kommt es fast so vor.«

»Nein, selbstverständlich nicht«, sagte Vicky und versuchte, genau diesen Eindruck zu ignorieren.

Das Licht flackerte.

»Jetzt habe ich aber wirklich Angst«, flüsterte Amanda.

»Vergiss deinen Pott nicht«, flüsterte Vicky zurück.

Plötzlich tauchte aus einem anderen Korridor eine Frau mit einem Arm voll Osterglocken auf. Sie kam auf die beiden zu.

»Oh, oh«, sagte Amanda. »Jetzt kommt die Strafe.«

»Pscht. Sie lächelt. Sei nett.«

Die Frau legte die Blumen vorne auf dem Empfangstisch in der Halle ab. »Hallo«, sagte sie, »herzlich willkommen. Ich bin Bitsy.« Bitsy? »Sind die nicht bezaubernd? Es sind die ersten aus unserem Gewächshaus.« Sie nahm eine Osterglocke hoch, lächelte die Blume an.

»Sie sind wirklich bezaubernd«, sagte Vicky. Wenigstens musste sie nicht schon mit dem ersten Satz lügen.

»Unser Gottesdienst beginnt erst in zwei Stunden. Kann ich Ihnen irgendwie behilflich sein?« Die Frau war um die Sechzig, hatte ein rötliches, rundes Gesicht und das graue Haar modisch frisiert. Dazu trug sie eine Metallbrille mit raffinierten Zickzackbügeln. Das Erstaunlichste an ihr war aber der limonengrüne Jogginganzug, ein Kleidungsstück, das Vicky gewöhnlich ebenfalls trug, allerdings nicht in dieser Leuchtfarbe.

Sie erwiderte das Lächeln und ging zu dem Tisch. »Ich bin Vicky. Und das ist meine Freundin Amanda. Ich komme aus Kanada und mache gerade eine Recherche über die Christliche Hammond-Schule für Mädchen. Ob Sie uns da wohl weiterhelfen können? Soweit ich weiß, wurde die Schule von Ihrer Glaubensgemeinschaft geführt.«

»Das ist richtig.« Das Lächeln der Frau wurde ein wenig steifer.

»Zu meinem Bedauern habe ich festgestellt, dass die Schule geschlossen wurde«, sagte Vicky und merkte, wie ihr eigenes Lächeln leicht verrutschte.

»Wir waren alle traurig darüber«, sagte Bitsy, und ihr Gesicht belebte sich wieder. »Immerhin hatten wir Mädchen aus ganz Nordamerika. Aber der Bedarf schien abzunehmen. Vielleicht war es auch besser so.«

Vicky holte das Foto aus ihrem Portemonnaie und reichte es

der Frau. »Vielleicht erkennen Sie ja irgendjemanden auf diesem Foto. Mr. Angeletti zum Beispiel –«

»Woher haben Sie das denn?«, rief Bitsy.

»Jemand hat es mir geschickt. Wahrscheinlich, weil er von meiner Recherche über die Geschichte der Schule erfahren hat.«

»Na, das ist aber wirklich komisch!« Bitsy zeigte auf die Fotos der vier Kirchenmänner an der Wand. »Dort hing früher dasselbe Foto – also, natürlich nicht genau das hier. Ich möchte mal wissen, wo das eigentlich geblieben ist.«

»Was für ein Zufall«, sagte Vicky. Ihr Herz klopfte schneller. »Haben Sie irgendjemanden von denen hier gekannt?« Sie zeigte auf die Gesichter. »Das ist natürlich schon sehr lange her«, fügte sie in einem so zweifelnden Ton hinzu, dass die Frau sich hoffentlich herausgefordert fühlte.

»Aber die kenne ich doch alle!«, rief Bitsy. »Das ist Mary Oldham« – sie zeigte auf die erste Frau links in der vorderen Reihe –, »und das ist Rebecca Butler, jetzt Rebecca Windham. Sie hat solche reizenden Zwillinge, und da ist Jane, ach, die liebe, gute Jane, Gott hab sie selig. Sie starb vor zwei Jahren an einem Herzanfall. Und Beth. Was aus ihr geworden ist, weiß ich nicht. Und Ruth, ach je, Ruth, sie wurde immer so schnell wütend, und das« – sie zeigte auf eine der zwei Frauen, die hinten zwischen Angeletti und dem anderen Mann standen –, »na so was, das bin ich ja. Meine Güte, ist das lange her. Zwanzig Jahre! Ich erkenne mich ja kaum wieder. Bitsy Stuart hieß ich damals.«

Vicky zwang sich, ganz ruhig zu atmen.

Bitsy berührte vorsichtig ihr Gesicht auf dem Foto, genau wie Rachel. Amanda stand jetzt neben Vicky und sah ihr über die Schulter.

»Zwanzig Jahre«, sagte Vicky in einem Ton, der Bitsy zum Weiterreden ermuntern sollte. »Ist es wirklich schon so lange her?«

»Noch länger! Aber manchmal kommt es mir wie gestern vor!«

Wieder flackerte die Deckenbeleuchtung und erlosch dann. Alle drei blickten hoch, als habe jemand auf dem Dach nach ihnen gerufen. Seltsamerweise wirkte der Raum ohne Licht kaum dunkler, dafür aber leiser, vielleicht weil eine der Birnen gesurrt hatte.

»Du lieber Gott«, sagte Bitsy. »Der Strom. Hoffentlich funktioniert das Licht wieder, wenn der Gottesdienst beginnt.«

»Ganz bestimmt«, sagte Vicky. Sie zeigte erneut auf das Foto und hoffte, dass Bitsy sich nicht hatte ablenken lassen. »Erinnern Sie sich auch noch an die zwei Männer?«

»Das will ich meinen! Mark Angeletti, wie sollte ich den vergessen, so ein ernsthafter, redlicher Mann, und dieser Mann da« – sie zeigte auf die andere Gestalt –, »an den sollte ich mich wohl noch erinnern können! Mit dem bin ich immerhin verheiratet!« Sie stieß genau das mädchenhafte Kichern aus, das man von einer Frau mit Namen Bitsy erwarten konnte.

»Ach, wirklich? Dann bin ich mit meinen Fragen ja genau an der richtigen Stelle.«

»Wenn Sie wirklich alles über die Geschichte der Schule erfahren wollen, sollten Sie lieber mit meinem Mann sprechen. Philip hat die Schule ja immerhin gegründet!«

Vicky versuchte sich nicht anmerken zu lassen, wie enttäuscht sie war über die Aussicht, an einen Mann weitergereicht zu werden, der da so finster in der hinteren Reihe stand. Sie war felsenfest davon überzeugt, dass Bitsy die ergiebigere und willigere Quelle war.

»Ihr Mann hat die Schule gegründet!«, rief sie mit übertriebenem Staunen. »Aus irgendeinem Grund dachte ich, das wäre Mr. Angeletti gewesen.«

»Himmel, nein. Dr. Angeletti hatte nichts mit der Gründung der Schule zu tun.«

»Doktor? War er ein Doktor der Theologie?«

»O nein. Ein Doktor eben. Ein Doktor der Medizin.«

»Aber er hat an der Schule unterrichtet?«

»O nein. Er war nur ein Mitglied der Kirchengemeinde. Er hat immer die Babys geholt.«

Vicky starrte sie einfach nur an. Amanda musste schließlich fragen: »Die Babys?«

»Ja, natürlich. Wir garantierten den Eltern, dass wir die Mädchen in der besten Weise versorgen würden und außerdem unseren eigenen Arzt hätten. Kaum eines der Mädchen musste ins Krankenhaus. Da Beth ja Krankenschwester war, regelten wir fast alles immer in der Schule.«

»Wie viele Mädchen waren denn schwanger?« Wieder war es Amanda, die die Frage stellen musste. Vicky schien unfähig zu begreifen, was sie hörte. In ihren Ohren war ein leises, irritierendes Sirren, als hätten sich die defekten Lampen wieder eingeschaltet.

Bitsy machte ein erstauntes Gesicht. »Wieso? Natürlich alle.«

»Es handelte sich also nicht nur um ein Heim für unverheiratete Mütter«, sagte Amanda, nachdem sie sich wieder erholt hatte. »Es war auch eine Schule?«

»Ja, natürlich! Wir sorgten dafür, dass alle Mädchen ihre Schulausbildung fortsetzen konnten. Selbstverständlich wachte die Kirche darüber, und wir passten den Stundenplan ein wenig an. Aber trotzdem ... wir achteten trotzdem darauf, dass die Mädchen nicht mit dem Lernstoff zurückblieben. Die Babys wurden dann von guten, liebevollen Familien adoptiert, möglichst von solchen, die unserem Glauben angehörten, und wenn die Mädchen dann nach Hause zurückgingen, konnten sie ihre alte Schule direkt weiterbesuchen, ohne etwas versäumt zu haben. Wir waren damals sehr fortschrittlich.«

Amanda nickte. »Ja, wahrhaftig.«

Bitsy senkte die Stimme ein wenig und blickte zu dem Korridor, der zum Versammlungssaal führte. Vor fünf Minuten hatte der übende Orgelspieler – wer immer es war – aufgehört. »Nun, ich will nicht verschweigen, dass einige Mitglieder unserer Gemeinde und auch der Schule der Meinung waren, die Mädchen würden für das, was sie getan hatten, nicht genügend bestraft. Selbst Dr. Angeletti, Gott hab ihn selig, vertrat diese Ansicht. Aus Prinzip gab er ihnen nie Schmerzmittel und betäubte die armen Dinger auch nicht, egal, wie sehr sie schrien. Es hat mir ehrlich gesagt stets das Herz zerrissen, wenn ich sie schreien hörte. Aber schließlich steht es in der Bibel. ›Mit Schmerzen sollst du Kinder gebären.‹«

Amanda lächelte matt. Vicky wusste, dass sie ihr lieber keine weiteren Fragen überlassen sollte.

Sie zwang sich, Bitsy in die Augen zu sehen, zu seufzen und zu sagen: »Ja, das ist wohl wirklich unsere Strafe, so sehr wir es uns auch anders wünschten.« Sie holte tief Luft. »Glauben Sie, dass Dr. Angeletti vielleicht ... nun, dass er vielleicht versucht hat, dafür zu sorgen ... also diesen Mädchen zu helfen, dass sie nie wieder in diese Schule kommen mussten? Vielleicht durch eine Operation, so eine, wie manche Ärzte sie nach einer Geburt vornehmen ...«

»Eine Operation?« Bitsys Miene wurde wieder streng, ihre Augen weiteten sich.

»Vielleicht eine Tubenligatur, damit sie nicht wieder in Schwierigkeiten kamen –«

Bitsy war blass geworden. Sie suchte Halt am Tisch. »O nein«, rief sie. »Das hätte er nie getan! Das ist doch, also, das würde Gott doch nie ... Ich weiß gar nicht, was ich sagen soll –« Sie blickte wieder zum Flur, und diesmal eher flehentlich als besorgt. »Sie sollten mit meinem Mann reden.«

Plötzlich ging das Licht wieder an: Durch das ganze Gebäude schien ein Zittern zu laufen, und irgendwo begann es zu summen.

»Da ist es wieder!«, sagte Vicky. »Und genau zur richtigen Zeit.« Sie sah auf ihre Uhr. »Ich würde schrecklich gern Ihren Mann kennen lernen. Aber jetzt habe ich leider einen Termin bei Hochwürden Wright in Seattle. Und Sie wissen ja sicher, wie wenig er es liebt, wenn man ihn warten lässt!« Vicky stieß ein kleines, munteres Lachen aus und nahm Bitsy das Foto aus der Hand, bevor sie hätte Widerstand leisten können.

»Also, nein, aber ... Da kommt Philip ja!« Sie zeigte heftig auf jemanden am Ende der Eingangshalle.

Vicky sauste zur Tür, die Amanda ihr bereits offen hielt. »Wie schade, dass wir uns so beeilen müssen. Vielen, vielen Dank, Bitsy. Ich freue mich schon darauf, beim nächsten Mal Ihren Mann kennen zu lernen.«

Schon waren sie draußen. Amanda überließ es dem Wind, die Tür hinter ihnen zuzuschlagen, und das gewaltige Kreuz zitterte von der Wucht des Knalls. Der Wind schien noch stärker geworden zu sein und wirbelte ihnen eine Sandwolke ins Gesicht.

»Hochwürden Wright?«, sagte Amanda. »Ist Hochwürden Wright zufällig verwandt mit Hochwürden Phantom?«

»Halt den Mund und geh weiter.«

»Wenn ich mich umdrehe, werde ich dann zu einer Säule der Gemeinde erstarren?«

Sie waren beim Auto angelangt. Niemand von der Gemeinde schien sie zu verfolgen.

»Ich sehe im Geiste noch ein Schild auf dem Rasen«, sagte Amanda. »Kinder verboten.«

»Tja. Aber jetzt steig ein.«

Vicky musste zweimal starten, ehe der Wagen ansprang.

»Also«, sagte Amanda, »war das nicht interessant?«

Vicky schüttelte den Kopf und fuhr wieder auf den Lake Way. »Ich kann es nicht fassen. Rachel war dort, weil sie *schwanger* war? Sie hat da ein *Kind* gekriegt? Kann sie das denn wirklich vergessen haben?«

»Ziemlich unwahrscheinlich. Aber Menschen können besonders grauenhafte Erlebnisse verdrängen, speziell solche aus der Kindheit. Oder sie wollte einfach nicht, dass du es erfährst.«

Vicky fuhr wieder auf die Autobahn. »Aber sie wird sich doch diese Albträume nicht ausgedacht haben, nie im Leben. Die von dem Mann, der sie mit verdecktem Gesicht vergewaltigt hat, während andere sie festhielten. Und in dem Moment, als sie seinen Namen hörte, wusste sie ja auch, dass es Angeletti war. Es hätte nicht mehr lange gedauert, und sie hätte sich wieder erinnert, sie war kurz davor. Und dann hätte sie sich vermutlich daran erinnert, dass die Maske der Gesichtsschutz eines Arztes war und dass es sich nicht um eine Vergewaltigung, sondern um eine Geburt handelte.«

»Das ist alles so unglaublich. Sie kann doch nicht vergessen haben, dass sie ein Kind bekommen hat!«

»Aber es klingt doch plausibel, oder hast du eine bessere Erklärung?«

»Vielleicht hat sie auch nur die Geburt verdrängt, nicht die Schwangerschaft als solche«, sagte Amanda. »Das fände ich noch plausibler. Die Geburt muss grauenhaft für sie gewesen sein. Angeletti scheint ein Sadist gewesen zu sein. Ein Jammer, dass er tot ist. Ich hätte ihn liebend gern in sein intimstes Teil getreten.« Amanda beugte sich herüber und sah auf den Tachometer. »He, Mädel, fahr langsam!«

»Entschuldigung.« Vicky lockerte den Druck aufs Gaspedal. Offenbar hatte sie den Fuß im Geiste auf Angelettis Kehle gehabt. »Oh, das Mittagessen. Ich wollte dich doch einladen. Wohin möchtest du?«

»Wie wäre es mit dem Semiahmoo-Inn? Du weißt schon, das Restaurant, das man von White Rock aus sehen kann, draußen auf der Landzunge. Oder ist dir das zu teuer?«

»Wir können ja mal gucken. Jedenfalls würden wir da nicht die Kleiderordnung stören.«

Amanda zeigte auf die Karte. »Nimm die nächste Ausfahrt.«

»Ich weiß, wie man da hinkommt. Ich bin erst vor kurzem fast die ganze Strecke mit Rachel gefahren. Es liegt ein Stück hinter der ehemaligen Schule.«

Sie bog in die Drayton-Harbour-Straße. Hinter der Bucht mit ihren tanzenden Schaumkronen sahen sie rechter Hand White Rock liegen. Es war Flut, und der Wind wehte feine, salzige Gischt gegen die Windschutzscheibe. Vicky stellte die Scheibenwischer an, die stotternd über die Scheibe rubbelten, während der Wind sie aus ihrer Verankerung zu reißen suchte.

»Da ist die Schule.« Sie zeigte nach rechts.

»Chiropraktische Pazifikklinik«, las Amanda laut, während sie daran vorbeifuhren. »Hinter den Dachfenstern kann ich gequälte, flehende Gesichter sehen.«

»Wehe, du machst Witze darüber«, sagte Vicky. Ein Ast, der offenbar von einem der beiden Erdbeerbäume auf dem Klinikgelände abgebrochen war, trudelte vor dem Wagen über die Straße.

Sie bogen in eine breite Allee ein, die zum Badeort führte. Zwischen den Bäumen konnten sie Golfplätze und eingezäunte Wohnanlagen sehen, und dann waren sie auch schon auf der schmalen Landzunge und nach beiden Seiten nur durch wenige Meter Dünen vom Ozean getrennt. Der Wind peitschte so viel Wasser über die Straße, dass Vicky die Scheibenwischer schneller stellen musste. Der Ozean war grau von all dem rollenden Sand.

»›The unplumbed, salt, estranging sea‹«, sagte Amanda. »Ich hatte mal einen Professor, der behauptete, diese Verszeile von Matthew Arnold sei die einzig vollkommene in der gesamten englischen Lyrik.«

»Hmm«, sagte Vicky. Sie war mit den Gedanken ganz weit weg.

In dem Badeort, der sich als weniger vornehm entpuppte, als sie befürchtet hatten, fanden sie nur ein Lokal mit Fischgerichten. Es war eine Bar, die sich nach der Lachsverarbeitungsfabrik, die einst hier gestanden hatte, »The Packers Lounge« nannte. Teile des alten Gebäudes waren in den Neubau integriert. Der Raum selber hatte eine hohe Decke, war mit dunklem Mahagoniholz verkleidet und mit maritimen Gerätschaften geschmückt. Er bot einen beeindruckenden Ausblick auf White Rock und die Berge des Nordufers, die heute in gleißendem Weiß leuchteten, da der Wind die gelben Wolken aus den Washingtoner Raffinerien und den Papiermühlen auf Vancouver Island tief ins Fraser Valley getrieben hatte. Vor einigen Jahren war Vicky mehrere Wochenenden hintereinander mit Conrad von Tür zu Tür gezogen, um Unterschriften gegen den Ausstoß von Schwefeldioxyd und Stickstoffoxyd zu sammeln. Natürlich hatte das nichts geändert. Außer Vicky selber. Sie war pessimistischer geworden, zynischer. Und erst durch Rachel hatte sie wieder ein kleines bisschen Hoffnung geschöpft und das Gefühl bekommen, dass manche Dinge am Ende vielleicht doch gut ausgehen.

Sie bestellten beide die Meeresfrüchteplatte und tranken Kaffee, während sie warteten. Vicky spürte, wie sich Kopfschmerzen bei ihr meldeten, ein klopfender Puls an beiden Schläfen. Und das signalisierte, wie sie aus Erfahrung wusste, dass kein Adrenalin mehr ausgeschüttet wurde, dass es jetzt vorbei war und dass sie ausruhen sollte. Aber es war nicht vorbei. Es gab mehr neue Fragen, als sie Antworten erhalten hatte.

»Wieso hast du deine Freundin Bitsy nach einer Tubenligatur gefragt?«, wollte Amanda wissen.

»Ich habe nur versucht, eine Erklärung dafür zu finden, wieso Rachel, als ich sie kennen lernte, unfruchtbar war, aber damals als junges Mädchen nicht. Sie hatte eine entzündete Gebärmutterschleimhaut. Daran litt sie schon seit ihren Teenagerzeiten, und deswegen waren ihre Eierstöcke wohl beschädigt und verklebt. Aber nun finde ich heraus, dass sie doch ein Kind hatte.«

»Vielleicht war die Krankheit ja nicht so schlimm. Man kann auch mit Gebärmutterschleimhautentzündung Kinder kriegen. Wie meine Nichte. Es gibt sogar immer noch bescheuerte Ärzte, die den Frauen erzählen, durch eine Schwangerschaft würden sie wieder gesund. Das ist natürlich großer Quatsch.«

Vicky sah aus dem Fenster, dorthin, wo jenseits des Wassers ihr Haus auf dem Hügel stehen musste. »Ich wüsste ja gern, wer der Vater war.«

»Niemand aus dieser frommen Gemeinde würde dir das jemals verraten.«

Vicky sah immer noch aus dem Fenster. Im Wasser stand etwa ein Dutzend alter Holzpfähle, Relikte aus den Zeiten der alten Fischfabrik, die sie an Steveston erinnerten.

»Niemand aus der *Gemeinde*«, sagte sie.

Zehntes Kapitel

Es wurde eine lange Stunde. Vicky wunderte sich, dass Kristin überhaupt erschienen war. Sie hockte lethargisch am Tisch und gab Vicky, wenn überhaupt, nur sehr einsilbige Antworten. Hin und wieder schnippte sie lustlos einen Bleistift über den Tisch, was allerdings selbst der Kater intelligenter angestellt hätte. Vielleicht hatte sie irgendwelche Drogen genommen. Oder es im Gegenteil vergessen.

Vicky sah verstohlen zur Küchenuhr. Halb fünf. Sie wünschte, sie hätte sich den Nachmittag frei gehalten. Aber für Nachhilfestunden waren Wochenenden am günstigsten. Und natürlich hatte sie auch nicht ahnen können, wie sehr sie der Morgen in Bellingham noch nachträglich beschäftigen würde. Vielleicht war es deshalb gar nicht verkehrt, wenn sie arbeitete.

»Wenigstens die letzten beiden Zeilen«, sagte Vicky. »Wenn man die begriffen hat, weiß man meistens, worum es im ganzen Sonett so ungefähr geht.«

»Wahrscheinlich.«

Vicky wartete, aber Kristin sagte nichts mehr.

»›In deiner Liebe fühl' ich mich so reich, / Daß ich nicht tausche um ein Königreich!‹ Das ist doch ziemlich deutlich, oder?«

Kristin verfolgte mit dem Finger die imitierte Holzmaserung der Resopaltischplatte. »Eigentlich nicht.«

Vicky seufzte und versuchte, nicht die Geduld zu verlieren. Heute schien Kristin sich absichtlich begriffsstutzig zu geben. »Der Dichter ist verliebt, und deswegen fühlt er sich glücklich und reich, so reich wie ein König. Du bist doch ein cleveres Mädchen. Das begreifst du doch. Versuch es beim nächsten Gedicht: ›Siehst du mich so, der balde dich verläßt, / Hält deine Liebe mich so treuer fest.‹ So. Und jetzt erklärst du mir, was das bedeutet.«

»Liebe und Tod. Es sagt alles über Liebe und Tod.«

Na endlich! »Großartig! Liebe und Tod. Genau. Und wie verbindet der Dichter beides?«

Kristin richtete sich im Stuhl auf, nur ein ganz klein bisschen, aber es war ihre lebhafteste Geste in der letzten halben Stunde. »Ich glaube, er will sagen, dass die Liebe nicht dauert. Wir sollten das lieben, was wir haben, weil es bald stirbt.«

»Na, siehst du! Der Rest des Sonetts entwickelt –«

»Alles handelt immer nur vom Sterben!«, brach es plötzlich aus Kristin heraus. »Was soll das eigentlich? Wieso muss ich dieses ganze Zeugs vom Sterben lesen?«

»Der Tod ist ein Thema, das Dichter gerne behandeln.«

»Prima. Sollen sie doch. Aber sie sollen sich bloß nicht einbilden, dass mich das interessiert.«

Vicky machte ganz schmale Lippen und hoffte, es wirke einigermaßen undurchschaubar. Sie nahm sich fest vor, beim nächsten Mal grundsätzlich mit Kristin über ihre Stunden zu reden. Sie waren mittlerweile für beide Seiten nur reine Zeitverschwendung, und Kristin war ohnehin auf dem besten Weg, ihr ganzes Leben zu verpfuschen.

Es klingelte an der Haustür. Das würde Ajit sein, der etwas zu früh kam. Es war ihr gar nicht unrecht.

»Nächsten Sonntag zur selben Zeit?«, fragte sie Kristin.

»Egal.«

Egal. Das war inzwischen ein Wort, das Vicky ganz besonders hasste. Man kann nicht stolz darauf sein, dass man so oft im Leben die Achseln gezuckt hat. Das hatte Vicky irgendwo gelesen, und jetzt hätte sie es am liebsten Kristin zitiert. Die vermutlich die Achseln zucken und »Egal« sagen würde.

Kristin packte ihre Bücher zusammen und fuhr mit den Armen in ihre Jacke, die sie über die Stuhllehne gehängt hatte.

»Viel Glück bei deinem Test am Mittwoch.« Und vergiss nicht, deinen Verstand mitzubringen, hätte Vicky am liebsten hinzugefügt.

»Kann ich hinten rausgehen?«

»Natürlich. Wieso?«

»Ich habe keine Lust, irgendwem zu begegnen. Ich komme mir so ... so hässlich vor.«

Ach, die Qualen der Pubertät, die den Mädchen wunderschöne neue Körper bescherte und gleichzeitig die Überzeugung, sie seien hässlich. Im Geiste schwächte Vicky die Gardinenpredigt schon ab, die sie Kristin am nächsten Sonntag zu halten gedachte.

»Du bist nicht hässlich«, sagte sie munter. »Du bist wunderschön.« Außerdem wäre das Ajit sowieso gleichgültig, hätte sie fast hinzugefügt. Besonders wenn deine Familie reich ist.

Weil sie sich für diesen hässlichen Gedanken schämte, empfing sie Ajit besonders herzlich. Seinem Charme hätten jedoch selbst seine Feinde nur schwer widerstehen können. Heute trug er einen hellen Trenchcoat und einen langen, schwarzen, gestrickten Schal, der fast auf dem Boden schleifte. Der junge Mann sah bemerkenswert elegant aus.

Sie führte ihn zum Tisch. »Also«, sagte sie, »bist du denn nun schon verheiratet?«

Er lachte, wickelte sich aus seinem Schal. »Nein, nein. So schnell geschieht das nicht.«

»Aber es wird geschehen?«

Ajit seufzte und ließ sich auf den Stuhl fallen, den Kristin soeben geräumt hatte. »Mein Vater spricht mit ihrem Vater.«

Das klang nicht gut. »*Du* bist aber doch gefragt. *Du* hast doch die Entscheidung zu treffen.«

Er seufzte erneut. Ein Blick in diese großen, dunklen, intelligenten Augen, dachte Vicky, und die arme Frau hätte keine Chance mehr.

»Ich habe in der Zeitung gesehen, dass sie diesen Mann verhaftet haben«, sagte er, geschickt das Thema wechselnd. »Den Mann, der die Frau überfahren hat, die hier gewohnt hat. Ja?«

»Ja, ihren Ehemann.«

»Ist er der Mann, der an dem Tag an die Tür gekommen ist?«

Vicky sah ihn verdutzt an.

»Er hat Ihnen etwas gegeben …?«

»Ach so.« Wie hatte sie vergessen können, dass Dennis ihr die Schachtel Pralinen durch die Tür geschoben hatte?

»Eine traurige Geschichte«, sagte Ajit mit ernstem Gesicht. »Mein Vater sagte, ich sollte Ihnen Blumen mitbringen, um zu sagen, dass wir alle mit Ihnen trauern, aber meine Mutter sagte, es ist vielleicht nicht passend.«

Sie war nicht sicher, was sie davon halten sollte, deshalb sagte sie etwas vage: »Das war sehr aufmerksam. Von allen beiden.«

»Gut. Heute habe ich Ihnen meinen Lebenslauf mitgebracht. Ich bewerbe mich für Ferienjobs, und ich hoffe, Sie können mein Englisch verbessern.«

Vicky griff nach dem Lebenslauf, der sechs oder sieben Seiten umfasste. »Erste Regel«, sagte sie, »mach ihn kurz.«

Sie hätte bis zum nächsten Tag warten sollen. Es war schon dunkel, und sie würde erst nach sieben dort sein. Aber wenn sie bis Montag wartete, würde sie sich womöglich umentscheiden. Und außerdem überbrachte man Bibeln wahrscheinlich am besten sonntags.

Das Wachhäuschen am Eingang zu der Hillcrest-Altenwohnanlage war nicht besetzt, genau wie beim ersten Mal, als sie mit Rachel gekommen war, und das Tor stand offen. Sie war auf eine Befragung an der Empfangstheke vorbereitet und hatte vorgehabt, die Bibel als überzeugendes Argument zu benutzen, aber die Empfangshalle war ebenfalls leer. Vielleicht waren alle irgendwo in einem Gottesdienst oder aßen noch zu Abend. Was sollte sie nun machen? Sie hatte Jacob Cornelius überraschen und ihn allein mit ihren Fragen konfrontieren wollen.

Der Flur, der zu seinem Zimmer führte, wirkte heller beleuchtet als beim ersten Mal, und sie musste an sich halten, um nicht das Licht auszuknipsen, als sie am Schalter vorbeikam. Es roch nach Fleisch. Vielleicht waren die Bewohner tatsächlich noch beim Abendessen. Doch als sie am Speisesaal vorbeikam, sah sie drinnen nur eine Frau in rosa Uniform lauter Teller auf einen Wagen stapeln.

Zwei Türen weiter. Da war es. Im Zimmer sang jemand, es klang aber wie eine Aufnahme, wahrscheinlich kam es aus dem Fernseher. Sie holte tief Luft und hob die Hand, um zu klopfen.

»Immer noch so windig?«, brüllte ihr jemand ins Ohr.

Vicky griff sich mit der Hand ans Herz, es schlug, als wollte es ihr die Brust zerreißen. »Nein, nein, nicht mehr so schlimm.«

Die Frau, die gefragt hatte, war aus dem Zimmer direkt gegenüber gekommen. Sie hatte einen Buckel und stützte sich auf einen Stock, ohne den ihr Schwerpunkt sich so weit verlagern würde, dass sie mit Sicherheit vornübergekippt wäre.

»Besuch für Jacob?«, brüllte sie.

Vicky nickte.

»Viel Glück«, bellte die Frau und schlurfte wieder in ihr Zimmer. Sie stieß die Tür nur halb hinter sich zu.

Viel Glück. Offenbar kannte sie ihren Pappenheimer.

Vicky klopfte dreimal laut. Irgendjemand sagte drinnen irgendetwas. Sie holte erneut tief Luft und drückte auf die Klinke. Vergiss nicht, dass die Tochter dieses Mannes erst vor kurzem gestorben ist, ermahnte sie sich. Was er auch sagen wird, behalte das immer im Kopf.

Jacob saß in einem Sessel vor dem Fernseher, in dem eine Frau in einem langen weißen Gewand »Amazing Grace« sang. Es fiel Vicky schwer, sich von diesem Anblick zu lösen und Jacob anzuschauen, der einen marinefarbenen Anzug mit Krawatte trug, allerdings nackte Füße hatte. Er schwenkte den Sessel herum und drückte dabei einen Knopf seiner Fernbedienung, offenbar den für den Ton.

»Sie sind die Hauswirtin.« Seine harten blauen Augen blickten direkt in die Ihren.

Vicky zwang sich zu einem Lächeln. Das war so anstrengend, dass sie das Gefühl hatte, ihre Lippen würden reißen. »Ja«, sagte sie. »Ich heiße übrigens Vicky. Ich wollte Ihnen nur sagen, wie sehr mir das mit Rachel Leid tut.«

»Tja, das ist wirklich sehr tröstlich.«

Vicky hielt ihm die Bibel hin. »Die gehörte ihr«, sagte sie. »Ich dachte, Sie würden sich darüber freuen.«

Er betrachtete sie einen Moment lang, ehe er sie entgegennahm. »Ich habe selber eine«, sagte er.

»Natürlich. Aber ich dachte mir, Ihnen würde diese Bibel mehr bedeuten als irgendjemandem sonst. Dass es vielleicht ein Trost sein könnte zu wissen, dass sie jetzt ... Frieden gefunden hat.« Die frommen Sätze kamen ihr erstaunlich flüssig über die Lippen, ebenso flüssig wie bei dem Gespräch mit Bitsy. Nur dass

Jacob Cornelius argwöhnischer war als Bitsy. Ihn konnte man nicht betören, auch mit seinen eigenen Gefühlen nicht.

»Frieden gefunden.« Er spuckte ihr die Worte ins Gesicht. »Sie hat einen gottlosen Weg eingeschlagen und den Preis dafür bezahlt.«

Wenn Vicky ihm die Bibel nicht schon gegeben hätte, hätte sie ihm womöglich den Kopf damit eingeschlagen.

»Sie hatte einen beschwerlichen Weg«, sagte sie und versuchte, freundlich zu klingen. »Wo sie so jung schon das Kind bekam ...« Vicky schüttelte traurig den Kopf und heftete den Blick auf die weiß gewandete Frau im Fernseher. Trotzdem spürte sie Jacobs Blick, spürte, wie sein Körper erstarrte, wie er sich vorbeugte.

»Sie hat Ihnen das erzählt?«

»Die Polizei ist natürlich interessiert an der Geschichte. Sie wollen wissen, wo das Kind hingekommen ist, wer es adoptiert hat –«

»Das weiß ich nicht. Ein Ehepaar. Ich glaube, die sind dann nach Australien gegangen.«

»– und wer der Vater ist, all das.«

»Der Vater? Nun, da könnte ich denen schon dies oder das erzählen.«

»Das könnten Sie?«

Ein Fehler: Es hatte zu neugierig geklungen. Sie zwang sich, Jacob wieder anzuschauen, ein neutrales Gesicht zu machen. Seine linke Hand hatte begonnen, auf seinen Schenkel zu trommeln, in einem verkrampften, epileptischen Rhythmus. Die Hand eines Außerirdischen, dachte Vicky. Ihr fiel wieder ein, dass sie mal gelesen hatte, es gebe sehr seltene neurologische Fälle, in denen Hände dem Willen nicht gehorchten und seltsame, destruktive Dinge taten. In diesem Fall galt ihre Sympathie der Hand, die, wie es aussah, dem Körper zu entkommen versuchte, an den sie unglücklicherweise gekettet war. Es gelang Jacob schließlich, die Hand zwischen sich und die Sessellehne zu stopfen.

»Weswegen sind Sie denn nun gekommen, Frau Hauswirtin?«

»Ich wollte Ihnen Rachels Bibel bringen. Und zwar persönlich. Ich hätte sie auch Mr. Harding mitgeben können, aber ich dachte –«

»Dieser Heide! John Harding ist ein ganz besonders Übler. Er wollte mir meine Rachel wegnehmen.«

»Er ist ihr Onkel. Ich bin sicher, dass er ihr nur helfen wollte –«

»Helfen!« Jacob lachte, und es klang wie ein quietschendes Tor. »So kann man es auch nennen. Ja, wahrhaftig, so kann man es auch nennen.«

Vicky starrte ihn an. Sie spürte, wie ihre Magenmuskeln sich zusammenzogen.

John Harding war doch ganz gewiss nicht –

Ganz gewiss nicht. Rachel war seine *Nichte*. Aber dann fiel ihr wieder ein, wie er reagiert hatte, als sie die Hammond-Schule erwähnte, wie er behauptet hatte, davon wisse er nichts. Damals hatte sie das vage Gefühl, er sage nicht die Wahrheit.

»War er ... War er derjenige –«

»Derjenige. Ja, der. Ja, ja, er ist derjenige.«

»Heißt das –«

»Das heißt, dass Sie jetzt hier verschwinden und mich in Ruhe lassen. Sehe ich etwa aus wie jemand, der Ihre Gesellschaft braucht, Ihre blöde weibliche Gesellschaft? Meine Tochter ist tot. Ich kann mich noch nicht mal damit trösten, dass sie im Himmel ist, dass ich sie dort wiedersehe. Aber Sie, Sie und John Harding, Sie werden beide zur Hölle fahren. Vielleicht treffen Sie da auf Rachel.«

So viel Hass! Sie zitterte regelrecht. Vielleicht würde sie eines Tages lernen, wie man auch für Jacob Cornelius Sympathie empfinden konnte, für diesen Vater, der seine Tochter zweimal verloren hatte, einmal in diesem und einmal im nächsten Leben. Aber jetzt wollte Vicky nichts als raus aus diesem vergifteten Zimmer. Außerdem hatte er ihr ja gesagt, was sie wissen wollte.

Sie drehte sich um, verließ wortlos das Zimmer und schloss leise die Tür hinter sich. Sie hörte noch, wie der Fernseher wieder loslegte. Ein Chor sang laut genug, um die Tür erbeben zu lassen, laut genug, um Tote aufzuwecken.

Selbst als sie schon das Gebäude verlassen hatte, klangen ihr immer noch jene scheußlichen, überlauten Stimmen in den Ohren. Mit tiefen Zügen atmete sie die frische Luft ein, die nach Salz und nach Ozean roch.

Sie war in Gedanken so sehr mit dem beschäftigt, was Rachels Vater ihr erzählt hatte, dass sie die Abfahrt zum Tunnel verpasste und auf der Brücke über die Autobahn landete anstatt auf der Autobahn selber. Als sie daraufhin langsamer wurde, blinkte ein Wagen hinter ihr sie mehrmals unangenehm an. Sie fuhr auf den Parkplatz einer Kaffeebar, blieb im Wagen sitzen und versuchte, Ordnung in das zu bringen, was sie erfahren hatte.

John Harding hatte Rachel geschwängert. Und zwar, als sie sechzehn war. Vicky konnte Hardings Gesicht vor sich sehen, seine Eulenaugen hinter den dicken Brillengläsern, sein Kinn, das, wie Amanda wohl sagen würde, zu reichlich von der Schwabbelfee bedacht worden war. Es fiel ihr schwer, sich vorzustellen, dass dieser Mann jemals von Leidenschaft gepackt worden war. Vicky hatte ihn gemocht, hatte ihn nett und anständig und Rachel gegenüber sehr hilfsbereit gefunden. *Hilfsbereit!* Im Geiste hörte sie Jacobs verächtliche Stimme. *So kann man das auch nennen, was er getan hat.*

Vielleicht stimmte es ja auch gar nicht. Vielleicht hatte sie Rachels Vater falsch verstanden. Seine Bemerkung war vielleicht sogar absichtlich nicht ganz eindeutig gewesen. Es wäre ihm zuzutrauen, dachte Vicky, dass er sie gezielt in die Irre geführt hatte.

Und dennoch, es passte alles zusammen: die Art, wie Harding ihren Fragen nach der Schule ausgewichen war, wie er sich um Rachel gekümmert hatte, und nicht zuletzt die Tatsache, dass Rachel das Geschehen verdrängen musste.

Es war fast zehn, als Vicky endlich zu Hause ankam. Sie hängte gerade ihren Mantel auf den Bügel, als das Telefon klingelte. Sie griff nach dem Hörer vom schnurlosen Nebenanschluss auf dem Flurtischchen.

»Hallo?« Keine Antwort, nur ein unregelmäßiges Knacken. »Hallo?«

»Finger weg.«

»Wie bitte?«

»Finger weg.« Eine tiefe, gedämpfte Stimme. »Finger weg. Das geht Sie nichts an.«

Dann war die Leitung tot. Vicky legte den Hörer sehr langsam wieder hin.

Finger weg. War das eine Drohung? Der Anrufer spielte offenbar auf ihre Nachforschungen über Rachels Tod an. Sie war zu überrascht gewesen, um genauer auf die Stimme zu achten. Gehörte sie jemandem, den sie kannte? Sie versuchte sich zu erinnern, aber der Klang war schon verschwunden, nur die Worte hatte sie noch lebhaft im Ohr. Wieso hatte sie nicht die Maschine abnehmen lassen? Dann hätte sie die Stimme jetzt auf Band und könnte sie der Polizei übergeben. Aber in dem Fall hätte der Mann sicherlich nichts draufgesprochen. Wenn es überhaupt ein Mann war. Es hätte auch eine Frau sein können, die mit verstellter tiefer Stimme sprach.

Plötzlich fiel ihr ein, dass ihr Telefon Anrufer registrieren konnte. Sie drückte schnell die entsprechende Taste, hörte, wie die künstliche Stimme ihr die Nummer ihres letzten Anrufers nannte, und wählte sie. Wahrscheinlich war es sowieso bloß eine Telefonzelle, sagte sie sich. Nur ein Schwachkopf würde so einen Anruf von zu Hause aus machen.

Nach dem zehnten Klingeln wollte sie gerade auflegen, als jemand abnahm.

»Ja?« Eine Frauenstimme.

»Oh. Hallo. Ich ... wollte nur wissen, wessen Anschluss das ist. Jemand hat mich nämlich gerade von dieser Nummer aus angerufen, und ich hatte gehofft, ich könnte nochmal mit der Person sprechen ...« Ihre Hand war ganz verschwitzt. Sie nahm den Hörer in die andere Hand.

»Hier ist die Hillcrest-Altenwohnanlage. Es handelt sich um einen Münzautomaten in der Eingangshalle.« Die Stimme war knapp, verärgert. »Ich habe keine Ahnung, mit wem Sie gesprochen haben. Mein Büro ist am Ende des Flurs.«

»Oh. Es tut mir Leid, dass ich Sie belästigt habe. Benutzen die Bewohner dieses Telefon denn auch?«

Die Frau seufzte, jetzt endgültig gereizt. »Sie können es, wenn sie wollen. Aber sie haben alle Telefon in ihrem Zimmer.«

»Ach so. Ich danke Ihnen jedenfalls. Vielen herzlichen Dank.«

Jacob Cornelius, dachte Vicky. Er konnte durchaus schlau genug sein, um nicht sein eigenes Telefon zu benutzen. Wer sollte sie sonst vom Hillcrest-Heim anrufen und dann noch um diese Zeit?

»Ich lasse aber *nicht* die Finger weg«, erklärte sie dem Kater. Sie ging ins Wohnzimmer und machte alle Lichter an.

Bevor sie es sich anders überlegen konnte, rief sie die Polizeiwache an und fragte nach Clark, obwohl sie wusste, dass er so spät sehr wahrscheinlich nicht mehr da war.

»Er ist für ein paar Tage fort«, sagte die Frau, die ihren Anruf entgegennahm. »Möchten Sie mit jemand anders sprechen?«

»Nein, vielen Dank. Würden Sie ihm bitte ausrichten, dass Vicky Bauer angerufen hat?«

Nachdem sie aufgelegt hatte, bedauerte sie, ihren Namen hinterlassen zu haben. Was konnte sie ihm denn schon erzählen? Für ihn war der Fall doch abgeschlossen. Dennis war schuldig, und Dennis war verhaftet worden. Und ein einziger anonymer Anruf, wahrscheinlich von einem garstigen alten Mann, der ihr nichts anhaben konnte –, das konnte man doch wirklich vergessen!

Sie seufzte, hob den Kater hoch, setzte ihn auf das Bord über seinem Kratzbaum. *Finger weg*. Das konnte sie nun mal nicht. Sie musste herausfinden, was Rachel damals vor vielen Jahren widerfahren war. War John Harding wirklich der Vater ihres Babys, oder versuchte Jacob Cornelius sie nur in die Irre zu führen?

Sie musste John Harding direkt mit ihren Vermutungen konfrontieren. Es gab keine andere Möglichkeit. Wenn sie es nicht täte, würde sie womöglich für den Rest ihres Lebens Rachels Albträume haben.

»Gut. Und jetzt nenn mir die vier wichtigsten Bedingungen für die Ernährung der Weltbevölkerung.«

Dulci krauste die Stirn. »Wie viel Land es gibt.«

»Wie viel nutzbares Land.«

»Stimmt – nutzbares Land. Bevölkerungszahl. Zuwachsrate der Bevölkerung. Und …«

Vicky warf einen Blick auf ihre Uhr. Halb fünf. Sie hatte sich fest vorgenommen, nach dieser Stunde bei Harding Kältetechnik vorbeizufahren. Es musste ihr gelingen, John Harding in die Enge zu treiben. Da sie unerwartet kam, würde sie ihn kalt erwischen. Allerdings nur unter der Voraussetzung, dass Linda schon das Büro verlassen hatte oder ein Ersatz für Rachel gefunden worden war. Und falls sie doch auf Linda oder Junior treffen sollte, hatte sie vorsichtshalber das Päckchen mit den Fotos ins Portemonnaie gesteckt – als eventuellen Vorwand für ihren Besuch.

»Und … Ach, geben Sie mir doch einen kleinen Tipp!«

»Denk an das, was man mit dem Land macht.«

Dulci kaute an ihrem Bleistift. Sechzehn, dachte Vicky und betrachtete sie: So alt war Rachel gewesen, als sie schwanger wurde. Und sie war, genau wie Dulci jetzt, sehr hübsch gewesen. Es war jene verletzliche Schönheit, die noch die Nähe zur Kindheit verrät.

»Ernten! Ertrag pro Hektar!«

»Wunderbar! Du bist genial.«

Mrs. Warner, eine kleine, untersetzte, dunkelhaarige Frau, die mit einer zusätzlichen Dosis Androgen glatt als Klon ihres Ehemannes hätte durchgehen können, steckte den Kopf um die Ecke des Wohnzimmers, als habe sie nur auf das Wort »genial« gewartet, und strahlte sie beide an.

»Möchten Sie zum Abendessen bleiben?«, fragte sie Vicky.

»Nein, vielen Dank. Ich habe noch eine andere Verpflichtung.«

»Sie sind uns immer willkommen, das wissen Sie. Ich kann Ihnen gar nicht genug dafür danken, dass Sie Dulcis Noten so verbessert haben.«

Dulci rollte mit den Augen. »Mit mir hat das natürlich gar nichts zu tun.«

»Oh, Entschuldigung, Herzchen. Natürlich habe ich dich auch gemeint. Du hast sehr fleißig gelernt.« Dulcis Mutter lächelte entschuldigend, und der Kopf verschwand wieder. Vicky hatte noch nie Eltern erlebt, die ihrem Kind gegenüber so devot waren wie die Warners. Es war erstaunlich, dass Dulci nicht noch verwöhnter war.

»So«, sagte Vicky und wandte sich wieder dem Mädchen zu. »Dieses Kapitel hast du jetzt intus. Was machen wir dann beim nächsten Mal? Schaffst du es bis dahin, das Kapitel über Städte durchzuarbeiten?«

Dulci stand auf und reckte sich. Sechzehn, dachte Vicky mit einem neidischen Blick auf ihren Bauch, der in diesem Moment praktisch konkav war. »Wahrscheinlich«, sagte Dulci, »falls mich nicht ein Auto überfährt oder sonst irgendwas passiert.« Sie ließ abrupt die Arme sinken und sah Vicky bestürzt an. »Entschuldigung. Das hab ich ganz vergessen ... Sie wissen schon, das mit Ihrer Freundin.«

Vicky zwang sich zu einem Lächeln. »Das ist schon in Ordnung.«

»Jedenfalls haben sie den Typ ja geschnappt. Den Ehemann. Stimmt doch, oder?«

»Sie haben ihn verhaftet«, sagte Vicky und zog ihren Mantel an. »Er ist ziemlich wahrscheinlich der Täter.«

Und wenn nicht, was dann?, dachte sie, als sie in ihr Auto stieg. Was wäre, wenn jemand anders der Schuldige war, jemand, der ein Geheimnis hüten musste? Jemand, dem sie womöglich gleich begegnen würde? Sie war dabei, das zu tun, was in Filmen immer der Part der dummen Frauen ist: Sie stolpern vollkommen unüberlegt in eine offensichtliche Gefahr, damit der Held einschreiten und sie retten kann.

Nun, sie selber würde nicht unüberlegt handeln. Einige Arbeiter in Hardings Firma hatten Nachtschicht. Und wenn John Harding doch allein wäre, würde sie ein andermal mit ihm sprechen, und zwar an einem öffentlichen Ort.

Plötzlich fragte sie sich, ob es etwa die pure Neugier war, die sie antrieb. Und sie musste zugeben, dass Neugier tatsächlich eine Rolle spielte. Aber vor allem hatte sie das Gefühl, sie sei es Rachel schuldig, die Wahrheit herauszufinden. Jene Wahrheit, der Rachel auf der Spur gewesen war und die sie gerade erst zu begreifen begonnen hatte. Vicky musste selber ein wenig über die hochtrabende Formulierung ihrer Antwort lächeln. Was die Antwort ja aber nicht falsch machte.

Als sie bei der Firma vorfuhr, stellte sie erleichtert fest, dass auf dem Parkplatz ein paar Autos standen. Drei Arbeiter in blauen Jeans-Overalls manövrierten gerade einen riesigen Kühlschrank auf einem Gabelstapler in einen der Verladeschuppen, dessen Wellblechtor hochgeschoben war. Durch die Glastür des Büros konnte sie sehen, dass dort niemand mehr war. Falls Linda überhaupt noch in der Firma mitarbeitete, musste sie schon nach Hause gegangen sein. Vicky öffnete die Tür. Bei dem Geräusch der kleinen Glocke, die ihr Kommen anzeigte, fuhr sie zusammen.

Hardings privates Büro lag direkt vor ihr. Ihr Herz klopfte so schnell, dass sie die Hand auf ihre Brust presste, als könnte das helfen.

»Was kann ich für Sie tun?«

Fast hätte sie vor Schreck aufgeschrien. Eine junge Frau erhob sich hinter dem Schreibtisch und lächelte ziemlich kühl. Sie hielt einen Aktenordner in der Hand, den sie sich gerade geholt haben musste.

»Oh.« Vicky lachte verlegen. »Sie haben mich aber erschreckt. Ich dachte, Linda sei vielleicht noch da.«

Das Lächeln der Frau wurde etwas wärmer. »Ich bin von der Zeitarbeitsvermittlung. Ist Linda ... Mr. Hardings Frau? Ich glaube, sie kommt morgen wieder.«

»Gut.« Es war sogar sehr gut. »Eigentlich wollte ich auch Mr. Harding sprechen.«

Die Sekretärin blickte zu seiner Tür. »Erwartet er Sie?«

»Er wird mich sicher gerne empfangen«, sagte Vicky, ging rasch zur Tür, klopfte flüchtig an und stieß sie auf.

John Harding saß hinter seinem Schreibtisch, einem großen, schwarzen, ovalen Stahlmöbel, das womöglich aus demselben Material war wie seine Kühlschränke. Er blätterte gerade einen Stapel gelber Auftragsbestätigungen durch. Der Raum war groß und elegant ausgestattet. An der Wand hingen zwei teuer gerahmte abstrakte Gemälde, und in der Ecke stand in einem Messinggestell eine üppige Grünlilie, die einen gesünderen Eindruck machte als alle, die Vicky jemals unter ihrer Obhut gehabt hatte. Im Gegensatz zum übrigen Raum wirkte der Schreibtisch sehr unordentlich mit dem Turm aus fünf Ablagekörben, die überquollen von zerknüllten Zetteln, Akten und Computerausdrucken. Im obersten Korb lag eine zusammengerollte Krawatte.

»Vicky!« Harding ließ den Stapel Papiere sinken.

Vicky schloss die Tür hinter sich. Sie hätte gern gewusst, wie schalldicht das Büro war und ob sie froh sein sollte, dass die Aushilfssekretärin sich direkt hinter der Tür befand.

»Entschuldigen Sie, dass ich Sie störe, Mr. Harding –«

»John.« Er schob seine heruntergerutschte Brille wieder hoch und blinzelte sie an.

»John.« Sie lächelte gezwungen.

»Nehmen Sie doch Platz.«

Sie setzte sich steif auf den teuren Drehstuhl ihm gegenüber. Plötzlich wusste sie nicht mehr, was sie sagen, wo sie anfangen sollte. Ohne direkte Anweisung von ihrem Gehirn begannen ihre Finger in der Handtasche zu wühlen, den Umschlag mit den Bildern herauszuziehen, ihn auf den Schreibtisch zu legen. Was machte sie da? Sie war doch nicht gekommen, um ihn wegen der Bilder zu befragen.

»Das sind die Fotos, von denen ich gesprochen habe. Die, die irgendjemand Rachel geschickt hat.«

»Ah ja.«

Er griff danach, nahm sie aus dem Umschlag und breitete sie auf seinem Schreibtisch aus.

»Die Polizei will sie aber wiederhaben«, log Vicky. Er sollte gar nicht erst glauben, dass er sie behalten könnte.

»Hat Dennis irgendwie erwähnt, wieso er sie ihr geschickt hat?« Harding nahm eins der Bilder hoch, betrachtete es, legte es wieder hin und nahm ein anderes hoch.

»Übrigens bin ich im Zweifel, ob es tatsächlich Dennis war, der sie geschickt hat.« Sie leckte sich die Lippen, hatte aber überhaupt keine Spucke im Mund. Sie beugte sich ein wenig vor, klammerte sich mit den Fingern an die Schreibtischkante. »Ich habe gestern Rachels Vater besucht.«

Harding verzog das Gesicht, als röche er etwas Unangenehmes. »Das ist immer sehr lustig.«

»Mit den Bildern konnte er mir zwar nicht weiterhelfen, aber er ... er hat etwas Interessantes gesagt.« Sie zwang sich, ihm ins Gesicht zu blicken. Sie musste diesen Überraschungsmoment nutzen und möglichst viel aus seiner Miene ablesen.

»Ja?«

»Er sagte, Sie seien der Vater von Rachels Baby.«

John Harding wurde bleich. Das Bild, das er gerade in der Hand hielt, flatterte auf den Schreibtisch.

»Was?« Seine Stimme war kaum noch ein Flüstern.

»Ist das wahr?« Vicky sah ihn unverwandt an und versuchte, ein gleichmütiges Gesicht zu machen.

Harding schluckte. Vicky sah, wie sein Adamsapfel erst hochhüpfte und dann langsam wieder herunterwanderte. »Ich kann nicht glauben, dass sie ihm das erzählt hat.«

»Ist es wahr?«

»Ich kann nicht glauben, dass sie ihm das erzählt hat.«

Vicky löste die Finger vom Schreibtisch. Die Knöchel taten ihr weh.

Er hatte es zugegeben. Einfach so. Sie sollte frohlocken, dass sie ihm das Geheimnis nach all den Jahren entrissen hatte, aber sie fühlte sich einfach nur leer und traurig. Sie stand vor einer Wahrheit, auf die sie gut hätte verzichten können.

»Vielleicht hat sie es ihm ja nicht gesagt. Vielleicht hat er es erraten.«

»Sie müssen mich jetzt ja wohl für einen ... einen widerlichen alten Mann halten.«

»Das muss ich wohl.«

»Rachel war so ... so ... Ich sage nicht, dass sie mich verführt hat, ich werde nicht behaupten, dass ich keine Schuld hatte, aber sie war, sie war einfach so wunderschön.« Seine Augen füllten sich mit Tränen. Hinter den Brillengläsern sahen seine Pupillen riesig und glänzend aus.

»Sie war Ihre Nichte. Wie konnten Sie Ihrer Nichte so etwas antun?« Vicky mochte nicht mehr in diese wässrigen Amphibienaugen sehen.

»Ich weiß. Es gibt keine Entschuldigung. Keine einzige. Lieber Himmel, ich kannte sie schon als kleines Kind. Wie mein eigen Fleisch und Blut.«

»Was heißt das, *wie*?« Hatte sie irgendetwas nicht mitbekommen?

»Sie war doch gar nicht meine richtige Nichte. Großer Gott,

es ist ja so schon schlimm genug, da muss man es nicht noch schmutziger machen. Sie war Annes Nichte. Meine Frau Anne war ihre Tante.«

Anne? Vicky hatte tatsächlich etwas nicht mitbekommen. »Dann ist ... Linda also Ihre zweite Frau?«

Hardings Brille hatte sich beschlagen, er nahm sie ab und fuhr sich mit dem Handrücken rasch über die Augen, die ohne Brille erstaunlich normal aussahen. »Ja, ja, ich dachte, das wüssten Sie. Anne ist gestorben, als Junior noch ein Baby war. Linda liebte ihn und hat ihn wie ihr eigenes Kind aufgezogen.«

»Nein, das wusste ich nicht.« Das machte es in der Tat etwas weniger schmutzig. Aber mehr auch nicht. »Ich nehme an, Linda weiß nichts von Ihrer Affäre?«

Er schüttelte den Kopf. Seine Haut hatte einen vergilbten Gelbton angenommen. »Ich weiß, dass ich Sie nicht daran hindern kann, es ihr zu erzählen. Ich kann Sie nur bitten, es nicht zu tun. Bitte. Ich werde alles tun, was Sie wollen –«

Vicky brach in ein raues, ungläubiges Lachen aus. »Glauben Sie etwa, ich bin gekommen, um Sie zu erpressen?«

»Nein, nein, natürlich nicht –«

Von der Vorstellung wurde ihr ein wenig schlecht. Sie hatte die Wahrheit herausgefunden, aber wem half es, wenn sie die Vergangenheit ausgrub und dabei noch mehr Menschen verletzte? Es war lächerlich zu glauben, dass dieser Mann, der hier weinend vor ihr saß, irgendetwas mit Rachels Tod zu tun hatte. Dennis hatte sie umgebracht, natürlich war er es gewesen.

Plötzlich hatte sie es sehr eilig und stand auf.

Da klopfte es an die Tür. Vicky erwartete die Sekretärin und setzte ein Lächeln auf. Aber es war Junior, der die Tür öffnete, und nicht die Sekretärin.

»Vicky!«, rief er. »Ich wusste gar nicht, dass Sie hier sind.«

Hatte er irgendetwas von ihrer Unterhaltung mitbekommen? Wenn ja, dann wusste er es mit seinem liebenswürdigen Lächeln geschickt zu verbergen. Anders als sein Vater wirkte er am Ende eines Arbeitstages immer noch genauso frisch wie am Anfang. Wenn er eine Frau wäre, würde man seine muntere Art wahrscheinlich reizend nennen.

»Ja, also …«

Junior hielt ein Klemmbrett hoch und zeigte seinem Vater den festgeklemmten Zettel. »Der Auftrag von Seattle ist eben gekommen. Soll ich ihn unterschreiben?«

»Gib ihn mir«, sagte Harding. Seine Stimme klang krächzend. Er räusperte sich. Junior reichte ihm das Klemmbrett und sah für einen kurzen Moment verärgert aus. Harding überflog die Seite, kritzelte unten seine Unterschrift hin und gab Junior das Brett ohne aufzuschauen zurück. Er fummelte an seinem Füllfederhalter, legte ihn hin, nahm eines der Fotos in die Hand, legte es wieder hin.

»Woher sind die denn?«, fragte Junior und kam um den Schreibtisch herum.

»Die hat Vicky mitgebracht. Das sind die bewussten Fotos, die Dennis Rachel geschickt hat.«

»Zeig mal.« Junior sammelte sie ein, ging wieder auf die andere Seite und stellte sich neben Vicky, als ob sie die Bilder mit ihm zusammen anschauen wollte.

»Das ist sie als kleines Kind, nicht?« Er reichte ihr das oberste, das chronologisch das zweite war.

»Ja«, sagte Vicky. »Da wird sie etwa acht sein, und es ist vor dem Haus ihrer Eltern in Bellingham aufgenommen.«

»Sie war so süß«, sagte Junior mit einem leichten Seufzer, einem Stocken in der Stimme. Er betrachtete das zweite Bild, das von Rachel als Baby, und reichte es Vicky kommentarlos weiter. »Wo ist das?«, fragte er beim nächsten. Es war das Bild, auf dem Rachel vielleicht elf war und auf einem Stück Treibholz saß und zwei Möwen fütterte.

»Vermutlich irgendwo am Strand hier in der Gegend. Sie sagte, das Bild habe ihre Mutter gemacht.«

»Tante Joyce.« Junior nickte. »Ich kann mich gar nicht mehr an sie erinnern.«

»Wie alt waren Sie, als sie starb?«

»Warten Sie. Rachel war zwölf, dann muss ich vier oder fünf gewesen sein. Sie starb ziemlich zur selben Zeit wie meine Mutter. Stimmt doch, Dad?«

John Harding hatte die Brille wieder aufgesetzt und schien das oberste Blatt vom Stapel mit den Auftragsbestätigungen zu studieren. »Was? Ja, ich glaube.«

Junior reichte ihr das Bild und guckte sich das nächste an, auf dem die etwa fünfzehnjährige Rachel neben einem Weihnachtsbaum saß.

»So habe ich sie im Grunde in Erinnerung! Jedes Mal wenn ich sie sah, fand ich sie einfach umwerfend. Einmal kam sie zu uns herüber und hatte ihr ganzes langes, blondes Haar irgendwie auf dem Kopf aufgetürmt, und da habe ich sie gefragt, ob ich sie am nächsten Tag mit in die Schule nehmen dürfte, um sie allen zu zeigen.«

Vicky lächelte. Sie war aber so angespannt, dass sie fürchtete, es könnte verächtlich wirken. Am liebsten hätte sie Junior die restlichen Fotos aus der Hand genommen und wäre weggelaufen.

Doch dann kam das Bild, das in der Hammond-Schule aufgenommen worden war. Vicky sah verstohlen in Juniors Gesicht. Was wusste er davon? Würde sie ihm irgendetwas Erhellendes entlocken können?

»Ist das das Kollegium der religiösen Schule, auf der sie war?«, fragte er.

Sieh an. Das mit der Schule wusste er also, wenn auch wahrscheinlich nicht, was deren eigentlicher Zweck war. Und damals, als Vicky Harding gegenüber die Schule und das Foto erwähnt hatte, wollte der von all dem nichts gewusst haben.

»Ja«, sagte Vicky. »Auf dem Original ist ein Gesicht übrigens rot eingekringelt.« Sie zeigte auf Angeletti. »Auf der Kopie sieht man das nicht.«

»Hat die Polizei eine Ahnung, wer das ist?«

Vicky sah zu Harding. Er starrte immer noch auf die Auftragsbestätigung, seine Stirn glänzte vor Schweiß. Mit ein paar wenigen beiläufigen Worten konnte sie ihn jetzt bloßstellen.

»Ja, ich glaube«, sagte sie. Harding rührte sich nicht. »Aber ich habe den Eindruck, dass die von all dem, was vor so langer Zeit passiert ist, gar nichts wissen wollen. Wer sie interessiert, ist Dennis.«

Harding legte den Stapel Papiere auf den Schreibtisch, nahm einen Füller und unterstrich etwas oben auf dem ersten Blatt.

Junior war jetzt beim nächsten Foto, auf dem die etwa siebzehnjährige Rachel vor dem verputzten Haus in Bellingham stand. Er hielt es etwas mehr ins Licht. »Was hat Rachel zu diesem hier gesagt?«

»Ich glaube, sie konnte sich nicht mehr daran erinnern.«

»Irgendwie sieht sie anders aus.«

»Wie meinen Sie das?«

»Ich weiß nicht genau. Bei dem Haus muss es sich ja wohl um das der Eltern in Bellingham handeln, aber Rachel sieht irgendwie ... ich weiß auch nicht. Erstens kann ich mich nicht erinnern, dass ihr Haar jemals so kurz war. Und zweitens sieht sie ... geschwollen aus.«

»Geschwollen?« Fast hätte sie noch hinzugefügt: *geschwollen wie schwanger?*

Junior gab das Bild seinem Vater. »Was sagst du dazu, Dad?«

Harding studierte es eine Weile und hielt es dann, genau wie Junior, etwas mehr ins Licht. »Du hast Recht, sie sieht irgendwie anders aus.«

Junior wühlte in einem Becher mit Kulis, Bleistiften und Textmarkern, der auf dem Schreibtisch stand, und fischte ein kleines Vergrößerungsglas heraus. Einige Sekunden lang betrachtete er das Bild mit zusammengekniffenen Augen durch das Glas. Mit dem rechten Fuß begann er leicht auf den Boden zu trommeln. Vicky hätte am liebsten ihren Fuß auf seinen gestellt, wenn auch nur, um sich nicht von seinem Gesicht ablenken zu lassen.

»Wissen Sie, was? Das ist gar nicht Rachel.«

»Was?« Vicky starrte ihn an. Hatte er begriffen, was nicht zu übersehen war, und wollte es nicht zugeben?

Junior reichte Vergrößerungsglas und Foto seinem Vater, der das Bild wieder eine ganze Weile betrachtete. Wenn Juniors Fuß nicht bald mit dem Trommeln aufhörte, würde sie ihn am Boden festnieten.

»Ich glaube, du hast Recht«, sagte Harding. »Da ist zwar eine gewisse Ähnlichkeit, aber ...« Er legte das Glas weg.

»Aber Rachel hätte doch garantiert gewusst, wenn es jemand anders gewesen wäre!«, rief Vicky.

»Wenn mir jemand ein Foto von einem Teenager gäbe, der mir

ähnlich sieht und vor meinem Haus steht, und wenn er dann behaupten würde, das sei ich, würde ich ihm wahrscheinlich glauben«, sagte Junior. »Die Menschen tun sich schwer, sich selber auf Fotos wieder zu erkennen. Wir sehen da meist sehr anders aus als im Spiegel.«

»Ja, das stimmt wohl«, gab Vicky zu. Wenn die beiden glaubten, dass es sich nicht um Rachel handelte, oder so taten, als glaubten sie es, wie hätte sie ihnen da widersprechen können? Die beiden kannten Rachel zu jener Zeit, Vicky nicht.

Sie nahm das Vergrößerungsglas, und Harding reichte ihr das Foto. Das vergrößerte, körnige Gesicht der jungen Frau lächelte sie an. Sie hatte die Augen halb geschlossen, als blinzele sie in die Sonne. Vicky untersuchte den Körper auf eine mögliche gerundete Taille. Die Frau trug weite Jeans und einen Pullover mit V-Ausschnitt und wirkte insgesamt irgendwie »geschwollener«, wie Junior es genannt hatte. Aber das war doch bei allen Schwangeren so. Und selbst wenn sie auf diesem Bild nicht schwanger war, kamen Gewichtsschwankungen in dem Alter doch recht häufig vor. Vicky wanderte mit dem Glas wieder zum Gesicht, das leicht nach rechts geneigt war, und zu dem schiefen, verlegenen Lächeln.

Sie sog die Luft scharf ein.

Die beiden hatten Recht. Es war nicht Rachel. Aber Vicky erkannte jetzt, wer es war.

Elftes Kapitel

Es war mitten in der Stunde mit Travis, als das Telefon klingelte. Sie ließ die Maschine abnehmen, aber als sie hörte, wer es war, unterbrach sie Travis und eilte unter Entschuldigungen zum Apparat.

»Hallo«, sagte sie. »Glauben Sie der Maschine nicht. Ich bin doch zu Hause.«

»Oh, hallo«, sagte Clark. »Ich habe gerade Ihre Nachricht bekommen. Im Augenblick bin ich noch oben in Kamloops. Ist es wichtig?«

Was sollte sie dazu sagen? Nach all dem, was inzwischen geschehen war, konnte sie sich kaum noch an den Anruf erinnern, über den sie mit ihm hatte sprechen wollen. Inzwischen kam er ihr eher banal vor und nicht mehr wie etwas Bedrohliches.

»Ach, ich hatte Sonntag nur einen seltsamen Anruf und dachte, ich sollte ihn melden. Er ist bestimmt belanglos. Nur eine Stimme, die sagte: Finger weg, und es gehe mich nichts an, so in der Richtung.«

»Finger weg wovon?«

Was sollte sie denn jetzt bloß sagen? Sie konnte ihn ja schlecht über all das informieren, was sie herausgefunden hatte, schon gar nicht in Anwesenheit von Travis. »Ich weiß es nicht. Ich dachte, es hätte vielleicht was mit Rachel zu tun. Ich habe dann die Nummer zurückgerufen, und es war der Münzapparat im Altenheim von Rachels Vater. Wahrscheinlich war er es. Sie haben ihn ja kennen gelernt und wissen, wie er ist.«

»O ja. Aber trotzdem.« Er sagte etwas, das sie nicht verstehen konnte, dann: »Entschuldigung. Ich rufe vom Revier aus an. Und es ist ganz schön viel Betrieb hier.«

»Ich hätte Sie nicht damit belästigen sollen –«

»Doch, durchaus. Hören Sie, ich werde veranlassen, dass ein

Streifenwagen heute Abend öfter mal vorbeifährt. Sozusagen als Kontrolle.«

»Das ist doch nicht nötig«, sagte sie. »Wirklich nicht.«

»Seien Sie vorsichtig.« Er schwieg einen Moment. Währenddessen konnte sie am anderen Ende Stimmen, Gelächter, Türenschlagen und ein Telefon klingeln hören. »Würden Sie, ähm, am Wochenende wieder etwas unternehmen wollen? Essen gehen oder so? Oder nochmal ins Kino?«

»Oh. Ja, gut.« Es kam ihr so vor, als hätte sie »Juhu« gesagt.

Im Hintergrund hörte sie jetzt jemanden rufen: »Kent! Legen Sie verdammt nochmal endlich auf!«, und dann Clark, der »Ja, ja« sagte. Zur ihr sagte er: »Also, ich rufe Sie dann an, wenn ich zurück bin. Und Sie sagen auf dem Revier Bescheid, wenn Sie wieder solche Spinner-Anrufe bekommen. Oder wenn sonst irgendwas ist.«

»Gut«, sagte sie gehorsam. Verängstigte Frau wird durch starken Beschützermann beruhigt. Sie bedachte das Telefon mit einem finsteren Blick und legte auf.

Travis hatte sich unterdessen mit der Umrisskarte von Südamerika beschäftigt, die sie ihm hingelegt hatte. Leider musste sie feststellen, dass er gerade mal den Amazonas korrekt benannt, aber ansonsten nur wenige Länder richtig geschrieben und zugeordnet hatte. »Chiele« lag in Brasilien und »Brasillien« in Argentinien. Ecuador schien richtig zu sein, allerdings konnte sie nur den ersten und den letzten Buchstaben des Wortes lesen.

Er schob ihr die Karte hin und sagte: »Es tut mir Leid. Wegen des Turniers in Seattle musste ich letzte Woche ziemlich viele Stunden ausfallen lassen.«

»Die Schule sollte aber gefälligst nicht darunter leiden!« Das sagte sie ihm praktisch in jeder Stunde, wenn auch nicht immer mit derselben Vehemenz.

Er sah auf seine Hände hinunter. »Ich weiß«, sagte er. Es klang nicht überzeugend. »Vielleicht sollten Sie mal mit meinem Vater reden. Er sagt, wenn ich demnächst vielleicht in der Oberliga spielen kann, wozu brauche ich da noch die Schule.«

»Und wenn du nicht aufgestellt wirst? Wie stehen die Chancen dafür denn? Tausend zu eins? Und selbst wenn du es schaffst, du weißt doch, wie kurz so eine Karriere sein kann.«

»Bis dahin habe ich doch meine Million verdient, sagt Dad.« Er lächelte.

Vicky schüttelte den Kopf. »Du hast Recht. Ich sollte tatsächlich mal mit deinem Vater reden.«

»Ich bin aber wirklich ein guter Spieler. Sie sollten irgendwann mal gucken kommen.«

»Ich fürchte, ich bin eine Hockey-Analphabetin. Eine Schande für mein Land. Ich bin nur einmal mit meinem Mann zu einem Spiel gegangen, und er wurde ziemlich sauer, als er merkte, dass ich die Regeln einfach nicht kapierte und dauernd über den Eishockeyjargon lachte, über all die komischen Wörter.«

Travis lachte. »Sie brauchen Nachhilfe. Da können Sie mich engagieren.«

»Klingt gut.« Sie reichte ihm die Leinsammuffins, was sie eigentlich nicht hätte tun dürfen, da seine Kartenskizze so mickrig ausgefallen war.

Als er gegangen war, aß sie das übrig gebliebene Muffin stehend am Spülbecken und blickte durchs Küchenfenster auf ihre Forsythie. Aber sie merkte kaum, was sie aß und sah, da sie die ganze Zeit an das Foto der Frau denken musste, die nicht Rachel war. Sie holte das Bild heraus und betrachtete es erneut. Rachels Gesicht – beinahe, aber nicht ganz, eine Augentäuschung, eine Lüge, die Wahrheit. *Ceci n'est pas une pipe* hatte Magritte auf sein Bild einer Pfeife geschrieben.

Sie legte das Foto mit der Bildseite nach unten auf den Tisch und wartete.

Kristin kam wie üblich zu spät. Sie schlurfte zum Küchentisch und ließ ihre Büchertasche und sich selber mit einem matten Plumps fallen. Sie trug Jeans und Turnschuhe, einen mit offenen Schnürsenkeln, und ein T-Shirt unter einem nicht zugeknöpften karierten Baumwollflanellhemd, das sie anscheinend aus purer Faulheit nicht auszog, obwohl eine Schulter schon so tief heruntergerutscht war, dass es aussah, als wollte es sich selbst befreien. Vicky hatte sie noch nie so lustlos erlebt.

Sie setzte sich Kristin gegenüber und legte die Hände um ihre Kaffeetasse.

»Sag mal«, fragte sie das Mädchen, »haben deine Eltern jemals in Australien gelebt?«

Kristin sah überrascht hoch. »Ja, wieso?«

Vicky lächelte. »Ach, ich wusste nur nicht genau, ob Jacob Cornelius sich diesen Teil ausgedacht hat.«

Kristin starrte sie an. Ihr Gesicht bekam eine teigig weiße Farbe, als hätte sich alles Blut in das Muttermal an ihrem Hals zurückgezogen. Sie schnappte nach Luft, fuhr sich mit der Hand an die Kehle, ließ sie wieder in den Schoß sinken.

»Wie meinen Sie das?«

Vicky drehte das Foto auf dem Tisch um. »Jetzt wo ich es weiß, verstehe ich gar nicht mehr, wieso ich dich nicht gleich erkannt habe. Wahrscheinlich liegt es daran, dass das Foto aus ziemlicher Entfernung gemacht wurde. Trotzdem ist dein Muttermal ja zu erkennen. Man muss nur wissen, wonach man suchen soll. Beim ersten Mal habe ich es für einen Schatten gehalten, vielleicht einen Fleck auf dem Negativ. Aber du siehst ihr wirklich erstaunlich ähnlich, zumindest auf diesem Bild. Seitdem hast du dich ein wenig verändert.« Diese Veränderung war hauptsächlich die Folge einer Gewichtszunahme, aber das erwähnte Vicky nicht. »Selbst Rachel hat sich täuschen lassen. Wolltest du das?«

Vicky zwang sich, ruhig sitzen zu bleiben und zu warten. Als Kristin schließlich den Mund aufmachte, sprach sie so leise, dass sie kaum zu verstehen war.

»Wie bitte?«, sagte Vicky heftiger als beabsichtigt.

Kristin zuckte zusammen. »Ich weiß es nicht.« Sie bemühte sich, lauter zu sprechen, ohne großen Erfolg. Sie nahm das Bild in die Hand. »Ich glaube, ich wollte, dass sie mich erkennt.«

»Wie hast du es herausgefunden ... das mit deiner Mutter? Ich dachte, die Leute an der Hammond-Schule seien sehr diskret mit ihren Unterlagen umgegangen.«

»Ich ... ich habe ein paar alte Dokumente gefunden. Im Safe von meinem Vater. Er muss vergessen haben, dass sie da lagen. Einmal hat er mich gebeten, seine Sparbriefe zu holen, und da bin ich auf all das andere Zeug gestoßen. Das mit der Adoption.«

»Aber wie hast du sie dann gefunden? Rachel. Deine Mutter?« Vicky musste immerzu Kristins Gesicht anschauen, das Gesicht, in dem sie jetzt so viel von Rachel entdecken konnte. Wie hatte sie diese Ähnlichkeit früher nur übersehen können? Es war wie mit dem Foto, vermutete sie – sie hatte nur das gesehen, was sie zu sehen erwartete. Aber gab es denn auch irgendwelche Ähnlichkeit mit John Harding? Es schien ihr, als könne sie den schwachen Umriss von Kontaktlinsen in Kristins Augen erkennen. Vielleicht hatte sie ja die schlechten Augen geerbt.

»Über ihren Vater.«

»Über ... Jacob Cornelius? Bist du bei ihm gewesen?«

Kristin nickte. Sie hatte sich jetzt vorgebeugt, und ihr Gesicht wurde lebendiger, wacher. »Es war nicht schwer, ihn zu finden. Ich habe so getan, als gehörte ich auch zu der Gemeinde. Da meine Eltern Mitglieder sind, wusste ich, was für Sachen man sagen muss und wie man sich als Juniorchrist benimmt – so nennen sie nämlich die Teenager. Er war froh, dass er sich mit mir unterhalten und mir sein Leben erzählen konnte. Und als er sagte, er wünschte sich, seine Tochter wäre ein bisschen mehr so wie ich, war es einfach, ihn dazu zu kriegen, dass er mir von ihr erzählte.«

»Wie oft hast du ihn besucht?«

Kristin zuckte die Achseln. »Vielleicht ein halbes Dutzend Mal.«

»Und die Fotos? Ich nehme an, du warst es, die sie geschickt hat. Wie bist du an die gekommen?«

»Ich hab das Album einfach in meine Schultasche geschoben, als er gerade mal wegguckte. Und beim nächsten Besuch hab ich es wieder hingelegt. Wahrscheinlich hat er es noch nicht mal gemerkt.«

Vicky verzichtete darauf, ihr zu widersprechen. »Dann erzähl mir jetzt bitte, was dieser ganze komplizierte Plan eigentlich sollte? Du hast doch bestimmt gewusst, wie verängstigt Rachel auf die Briefe mit den Fotos reagieren würde. Wenn es dir darum ging, sie kennen zu lernen, Herrgott nochmal, da hättest du es wahrhaftig einfacher haben können!«

Kristin pulte an ihrem Daumen herum. An der so genannten Oberhaut, wie Vicky überflüssigerweise einfiel, während sie Kristins Finger betrachtete. Wenn sie nicht bald damit aufhörte, würde es noch bluten.

»Auf meine Geburtsurkunde hatte jemand ›Kein Kontakt‹ geschrieben. Ich wusste nicht, was das bedeutet. Und dann hat Mr. Cornelius mir ja erzählt, dass Rachel auf die Hammond-Schule gegangen ist und ein Baby gekriegt hat. Und er hat auch gesagt, dass sie danach irgendwie komisch war und so getan hat, als könnte sie sich nicht mehr an das erinnern, was passiert ist.«

»Ich weiß nicht, ob sie wirklich nur so getan hat. Ich glaube, sie hat diese Erinnerungen tatsächlich verdrängt.«

»Egal«, sagte Kristin, und bei dem Wort biss Vicky die Zähne zusammen. »Jedenfalls hat Mr. Cornelius gesagt, dass der Arzt ziemlich brutal mit den Mädchen umgegangen ist –«

»Wahrscheinlich hat er auch gesagt, dass sie es verdienten.«

»Ja, irgendwie schon. Weil sie gesündigt haben und so weiter, Sie wissen schon. Jedenfalls hab ich gedacht, wenn ich Rachel auf die richtige Spur bringe und wenn sie dann das Gesicht von dem Arzt sieht und ich stell ihr so eine Frage wie die auf der Karte, dass sie dann irgendwie wachgerüttelt wird und zugibt, was passiert ist. Dass sie sich vor Schreck wieder erinnert.«

»Auf ziemlich grausame Weise hat das dann ja auch mehr oder weniger funktioniert«, sagte Vicky. »Sie hatte Albträume mit Angeletti und fing an sich zu erinnern. Und wie sah dein Plan dann aus?«

Kristins Gesicht schien zu zittern. Mit einem Mal war ihre Aufregung darüber, dass sie alles erzählen konnte, verflogen. »Ich hätte es ihr gesagt«, flüsterte sie mit brechender Stimme. »Ich hätte ihr gesagt, wer ich bin.«

Vicky seufzte. Sie wusste, dass sie wütend auf Kristin sein müsste, weil sie Rachel all das angetan hatte. Doch es fiel ihr schwer, beim Anblick von Kristins Gesicht genügend Zorn aufzubringen. Die junge Frau hatte immerhin gerade ihre Mutter verloren, die sie mit so viel Aufwand und Mühe gesucht hatte.

Die Mutter. Aber es gab auch noch einen Vater.

»Hat Mr. Cornelius dir gesagt, wer der Vater von Rachels

Baby ist?« Rachels Baby: Kristin. Es fiel Vicky immer noch schwer, die beiden als eine einzige Person zu denken.

Kristin schüttelte den Kopf. »Dazu hat er sich nur vage geäußert, und ich konnte ihn auch nicht direkt fragen, sonst hätte er bestimmt Verdacht geschöpft. Vielleicht wusste er es auch nicht.«

»Wahrscheinlich nicht«, sagte Vicky. Gott sei Dank kam Kristin nicht auf die Idee, *sie* zu fragen, ob sie irgendetwas wüsste. Sie wollte auf keinen Fall diejenige sein, die diese Entscheidung zu treffen hätte.

Beide schwiegen sie eine Weile, dann sagte Kristin, und ihre Stimme klang nicht gerade besonders aufrichtig: »Ich weiß, dass ich Sie benutzt habe. Das tut mir Leid. Aber als ich herausfand, dass die Frau, bei der Rachel eingezogen war, Nachhilfeunterricht gibt, da dachte ich: Das passt ja ganz wunderbar.«

»Wunderbar«, sagte Vicky empfindlich. Sie griff nach dem Foto von Kristin. Sie fand es immer noch schwierig, in dem Mädchen nicht Rachel zu sehen. »Ist das Haus das in Bellingham, oder hast du eins gefunden, das genauso aussieht?«

»Es ist wirklich das Haus. Und es hatte sich gar nicht verändert, es sieht immer noch so aus wie auf den anderen Fotos. Wir haben einfach gewartet, bis die Leute, die da wohnen, zur Arbeit gegangen sind, und dann bin ich schnell zum Eingang gerannt. Die Gegend dort ist sowieso nicht so, dass man sich um das kümmert, was in der Nachbarschaft passiert.«

»›Wir‹. Wer war denn noch mit?«

»Eine Freundin. Ich hab gesagt, ich hätte gern ein Foto von dem Haus, weil mein Großvater früher da gewohnt hat. Und das stimmt ja auch.«

Kristin stand auf, zog das Flanellhemd aus und ließ es auf den Boden fallen. Sie sah ganz erhitzt aus, fast als bekäme sie Fieber. Sie kniete sich mit einem Bein auf den Stuhl und hielt sich mit einer Hand an der Rücklehne fest.

»Und was ist mit dem Foto von dem Lehrerkollegium? Wie bist du daran gekommen?«

Kristin antwortete nicht. Sie begann wieder an ihrem Nagel zu pulen.

»Hast du es aus der Kirche in Blaine gestohlen?«

»Ja.«

Aber irgendwie kam ihr Eingeständnis zu prompt. Vicky bedauerte, dass sie ihr die Antwort in den Mund gelegt hatte. Ob Kristin vielleicht nicht nur deshalb gezögert hatte, weil sie nicht zugeben wollte, dass sie gestohlen hatte?

»Und woher wusstest du, wer von den beiden Männern auf dem Foto der Arzt war? Woher wusstest du, welches Gesicht du einkringeln musstest?«

»Er sah von beiden mehr wie ein Arzt aus.«

Konnte das stimmen? Hatte sie einfach zufällig auf den Richtigen getippt?

Kristin setzte sich wieder, hob das Hemd auf, legte es zusammen und faltete die Ärmel in ihrem Schoß so, dass sie übereinander lagen.

»Ich weiß wirklich nicht«, sagte Vicky, »wieso du auf diesen furchtbar komplizierten und quälerischen Plan gekommen bist. Kannst du dir überhaupt vorstellen, wie schrecklich es für Rachel war, dauernd diese Bilder zu kriegen, besonders wo Dennis sie ja noch immer tyrannisierte?«

»Ich weiß«, sagte Kristin kläglich. »Jetzt weiß ich, dass das alles ziemlich blöd war. Aber ich ... ich war so verzweifelt. Wenn ich einfach zu ihr gegangen wäre und gesagt hätte: Hallo, ich bin deine Tochter, dann wäre sie doch durchgedreht. Ich dachte, mit meinem Plan würde sie vielleicht ... wäre sie vorbereitet. Ich dachte, vielleicht würde das Foto von mir vor ihrem früheren Haus ...« Ihre Stimme verlor sich.

»Das Bild hat zu gut funktioniert. Sie dachte, dass sei sie selber.«

Kristin begann zu weinen.

O Gott. Solchen Situationen war sie gar nicht gewachsen. Sie kniete sich neben Kristin, legte ihr zögernd einen Arm um die Schulter, da sie nicht vergessen hatte, wie Rachel schon bei der geringsten Berührung zurückgezuckt war. Aber Kristin schmiegte sich in ihren Arm, als hätte sie ihr Leben lang genau darauf gewartet.

»Es ist gut«, sagte Vicky und überlegte, ob sie wohl ohne aufzustehen an die Schachtel mit Taschentüchern auf dem Bücherbord käme. »Vergiss nie, dass deine richtigen Eltern diejenigen sind, die dich aufgezogen haben. Rachel hast du doch gar nicht gekannt.«

Kristin fuhr sich mit der Hand über die Augen und die Nase. »Aber *Sie* kannten sie ja. Erzählen Sie mir von ihr.«

»Ich kannte sie nicht sehr lange und auch nicht sehr gut«, sagte Vicky. Sie befreite vorsichtig ihren Arm, zog ein paar Tücher aus der Schachtel und drückte sie Kristin in die Hand, die schlaff in ihrem Schoß lag. »Sie war ein netter Mensch. Sie war sehr ruhig und ein wenig schüchtern. Sie muss ein hartes Leben gehabt haben, erst mit ihrem Vater und dann mit Dennis, aber sie war nicht verbittert. Ich glaube, ihr hättet euch gemocht.« In Wirklichkeit hatte sie keine Ahnung, was die beiden voneinander gehalten hätten. Sie versuchte sich vorzustellen, wie es ihr wohl ergehen würde, wenn sie plötzlich mit einer erwachsenen Tochter konfrontiert wäre, deren Existenz sie einfach verdrängt hatte. Es gelang ihr nicht.

Doch Kristin schien genau das hören zu wollen, was sie gesagt hatte. Sie wischte sich die Augen, putzte sich die Nase und nickte, als Kristin ihr ein Glas Milch anbot. Beide saßen schweigend da, während Kristin die Milch trank. Der Kater sprang auf den leeren Stuhl neben Kristin und versuchte, den Kopf in das Glas zu stecken, worauf beide lachen mussten.

»Ich glaube, ich gehe jetzt mal«, sagte Kristin. Sie stand auf und zog ihr Flanellhemd wieder an. »Werden Sie ... Müssen Sie der Polizei sagen, dass ich es war, die die Fotos geschickt hat?«

»Ich glaube, schon.« Darüber hatte Vicky noch gar nicht nachgedacht.

»Dann erfahren das ja auch meine Eltern!«

»Vielleicht solltest du es ihnen schon vorher erzählen.«

Kristin seufzte. Aber es schien, als hätte sie vor diesem Geständnis gar nicht solche schreckliche Angst. Vielleicht war sie sogar erleichtert, dass sie ertappt worden war, dass sie endlich alles gestehen konnte. »Ich wollte mal fragen ...«

»Ja?«

»Ob ich vielleicht noch weiter zur Nachhilfe kommen kann. Ich hab es ja ziemlich nötig, nicht?«

Vicky lächelte überrascht. »Natürlich. Aber fühl dich bloß nicht verpflichtet. Wenn es dir zu unangenehm ist, kann ich dir jemand anders empfehlen.«

»Nein«, sagte Kristin. »Ich möchte gern weiter kommen.«

»Also gut.«

Als Kristin gegangen war, trank Vicky ein großes Glas Wasser, schob eine Janis-Joplin-CD in den Rekorder, legte sich auf den Fußboden im Wohnzimmer und schloss die Augen. Nun besaß sie also die Antworten, jedenfalls die meisten. Doch was sollte sie noch damit, jetzt, wo sie Rachel nichts mehr erzählen konnte? Gottverdammter Dennis. Falls es denn Dennis war.

Wieso hegte sie eigentlich immer noch leise Zweifel an Dennis' Schuld? Gut, die Fotos hatte er also nicht geschickt. Aber das hieß ja nicht, dass er Rachel nicht umgebracht hatte. Vicky war immer noch felsenfest davon überzeugt, dass er dazu fähig war. War es also purer Zufall, dass Rachel genau in dem Moment umgebracht wurde, als ihre Vergangenheit ans Licht zu kommen drohte? Und Kristin: Vicky wurde den Verdacht nicht los, dass es Dinge gab, die Kristin ihr nicht erzählt hatte. Dass sie nicht ganz gelogen, aber auch nicht ganz die Wahrheit gesagt hatte.

Aus dem Lautsprecher hinter Vickys Kopf forderte Janis sie gerade auf, sich zu holen, was sie kriegen konnte. Vicky seufzte, stand auf, ging ins Arbeitszimmer und spielte so lange Tetris auf ihrem Computer, bis ihre Finger taub waren. Dann rief sie Amanda an.

»Lass uns heute Abend ins Kino gehen«, sagte sie. »Irgendwas mit einem Zug und mit Schnee.«

»Hä?«

»Du weißt schon, Fellini. ›Nur zwei Dinge sehen immer gut aus im Film: Züge und Schnee.‹«

»Vicky! Ich guck mir ganz bestimmt nicht nochmal *Dr. Schiwago* mit dir an.«

Zwölftes Kapitel

Sie hätte sich nie träumen lassen, wo sie am Samstagabend mit Clark landen würde. Bei einer Lyriklesung. Als er es vorschlug, hatte sie gelacht und gedacht, er mache Witze, bis ihr einfiel, mit wem sie redete. Wie sich herausstellte, war eine der Vortragenden die Teenagertochter seines Kollegen auf dem Revier. Clark hatte offenbar versprochen, er werde versuchen da zu sein. Der Künstlerinnenvater hatte nämlich Angst, es würde niemand kommen. Vicky fand zwar, Clark hätte ruhig ein bisschen enttäuscht darüber sein können, dass sie mit seinem Vorschlag einverstanden war, aber sie würde sich hüten, jetzt die Philisterin zu spielen. Immerhin hatte sie früher selber Gedichte geschrieben.

Die Lesung fand in einem Bio-Restaurant statt, und es waren so viele Leute erschienen, dass bald alle Tische und auch die Stuhlreihen an den Wänden besetzt waren.

»Ich dachte, angeblich würde niemand kommen«, erklärte Vicky und schob ihren Stuhl etwas dichter an den Tisch, um die Leute vorbeizulassen.

»Das dachte ich auch«, sagte Clark und nickte einem älteren Paar zu, das am anderen Ende des Raums saß – wahrscheinlich die Eltern der Dichterin. Sie waren gekleidet, als wollten sie anschließend in die Oper. Der Mann trug ein Dinnerjackett und die Frau ein langes weißes Satinkleid mit Perlen. Alle anderen waren so leger wie möglich erschienen, und Vicky wünschte, sie sähe auch ein bisschen legerer aus. Sie trug zwar nur ein ziemlich schlichtes schwarzes Kleid, aber eben doch ein Kleid. Und Clark sah in seinem marinefarbenen Sportjackett ziemlich gut aus, wie Vicky sich einigermaßen unwillig eingestehen musste. In dem gelblichen Licht wirkte sein normalerweise rötliches Gesicht romantisch bleich und durchgeistigt.

Der Moderator, der die Schürze abgelegt hatte, in der er sie vorher bedient hatte, klopfte auf das Mikro und las dann etwa zwanzig Namen von einem zerknitterten Blatt ab.

»Sonst noch jemand?«, fragte er.

Ein Mädchen, das an der Tür stand, hob die Hand. »Lindsay«, sagte sie. Der Mann schrieb den Namen auf.

»Du lieber Gott«, flüsterte Vicky. »Das ist ja so ein Open-Mike-Ding. Da sitzen wir noch bis morgen früh hier.«

Clark schluckte und sah in dem schwachen Licht noch fahler aus. »Ich dachte, nur Bills Tochter tritt auf.«

Der erste junge Mann ging nach vorne. Er hatte langes blondes Haar, das zu einem Pferdeschwanz gebunden war, und trug Jeans mit Löchern in den Knien. »Hallo«, sagte er. »Ich hab nur dies eine Gedicht, und das widme ich meiner Freundin Ally und all den Jungs aus der Schlangengrube und Mr. Hellman, der gesagt hat, ich hätte Talent, und meiner Mutter und den zwei Michaels, die gesagt haben, ich würde mich nicht trauen, hier oben zu stehen, und ich schätze mal, dass ich es denen zeigen werde. Okay?«

Das Gedicht war natürlich antiklimaktisch.

Als Nächste trat ein magersüchtiges Mädchen auf. Sie war wahrscheinlich achtzehn oder neunzehn, sah aber aus wie zehn. Sie las mit panischer Stimme zwölf kurze gereimte Gedichte, die möglicherweise von einem Lieblingshund handelten, allerdings zog sie die Wörter so zusammen, dass kaum etwas zu verstehen war.

Es wurde stickig im Raum, die Luft war so trocken und abgestanden, dass Vicky das Gefühl hatte, sie müsste immer zweimal einatmen, um genügend Sauerstoff zu kriegen. Irgendjemand stieß die Tür auf, aber alles was hereinkam, war Verkehrslärm.

Der nächste Junge trat großspurig ans Mikrophon und sagte, er habe ein Gedicht in drei Teilen und er halte die Beschränkung auf fünf Minuten für Zensurscheiße, wo das, was er zu sagen habe, doch wichtig sei. Er las eine lange, verworrene Epistel über das Leben und was für ein Haufen Scheiße es sei. Dabei fand Vicky das Stück gar nicht mal so übel – man müsste einfach nur das meiste streichen. In dem Restaurant war Rauchen verboten, aber eine Wolke von Marihuana erinnerte Vicky an alte

Zeiten. Sie blickte verstohlen zu Clark, um zu sehen, ob er es auch gerochen hatte. Wenn ja, ließ er es sich jedenfalls nicht anmerken.

Unglücklicherweise war die Tochter des Kollegen von Clark unter den letzten Vortragenden, und das Publikum, das sich in der kurzen Pause halbiert hatte, war inzwischen so benommen und erhitzt, dass es mehr oder weniger im Koma lag. Was eine Schande war, denn ihre Gedichte gehörten zum Besten, was der Abend zu bieten hatte: Es waren knappe, haikuartige Stücke, die bewiesen, dass Qualität etwas mit hartnäckigem Überarbeiten zu tun hat. Die Eltern des Mädchens applaudierten geradezu frenetisch. Ihr Vater hatte Jackett und Krawatte abgelegt, und sein zur Hälfte aufgeknöpftes Hemd war überall, wo es den Körper berührte, durchsichtig vor Schweiß.

»Wir können jetzt gehen«, sagte Clark.

»Es kommen aber noch drei oder vier.«

»Ich glaube, bis dahin habe ich das Bewusstsein verloren«, sagte Clark.

»Okay. Dann verschwinden wir jetzt, ehe der Nächste auftritt.«

Sie zogen leise die Mäntel von ihren Stuhllehnen, bückten sich im vergeblichen Versuch, sich unsichtbar zu machen, und schlichen zur Tür. Vicky stolperte über Beine, die jemand von sich gestreckt hatte, und wäre sicher gefallen, wenn Clark sie nicht am Arm gepackt hätte. Der Mensch, über den sie gestolpert war, rührte sich nicht. Verdammtes Kleid, dachte sie. Sie war nicht daran gewöhnt, ihre Schritte nach der Weite von Kleidersäumen zu richten.

»Entschuldigung, Entschuldigung, Entschuldigung« murmelte sie in alle Richtungen.

Die Luft draußen roch herrlich. Sie atmete sie in tiefen Zügen ein.

Clark stand neben ihr und presste sich mit schmerzverzerrtem Gesicht die Hände ins Kreuz. »Ich kann nicht gut so lange still sitzen«, sagte er. Er wanderte mit der rechten Hand zu seiner linken Schulter und rieb sie ausgiebig.

Und Vicky dachte: Oh, oh. Denn was sie bei sich spürte, als

sie ihn den straffen Muskel unter seinem Polohemd kneten sah, war ein unmissverständliches Aufflammen sexueller Lust. Sie hätte am liebsten ihre Hand dort hingelegt. An ihrem ersten gemeinsamen Abend hatte sie nichts dergleichen gespürt. Wieso jetzt? Vielleicht lag es an den Gedichten.

»Sie hätten nur halb so viele Dichter auftreten lassen sollen«, sagte sie.

»Ich hatte keine Ahnung, dass der Abend so aussehen würde.«

»Ich fand es aber interessant. Es ist doch schön, dass es für diese jungen Leute Orte gibt, wo sie auftreten können und Zuspruch haben.«

»Mag sein. Wahrscheinlich tut es mir auch gut, mal irgendwo hinzugehen, wo die Menschen sich nicht nur von ihrer schlimmsten Seite zeigen. Wo sie nicht immer nur lügen und betrügen und andere zusammenschlagen.«

»Mein Mann bezeichnete das immer mit dem deutschen Wort innerer *Schweinehund.*« Wieso hatte sie Conrad erwähnt? Um den Wunsch, ihm die Hand auf die Schulter zu legen, zu ersticken?

»Wie? Schweinehund?« Clark kriegte das S-c-h ziemlich gut hin.

»Auf Englisch wäre das pig dog, aber in der Übersetzung verliert der Begriff.«

Sie machten sich zu Fuß auf den Rückweg zu Vickys Haus, das nur fünf Häuserblocks entfernt war. Es nieselte leicht. Trotzdem war sie froh, dass sie nicht mit dem Wagen gefahren waren. So hatte sie wenigstens mit gutem Grund ihre Laufschuhe anziehen können anstatt ihrer Stöckelschuhe, die sie hauptsächlich deshalb besaß, um sich, wie Amanda es nennen würde, im Notfall als Frau ausweisen zu können.

»Ich habe vor kurzem in einem Artikel gelesen«, sagte Vicky im Bemühen, das Gespräch nicht versickern zu lassen, »dass das menschliche Gehirn sich immer noch weiter entwickelt und dass der rationalere Bereich, das Großhirn, sich stetig ausdehnt und irgendwann womöglich die Oberhand über den eher emotionalen Bereich in der Schläfenregion erlangen könnte. Dann würde eine Menge vom inneren Schweinehund verschwinden.«

»Eine Welt voller Mr. Spocks. Vielleicht gibt es dann weniger Verbrechen.«

»Aber auch weniger Gedichte. Mir hat das, was die Tochter Ihres Freundes vorgetragen hat, übrigens gut gefallen. Ich fand ihre Sachen eigentlich am besten.«

»Das muss ich unbedingt Bill erzählen«, sagte Clark. »Eine echte Englischlehrerin erklärt, dass sie die Beste war.«

»Ich bin gar keine richtige Englischlehrerin. Mein Hauptfach ist Sozialkunde. Und meinen Magister habe ich in Filmwissenschaften gemacht.«

»Sie haben einen Magister-Abschluss?«

»Aber ich mache ja keinen Gebrauch davon.«

Sie überquerten die Johnston Road, wanderten die Pacific Avenue entlang. Allmählich empfand Vicky die kühle Luft an ihren Beinen als unangenehm.

»Erinnern Sie sich noch an den Jungen, der das Gedicht über die Ratten vorgelesen hat?«, fragte Clark. »Der ist mehrmals wegen Drogengeschichten verhaftet worden.«

»Wenn er Dichter ist, braucht er vielleicht die Inspiration.«

Clark warf ihr einen Blick zu, sagte aber nichts.

»Das war ein Scherz«, fügte sie lahm hinzu.

»Ich weiß. So beschränkt bin ich nun auch wieder nicht.«

»Entschuldigung«, sagte sie betroffen. »Ich wollte damit nicht andeuten, Sie seien beschränkt. Aber Sie sind so ... ernst.«

»Sie sind nicht der erste Mensch, der behauptet, ich hätte keinen Sinn für Humor.«

»Das meine ich doch nicht.« Aber natürlich hatte sie genau das gemeint. Sie waren jetzt gegenüber vom Polizeirevier, und Vicky überlegte, was sie sagen könnte, um das Thema zu wechseln. Aber ihr Kopf war absolut leer. Scheiße, Scheiße, Scheiße.

Clark streckte die Arme aus, beugte sich vor, und während Vicky ihn noch mit offenem Mund anstarrte, schlug er dort auf dem Bürgersteig ein perfektes Rad.

Ein vorbeifahrendes Auto hupte, und eine junge Frau kurbelte das Seitenfenster herunter, lachte und warf ihm eine Kusshand zu.

Vicky konnte gar nicht aufhören mit Starren. Dieser Mann

hatte soeben mitten auf dem Bürgersteig und direkt vorm Polizeirevier, wo seine Kollegen ihn hätten sehen können, ein Rad geschlagen.

Clark sammelte einen Kuli auf, der ihm aus der Tasche gefallen war, strich sein Jackett glatt und ging weiter. Vicky musste im Laufschritt hinterher, um ihn einzuholen. Also hatte er doch Sinn für Humor. Einen etwas eigenartigen zwar, aber immerhin. Sie konnte direkt hören, wie Amanda rief: Ein Penis, eine Pistole und dann noch Sinn für Humor – der Mann ist vollkommen!

»Wo haben Sie das denn gelernt?«, sagte sie. »Auf der Polizeiakademie oder im Jurastudium?«

»Das habe ich von meinem Vater gelernt. Sein Sinn für das Absurde reichte weiter als nur bis zu dem Einfall, seinen Sohn nach einer Comicfigur zu nennen.«

»Oh, das ist wirklich eine ganz besondere Gabe. Sie könnten sie einsetzen, um Ihre Feinde zu entwaffnen. In mehrerer Hinsicht.«

Vicky wurde das Bild des sich plötzlich überschlagenden Körpers einfach nicht los. Sie warf einen verstohlenen Blick auf den Mann, der jetzt eher trübsinnig neben ihr her wanderte, und sie konnte fast nicht glauben, dass sie sich den Vorfall nicht nur eingebildet hatte. Und plötzlich überkam sie ein überwältigendes Bedürfnis, ihn zu berühren. Vielleicht sollte sie ihn einfach auf den Rasen vor dem Polizeirevier schleudern und auf der Stelle mit ihm vögeln, grob und verschwitzt. So viel dazu!, würde sie sagen, wenn sie danach wieder aufstehen, sich die Kleider richten und den Gesichtern in den Fenstern zuwinken würden.

Na ja, vielleicht war es doch weniger eine Lustphantasie als eine zum Warmwerden, dachte sie und zog den Mantel enger um sich. Ihre Knie waren inzwischen taub, und die ungewohnten Nylonstrümpfe fühlten sich an wie kalte, feuchte Gaze. Wieso hatte sie keinen Regenschirm mitgenommen? Sie war genauso blöd wie ihre Schüler.

»Wird kälter.« Clark warf ihr einen Blick zu und beschleunigte sein Tempo ein wenig, und Vicky musste größere Schritte machen, um nicht zurückzubleiben. Ihr Kleid rutschte an ihren

Oberschenkeln hoch. Wenn sie noch schneller marschierte, würde es sich um ihre Taille wickeln.

»Nur noch ein Block«, sagte sie. Inzwischen war der Regen stärker geworden, und ein kalter Nordwestwind blies ihnen ins Gesicht. Sie musste an Alberta denken. Dort liegt bestimmt noch Schnee, ermahnte sie sich. Hör auf zu jammern!

Sie näherten sich ihrem Haus von der Rückseite, und der Hund vom Eckhaus bellte wie wahnsinnig los. Birdy musste sie oder den Hund gehört haben, jedenfalls ging plötzlich ihre Außenbeleuchtung an. Beide fuhren zusammen und hielten sich schützend die Hand vor die Augen. Das grelle Licht war wie eine Explosion.

»Du lieber Gott«, sagte Clark.

Vicky blinzelte ihn an. In dem scharfen Licht sah er halb schwarz und halb weiß aus. »Das muss an der ganzen Küste bis runter nach San Francisco zu Stromausfällen geführt haben«, sagte sie.

Von diesem Licht war auch das Auto, das Rachel überfahren hatte, angestrahlt worden, aber das erwähnte Vicky nicht, und sie hoffte, dass Clark es auch nicht tat. Eigentlich hatte sie vorgehabt, ihm von Kristin und den Fotos zu erzählen, wenn sie erst mal drinnen bei ihr waren, aber jetzt änderte sie ihre Pläne. Sie wusste zwar nicht, worüber sie sich dann bei ihr unterhalten würden, aber auf keinen Fall wollte sie über den Fall reden. Das mit Kristin konnte sie ihm später erzählen. Außerdem, entschied sie in schönster Rationalisierung, hätte Kristin dann eine längere Frist für ein Gespräch mit ihren Eltern. Wahrscheinlich müsste sie Clark bei der Gelegenheit auch erklären, wer Kristins Vater war. Die Vorstellung, dass sie dadurch John Hardings Leben noch komplizierter machte, gefiel ihr allerdings gar nicht. Vielleicht interessierte die Polizei das alles aber sowieso nicht. Und mit Dennis hatte es ja auch nichts zu tun.

Immer noch blinzelnd, tastete Vicky sich in dem blendenden Licht hinten an ihrem Zaun entlang und knallte fast gegen Clarks Auto, das sie ganz vergessen hatte. Und dann führte sie ihn die Stufen hoch. Sie drehte sich um und sah auf den Weg. Da war irgendetwas ... Irgendein unfertiger Gedanke, etwas mit dem Auto, etwas, das vielleicht wichtig sein könnte, war ihr durch den Kopf geschossen, als sie in ihre Einfahrt eingebogen waren. Sie runzelte die Stirn. Jetzt war es weg.

Sie öffnete die Tür. Der Kater schlüpfte zwischen Clarks Beinen hindurch.

»Was war das?«, sagte er und starrte hinter dem Tier her, das schon verschwunden war. »Eine Schlange als Haustier?«

Vicky lachte. »Nur ein Kater, der seine Beine einfahren kann.«

Sie gingen ins Wohnzimmer, und Vicky drehte die Heizung an. Als sie Clark betrachtete, schwante ihr, dass sie wohl ebenso nass und verfroren aussehen musste. Er rieb sich die Hände und hauchte sie warm.

»Eine heiße Dusche wäre jetzt schön«, sagte er.

Wie sollte sie reagieren? Er hatte ihr eine Möglichkeit eröffnet. Wir können zusammen duschen, könnte sie sagen. Die Vorstellung ihrer beiden Körper unter dem prasselnden heißen Wasser machte sie für einen Moment ganz schwindelig. Sie stand einfach da und sah ihn zitternd an.

Er half ihr aus dem Mantel. Sie hob die Hand und strich ihm über das Gesicht. Er schloss die Augen.

»Du bist so nass«, sagte sie.

»Du auch.« Er fuhr mit seinen Fingern durch ihr Haar. Danach tropften sie.

Sie legte ihre Hände auf seine Brust, glitt unter seinem Jackett zu seinem Rücken, wo sein Hemd warm und trocken war. »Möchtest du …« Was? Blitzschnell schoss ihr der Gedanke an Conrad durch den Kopf, aber ohne sie zu irritieren. Alles war jetzt ganz einfach geworden.

Er küsste sie zart, legte ihr seinen Arm um die Taille, seine Hand wanderte ihren Rücken hoch. Sie zitterte, nicht vor Kälte, sondern vor Lust. Wasser war ihr in die Augen gelaufen, und sie hatte ein Gefühl, als würde sie weinen.

Clark trat einen Schritt zurück. Seine Hände glitten an ihren Armen herunter, packten ihre Handgelenke. »Ich sollte gehen«, sagte er ruhig.

Merkte er denn nicht, dass sie ihn wollte? Sie löste ihre Handgelenke aus seinem Griff, fasste ihn an den Händen, sah ihm in seine tiefblauen Augen.

»Du musst nicht«, sagte sie.

»Ich weiß. Ich möchte nur ... nichts übereilen.«

Tja, eigentlich war das gewöhnlich ihr Part. Plötzlich kam sie sich lächerlich vor – eine alternde, sexuell überdrehte Frau, die sich einem desinteressierten Mann an den Hals warf. Und dass er Recht hatte, dass es tatsächlich übereilt gewesen wäre, machte die Situation für sie nicht weniger peinlich. Sie blickte weg, ließ seine Hände los, hob ihren Mantel auf und konzentrierte sich ganz darauf, den Kragen zurechtzuzupfen und die Ärmel glatt zu streichen.

»Darf ich dich wieder anrufen?«, fragte Clark hinter ihr.

Sie lächelte ihn angestrengt an und hoffte, es wirke nicht so dämlich, wie sie sich fühlte. »Na klar.«

»Schön. Vielen Dank für den Abend.«

»Es war interessant. Besonders das Radschlagen.«

Er zuckte die Achseln. »Ich habe Glück gehabt, dass ich mir nichts gebrochen habe.«

Nur mein Herz, hätte sie am liebsten gesagt, schluckte es aber noch rechtzeitig herunter.

An der Tür blieb er stehen und fuhr mit den Fingern über einen Spliss im Türrahmen und musterte ihn so sorgfältig, als müsste er ihr einen Kostenvoranschlag machen.

»Amygdala«, sagte er.

»Was?«

»So heißt das emotionale Zentrum im Gehirn. Ich habe die ganze Zeit nach dem Namen gesucht. Es ist der Teil, von dem du gesagt hast, dass er vielleicht irgendwann schrumpft.«

»Amygdala. Stimmt.«

Dann schlich der Kater durch die offene Tür und streifte mit seinem nassen Fell an Vickys Beinen entlang. Sie fuhr erschreckt zusammen und konnte sich daraufhin mit einem Lachen verabschieden, das halbwegs echt war. Sie wartete, bis Clark in seinen Wagen gestiegen war, und schaltete dann ihre Außenbeleuchtung aus.

»Ich bin verschmäht worden«, erklärte sie dem Kater.

Aber schon begann ihr die Geschichte weniger peinlich zu sein. Natürlich hatte Clark Recht. Es wäre wirklich absurd gewesen, wenn sie wie aufgegeilte Teenager ins Bett gehüpft wären. Und er hatte ja gefragt, ob er sie wieder anrufen dürfe. Vielleicht würde doch noch alles gut. Ihr Amygdala-Zentrum würde damit schon zurechtkommen.

Sie duschte und sah sich dann im Fernsehen etwas absolut Deprimierendes über Artensterben an. Sie vergaß, ihren Anrufbeantworter abzuhören, und konnte deshalb ganz ruhig zu Bett gehen und schlafen, ohne sich über die Nachricht aufzuregen, die Kristin ihr draufgesprochen hatte.

»... Also hab ich es meiner Mom erzählt, und sie kriegte einen ziemlichen Anfall wegen dem, was ich gemacht hab, und sie hat gesagt, ich muss die Lüge wieder ›richtig machen‹ – das ist auch so ein Kirchenzeugs, wo man, wenn man jemand angelogen hat oder Lügen über jemand aus der Gemeinde erzählt hat, dann zu dem hingehen und beichten muss. Und ich soll es jetzt bei Mr. Cornelius wieder ›richtig machen‹, hat sie gesagt. Ich bin also zu ihm hin und hab ihm alles erzählt. Dass ich gelogen hab und in Wirklichkeit seine Enkelin bin und alles, und er war echt wütend und hat ein paar ziemlich gemeine Sachen gesagt, ich hab nur geheult. Aber am Schluss hab ich dann beschlossen, ich frag ihn ganz direkt, wer mein Vater ist. Und er hat gesagt, Sie wüssten das! Oh, Mrs. Bauer, Sie müssen es mir sagen. Mr. Cornelius hat nur die ganze Zeit gesagt, es ist besser, wenn ich es von Ihnen höre. Also bitte, Sie müssen es mir unbedingt erzählen. Rufen Sie mich an, sobald Sie das hier hören, okay?«

Vicky ließ das Band nochmal laufen, obwohl es nicht nötig gewesen wäre. Sie hatte schon beim ersten Mal nur zu gut begriffen. Der verfluchte Kerl. Sie konnte ihn richtig hören mit seiner höhnischen Stimme: *Das haben Sie nun von Ihrem Rumschnüffeln.* Sie überlegte, was wohl die »ziemlich gemeinen Sachen« gewesen waren, die er zu Kristin gesagt hatte. Begriffe wie »Satansbrut« gehörten vermutlich zu seinem Alltagsvokabular. Ein normaler Mensch hätte sich doch gefreut, wenn er im Alter noch zu einer Enkeltochter gekommen wäre. Sie seufzte. Vielleicht war es ja tatsächlich besser, wenn sie mit Kristin redete.

Sie kochte sich einen Kaffee, einen ordentlich starken, ging wieder ins Zimmer und setzte sich neben das Telefon. Was sollte sie Kristin denn sagen? Wie um Himmels willen hatte sie sich bloß so tief in diese Geschichte hineinziehen lassen?

Das Telefon klingelte. Ganz erleichtert, da sie jetzt ihren eigenen Anruf aufschieben konnte, nahm sie ab. Es war Kristin.

»Haben Sie meine Nachricht bekommen? Sie müssen mir sagen, wer es ist. Bitte! Ich habe doch gerade erst meine richtige Mutter verloren. Und wenn ich jetzt die Möglichkeit hätte, meinen richtigen Dad kennen zu lernen – Sie können sich ja gar nicht vorstellen, was das für mich bedeuten würde. Ich komme mal rüber, ja? Bitte!«

Vicky spürte, wie ihr Gesicht sich vor Schreck verkrampfte, während sie zuhörte. »Eigentlich passt es mir jetzt gar nicht. Ich wollte gerade einkaufen gehen –«

»Wir können uns unterwegs treffen. Gehen Sie zum Safeway in der 24. Straße?«

»Ja, wahrscheinlich.«

»Ich warte da auf Sie. Wenn ich schnell gehe, kann ich in zwanzig Minuten da sein.«

»Das ist aber kein Ort, wo man sich unterhalten kann –« Verdammt. Damit hatte sie zugestimmt, dass sie auf jeden Fall irgendwo miteinander reden würden.

»Das macht nichts. Wir treffen uns da. Ich gehe jetzt gleich los.«

»Ich bin noch nicht –«

Aber Kristin hatte schon aufgelegt. Du lieber Schreck! Jetzt würde sie einem Mädchen sagen oder nicht sagen müssen, wer ihr Vater war, während sie gerade einen Salatkopf aussuchte.

Sie zog ihren Einkaufszettel unter dem Magneten am Kühlschrank hervor und ging zum Wagen. Der Regen war zwar wärmer als gestern, aber trotzdem musste sie an Clark denken und daran, wie sie ihn auf eine seltsam primitive Art begehrt hatte. Sie kam sich lächerlich vor, knallte die Wagentür heftig zu und wünschte, sie wäre einfach im Bett geblieben.

Als sie den Wagen auf dem Safeway-Parkplatz abstellte und ausstieg, schob ein Mann einen voll beladenen Einkaufswagen vor ihr her. Überrascht erkannte sie ihn.

»Junior«, sagte sie und fühlte sich plötzlich schuldig, als wäre er deshalb hier, weil er wusste, dass sie seine Halbschwester treffen würde.

Junior blieb verblüfft stehen. »Vicky! Hallo!«

»Sind Sie diesen Monat mit Kochen dran?« Sie zeigte auf den Berg von Lebensmitteln.

»Es sieht so aus. Ich ziehe nämlich aus. Ich habe eine nette Wohnung für mich gefunden.«

»Ach wirklich? Das ist doch wunderbar. Ich nehme wenigstens an, dass es wunderbar ist.«

Junior lächelte. »Durchaus, ja. Es ist doch albern, dass ich in meinem Alter immer noch bei meinen Eltern wohne.«

»Trotzdem ist es eine Verschwendung. Für die beiden ist das Haus ja viel zu groß.«

Junior zuckte die Achseln. »Das soll doch nur die Leute beeindrucken«, sagte er mit Bitterkeit in der Stimme. »Dad macht so gern Eindruck. Als ich klein war, hatte ich immer das Gefühl, ich müsste mich unsichtbar machen, wenn ich nicht schlau genug war, um den Kunden vorgeführt zu werden. Als ob die interessiert hätte, was für ein Haus und was für eine Familie ihr Kühlschrankmechaniker hat.«

Vicky blickte auf ihre Füße und wusste nicht, was sie erwidern sollte. »Jetzt läuft das Geschäft ja sehr gut«, sagte sie auf gut Glück. »Er muss eine Menge Leute beeindruckt haben.«

»O ja. Er hat ein Vermögen mit Freon gemacht.«

»Freon.« Vicky verzog das Gesicht. »Wenigstens ist es ihm nicht egal, was das für Folgen für die Umwelt hat, nicht? Ich hatte jedenfalls den Eindruck.« Ihr fiel das Gespräch mit ihm hinten auf ihrer Treppe wieder ein. Und wie er die Spinne ganz vorsichtig von seinem Arm gestreift hatte.

»Er ist Realist. Umweltbewusst sein heißt realistisch sein, das ist alles. Nur eine andere Art von Egoismus. Und außerdem: Wenn man sagt, man benutzt kein FCKW mehr, weil einem die Umwelt nicht gleichgültig ist, klingt das doch besser, als wenn man sagt, weil das Gesetz es verlangt. Stimmt doch, oder? Bessere PR.«

»Das ist ... eine interessante Betrachtungsweise.« Sie fragte sich, ob Harding wirklich so dachte. Sein liebevoller Umgang mit Spinnen war allerdings eine etwas wacklige Basis für eine Charakterbeurteilung. Vielleicht handelte es sich ja eher um Juniors eigene Ansichten. Oder sie dachten beide so.

Junior lachte entschuldigend. Vicky spürte, dass er das Gesagte am liebsten wieder zurückgenommen hätte. »Ich wollte nicht, dass das so zynisch klingt. Ich sollte mich nicht über Dad beklagen, sondern lieber froh sein, dass ich eine Arbeit habe, die mir Spaß macht, jedenfalls die meiste Zeit. Und wahrscheinlich gehört mir ja irgendwann die Firma.« Er packte mit Nachdruck die Griffstange seines Einkaufswagens. »Jetzt muss ich aber los, sonst schmilzt mir noch das Eis.«

»Schön, dass ich Sie getroffen habe, Junior.«

Er war schon mit dem Wagen losgeschoben, blieb aber nochmal stehen und drehte sich zu Vicky um. »Übrigens«, sagte er, »ich ändere noch etwas. Ab jetzt benutze ich meinen richtigen Namen, auch wenn er blöd ist. Ab jetzt müssen mich alle Vance nennen.«

Vicky lächelte. »Also gut, Vance. Sie müssen den Leuten aber ein bisschen Zeit lassen, sich daran zu gewöhnen.«

»Ich weiß. Für mich ist es auch seltsam.«

Er hatte an ihr vorbei zum Supermarkteingang geblickt und winkte jetzt jemandem zu. Vicky drehte sich um und erkannte Linda, die ihnen mit vollen Einkaufstüten entgegenkam.

»Ich habe Mom im Wagen mitgenommen«, sagte Vance etwas verlegen. Noch bevor Linda bei ihnen war, rollte er rasch den Wagen zu seinem Auto, das in der nächsten Reihe parkte.

Linda trug einen wadenlangen Mantel, der unpassend warm und zu schwer für die Westküste aussah. Ihr Gesicht wirkte schmaler, als Vicky es in Erinnerung hatte. Wahrscheinlich lag es daran, dass ihr Haar, anders als sonst, nicht hübsch toupiert, sondern streng im Nacken über einem, wie Vicky hoffte, falschen Pelzkragen zusammengebunden war.

»Hallo«, sagte sie. »Ich habe Junior ein bisschen beim Einkaufen geholfen.«

Junior, nicht Vance. Vicky schluckte ihren spöttischen Kommentar lieber herunter. »Wie ich höre, hat er jetzt eine eigene Wohnung.«

»Ja, und es wird mir fehlen, dass ich nicht mehr für ihn kochen kann.«

»Arbeiten Sie noch in der Firma? Oder gibt es schon Ersatz für Rachel?«

Linda zuckte leicht zusammen, wich ihrem Blick aus. Zwei Teenagerjungen auf Skateboards rauschten an ihnen vorbei und wären fast gegen einen anfahrenden Lieferwagen geknallt. Linda wartete, bis die Jugendlichen am Ende des Platzes angelangt und von ihren Brettern gesprungen waren; erst dann antwortete sie. »Ich schaue gelegentlich vorbei. Sie haben zwar ein neues Mädchen eingestellt, aber anscheinend muss ich doch immer nochmal vorbeikommen, um ihr zu helfen. Es ist schwer, jemanden zu finden, der so gut ist wie ... wie Rachel. Was immer man sonst von ihr halten mag, eins muss ich sagen, sie war wirklich sehr eifrig und korrekt und hat versucht, immer alles richtig zu machen.«

»Das kann ich mir gut vorstellen.« Was meinte sie damit: *Was immer man sonst von ihr halten mag*?

»Manchmal kommen Arbeiter vorne ins Büro, und an ihren überraschten Blicken merke ich dann, dass sie immer noch denken, Rachel sitzt da.« Linda ließ die Skateboardjungen nicht aus den Augen, die jetzt, ihre Bretter unter dem Arm, in den Safeway-Supermarkt marschierten. Sie blinzelte mehrmals rasch hintereinander.

»Das muss hart sein«, sagte Vicky.

»Ja.«

Vance hielt neben ihnen mit seinem Pick-up und trommelte mit beiden Händen auf das Lenkrad. Anscheinend bearbeitete er mit den Zehen außerdem noch das Gaspedal, denn der Motor heulte mehrmals kurz auf. Linda öffnete die Beifahrertür und stellte ihre Tüten ab.

»Junior hat es immer eilig«, sagte sie.

Sie fuhren los, und Vicky sah ihnen hinterher. Wenn die beiden wüssten, weswegen sie eigentlich hier war! Am liebsten wäre sie jetzt zu ihrem Auto gerannt, hineingesprungen und hinterhergebraust.

Sie seufzte und ging zum Geschäft. Zu dieser frühen Stunde

war es noch nicht besonders voll. Vicky war sich nicht sicher, ob sie das gut oder schlecht fand. Bei größerem Gedrängel hätte sie immerhin einen Vorwand gehabt, Kristin zu »übersehen«. Zumindest hätte sie das Gespräch verschieben können.

Aber Kristin wartete direkt hinter der Tür. Sie sah aus, als wäre sie den ganzen Weg gerannt. Ihr Gesicht war erhitzt und schweißnass. Ein paar Strähnen waren rechts aus dem Gummiband im Nacken gerutscht und standen strubbelig vom Kopf ab. Die Jacke, die sie anfangs wohl angehabt hatte, trug sie jetzt unordentlich mit den Ärmeln um die Taille geknotet.

»Mrs. Bauer!«

Vicky hatte den Eindruck, dass sie in ihrem ganzen Leben noch nie so begeistert begrüßt worden war.

»Hallo«, sagte sie und versuchte, sich nicht anmerken zu lassen, wie gern sie sich umgedreht und Hals über Kopf durch die Ausgangstür davongemacht hätte, während die Tür sich summend wieder hinter ihr schloss. Sie wusste immer noch nicht, was sie sagen sollte.

»Sie *müssen* es mir einfach sagen.« Kristin verlor keine Zeit. Sie packte Vicky am Arm und zog sie zur Theke für die Flaschenrückgabe.

»Ich brauche aber einen Wagen«, protestierte Vicky, als Kristin sie an den aneinander geketteten Wagenreihen vorbeizerrte.

»Sie müssen mir doch nur den Namen nennen«, sagte Kristin. »Das dauert nicht lang.«

»Wenn Mr. Cornelius gewollt hätte, dass du es erfährst, dann hätte er es dir doch selber gesagt, oder?« Als ob das, was dieser Mann wollte, ihnen beiden nicht völlig egal wäre.

»Er hat gesagt, wenn Sie es nicht täten, würde er es mir sagen. Aber es würde mir Leid tun, wenn er darüber reden müsste, über diese dreckige Sünde. So hat er es genannt, eine dreckige Sünde.«

Vicky stöhnte, lehnte sich gegen den Stand, wo man Negative zum Entwickeln abgeben konnte. Der Mistkerl hatte ihr eine veritable Zwickmühle aufgebaut. Aber wieso hatte sie eigentlich das Gefühl, sie müsse John Harding schützen? Rachel hatte für ihre »dreckige Sünde« unvorstellbar gelitten. Es wurde Zeit, dass Harding sich ebenfalls der Vergangenheit stellte.

»Wenn ich es dir verrate«, sagte sie, »musst du mir versprechen, dass du nicht losrennst und demjenigen eine Szene machst. Einverstanden?«

»Einverstanden.« Kristin stand so dicht vor ihr, dass Vicky ihren aufgeregten Atem an der Wange spüren konnte.

»Der Mann ist mit einer netten Frau verheiratet, die es nicht verdient hätte, dass du ihr wehtust. Begreifst du das?«

Kristin nickte und trat ungeduldig von einem Fuß auf den anderen. »Wer ist es denn?«, flüsterte sie.

»Was kann ich für Sie tun?«

Beide schreckten schuldbewusst zusammen und starrten die Frau hinter der Fototheke an.

»Nichts, vielen Dank«, murmelte Vicky und wanderte weiter zur Lebensmittelabteilung. Kristin hängte sich an ihren Arm, als könnte Vicky versuchen, ihr zu entkommen.

»Also gut.« Vicky holte tief Luft und stützte die Hände auf den Rand vom Korb mit den Bananen. »Er heißt John Harding. Er war mit der Tante deiner Mutter verheiratet. Sie starb, und er ist schon seit langem zum zweiten Mal verheiratet, und zwar glücklich, wie mir scheint. Er ist der Besitzer einer Firma, die sich Harding Kältetechnik nennt. Deine Mutter hat dort als Empfangsdame gearbeitet, bevor sie umgebracht wurde.«

»O Mann! Harding. Okay. Kapiert. John Harding. Er war mit der *Tante* meiner Mutter verheiratet?«

»Offenbar.«

Kristin hatte ein kleines Büschel Bananen aus dem Korb genommen, brach jetzt eine heraus und schälte sie zur Hälfte. Dann biss sie ein großes Stück ab und kaute energisch.

»Kristin. Die hast du doch gar nicht bezahlt!«

Kristin blickte auf die Banane in ihrer Hand, als wäre die plötzlich dort gewachsen. Sie begann zu lachen und spuckte dabei ein Stück Banane aus. Darauf hielt sie sich die linke Hand vor den Mund und schluckte. »Ich war so aufgeregt, dass ich ganz vergessen habe, wo ich bin.« Sie klappte die Schalen wieder über der angebissenen Frucht zusammen und legte die Banane in den Korb zurück.

Vicky seufzte und holte die Banane mitsamt dem Büschel, an

dem sie gehangen hatte, wieder heraus. »Bananen stehen sowieso auf meiner Liste.«

»Entschuldigung«, sagte Kristin. »O Gott, ich bin so furchtbar aufgeregt.«

»Vergiss nicht, was du mir versprochen hast. Bitte renn jetzt nicht los und mach eine Szene.«

»Okay, okay. Sie kennen ihn, nicht? Ist er nett?«

Vicky überlegte einen Moment und blickte auf die Bananen. »Ich bin ihm nur ein paar Mal begegnet«, sagte sie vorsichtig. »Er scheint nett zu sein.«

Kristin lachte wieder, ganz atemlos. »Vielen Dank«, sagte sie. »Vielen Dank, Mrs. Bauer.« Sie machte eine Bewegung, als wolle sie Vicky umarmen, aber die Art, wie Vicky dastand, hielt sie anscheinend davon ab. Kristin trat einen Schritt zurück und stolperte gegen einen älteren Mann mit einem Einkaufskorb am Arm.

»Oh, Entschuldigung«, sagte sie, wich noch weiter zurück, drehte sich dann um und lief los. Sie stieß sich den Ellbogen am Skateboard eines der Jungen, die Vicky draußen gesehen hatte, blieb aber nicht einmal stehen.

»Mensch!«, sagte der Junge.

Kristin war schon an der automatischen Tür. Und noch ehe die ganz offen war, hatte das Mädchen sich schon hindurchgezwängt.

Wenigstens hatte Vicky sie dazu bewegen können, die Banane wieder zurückzulegen. Die ganze Szene sah nämlich ziemlich eindeutig nach Ladendiebstahl mit überstürzter Flucht aus. Eine Weile blieb sie noch stehen und sah zu der Tür, durch die Kristin verschwunden war. Sie fühlte sich niedergeschlagen. Den genauen Grund hätte sie nicht zu nennen vermocht. Dann ging sie zu der angeketteten Wagenschlange und befreite einen mit einer Münze.

Dreizehntes Kapitel

Die ersten beiden Anrufe am nächsten Morgen gehörten zu den angenehmen. Der eine kam von einer Mutter, die für ihre Tochter eine Nachhilfelehrerin für den Sommer suchte. Die andere Anruferin war Lois' Mutter, die Vicky mit kühl-reservierter Stimme wissen ließ, dass Lois gerne weiter Stunden nähme, und da sie für ihre letzte Arbeit nur eine Eins minus erhalten habe, »wäre eine fortgesetzte Zusammenarbeit möglicherweise sinnvoll«.

»Ganz wie Sie wünschen«, sagte Vicky im Versuch, einen ebenso reservierten und professionellen Ton anzuschlagen.

Der dritte Anruf kam, als Vicky gerade ein Scheibe Brot in den Toaster schob.

Es war John Harding. »Was zum Teufel haben Sie da angerichtet!« Seine Stimme bebte vor Zorn.

Vicky rutschte vor Schreck tief in die Sofaecke. »Es tut mir Leid«, sagte sie. Sie machte gar nicht erst den Versuch, so zu tun, als wüsste sie nicht, wovon er redete.

»Dieses Mädchen – Sie ist einfach hier bei uns zu Hause aufgekreuzt! Gott sei Dank war Linda nicht da –«

Verdammte Kristin. »Ich habe ihr dringend geraten, es nicht zu tun«, sagte Vicky kläglich. »Ich wusste nicht, dass sie –«

Harding sagte jetzt irgendwas von einem Lastwagen, den er gegen Mittag zurückbrauche, und es dauerte einen Moment, bis Vicky begriff, dass er nicht mit ihr redete. »Hören Sie, ich kann jetzt nicht sprechen«, sagte er kurz angebunden, diesmal offenbar zu ihr. »Ich bin auf der Arbeit. Um elf Uhr habe ich einen Termin in White Rock. Wir treffen uns vorher. Um zehn im Café neben dem Theater.«

Er hatte ihr mehr oder weniger befohlen zu erscheinen, aber sie schluckte ihre Empörung herunter und sagte ruhig: »In Ordnung.« Womöglich hatte er schon aufgehängt, ohne ihre Antwort abzuwarten.

Vicky presste sich ein Kissen vors Gesicht und brüllte hinein.

Sie wusste nicht recht, wie sie bei dem Treffen mit Harding auftreten sollte – betont elegant oder betont lässig, lieber Mitleid heischend oder eher überlegen. Deshalb entschied sie sich für etwas Neutrales: die beigefarbene Tunika und schwarze Leggings.

Erst als sie schon fast da war, ging ihr auf, dass der verabredete Treffpunkt offenbar das Starbucks-Café war, in dem sie letztens nach dem Kino mit Clark gesessen hatte. Na gut, dann müsste sie eben versuchen, nicht daran zu denken. Sie müsste versuchen, ganz ruhig dazusitzen, während John Harding ihr erklärte, wie wütend er war.

Sie kam etwas zu früh, aber Harding war schon da. Er saß an einem der kleinen runden Tische, die am weitesten vom Eingang entfernt waren, starrte in seine Kaffeetasse und rührte mit dem Teelöffel darin herum. Er sah furchtbar aus. Sein Haar stand in zwei zerzausten, schütteren Büscheln vom Kopf ab, als hätte er es verzweifelt mit den Fäusten bearbeitet. Er war unrasiert und hatte seine Wolljacke falsch zugeknöpft, sodass der überzählige Knopf ihn oben in den Hals piekste. Die Brille hatte er auf den Tisch gelegt und betrachtete sie mit Augen, die sichtlich länger nicht geschlafen hatten.

Vicky lächelte ihn verkrampft an, holte sich einen Kaffee an der Theke und setzte sich ihm gegenüber in einen Stuhl, der, wie ihr wieder einfiel, offenbar für schmalere Hintern konstruiert war. Leider waren Harding und sie die einzigen Gäste.

»So«, fauchte Harding. »Hätten Sie vielleicht die Güte, mir zu erklären, was zum Teufel Sie da mit diesem Mädchen angestellt haben?«

»Es tut mir Leid, dass es auf etwas ungeschickte Weise passiert ist –«

»Ungeschickt! Das ist wirklich eine famose Formulierung!«

»Ich weiß, dass es ein Schock gewesen sein muss.«

»Ein Schock. Sie haben Nerven!«

»Sie hat ein Recht, es zu erfahren.« Vicky nahm einen Schluck von ihrem Kaffee und verbrannte sich die Lippe.

»Wissen Sie was? Sie glaubt, ich wäre ihr Vater!« Harding

nahm den Löffel aus seiner Tasse und knallte ihn laut auf den Tisch.

Wollte er jetzt etwa leugnen? »Sie ist Rachels Tochter!«

»Sie mag ja Rachels Tochter sein, aber sie ist verdammt nochmal todsicher nicht meine!«

»Natürlich ist sie das. Sie haben doch zugegeben, dass Sie der Vater ihres Babys sind. Sie müssen doch damit gerechnet haben, dass diese Person irgendwann einmal auftaucht.«

Harding begann zu lachen. Er lehnte sich in seinem Stuhl so weit zurück, bis er gefährlich kippelte, und lachte so laut, dass die junge Frau hinter der Theke erschrocken von ihrem Telefongespräch hochblickte. Die Tränen schossen ihm in die Augen. Er lachte so hemmungslos, dass sie schon fürchtete, er hätte den Verstand verloren.

Schließlich hörte er auf, wischte sich die Augen und beugte sich über den Tisch zu Vicky. Sein Gesicht war ganz rot.

»Die Schwangerschaft, für die ich verantwortlich bin«, keuchte er unter heftigem Kopfschütteln, »war erst ein paar Monate alt.«

Vicky starrte ihn an. »Wollen Sie damit sagen ... dass Rachel schwanger war, als sie starb?«

»Ja. Mein Gott, wieso wussten Sie das nicht! Ich habe es Ihnen doch gestanden, und Sie haben es nicht kapiert.« Er schüttelte immerzu den Kopf, als müsste er sonst wieder in Lachen ausbrechen.

»Aber ... das verstehe ich nicht. Jacob Cornelius hat gesagt ... Jedenfalls hat er angedeutet ...«

Sie versuchte sich an seine genauen Worte zu erinnern. Er hatte nicht ausdrücklich gesagt, dass Harding der Vater sei. Er hatte Hardings Namen nur geschickt in einen irreführenden Zusammenhang gestellt, das war alles. Die Schlussfolgerungen hatte er Vicky überlassen und ihr dann nicht widersprochen. Und er hatte es auch geschafft, Kristin nicht direkt anzulügen, ihr nur gesagt, sie solle sich an die hilfsbereite Mrs. Bauer wenden.

»Der alte Mann hat sich schon immer auf vage Andeutungen verstanden«, sagte Harding. »Und die Gelegenheit zu einer hässlichen Andeutung in meine Richtung hat er garantiert mit ganz speziellem Vergnügen ergriffen. Er konnte nie etwas mit mir anfangen, und mit Sicherheit hat er mir nie verziehen, dass ich Rachel gegen Dennis beigestanden habe.« Er nahm seine Brille und setzte sie sich ziemlich ruppig auf. Vicky sah, dass die Gläser seine Wimpern streiften. »Was Jacob Cornelius am liebsten tut, ist Zwietracht zwischen den Menschen säen. Dafür hat er eine richtige Begabung. Eine gottgegebene wahrscheinlich. Jammerschade, dass Sie das nicht erkannt haben.«

»Ich war ja nicht vollständig bescheuert. Das, was er sagte, kam mir durchaus verdächtig vor. Aber als Sie dann zugaben, dass Sie ... der Vater seien, habe ich die Geschichte endgültig geglaubt. Und es schien dann auch alles zusammenzupassen. Als ich Ihnen von den Fotos erzählte, die Rachel geschickt wurden, und in dem Zusammenhang die Hammond-Schule erwähnte, sagten Sie, davon wüssten Sie nichts. Aber damals hatte ich das Gefühl, dass Sie nicht die Wahrheit sagten. Und Junior, beziehungsweise Vance, wusste von der Schule.«

Harding trank einen Schluck Kaffee. »Das ging Sie nichts an«, sagte er brüsk. »Wieso hätte ich mit Ihnen darüber reden sollen? Es war eine schreckliche Zeit in ihrem Leben, und danach war sie vollkommen verändert. Sie hatte ein Recht darauf, in Ruhe gelassen zu werden, ein Recht zu vergessen.«

Da hatte er nicht ganz Unrecht. »Es tut mir wirklich schrecklich Leid«, sagte sie. »Das mit meinem Irrtum. Jacob Cornelius hat mich reingelegt.«

»Das hat er, der alte Mistkerl.«

»Ich hätte Kristin natürlich nie etwas verraten. Aber Cornelius hat gesagt, wenn ich es nicht täte, würde er es tun, und bei ihm würde es sehr viel hässlicher klingen als bei mir.«

»Bestimmt hätte er alles Mögliche angedeutet, nur meinen Namen nicht direkt ausgesprochen. Er ist letzten Endes doch ein gottesfürchtiger Mann. Vor einer expliziten Lüge hätte er sich gescheut.«

»Und wenn er explizit gelogen hätte, hätte er die Lüge ›richtig machen‹ und sich entschuldigen müssen.«

Harding sah sie überrascht an. »Woher wissen Sie *das* denn?

»Von Kristin. Ihre Adoptiveltern sind in derselben Religionsgemeinschaft.«

Harding stöhnte. »Natürlich tun sie das nur untereinander. Andersgläubige anlügen finden sie wahrscheinlich ganz in Ordnung.«

»Wer war denn nun aber Kristins Vater?«

»Ich weiß es nicht – irgendein Nachbarsjunge, glaube ich. Wenn sie ihn suchen gehen will, dann viel Glück! Richten Sie ihr jedenfalls aus, dass sie bei mir nicht mehr aufkreuzen soll.«

»Das werde ich. Vermutlich muss Cornelius dann entscheiden, ob er ihr beim nächsten Mal den richtigen Namen nennt oder nicht.«

»Ich glaube gar nicht, dass er ihn kennt. Rachel hätte viel zu viel Angst gehabt, es ihm zu sagen, diesem Mistkerl«, entgegnete Harding und schüttelte erneut den Kopf. »Dieser verdammte Mistkerl.«

»Dann war Rachel also schwanger, als sie bei mir wohnte.« Wieso hat sie es mir nicht gesagt?, hätte Vicky am liebsten gefragt, aber im Geiste hörte sie schon Hardings Antwort: Das geht Sie nichts an. Ganz plötzlich packte Vicky die Wut. Hatte Rachel sie nicht ebenfalls zum Narren gehalten, genau wie ihr Vater?

Vielleicht hatte Harding erraten, was sie dachte, denn er sagte: »Sie müssen verstehen, das Rachel ein sehr zurückhaltender Mensch war. Sie haben sicherlich bemerkt, dass sie sich nicht gern anfassen ließ.«

»Für Sie galt das ja offenbar nicht.«

Er zuckte die Achseln. »Das war sexuell. Zu anderen Zeiten hat sie sich mir genauso entzogen. Sie wollte einfach … sie wollte nicht, dass ihr irgendjemand zu nahe kommt. In jeder Hinsicht. Wahrscheinlich hat sie mir nicht viel mehr anvertraut als Ihnen. Und außerdem hatte sie auch gerade erst festgestellt, dass sie schwanger war. Irgendwann hätte sie es Ihnen auch erzählt. Sie wollte nur erst abwarten, bis die Geschichte mit Dennis sich beruhigt hatte.«

»Ich kann mir nicht vorstellen, dass Dennis sich beruhigt hätte, wenn er erfahren hätte, dass Rachel ein Kind von Ihnen erwartete. Oder hätte er etwa angenommen, es sei von ihm?«

Hardings Lächeln geriet ziemlich steif. »Womöglich. Aber ich glaube, Sie verstehen mich nicht. Alle glaubten doch, diese Krankheit hätte sie unfruchtbar gemacht –«

»Gebärmutterschleimhautentzündung.«

»Genau.«

»Ich dachte eher, Angeletti, dieser sadistische Arzt, hätte ihr vielleicht die Eierstöcke verklebt, als sie von Kristin entbunden wurde.«

»Nein, nein. Es heißt doch: ›Seid fruchtbar und mehret euch!‹ Es war nicht Rachel, die keine Kinder bekommen konnte. Dennis war zeugungsunfähig.«

Vicky starrte ihn mit offenem Mund an. »Dennis, der Hengst?«

»Die Ärzte meinten damals, Rachel könne durchaus schwanger werden, auch mit der Entzündung. Sie wollten Dennis testen, aber der hat sich natürlich geweigert. An allem musste immer Rachel schuld sein. Rachel wollte gerne ein Kind, ganz unbedingt sogar. Anfangs nur, um Dennis zu gefallen, später wünschte sie es für sich selber.«

»Und Sie halfen ihr da nur zu gern aus.«

Harding rutschte ungeduldig auf seinem Stuhl hin und her. »Denken Sie doch, was Sie wollen. Ich weiß, es fällt schwer zu glauben, dass die schüchterne kleine Rachel die Initiative zu der Affäre ergriffen hat, aber so war es. Sie hatte beschlossen, Dennis im Glauben zu lassen, dass es sein Kind sei. Kurz vor ihrem Tod war es ihr dann allerdings völlig egal, was Dennis dachte. Sie wollte von ihm loskommen, er sollte keine Macht mehr über sie und ihr Leben haben. Sie war einfach glücklich und wollte nur noch an sich und das Baby denken. Und sie hätte nie gewollt, dass ich Linda ihretwegen verlasse. Die Vorstellung fand sie schrecklich. Sie war nicht verliebt in mich. Nicht so ...«, er wandte den Kopf ab, als könne er seine eigenen Worte nicht ertragen, »...wie ich sie geliebt habe.«

Sie saßen da, schauten einander nicht an und spielten mit ihren Kaffeetassen. Ein junges Paar mit einem kleinen Kind betrat das Café und setzte sich an den Tisch neben ihnen. Das Kind grabschte nach dem Riemen von Vickys Handtasche, die über ihrer Stuhllehne hing. Die Mutter lachte.

»Wehe, du ärgerst diese netten Leute hier«, sagte sie, machte jedoch keine Anstalten, ihr Kind an seinem Tun zu hindern.

Harding stand ganz plötzlich auf und eilte zur Tür. Vicky nahm dem Kind rasch ihre Tasche aus der Hand, worauf es zu brüllen begann, und folgte ihm.

»Ich habe neulich zufällig Linda und Jun – Vance getroffen«, sagte sie beim Hinausgehen. »Er erzählte, dass er jetzt seine eigene Wohnung hat.«

Harding schien es so eilig zu haben, dass sie schon glaubte, er werde ihr vielleicht gar nicht antworten. Aber er blieb stehen, wühlte in seiner Tasche nach den Wagenschlüsseln und sagte: »Er hätte sowieso nicht wieder bei uns einziehen sollen. Ich finde, Linda verhätschelt ihn. Und sie findet, ich kommandiere ihn rum. Vielleicht haben wir beide Recht.« Er zog das Schlüsselbund aus der Tasche, wog es in der Hand. »Aber Vance ist …« Er zögerte, runzelte die Stirn. Dann sagte er kurz und bündig: »Vance ist schwach.«

Väter und Söhne, dachte Vicky und hatte plötzlich Mitleid mit beiden. *Die beiden vergeuden keine Liebe*, hatte ihr Vater manchmal über zwei Menschen gesagt. Und der Satz hatte sie stets verwirrt, weil er das Gegenteil von dem zu sagen schien, was er meinte.

Harding drehte sich um, warf einen raschen Blick auf seine Uhr und eilte zu dem blauen Mercedes, der so schlampig geparkt war, dass er zwei Plätze blockierte. Ihre Augen begegneten sich, als er rückwärts aus der Lücke fuhr, und beide sahen sofort weg, als wären sie zwei Fremde, deren Blicke sich zufällig gestreift hatten.

Vicky blieb eine Weile in ihrem Wagen sitzen und blickte in die Richtung, in der Harding davongefahren war.

Er war also nicht Kristins Vater. Aber er hatte vor kurzem ein Kind mit Rachel gezeugt. Rachel war gar nicht unfruchtbar.

Vicky schloss die Augen. Je mehr sie herausfand, desto verwirrender wurde das Ganze. Sie hatte Rachel für das unschuldige Opfer gehalten, das geschützt werden musste. Dabei war sie viel komplizierter und einfallsreicher, als Vicky gedacht hätte. Vielleicht sollte sie sich ja nicht weiter für das interessieren, was Rachel ihr verheimlicht hatte, aber sie tat es trotzdem.

Irgendwann hätte sie es auch Ihnen erzählt.

Na klar. Wenn sie es nicht mehr hätte verbergen können. Wenn sie dich nicht mehr gebraucht hätte. Wenn sie ausgezogen wäre, weitergezogen wäre.

Überleben und sich fortpflanzen, das waren die zwei entscheidenden Darwinschen Imperative. Letzterem hatte Rachel jedenfalls Folge geleistet, und in gewisser Hinsicht musste sie beschlossen haben, dass die Aussichten aufs Überleben besser stünden, wenn sie Vicky im Dunkeln ließ. Und vielleicht stimmte das ja auch. Vielleicht hatte Rachel begriffen, dass Vicky ihr nur so lange beistand, wie sie selber einen schwachen und hilflosen Eindruck machte. Ob sie wohl noch am Leben wäre, wenn sie Vicky die Wahrheit gesagt hätte? Lieber wollte Vicky glauben, dass Rachel in jedem Fall gestorben wäre, weil es nicht die geringste Rolle spielte, ob sie, Vicky, die Wahrheit wusste oder nicht.

Was sollte all dieses Was-wäre-wenn? In ihrem Hinterkopf begannen sich Kopfschmerzen zu melden. Vicky ließ den Motor an, fuhr nach Hause und stieg zusammen mit ihren Kopfschmerzen in die Badewanne. Das Telefon klingelte, und als der Anrufbeantworter ansprang, konnte sie Kristins Stimme erkennen. Sie versuchte, nicht zuzuhören. Als sie aus der Wanne stieg und das Band abspielte, war sie eigentlich nur darüber erstaunt, dass Kristin nicht wütender war.

»Was soll ich denn jetzt bloß machen?«, jammerte das Mädchen. »Glauben Sie, Mr. Harding sagt die Wahrheit? Soll ich nochmal zu Mr. Cornelius gehen? Würden Sie ihn vielleicht für mich fragen?«

Über die letzte Frage musste Vicky grinsen. »Aber immer!«, erklärte sie dem Anrufbeantworter.

Kristin hatte gesagt, dass sie in einer halben Stunde aus dem Haus gehe, weswegen Vicky eine ganze Stunde wartete, ehe sie zurückrief. Heimlich hoffte sie, die Maschine werde antworten, aber Kristins Mutter nahm ab.

»Sagen Sie ihr doch bitte, dass Mrs. Bauer angerufen hat und dass mir das Missverständnis Leid tut«, sagte Vicky betont unterkühlt, um neugierige Fragen von vornherein abzuwehren.

Vielleicht hätte sie doch ein wenig mit der Frau plaudern sollen, dachte Vicky, als sie bereits aufgelegt hatte. Sie hatte immer noch das vage Gefühl, dass es da irgendetwas gab, irgendetwas mit den Fotos, das Kristin ihr verheimlichte. Aber da ihre Mutter sicher nichts von den Fotos wusste und Vicky in letzter Zeit dauernd Dinge falsch verstand, war es vielleicht auch besser, wenn sie ihre Nase nicht noch tiefer in die Geschichte steckte.

Sie rief Amanda an, aber niemand nahm ab. Und dann zwang sie sich, Clark anzurufen. Es wurde Zeit, der Polizei alles zu erzählen, was sie wusste. Rachels Vergangenheit interessierte die Beamten vermutlich weniger, aber was Vicky jetzt entdeckt hatte, war doch sicher wichtig. Falls Dennis herausgefunden hatte, dass Rachel von einem anderen Mann schwanger war, hätte er mehr Grund denn je gehabt, sie zu töten. Dass sie dann auch John Harding mit hineinziehen müsste, war etwas, woran sie lieber noch nicht denken mochte.

Sie erreichte Clark auf dem Polizeirevier und bat ihn, so bald wie möglich zu ihr zu kommen. Und damit er nicht glaubte, es handele sich um einen privaten Anruf, fügte sie hinzu, sie habe weitere Informationen zu der Sache mit Rachel.

In der Leitung rauschte es – andere Stimmen, raschelndes Papier, ein ratternder Drucker und dann wieder Clarks Stimme: »Okay. Reicht fünf Uhr?«

»Natürlich. Vorher habe ich sowieso noch eine Nachhilfestunde«, sagte Vicky. Die war ihr in dem Moment wieder eingefallen. »Möchtest du ... Soll ich uns was zu essen machen? Nichts Großartiges.« Wieso hatte sie das gefragt? Sie hatte sich doch gar kein privates Treffen gewünscht. Sie wollte doch auf gar keinen Fall, dass er glaubte, sie peile ein weiteres Rendezvous an. Aber wieso eigentlich nicht? Sie hatte doch auch das Recht, ihn einzuladen. Genauso wie er.

»Ich kann was von unterwegs mitbringen«, sagte er.

»Noch besser.«

Nachdem sie aufgelegt hatte, sauste sie mit dem Staubsauger rasch durchs Wohnzimmer. »Du weißt doch, wie viel Wert Travis auf ein sauberes Haus legt«, erklärte sie dem Kater.

Ein sauberer Teppich war allerdings mit Sicherheit das Letzte, was Travis am Herzen lag. Als er kam, wirkte er zerstreut und war so schlecht auf die Stunde vorbereitet, dass Vicky beschloss, ihm die Karottentorte gar nicht erst zu zeigen.

»Tut mir Leid«, sagte Travis seufzend, ließ den Stift fallen und sackte gegen die Lehne seines Stuhls, der bei der plötzlichen Gewichtsverlagerung gefährlich nach hinten kippte, bis er nur noch auf zwei Beinen stand. »Ich kann mich nicht konzentrieren.«

»Du hast zu wenig Schlaf gehabt, stimmt's? Und wahrscheinlich hast du auch die Schule geschwänzt.«

Travis rieb sich die Nase, die noch ein paar Narben mehr zierten. Er brauchte eine Weile, bis er antwortete. »Sie werden toben, wenn ich es Ihnen erzähle.«

»Was?«

»Ich höre am Ende des Jahres mit der Schule auf.«

»O Travis, das kannst du nicht machen! Wo du dich insgesamt so ordentlich geschlagen hast –«

»Ich kann die zwölfte Klasse doch jederzeit nachholen.«

»Aller Wahrscheinlichkeit nach tust du es aber nicht. Und wenn doch, dann wäre es zehnmal schwerer als jetzt.«

»Die Idee stammt sowieso von meinem Vater. Er meint, ich soll an meiner Hockeykarriere arbeiten, solange ich die Chance habe. Und die Schule würde mich daran hindern, so oft zu spielen und zu trainieren, wie ich sollte. Außerdem glaubt er, dass dieses Team in Colorado mich für eine Nachwuchsauswahl aufstellt. Nach den Verbandsregeln dürfen sie mir zwar nur die Lebenskosten bezahlen, aber mein Dad meint, er kann sie dazu bringen, noch zehntausend extra auszuspucken. Zehntausend US-Dollar.«

»Es geht also um Geld? Um Bestechung?«

»Nein, nein – Na ja, klar, mein Dad könnte das Geld schon gut brauchen, aber …«

»Also kriegt er es, nicht du? Und das Ganze ist auch die reinste Spekulation? Vielleicht wirst du gar nicht aufgestellt? Wieso wartest du dann nicht wenigstens, bis du das weißt?«

»Weil ich die Zeit fürs Training nutzen könnte, damit ich richtig gut in Form bin.«

»Ach, Travis. Du solltest wirklich nochmal ernsthaft darüber nachdenken.«

»Das hab ich doch. Ich schmeiße die Schule.« Er starrte auf den Reißverschluss seiner Jacke, fummelte an dem Nippel, zog ihn rauf und runter. Ritsch, ratsch. Vicky hätte ihm am liebsten auf die Finger gehauen.

»Gut, lass die Schule sausen, und du kriegst nie mehr Karottentorten.«

Travis brachte nur mühsam ein Lächeln zustande. »Es tut mir Leid. Ich weiß, dass Sie enttäuscht von mir sind.«

»Es geht doch nicht um mich. Soll ich vielleicht mal deinen Vater anrufen? Ich könnte –«

Travis machte ein erschrockenes Gesicht und setzte sich mit einem Ruck wieder auf. »Nein! Bitte nicht. Das würde alles nur noch schlimmer machen.«

Halten Sie sich gefälligst da raus: Im Geiste hörte sie schon seinen Vater.

»Also gut«, sagte sie. »Ich werde mich nicht einmischen.« Sie sah, wie er sich ein wenig entspannte. Er sank wieder gegen die Stuhllehne.

»Es ist halt ziemlich kompliziert.«

»Alles ist kompliziert«, seufzte Vicky. Sie ging in die Küche, nahm die Karottentorte aus dem Kühlschrank und stellte sie auf den Tisch.

Clark brachte genügend chinesisches Essen mit, um die halbe Stadt durchzufüttern. Trotzdem war es gut, dass sie Travis nicht zum Bleiben aufgefordert hatte, denn das Chop Suey schmeckte nach ranzigem Frittieröl, die tiefgefrorenen Garnelen waren zu lange gebraten und nur noch hart und bröcklig, und das Szechuan-Gemüsegericht war so scharf, dass sie es nicht essen konnte. Clark hingegen schien alles ganz in Ordnung zu finden. Zuerst hatten sie am Couchtisch gegessen und dabei im Schneidersitz auf dem Boden gehockt. Vicky fand diese Haltung bequem, aber Clark hatte ganz offensichtlich Mühe damit. Und ein Polizist in Uniform auf dem Boden hatte in der Tat etwas entschieden Unwürdiges.

»Komm, wir setzen uns an den Tisch«, sagte sie darum zum wiederholten Mal.

»Nein, es ist gut so.« Er faltete sein rechtes Bein auseinander, streckte es in ganzer Länge unter den Couchtisch und stützte sich mit der linken Hand auf. Sein Knie unter dem Tisch war nur Zentimeter von ihrem entfernt. Sie versuchte angestrengt, nicht hinzugucken, und noch angestrengter versuchte sie ihre Hand davon abzuhalten, an seinem Schenkel hochzufahren. Die Hand eines Außerirdischen. Sie musste an Jacob Cornelius denken, und das half, sämtliche erotischen Anwandlungen zu ersticken.

Sie legte ihre Stäbchen hin. »Ich muss dir erzählen, was ich über Rachel erfahren habe«, sagte sie. »Wie sich herausstellt, ist eine meiner Nachhilfeschülerinnen die Tochter, die Rachel nach der Geburt weggegeben hat, und dieses Mädchen hat auch die Fotos geschickt –«

Clark zog die Augenbrauen hoch. »Wie? Wirklich?«

»Egal, das ist eine andere Geschichte. Interessanter könnte für dich wohl sein, dass Rachel schwanger war, als sie starb. Und nicht Dennis war der Vater, sondern John Harding, ihr Chef, der früher mal mit Rachels Tante verheiratet war.«

»Wie hast du das denn herausgefunden?«

»Hauptsächlich durch Zufall. Ich habe Harding wegen einer anderen Sache Vorwürfe gemacht, genauer gesagt, ich habe ihm unterstellt, er sei der Vater dieser Nachhilfeschülerin – ach, das Ganze ist viel zu wirr, um es zu erzählen –, jedenfalls hat er zugegeben, dass Rachel jetzt von ihm schwanger war.«

»Das ist in der Tat sehr interessant. Die DNA-Analyse hat nämlich ergeben, dass Dennis nicht der Vater ist. Wir wussten allerdings nicht, wer sonst.«

»Wie? Ihr wusstet, dass sie schwanger war?«

»Natürlich. Wir haben eine Obduktion vorgenommen.«

»Wieso hast du mir das denn nicht erzählt?« Am liebsten hätte sie ihm mit ihrem Stäbchen ins Bein gepiekst. »Dann hätte ich mich vielleicht nicht so fürchterlich blamiert.«

»Das konnte ich nicht. Es ging –«

»Ich weiß. Es ging mich nichts an.« Sie zielte mit ihrem Stäbchen auf eine harte Garnele. Sie rutschte weg und flog auf den Boden. Wieso benutzten sie eigentlich verdammt nochmal keine

Gabeln? Clark hob die Garnele auf und legte sie ordentlich auf den Couchtisch.

»Es tut mir Leid«, sagte er. »Aber du hast Recht.«

»Wenn das alles mich nichts angeht, wieso stecke ich dann immer noch mitten drin in der Geschichte?« Das klang jetzt vorwurfsvoll. Und sie wusste natürlich auch, dass er zu Recht antworten konnte: Weil du es so willst. Deshalb sagte sie etwas versöhnlicher: »Es kommt mir so vor, als sei ich ziemlich blöde im Dunkeln herumgetappt. Genau wie Woody Allen, als er in *Schatten und Nebel* sagt: ›Ich weiß zu wenig, um inkompetent zu sein.‹«

»Ich würde dich nicht als inkompetent bezeichnen«, sagte Clark.

»Genau. Dazu weiß ich zu wenig.«

Dafür schenkte Clark ihr ein kleines Lächeln. »Wahrscheinlich weißt du mehr, als du solltest.«

»Lassen wir das«, sagte sie. »Rachel war also schwanger. Damit hatte Dennis doch einen Grund mehr, sie zu töten, finde ich.«

»Das ist Teil der Anklage.«

»Und was ist mit Harding? Muss seine Affäre mit Rachel öffentlich bekannt werden?«

Clark zuckte die Achseln. »Wahrscheinlich.« Er streckte das linke Bein aus, zog das rechte ein. Sein Knie knackte, und er zuckte zusammen.

»So wie Harding die Geschichte erzählt, ging die Affäre von Rachel aus. Ich weiß nicht, ob ich ihm glauben soll, aber es könnte so oder so seine Ehe zerstören.«

»Es wäre jedenfalls ein geradezu klassisches Mordmotiv.«

Vicky zuckte zusammen, als er das so klipp und klar sagte. »Ich habe auch darüber nachgedacht. Irgendwie scheint mir Harding aber nicht der Typ dafür zu sein.«

»Du würdest staunen, wer alles der Typ dafür ist.«

Vicky seufzte. »Wahrscheinlich möchte ich einfach nur, dass der Prozess möglichst schnell vorbei ist und Dennis endlich hinter Gitter wandert. Irgendwie ... verdient er es, schuldig zu sein. Ich kann mich an ein Interview mit einem Gefängniswärter erinnern. Der sagte, die meisten Männer in seinem Gefängnis hätten tatsächlich das getan, wofür sie verurteilt worden sind, und der Rest hätte irgendwas anderes verbrochen.«

»Nach diesen Kriterien könnte ich jeden verhaften.«

»Vermutlich«, sagte sie.

»Sie werden ihn wohl tatsächlich verurteilen. Auch wenn die Verteidigung mit der Tatsache, dass seine Frau von einem anderen Mann schwanger war, Punkte machen könnte.«

»Auf perverse Art ist es auch ganz schön komisch«, sagte Vicky. »Da ist Dennis, dieser Hengst, der Rachel so mies behandelt hat, weil sie nicht schwanger werden konnte. Und dann stellt sich heraus, dass das Problem bei ihm liegt.«

Ohne zu antworten, sah Clark auf seinen leer gegessenen Teller, und Vicky ahnte, dass ihre Bemerkung vielleicht ein kleines bisschen vulgär geklungen hatte. Sie baute die Essenskartons wieder ordentlich vor ihm auf und fragte knapp: »Noch was?«

»Nein danke.«

»Wie wäre es denn mit Karottentorte zum Nachtisch? Eigentlich wollte ich damit einen Schüler motivieren. Aber der arme Junge will die Schule sausen lassen, und darüber hat er sich so geschämt, dass er nicht die ganze Torte verdrücken mochte.«

»Das wäre schön.«

»Komm an den Tisch«, sagte Vicky und stand auf. Ihr eines Knie knackte lauter als Clarks, und sie musste lachen.

Auf dem Weg in die Küche drückte sie den Startknopf des CD-Players. Sie holte die Karottentorte und stellte sie auf den Tisch. Sie aßen mit vielen »Aahs« und »Mmms« und reichlichem Gekrümel. Vicky hatte geglaubt, dass es sich bei der CD, die im ersten Schacht steckte, um Vivaldi handele, aber es war dann doch Zamfir. Hoffentlich mochte Clark Panflöte. Wenn er in einer Stunde immer noch da war, würde er auch den Vivaldi bekommen.

»Was ist?«, fragte Clark.

Vicky merkte, dass sie auf seine Wange gestarrt hatte, wo etwas von der Tortenglasur klebte. »Ein bisschen Kuchen«, sagte sie. Sie streckte die Hand aus und wischte den Krümel mit dem Zeigefinger weg.

Clark nahm ihren Finger, steckte ihn in den Mund und lutschte die Glasur ab.

Vicky schloss die Augen. Ja.

Clark drückte seinen Mund auf ihre Hand, ließ sie dann auf den Tisch sinken. »Wir müssen miteinander reden«, sagte er ruhig.

Vicky riss die Augen auf. *Wir müssen miteinander reden.* Hatte es jemals einen ominöseren Satz gegeben? Er war mit einer anderen liiert. Er war schwul. Er war ein Priester. Oder alles zusammen.

»Gut«, sagte sie. Ohne zu kauen, schluckte sie das Stück Torte, das sie gerade im Mund hatte, herunter, zog ihre Hand unter seiner hervor und faltete die Hände vor sich auf dem Tisch.

Clark räusperte sich, sagte dann aber nichts. Vicky saß regungslos da und wartete. Ich kriege den Laufpass, dachte sie. Aus welchem Grund auch immer kriege ich jetzt den Laufpass. Plötzlich schob Clark seinen Stuhl zurück, stand auf, wanderte ins Wohnzimmer, blieb mit dem Rücken zu ihr vor dem Fenster stehen und blickte auf die Straße. Die Dämmerung war hereingebrochen, jene Tageszeit, in der das wächserne westliche Licht die langen, verschlungenen Schatten der Ulmenzweige auf ihren Rasen warf. In den Häusern auf der anderen Straßenseite waren schon die Vorhänge zugezogen und die Lampen angemacht.

Vicky ging ans Fenster, zog ebenfalls die Vorhänge zu. Erst hinterher wurde ihr klar, wie unhöflich das wirken musste – fast wie bei ihrem Kater, wenn er über ihre Zeitung spazierte, während sie zu lesen versuchte. Damit wollte er ihr dann sagen: Du sollst nicht dahin gucken, du sollst dich um mich kümmern.

»Setz dich«, sagte sie. »Erzähl es mir.« Sie knipste die Stehlampe neben sich an.

Clark setzte sich aufs Sofa, beugte sich vor und steckte die Hände zwischen die Knie. Als er dann sprach, schien er sich an seine Hände oder den Fußboden zu wenden, nicht an Vicky.

»Also gut«, sagte er. »Herrgott, ich hätte nie gedacht, dass es so schwierig sein würde. Aber es ist immerhin auch das erste Mal, dass ich es jemandem sagen muss.«

Was um Himmels willen?, hätte sie am liebsten geschrien, zwang sich aber, ruhig sitzen zu bleiben und zu warten. Die Lampe neben ihm begann leicht zu flackern, wahrscheinlich, weil sie zu viele Geräte eingeschaltet hatte und das Netz überlastet war. Sie wollte die Lampe schon ausmachen, ließ es dann aber aus Furcht, ihn aus dem Konzept zu bringen.

Clark räusperte sich erneut. »Ich, ähm, habe da etwas. Eine physische Geschichte. Es handelt sich um eine endokrine Unausgeglichenheit, durch die ich nicht mehr in der Lage bin ... mich sexuell zu betätigen.«

»Hm.« Sie war auf alle möglichen Geständnisse gefasst gewesen, aber das hier hatte nun überhaupt nicht auf ihrer Liste gestanden.

»Willst du damit sagen, du kannst nicht ...«

»Vollziehen.«

Zu ihrer Bestürzung merkte sie, wie sie rot wurde. *Vollziehen* gehörte genau wie *frigide* zu den Wörtern, die sie gerne aus dem Lexikon der Sexualbegriffe verbannt hätte. »Du kannst ... keine Erektion kriegen?«

»So ist es.«

»Ist das ... bist du deswegen in Behandlung? Ist es etwas Dauerhaftes? Ich dachte, es gibt jetzt diese neue Wunderpille.« *Priapica* hatte Amanda nach einem besonders unglücklichen Rendezvous schaudernd dazu gesagt, aber Vicky war so vernünftig, jetzt keine Witze zu reißen.

»Nicht wunderbar genug für mich. Aber vielleicht handelt es sich auch nicht um eine dauerhafte Störung. Ich glaube, ich habe ... Also ich habe schon länger keine na ja, keine Beziehung zu einer Frau mehr gehabt.«

Sie kniete sich neben ihn, legte ihre Hand auf seine beiden, die er verkrampft zusammengepresst hatte. Mit ihren Fingerspitzen spürte sie seinen kräftigen, stetigen Pulsschlag.

»Das ist in Ordnung, es muss dir nicht peinlich sein.«

Aber stimmte das denn auch? Ihr fiel wieder ein, was sie eben noch über Dennis gesagt hatte, wie sie gespottet hatte, das Problem liege bei ihm, nicht bei Rachel. Da hatte Clark nichts gesagt. Ohne es zu wollen, war sie furchtbar grausam gewesen, auch wenn Dennis ihrer Meinung nach unfruchtbar war, während Clark nur eine Erektionsstörung hatte. Nur. Es würde ihr aber *doch* etwas ausmachen.

»Das sagst du so leicht.«

»Sich lieben umfasst mehr als Geschlechtsverkehr.«

»Das sagst du so leicht.«

»Jetzt hör mal gut zu. Wenn das der einzige Grund ist, weswegen du unsere Beziehung beenden willst, dann reicht der leider nicht. Ich war auf ganz andere Sachen gefasst, dass du vielleicht schwul bist oder schon eine Freundin hast. Ich will nicht so tun, als hätte ich mich nicht schon darauf gefreut, mit dir zu schlafen, aber na ja, damit werden wir schon fertig.«

Wenn sie jetzt noch einmal *Das sagst du so leicht* zu hören bekam, würde sie ihm eine knallen. Doch was er sagte, war: »Ist es nicht hübsch, sich das auszumalen?«

Sie runzelte die Stirn. Was sollte das denn nun wieder bedeuten?

Clarks zusammengepresste Hände entspannten sich langsam. »In *Fiesta*, da sagt Jake zu Brett: Irgendwann scheint auch wieder die Sonne, als sie meint, sie hätten es doch so verdammt nett miteinander haben können. Aber das hätten sie eben nicht, weil Jake diese ... Kriegsverletzung hatte.«

»Ja, daran kann ich mich erinnern.« Es überraschte sie immer wieder, was er alles wusste. »Ich bin übrigens nicht Brett Ashley. Und du hast auch keine Kriegsverletzung.«

Er schwieg eine Weile, dann sagte er: »Ich bin kein Lottogewinn.«

»Ich auch nicht.«

Sie blieben noch eine ganze Weile so sitzen. Die Lampe neben ihnen flackerte immer noch. Schließlich stand Vicky auf und knipste sie aus. Dann setzte sie sich in dem dunkler werdenden Zimmer neben Clark aufs Sofa.

Ich bin kein Lottogewinn. Ich auch nicht. Feierlich wie ein Ehegelübde. Doch, sie mochte diesen Mann. Vielleicht mochte sie ihn jetzt sogar noch mehr als vor einer halben Stunde. Das hätte sie beruhigen sollen, tat es aber nicht.

Vierzehntes Kapitel

Die Nacht war mehr als unruhig gewesen. Träume von Angst, Flucht und Sex hatten sie gequält. Aber wenigstens war Rachels grauenhafter Vergewaltigungstraum nicht mehr vorgekommen, der sich nach Rachels Tod wie ein nächtlicher Parasit bei ihr eingenistet hatte. Oder vielleicht träumte sie ihn ja doch noch, überlegte Vicky, als sie, immer noch ganz zerschlagen, um zehn Uhr aufstand. Woher sollte sie das so genau wissen?

Sie kochte sich einen Kaffee und blätterte in der Tageszeitung. Aber es fiel ihr schwer, an irgendetwas anderes als den gestrigen Abend mit Clark zu denken. Sie hätte schrecklich gern Amanda angerufen, um ein bisschen mit ihr zu plaudern, wusste jedoch, dass sie ihr das von Clarks Handicap nicht erzählen konnte. Das wäre ein zu großer Vertrauensbruch, und sie konnte Amanda auch schon sagen hören: »Wie? Supermann kann nicht fliegen?«

Nun musste sie also noch ein Geheimnis hüten. Sie hatte die Nase voll von Geheimnissen – und erst recht von den Lügen, die man erfinden musste, um die Geheimnisse zu schützen.

Lügen: Alle, die irgendwie mit Rachel zu tun hatten – und auch Rachel selber –, hatten ihr Unwahrheiten und Halbwahrheiten aufgetischt. Wenn es ihnen in den Kram passte, führten sie Vicky an der Nase herum, und wenn es ihnen nicht in den Kram passte, erklärten sie, das gehe Vicky nichts an.

Nun, jetzt war es vorbei. Jetzt hoffte sie nur noch, dass Dennis endlich verurteilt wurde. Er *musste* einfach schuldig sein. Zweifel waren ihr nur wegen der ungelösten Frage der Fotos und wegen Angeletti gekommen. Aber inzwischen kannte sie ja die Wahrheit. Die ganze unheimliche Geschichte hatte ihren Ursprung bei einem verwirrten Teenagermädchen, das auf der Suche nach seiner Mutter war. Und John Harding? Sie konnte sich nicht vorstellen, dass er Rachel etwas antun würde. Außerdem war er zu dem Zeitpunkt, als sie überfahren wurde, bestimmt noch in der Firma gewesen.

Sie gab den Versuch auf, Zeitung zu lesen, sammelte die längst überfällige Schmutzwäsche zusammen und stopfte den ganzen Berg in die Waschmaschine. Auf dem Weg nach oben wäre sie fast auf den Kater getreten, der sich angewöhnt hatte, vor der Tür von Rachels ehemaligem Zimmer zu schlafen.

Ihr fiel ein, dass sie nicht mehr in dem Zimmer gewesen war, seit sie mit Junior – Vance – Rachels Sachen zusammengepackt hatte. Das war inzwischen zwei Wochen her, und es wurde allmählich Zeit, sich den Raum wieder anzueignen, das Fenster zu öffnen und zu lüften. Sie schob den Kater beiseite und atmete tief durch. *Vorsicht vor Drachen.* Sei doch vernünftig. Sie öffnete die Tür.

Sie wusste nicht genau, was sie erwartet hatte, aber das Zimmer hatte etwas so Muffiges und Trostloses, dass es ihr die Kehle zuschnürte. Sie schluckte und zwang sich einzutreten. Sie öffnete das kleine Fenster mit Gewalt und spürte sofort, wie kalte Luft hereinströmte. Der Kater sprang auf die Kommode, miaute kläglich.

»Ich weiß«, sagte Vicky.

Sie hörte, wie die Waschmaschine ratternd in den nächsten Waschgang sprang. Also gut, beschloss sie, sie würde das Bett abziehen und als Nächstes das Bettzeug waschen. Sie schüttelte die Kissen aus den Bezügen, warf die Zudecke auf den Boden und begann das Spannbetttuch abzuziehen.

Sie war gerade bei der dritten Ecke, als sie es fand.

Das Laken war so ordentlich untergeschlagen, dass sie die Matratze leicht anheben musste, wobei sie mit den Händen gegen etwas Hartes stieß, was, wie ihr sofort klar war, nicht dorthin gehörte. Vorsichtig hob sie die Matratze noch höher. Und da lag, dünn und beigefarben, ein Aktenordner mit kaum mehr als einem Dutzend Blätter.

Vicky nahm den Ordner heraus, ließ die Matratze sachte wieder herunter und setzte sich auf die Bettkante. Sie merkte, wie ihr Atem sich beschleunigte. Was sie da gefunden hatte, musste wichtig sein, sonst hätte Rachel es nicht versteckt.

Auf dem Etikett des Ordners stand in sorgfältigen Druckbuchstaben, die Rachel mit ziemlicher Sicherheit selber gemalt hatte, ein einziges Wort: *Vance*.

Sie öffnete den Ordner. Das erste Blatt war offenbar die Fotokopie eines Bankformulars, auf dem die elektronische Überweisung von 9480 Dollar von einem Treuhandkonto auf ein Konto der Royal Bank bestätigt wurde, das auf den Namen Vance Harding lief. Es folgte die Kopie einer kurzen, handschriftlichen Notiz unter dem Briefkopf eines Delikatessengeschäfts in Vancouver: »Okay, Vance – ich werde das erst mal über Ihr Konto erledigen.« Das dritte Blatt dokumentierte ähnlich wie das erste eine elektronische Überweisung von diesmal 4000 Dollar auf Vances Konto.

Was hatte das zu bedeuten? Irgendwie schien die Angelegenheit nicht ganz legal zu sein.

Vielleicht schmuggelte er Freon. Sie musste wieder an seine zynischen Bemerkungen über das Umweltbewusstsein seines Vaters denken. Sie hatte ja damals schon den Verdacht, dass er eigentlich von sich sprach. Sie wusste, dass Freonschmuggel lukrativ war. Es wurden immer noch vorschriftswidrig FCKW-Geräte hergestellt, da sie sehr viel billiger waren als ihr umweltfreundlicherer Ersatz. Und wie sie gehört hatte, galt Kanada als günstige Zwischenstation für den Import von FCKW-Geräten aus Drittländern in die USA.

Sie schlug rasch die nächste Seite auf, in der Hoffnung, etwas eindeutig Belastendes zu finden, doch es war wieder nur ein Bankformular, der Beleg für die Einzahlung einer Geldsumme von einer Kreditgenossenschaft in Burnaby auf Vance' Konto.

Erst mit dem folgenden Blatt kam sie hinter die Geschichte. Diesmal war es keine Fotokopie, sondern ein zerknitterter Zettel, der aussah, als sei er aus einem Papierkorb gefischt. Darauf standen zwei mit Bleistift geschriebene Zahlenkolonnen. Die linke hatte keine Überschrift, und über der rechten, an der viel herumradiert und durchgestrichen war, stand einfach nur: »Dad«. Bei beiden Zahlenreihen gab es zusätzliche kryptische Notizen wie: »10. Juni, Roger«, »bar, ML Co«, »Gran. Isl. Meats: so lassen«. Die einzelnen Beträge der ersten Kolonne waren, bis auf die mit dem Bleistiftzusatz »so lassen«, um einige tausend Dollar höher. Vicky überflog die jeweils etwa zwanzig Posten, addierte die Summen und stellte fest, dass zwischen beiden Kolonnen eine Differenz von mindestens 30 000 Dollar bestand. Die Daten umfassten einen Zeitraum von ungefähr sechs Monaten.

Innerhalb eines Jahres könnte Vance also die Firma seines Vaters um 60 000 Dollar erleichtert haben.

Fast widerwillig warf sie noch einen Blick auf die restlichen Blätter. Drei waren Fotokopien von eingelösten Schecks, jeweils vier auf einer Seite. Einige davon waren auf Vance Harding ausgestellt, andere auf Harding Kältetechnik. Anscheinend erklärte sich so die Differenz zwischen den Zahlenreihen auf dem Blatt, das sie eben studiert hatte.

Das letzte Blatt war anders. Es war ein Original – eine linierte Seite mit der aufgedruckten Kopfzeile »Harding Kältetechnik: intern«, die in zwei Hälften unterteilt war. Oben stand »Nachricht« und unten »Antwort«. Im oberen Teil hatte Rachel mit der Hand: »Vance – *bitte* sag es ihm. Du musst es ihm sagen! Die Buchprüfer werden es doch *rauskriegen*!« geschrieben. Vances Antwort in dickem Filzstift lautete: »Keine Sorge. Ich brauche nur noch ein bisschen Zeit, okay? Die Buchprüfer werden es *nicht* rauskriegen.«

Vicky ließ den Aktenordner in den Schoß sinken, klappte ihn zu. Junior. Vance. Ihr fiel die Begegnung auf dem Safeway-Parkplatz wieder ein, wie froh er über die eigene Wohnung gewesen war. Bezahlt mit veruntreuten Geldern. Die Tatsache, dass Rachel diesen Ordner angelegt und ihn hier versteckt hatte, bedeutete, dass sie ihm misstraut haben musste. Es war ziemlich wahrscheinlich, dass die Buchprüfer einen derart plumpen Betrug aufgedeckt hätten, aber vielleicht hatte Vance die Bücher an wichtigen Stellen doch geschickter frisiert oder jemanden bestochen. Und im Übrigen war es ja eine Familienangelegenheit. Wer würde denn so etwas von dem einzigen Kind erwarten, dem Sohn, der die Firma einmal übernehmen sollte?

Das einzige Kind. Aber Rachel war schwanger. Vance wäre nicht mehr lange das einzige Kind seines Vaters geblieben.

Vicky schloss die Augen. Ihr fiel wieder ein, wie er hier in diesem Zimmer zusammen mit ihr Rachels Sachen ausgeräumt hatte. Wie er geweint und gesagt hatte, er vermisse sie. Er habe mit ihr so gut über seinen Vater reden können, sagte er, und dass er kurz davor war, sich in sie zu verlieben.

Jetzt hätte sie schrecklich gern etwas getrunken. Ihre Hände begannen zu zittern, und sie stopfte sie zwischen ihre Knie. Sie durfte dem Wunsch nicht nachgeben, weil es nicht bei dem einen Glas bleiben würde, jenem einen Glas, das ihr die hässlichen Gedanken aus dem Kopf verscheuchen sollte. Es würde noch eins und noch eins folgen, und irgendwann wäre sie dann nicht mehr in der Lage zu überblicken, was als Nächstes zu tun war. Es wäre ihr alles völlig egal.

Sie nahm den Ordner mit nach oben, rief bei der Polizei an, fragte nach Clark. Er sei im Moment nicht da, sagte die Sekretärin, und wohl erst gegen halb sechs zurück.

»Ich komme aufs Revier«, sagte Vicky. »Richten Sie ihm bitte aus, er möchte warten. Es ist wichtig.«

Halb sechs – das war gar nicht mehr so lange hin, aber Vicky kam es wie Tage vor. Sie fing irgendwas an, ließ es dann doch liegen und schlich immer wieder um den Aktenordner herum, der mitten auf ihrem Couchtisch lag.

Das Ganze kam ihr ziemlich unwirklich vor. Was für hässliche Machenschaften der Hardings würde sie wohl noch aufdecken? Womöglich stieß sie demnächst auch bei Linda auf irgendetwas Belastendes. Warum nicht? Falls Linda das mit der Affäre ihres Mannes herausgefunden hatte, wäre das doch ebenfalls ein Mordmotiv. Vielleicht waren aber auch alle drei Hardings beteiligt, und es handelte sich um eine Verschwörung. Vicky lachte bitter und griff nach dem Ordner. Vance war der Täter. Er musste es sein. Sie hielt den Beweis in der Hand.

Plötzlich musste sie an Dennis denken. Würde ihr Fund bedeuten, dass er jetzt freikam? Was war mit dem schwarzen Wagen, den Birdy im Durchgang gesehen hatte? War Dennis vielleicht auch dort gewesen und hatte in seinem Wagen vor sich hin gebrütet?

Aber da war noch etwas mit dem Auto, das sie nicht losließ –

ein Gedanke, der ihr vor einigen Tagen durchs Hirn gehüpft war wie ein Stein übers Wasser und den sie unbedingt wieder hochholen musste.

Obwohl es regnete und noch zu früh war, machte sie sich auf den Weg zum Polizeirevier, das nur wenige Straßen entfernt lag. Sie blieb vor dem Durchgang zwischen den beiden Häusern stehen, blickte stirnrunzelnd den Weg entlang und versuchte sich an das zu erinnern, was ihr durch den Kopf geschossen war, als sie letztens nach der Dichterlesung abends mit Clark hier gestanden hatte. Sie dachte an das schwarze Loch im Auge, jene Leerstelle, die jeder Mensch mitten im Sehfeld hat und die das Gehirn mit entliehenen Bruchstücken aus dem jeweiligen Sehumfeld ausfüllt. Dass es sich dabei um eine Täuschung handelt, konnte man feststellen, wenn man nachts durch ein Fernglas schaute: Dunkle Dinge verschwinden, wenn man sie direkt anblickt. Und Astronomen vermeiden diesen Effekt, indem sie gewissermaßen knapp daneben blicken: Der so genannte abgewandte Blick. Vicky sah zur Seite, auf den grünen Zaun ihrer Nachbarin und versuchte auf diese Weise, eine Offenbarung zu erzwingen. Nichts.

Sie zog sich die Kapuze ihrer Jacke über den Kopf und stapfte weiter durch den Regen. In einer plötzlichen Eingebung machte sie beim Lebensmittelladen an der Ecke Halt, kopierte sämtliche Blätter des Vance-Aktenordners und verstaute die Kopien in ihrer Handtasche.

Es war erst Viertel nach fünf, als sie im Revier ankam, aber sie erklärte der Sekretärin, sie werde in dem engen Vorraum warten. Sie las jede einzelne Broschüre aus dem Drahtständer, nahm zur Kenntnis, dass Ladendiebstahl ein Verbrechen ist, dass sie sich vor Fahrraddiebstahl und vor Betrügern, die schnellen Reichtum versprechen, zu hüten habe und dass sie bei Nichtbefolgung einer Vorladung eventuell bestraft werden konnte. Dann zählte sie die Polizeibeamten (zweiundzwanzig) auf dem großen Foto der Berittenen Königlich-Kanadischen Polizei, Standort Rock City, das am Strand vor eben dem Namen gebenden weißen Felsen aufgenommen worden war. Die Beamten trugen ihre flotten Uniformen, die aus einer roten Jacke, einer weiten schwarzen Hose und braunen Stiefeln bestand, und hatten sich zu beiden Seiten des einzigen Beamten zu Pferde aufgestellt. Vicky fragte sich, ob ihnen wohl so beklommen zumute war, wie sie aussahen. Das Foto hing hinter dem Empfangstresen, und wahrscheinlich war auch Clark drauf. Aber von dort, wo sie saß, konnte sie ihn nicht erkennen.

Endlich ging die Tür zum Hauptgebäude auf, und Clark kam heraus. Er war in Uniform und trug seine blaue Windjacke über dem Arm. Er wirkte leicht echauffiert, und Vicky war nicht sicher, ob die Nachricht, dass er erwartet wurde, nicht vielleicht zu einer Peinlichkeit geführt hatte.

Sie erhob sich. »Corporal Kent.« Eine weniger offizielle Anrede wagte sie an diesem Ort nicht. Sie spürte, wie sie ebenfalls ein heißes Gesicht bekam, und versuchte, nicht an das zu denken, was am gestrigen Abend zwischen ihnen vorgefallen war.

»Vicky.«

»Ich muss dir etwas zeigen. Etwas, das dich überraschen wird.«

Er zog eine Augenbraue hoch. »Komm, wir gehen woanders hin«, sagte er und stieß die Eingangstür auf. »Gegenüber gibt es ein Café.«

Das Restaurant war groß und hell. Sie nahmen einen Tisch am Fenster, obwohl Vicky sich vielleicht lieber einen etwas privateren und schummrigeren Platz gewünscht hätte: Im Film säßen sie jetzt irgendwo ganz hinten in einer dunklen verräucherten Bar. Sie schöbe verstohlen den Ordner über den Tisch und würde sich dabei nervös umschauen.

Clark las den Ordner, nahm sich viel Zeit und blätterte gelegentlich zurück und las eine Seite noch einmal. Draußen wurde es allmählich dunkel, die Laternen gingen an. Vicky war ganz zappelig vor Ungeduld und ließ sich dreimal Kaffee nachschenken. Sie fuhr mit dem Daumennagel unter ihren Schneidezähnen entlang, und zwar so heftig, dass der Nagel fast abgebrochen wäre. Clark hatte seinen Kaffee nicht angerührt. Die Kellnerin wollte Vickys Tasse nicht ein viertes Mal nachfüllen. So wie sie Vicky anschaute, dachte sie wahrscheinlich, Vicky stehe kurz vor der Verhaftung.

»Und das hast du unter ihrer Matratze gefunden?«, fragte Clark schließlich. Er tastete nach seiner Kaffeetasse, hatte die Augen aber noch auf der letzten Seite im Ordner. Vicky schob die Tasse in seine Reichweite.

»Ja.«

»Du würdest eine gute Detektivin abgeben.«

Vicky lächelte. »Hm.«

»Und es handelt sich also um John Hardings Sohn? Den, der Junior genannt wird? Ich glaube, wir haben auch von ihm eine Aussage vorliegen.«

»Ja.«

Clark klappte den Ordner zu, sah sie an. »Das ändert natürlich alles.«

»Und was passiert jetzt?«

»Wir werden noch einmal mit ihm reden. Morgen ist er ja wohl wie gewöhnlich in der Firma?«

»Das nehme ich an. Wieso?«

»Wenn es sich um ein größeres Verbrechen handelt, vernehmen wir die verdächtigen Personen gern an ihrem Arbeitsplatz. Das überrascht und verunsichert sie, und sie werden nicht so leicht ausfallend.« Er tippte mit dem Zeigefinger auf den Ordner. »Wenn wir ihm den hier zeigen, wird er einigermaßen schockiert sein. Womöglich wird er nicht nur die Unterschlagungen gestehen.«

»Wirst du ihn wegen Mord anklagen?«

Clark nahm einen Schluck von seinem Kaffee, der inzwischen bestimmt noch nicht mal mehr lauwarm war. »Das liegt nicht in meiner Hand.« Er hielt kurz inne und blickte aus dem Fenster. »Offenbar müssen wir das Ganze nochmal überdenken. Dennis ist immer noch unser Hauptverdächtiger. Wir verfügen über zwingende Beweise, die gegen ihn sprechen: die Aussage seiner Freundin, seine Geschichte mit Rachel, die Aussage deiner Nachbarin über das schwarze Auto ...«

Das schwarze Auto. Was war bloß damit? Irgendwas saß da in ihrem Hinterkopf. Stirnrunzelnd starrte sie auf den Tisch.

»So«, sagte Clark und schob energisch seinen Stuhl nach hinten. »Jetzt muss ich aber los.« Er griff nach dem Aktenordner.

»Der wird eine Menge Staub aufwirbeln.« Er erhob sich, nahm seine Jacke von der Stuhllehne und zog sie über. »Soll ich dich nach Hause bringen?«

Vicky starrte seine Jacke an.

»Vicky? Was ist los?«

»Jetzt fällt es mir ein!«, rief sie. »Da war etwas. Ich wusste doch, da war etwas – Warte. Okay, ja, fahr mich bitte nach Hause. Dann zeig ich es dir.«

»Was denn?«

»Das wirst du sehen.«

»Dauert es lange? Ich möchte nämlich den hier dem Sergeant zeigen.« Er klopfte auf den Ordner.

»Nur fünf Minuten.«

»Also gut. Warte hier. Ich hole rasch den Wagen.«

Vicky sah ihm hinterher, wie er über die Straße und ins Revier eilte. Und wenn sie sich nun in ihrer Erinnerung getäuscht hatte? Aber nein, das hatte sie nicht. Da war sie sich ganz sicher. Weil Vicky nun offenbar doch nicht verhaftet worden war, kam die Kellnerin lächelnd herüber und fragte, ob sie noch etwas wünsche.

»Nein, vielen Dank«, sagte Vicky und sah auf die Straße. »Ich warte nur, dass ich abgeholt werde. Oh, fast hätte ich vergessen zu zahlen.« Sie zog einen Fünfdollarschein aus der Tasche und reichte ihn der Kellnerin.

»Für *ihn* müssen sie nicht zahlen«, sagte die Kellnerin und nickte in Richtung Straße.

»Aber sicher«, sagte Vicky. »Ich werde doch keine Schutzgelderpressung unterstützen!«

Die Kellnerin machte ein bestürztes Gesicht und ließ sich auch durch Vickys Lachen nicht beruhigen. In diesem Augenblick fuhr Clark den Wagen vor. Vicky nahm das Wechselgeld entgegen, und es war ihr egal, ob sie für einen oder für zwei bezahlt hatte.

Mittlerweile war es dunkel, aber nicht kalt, und der Regen hatte aufgehört. Vicky stieg in den Streifenwagen. Clark verließ sich auf die abschreckende Wirkung seines Autos und fuhr mit hoher Geschwindigkeit die Pacific Avenue hinunter. Souverän glitt er um die gut getarnten Betonhaufen, die neuerdings mitten auf der Fahrbahn errichtet worden waren. Kreisverkehr nannte die Stadtverwaltung diese Hindernisse, die schon so mancher Autofahrer zielstrebig und folgenschwer überfahren hatte.

»Bieg bitte in den kleinen Weg, fahr an Mrs. Birdsells Haus vorbei und park dann in meiner Einfahrt.«

Clark machte ein Geräusch, das sehr nach einem ungeduldigen Seufzer klang, tat aber, worum Vicky ihn gebeten hatte. Er stieg aus dem Wagen und wollte zum Haus gehen, doch Vicky packte ihn am Ärmel seiner Windjacke.

»Warte hier«, sagte sie. »Ich bin gleich zurück.«

»Was hast du –«

Aber Vicky war schon ihre Treppe hochgestürmt und steckte den Schlüssel ins Schloss. Sie ließ die Tür offen, jagte durch die Küche ins Wohnzimmer und riss den Telefonhörer hoch.

Falls Birdy nicht zu Hause war, würde sie den Ersatzschlüssel nehmen, den Birdy ihr überlassen hatte, und es selber tun –

»Birdy! Ich bin's, Vicky. Wie gut, dass Sie zu Hause sind. Ob Sie mir wohl einen Gefallen tun können? Machen Sie doch bitte mal Ihre Außenbeleuchtung an ... Nein, gehen Sie nicht nach draußen. Machen Sie nur das Licht an. Ich erkläre es Ihnen später.«

Sie legte auf, sauste wieder zurück zu Clark, der in ihrer Einfahrt stand und ungeduldig auf die Uhr sah.

»Vicky, ich habe wirklich keine Zeit, hier –«

»Komm mit.« Sie packte ihn am Arm, zog ihn zum Durchgang zwischen den Häusern. »Also. Der schwarze Wagen muss ungefähr hier gestanden haben, hat Birdy gesagt.« Sie zog Clark mit sich. Birdys Lampe blendete so stark, dass sie blinzeln mussten und wegschauten.

Sie sah Clark an. Sie hatte Recht.

»Welche Farbe hat deine Jacke, Clark?«

»Blau natür...« Er starrte auf die Jacke. »Du lieber Gott.«

»Das hätte mir schon früher auffallen müssen. Aber erst als wir vor kurzem von der Dichterlesung zurückkamen, klingelte etwas in meinem Kopf. Du hattest da diese blaue Jacke an, und plötzlich ging das Licht an und blendete uns, so grell war es, und deine Jacke war schwarz.«

Clark hielt die Hand über die Augen und blickte zu Birdys Haus. »Sie muss irgend so eine Hochdruck-Natriumdampflampe haben oder eine mit Halogen.«

»Die Hardings haben einen blauen Mercedes. Und meistens fährt John Harding damit, aber Junior, ich meine Vance, benutzt ihn auch. Und ich wette, wenn wir ihn hier hinstellten, würde Birdy ihn als den Wagen identifizieren, den sie an jenem Abend gesehen hat.«

Clark blickte wieder zu ihr. »Das würde mich ganz und gar nicht überraschen.«

»Und jetzt haben wir auch eine Erklärung dafür, dass der Wagen nur so ausgesprochen kurz hier gestanden hat. Dennis hätte nicht gewusst, dass Rachel an dem Tag so lange gearbeitet hat, aber Vance wusste es.«

»John Harding aber wahrscheinlich auch.«

»Ja, stimmt«, musste Vicky zugeben. »Und vielleicht sogar Linda, und alle drei sind öfter mit dem Mercedes gefahren. Aber Vance hat Geld unterschlagen. Er wusste, dass Rachel den Ordner besaß – und den hoffte er zu finden, als er damals erschien, um ihre Sachen abzuholen. Und er wusste auch, dass sie mit seinen Betrügereien nicht einverstanden war und ihn auffliegen lassen könnte. Er war sehr ehrgeizig und fest davon überzeugt, dass er die Firma erben werde. Wenn Rachel sich mit seinem Vater verbündet hätte, wäre sein Leben zerstört.«

»Da hast du vielleicht Recht.«

Vicky brauchte eine Weile, bis ihre Aufregung sich gelegt hatte. Rastlos tigerte sie in ihrem Wohnzimmer auf und ab und hätte schrecklich gern Amanda angerufen. Aber sie hatte Clark versprochen zu schweigen, bis die Polizei entschieden hätte, wie jetzt vorzugehen war.

Sie ließ sich aufs Sofa plumpsen, hob den Kater hoch und beschmuste ihn so lange, bis er auf ihrem Schoß sitzen blieb. Sie dachte über Junior nach. Über Vance. Es fiel ihr jetzt leichter, diesen Namen für ihn zu benutzen: So war er irgendwie jemand anders, eine Art Mr. Hyde. Zum ersten Mal versuchte sie sich in John und Linda Harding hineinzuversetzen. Wie würde es wohl für sie sein, wenn sie erführen, dass ihr Sohn sie betrogen hatte? Wenn sich herausstellte, dass er es war, der Rachel umgebracht hatte.

Das Telefon klingelte.

Wie in einer Art Gedankenübertragung war es John Harding, der anrief. Vicky setzte sich sehr gerade hin und vertrieb damit den Kater.

»Hallo«, sagte sie und überlegte dabei, ob ein einzelnes Wort wohl schuldbewusst klingen konnte.

»Entschuldigen Sie, dass ich anrufe, aber nun ja.« Er klang betrunken, zog die Wörter zu stark in die Länge. »Ich sitze hier und fühle mich einfach beschissen. Und da wollte ich Sie fragen, ob Sie der Polizei erzählt haben, dass ... also das von mir und Rachel.«

»Ja. Tut mir Leid, aber ich fürchte, das musste sein.«

Sie dachte, er würde wütend werden, aber er seufzte nur. »Es ist, als ob ... Ich sitze hier und warte, dass sie kommen und mich verhaften. Wahrscheinlich glauben sie, dass *ich* sie getötet habe.«

»Nein, das tun sie mit Sicherheit nicht.«

»Als würde man auf das Erschießungskommando warten ... warten, dass das eigene Leben endlich ein Ende hat.«

»Ich weiß, dass die Polizei nicht davon ausgeht, dass Sie Rachel getötet haben ...« *Weil Ihr Sohn es getan hat, Ihr Sohn, der Sie heimlich bestohlen hat.* Vicky kniff die Augen fest zusammen.

John Harding begann zu schluchzen. Vicky beugte sich vor, presste die Stirn auf die Knie. Oh, bitte nicht, hätte sie am liebsten gefleht, aber sie saß einfach nur da und zwang sich, ihm zuzuhören: Sie hatte nichts anderes verdient.

»Es wird alles wieder gut«, sagte sie kläglich.

»Kommen Sie mich morgen besuchen, Vicky. Kommen Sie und essen Sie mit mir zu Mittag. Sie sind die Einzige, mit der ich über Rachel reden kann. Sie sind die Einzige. Bitte.«

»Oh, ich weiß nicht, das geht wirklich nicht –« Sie richtete sich wieder auf.

»Bitte, Vicky. Sie sind die Einzige. *Bitte.*« Er putzte sich die Nase. Plötzlich knisterte und knackte es in der Leitung, als habe er den Hörer fallen lassen. Doch dann sprach er weiter. »Dieses blöde Mädchen hat mich nämlich nochmal angerufen.«

»Welches blöde Mädchen?«

»Sie wissen schon. Das Mädchen, das sich für meine Tochter hält.«

»Kristin? Du lieber Gott, das tut mir Leid. Die Kleine sollte aufhören, Sie zu belästigen. Was wollte sie denn?«

»Herausfinden, ob ich weiß, wer ihr Vater ist. Wieso muss sie ausgerechnet mich damit nerven? Wieso hat ihr Freund es ihr nicht gesagt? Wenn er weiß, wer die Mutter ist, weiß er wahrscheinlich auch, wer der Vater ist.«

»Moment mal. Kristins *Freund* hat ihr von Rachel erzählt? Dabei hat sie mir gesagt, sie sei im Safe ihres Vaters zufällig auf ihre Geburtsurkunde gestoßen.«

»Ich weiß es doch auch nicht«, sagte Harding verdrossen. »Sie war so aufgeregt, als sie damals zu mir kam, dass alles durcheinander ging. Aber eins weiß ich noch genau. Sie hat erzählt, wie eines Tages plötzlich dieser Typ angerufen hat und aus heiterem Himmel fragte, ob sie Lust hätte, ihre Mutter kennen zu lernen.«

»Aha.« *Verdammte* Kristin. Vicky hatte also Recht. Es gab tatsächlich ein paar Dinge in Kristins Version, die nicht zusammenpassten.

»Also bis morgen. Sie kommen zu mir. In mein Büro. Um ein Uhr. Wir gehen dann irgendwohin, wo es nett ist. Vielen Dank, Vicky.«

»Ja, sicher.«

Sie begriff kaum, welchem Vorschlag sie da gerade zugestimmt hatte. Denn sie musste die ganze Zeit daran denken, dass Kristin sie offenbar belogen hatte. Die Regel des »Richtigmachens« gelte nur für Mitglieder der Glaubensgemeinschaft, hatte Harding damals gesagt. Wie praktisch, dachte Vicky zornig. Menschen wie Jacob Cornelius musste Kristin die Wahrheit sagen, aber ihr nicht.

Ihre Finger zitterten, als sie Kristins Nummer wählte. Es war ihr völlig egal, wer abnahm, sie war stinksauer und würde demjenigen gehörig Bescheid sagen.

»Hallo?« Es war Kristin.

»Ich bin es, Mrs. Bauer. Und ich möchte die Wahrheit hören, die ganze verdammte Wahrheit, und zwar jetzt. Wer hat dir erzählt, dass Rachel deine Mutter ist? Entweder du sagst es *mir*, oder du musst es der Polizei erzählen.«

Als Kristin endlich antwortete, klang ihre Stimme so verängstigt, wie Vicky es sich nur wünschen konnte. »Es tut mir Leid. Es tut mir schrecklich Leid.« Sie flüsterte.

»Sag es mir. Auf der Stelle.« Vicky wollte ihr gar nicht erst die Gelegenheit geben, wieder zur Besinnung zu kommen.

»Er wollte mir doch nur helfen.«

»Wie hat er das mit Rachel denn herausgefunden? War es seine Idee, ihr die Fotos zu schicken? Und wieso hast du da überhaupt mitgemacht?«

»Ich weiß nicht, wie er all das herausgefunden hat. Er ... er wusste es einfach. Irgendwie ist er an meine Geburtsurkunde gekommen. Oder an eine Kopie. Er wusste, dass Rachel sich nicht mehr erinnerte, er wusste über Jacob Cornelius Bescheid, er wusste, wenn er ihr diese Fotos schicken würde, wäre das die beste Methode, um sie wieder an das zu erinnern, was in der Vergangenheit gewesen war.«

»Und er hat das tatsächlich alles gewusst?«, fragte Vicky scharf. »Und du hast alles geglaubt, was er gesagt hat?«

»Ja. Er hatte doch Recht. Sie hat sich wirklich nicht mehr an die Geschichte erinnert. Mr. Cornelius hat das doch bestätigt, und deshalb hab ich gedacht, dass das andere auch stimmt, also wie man jetzt am besten weitermacht.«

»Aha. Er sagt also, du sollst Jacob Cornelius die Fotos stehlen. Er selber macht dann das Foto von dir in Bellingham und das vor meinem Haus. Aber was ist mit dem Bild von den Lehrern der Hammond-Schule? Hat er das aus der Kirche in Blaine gestohlen? Stammt das überhaupt von dort?«

»Ich weiß es nicht. Er hatte es eben. Er hat das Gesicht von dem Arzt rot umrandet und gesagt, was ich schreiben soll.«

»Du lieber Gott, Kristin. Dieser Typ – er ruft dich aus heiterem Himmel an, kommt mit diesem blödsinnigen Plan, und du tust alles, was er sagt? Wer ist dieser Mensch eigentlich? Wie heißt er?«

Es folgte Schweigen am anderen Ende. Vicky stellte sich vor, wie Kristin sich verzweifelt eine weitere überzeugende Lüge auszudenken versuchte. »Nun?«, sagte sie drohend.

»Sie kennen ihn. Rob.«

»*Rob*? Der Rob, dem ich Nachhilfeunterricht gebe?«

»Bitte sagen Sie ihm nicht, dass ich ihn verraten habe. *Bitte.*«

Vicky war viel zu verdattert, um sich zu äußern. Rob. Das ergab doch alles keinen Sinn. »Wieso?«, fragte sie schließlich. »Wieso hat er das getan?«

»Er wollte mir helfen. Er wollte so gerne, dass ich meine Mutter finde. Er hatte selber gerade seine leibliche Mutter gefunden und war so glücklich darüber. Die vollkommene Beziehung, hat er gesagt.«

»Ich kann mich erinnern, dass er mir davon erzählt hat.«

»Wir wollten doch keinem wehtun. Ich hab nicht gedacht, dass es irgendwem wehtun würde. Das müssen Sie mir glauben. Und das mit dem Nachhilfeunterricht – es ist ja nicht so, dass ich den nicht nötig hätte, oder? Rob hat das vorgeschlagen, aber meine Mom und meine Lehrer fanden auch, dass es eine gute Idee ist.«

»Na gut«, sagte Vicky und versuchte, etwas versöhnlicher zu klingen. Sie seufzte. »Wir sprechen uns später. Und übrigens: Wehe, du rufst nochmal Mr. Harding an! Das meine ich ernst. Er weiß nicht, wer dein Vater ist, und er hat wirklich schon genug Sorgen.«

Rob, dachte sie und legte den Hörer auf. Rob. Wieso lag ihm etwas daran, dass Kristin ihre Mutter wieder fand? Wieso wusste er überhaupt über sie alle so gut Bescheid? Seinen eigenen Nachhilfeunterricht hatte er genauso strategisch geplant wie Kristins: Er war zu Vicky gegangen, nicht, weil er es nötig hätte, sondern weil Rachel bei ihr wohnte.

Sie musste unbedingt mit Rob reden. Und zwar sofort. Bevor Kristin es tat. Bevor er sich noch mehr Lügen für sie ausdenken konnte. *Wir wollten keinem wehtun*, hatte Kristin gesagt. Das stimmte wahrscheinlich sogar. Aber Rob würde ihr noch eine ganze Menge erklären müssen. Ihr fiel wieder ein, wie er Rachel immer angeschaut hatte. Bisher war sie schlicht davon ausgegangen, dass er sich von einer schönen Frau sexuell angezogen fühlte. Aber es schien doch um einiges komplizierter zu sein.

Niemand nahm ab. Verdammt.

Ihr war sehr danach, jetzt sofort zu seiner Wohnung zu fahren, gegen die Tür zu wummern und ein paar Antworten zu verlangen. Als wenn ihn das nach Hause brächte! Wahrscheinlich war er den ganzen Abend unterwegs, und sie müsste eben bis morgen warten.

Morgen! Du lieber Gott! Sie hatte doch John Harding zugesagt. Was war nur mit ihrem Verstand los? Sie konnte doch nicht mit Harding essen gehen und beruhigend auf ihn einzureden versuchen, wenn sie wusste, dass noch viel schrecklichere Neuigkeiten auf ihn warteten.

Und was würde Clark zu ihrer Verabredung sagen? Sie würde ihn wohl informieren müssen. Morgen wollte er doch mit Vance reden, ihn vielleicht sogar verhaften. Clark würde kaum begeistert sein, wenn er hörte, dass sie, Vicky, sich ebenfalls am Ort des Geschehens aufhielt.

Sie rief ihn zu Hause an, in der Hoffnung, dass er noch nicht da war und sie nur mit seiner Maschine sprechen müsste. Und sie hatte Glück.

»Ich dachte«, sagte sie zum Anrufbeantworter, »du solltest wissen, dass John Harding mich angerufen hat. Es ging ihm sehr schlecht, und anscheinend ist es ihm irgendwie gelungen, mich zu einem gemeinsamen Mittagessen zu überreden. Ich soll morgen um eins bei ihm in der Firma sein. Und weil ich ja weiß, dass du morgen mit Vance sprechen willst, dachte ich, ich sollte das lieber vorher mit dir klären? Damit ich nicht im Weg bin? Tja. Ruf mich an, wenn das Probleme gibt.«

Sie legte auf und ärgerte sich über ihren zaghaften Tonfall. Dass sie am Ende der Sätze mit der Stimme hochgegangen war. Wie ein Teenager, der Papi um Erlaubnis bittet. Aber hier handelte es sich immerhin um einen Mordfall. Und wenn Clark ihr befehlen würde, nicht zu kommen, dann ging es nicht darum, dass ein großer Papi ihr Vorschriften machen wollte.

Sie war gerade im Keller und versuchte, die Wäsche glatt zu recken, die sie im Trockner vergessen hatte, als sie das Telefon hörte. Sie rannte die Treppe hoch und konnte den Hörer gerade noch abnehmen, bevor der Anrufbeantworter ansprang.

»Hab deine Nachricht erhalten«, sagte Clark. Es war nicht herauszuhören, wie ärgerlich er war. »Was soll das ... das mit deinem Treffen morgen mit Harding?«

»Er klang so ... so hilfsbedürftig. Ich konnte einfach nicht nein sagen.«

»Es ist nicht gerade der günstigste Zeitpunkt, Vicky.«

»Ich weiß.«

»Die Situation ist gefährlich. Und im Gegensatz zu dir habe ich nicht vergessen, dass Rachel am Abend ihres Todes deine Jacke trug. Es ist keineswegs auszuschließen, dass du das eigentliche Ziel des Anschlags warst.«

Ihr lief es kalt den Rücken hinunter. Das hatte sie tatsächlich vergessen.

»Aber ich werde Vance doch gar nicht begegnen. Ich gehe nur in Hardings Büro, und dann verlassen wir beide die Firma. Und die ganze Zeit sind Dutzende von Leuten um uns herum. Wieso sollte mir jetzt was passieren, wenn mir bei den Hardings bisher nie was passiert ist?«

Clark seufzte. Vicky konnte hören, wie er mit irgendeinem Gegenstand auf etwas Hartes trommelte. »Dann pass jetzt gut auf«, sagte er. »Du triffst dich um eins mit ihm. Ich gebe dir eine halbe Stunde, bis ihr beide gegangen seid, dann komme ich und schnappe mir Vance. Vielleicht ist es gar nicht verkehrt, wenn sein Vater in dem Moment aus dem Weg ist. Aber ich möchte auf keinen Fall, dass sie schon vorher von unserem Kommen erfahren.«

»Jawohl, Corporal Kent.«

»Ich mache keine Witze, Vicky.«

Vicky seufzte. »Ich weiß.«

»Es wird nicht einfach sein, dich mit Harding zu treffen, ohne ihm zu sagen, was du über seinen Sohn weißt. Schaffst du das auch?«

»Das muss ich wohl.«

»Also gut. Wir warten draußen in einem Zivilfahrzeug. Wir wollen keinen der beiden erschrecken. Wenn ihr dann fort seid, gehen wir hinein und kümmern uns um Vance.«

»Und wenn er gar nicht da ist?«

»Ich werde morgens anrufen, mich als neuen Kunden vorstellen und mir einen Termin geben lassen.«

»Wollt ihr ihn denn nicht verhaften?«

Es folgte eine Pause. »Frag nicht«, sagte er.

Nicht fragen? Was war das denn für eine Antwort?

Nachdem sie aufgelegt hatte, wollte sie vom Kater, der neben ihr döste, wissen: »Bin ich etwa verrückt?« Er öffnete sein eines Auge einen Spalt. »Du musst mir keinen Vortrag halten«, sagte sie, stand auf und wanderte unruhig durchs Haus.

Schließlich rief sie Amanda an.

»Ja, du bist wirklich verrückt«, entschied Amanda. »Du bist doch nicht zu einem Mitleidsessen mit Harding verpflichtet.«

Vicky zuckte zusammen. »Na ja, immerhin habe ich mitgeholfen, sein Leben zu vermurksen.«

»Bilde dir nur nichts ein. Er hat es selber vermurkst. Außerdem ist das jetzt Sache der Polizei. Woher weißt du denn, ob Harding dich nicht nur dorthin locken will? Woher weißt du, dass du ihm vertrauen kannst?«

»Er ... Also wenn er mir bis jetzt alles nur vorgemacht hat, dann schauspielert er besser als Olivier.«

»Alle, die auf der Erde wandeln, spielen besser als Olivier.«

»Du sollst mich gefälligst beruhigen und nicht über das falsche Präsens meiner Verben meckern.«

»Ja, ja. Also pass auf – ruf mich sofort nach deinem Essen an. Wenn ich bis um halb drei nichts von dir gehört habe, rufe ich Supermann an.«

»Okay. Halb drei.«

»Ich verstehe wirklich nicht, wieso du immer noch mit diesen Menschen umgehst, Vicky. Hast du das Gefühl, dass du das Rachel schuldig bist? Vergiss nicht, dass sie dich nur benutzt hat.«

Darüber musste Vicky nachdenken. *Sie hat dich nur benutzt*: Vielleicht hatte sie das tatsächlich, aber es fiel ihr nicht leicht, Rachel aus ihrem Herzen zu verbannen. Und außerdem hatte sie selber ja auch Rachel benutzt: Rachel hatte ihrem Leben wieder einen Sinn geben und die Einsamkeit aus ihrem Haus vertreiben sollen.

»Lose Fäden vielleicht«, sagte Vicky schließlich. »Ich mag keine losen Fäden.«

Amanda knurrte spöttisch. »Klingt wie der Verzweiflungsruf eines Handarbeitskränzchens.«

»Und ... schlichte Neugier vermutlich.«

»Die Einzige, die hier schlicht ist, bist du, meine Liebe.«

»Schlichtheit ist das Ergebnis tiefen Nachdenkens.«

»Puh. Welcher Idiot hat das denn gesagt?«

»Ein anderer toter Engländer.«

Fünfzehntes Kapitel

Vicky parkte direkt vor der Firma. Seitlich vom Gebäude sah sie Vance' roten Pick-up neben dem blauen Mercedes stehen. Gut. Offensichtlich waren beide da. Es wäre ihr allerdings fast genauso recht gewesen, wenn die Harding-Männer nicht im Hause wären. Wieso hatte sie die Essenseinladung zu diesem Mantel-und-Degen-Stück überhaupt angenommen?, fragte sie sich missmutig zum hundertsten Mal. Vielleicht war Harding so betrunken gewesen, dass er sich gar nicht mehr an die Verabredung erinnerte. Sie kannte solche Geschichten aus ihrem früheren Leben, wenn sie irgendwelchen Leuten, die sie kaum wieder erkannte, total verschlafen die Tür geöffnet hatte, worauf die erstaunt riefen: »Bist du noch nicht fertig?«

Und wenn sie nun Vance über den Weg liefe, was dann? Würde sie überzeugend verbergen können, was sie über seine Machenschaften wusste und was ihn deshalb in ein paar Minuten erwartete?

Es war zehn vor eins. Vielleicht sollte sie sich, bevor sie hineinging, erst noch vergewissern, ob Clark auch wirklich schon da war. Sie blieb also leicht beklommen im Auto sitzen und wünschte, sie wäre nicht so überpünktlich gekommen. Aber wenn sie jetzt wieder wegführe und nach zehn Minuten wiederkäme, sähe das auch merkwürdig aus. Wenn sie ein Handy hätte, was Amanda ihr dauernd nahe legte, könnte sie wenigstens eben nochmal Rob anrufen. Den ganzen Morgen lang hatte niemand bei ihm abgenommen.

Dann sah sie im Rückspiegel, wie Clark auf der anderen Straßenseite hielt. Auf dem Beifahrersitz saß noch ein Mann. Der Wagen war ein Privatfahrzeug, aber beide Männer waren in Uniform. Das Auto hatten sie vermutlich genommen, um Vance nicht zu früh zu alarmieren, und die Uniformen sollten später genau das Gegenteil bewirken. Vicky unterdrückte den Impuls zu winken. Es war nicht vorgesehen, dass der Mantel dem Degen zuwinkte.

Sie stieg aus, ging zur Eingangstür und zog an dem Griff. Die Tür bewegte sich nicht. Sie legte die Hände auf die Glasscheibe und spähte hinein. Am Empfang saß niemand, aber sie konnte auf dem Tisch ein kleines Schild erkennen, das verkündete: Bin in zwanzig Minuten zurück. Na prima! Was sollte sie jetzt machen? Vicky konnte die Tür zu John Hardings Büro sehen, aber sie war geschlossen. Wahrscheinlich wusste er gar nicht, dass der Empfang nicht besetzt war.

Sie blickte über die Straße zu Clark und hoffte, dass er erriet, was los war. Sie wollte gerade wieder zu ihrem Wagen zurückgehen, als jemand rief: »Hallo, Sie da!«

Es war einer der beiden Arbeiter, die gerade einen Kühlschrank von der Verladerampe an der Seite des Gebäudes in einen Laster beförderten. Vicky ging zu ihnen. Der Mann, der sie angesprochen hatte, stellte die Sackkarre in eine aufrechte Position, zog seine Arbeitshandschuhe aus und wischte sich mit dem Handrücken übers Gesicht. Er war kaum mehr als ein Meter fünfzig groß, aber so muskulös, dass er imposanter wirkte als sein schlaksiger Kollege mit seinen gut einsachtzig.

»Hallo«, sagte Vicky. »Die Eingangstür scheint verschlossen zu sein.«

Der Mann rollte mit den Augen. »Das muss das neue Mädel sein. Die hat keinen blassen Schimmer.«

»Ich habe einen Termin bei Mr. Harding«, sagte Vicky. »Sie wissen wohl nicht, ob er in seinem Büro ist?«

»Glaub schon. Ich habe ihn eben noch irgendwo hier gesehen. Sie wissen, wie Sie von hier ins Haus kommen?«

»Ich –«

»Gehen Sie einfach hier durch die Werkhalle, dann durch die Tür da am Ende und immer geradeaus durch den Ausstellungsraum bis nach vorne.«

»Danke«, sagte Vicky. »Nett, dass Sie mir geholfen haben.«

»Null problemo.« Der Mann zog die Handschuhe wieder an und schob die Sackkarre über die Rampe ins Lastwageninnere, wohin sein Kollege schon verschwunden war.

Vicky betrat die Werkhalle, die offenbar gleichzeitig als Lagerraum diente. In hohen Regalen waren Einzelteile für Kühlmaschinen und Gefriertruhen gestapelt. An einer Wand stand eine Reihe von Fässern, an einer anderen hingen gewaltige Schläuche, durch die später vermutlich mal die Kühlflüssigkeit laufen würde. Etwa zwanzig begehbare Gefrierschränke unterschiedlicher Größe und Fertigungsstufe bildeten einen verwinkelten Gang, durch den man zur Tür am anderen Ende der Halle kam.

Irgendwo begann plötzlich eine Maschine zu arbeiten, vielleicht ein Kompressor, jedenfalls war das Gerät so laut und so schwer, dass der Boden vibrierte. Sie fröstelte. Anscheinend gab es keine Heizung in dem Raum. Was auch kein Wunder wäre bei den Produkten dieser Firma. Vicky konnte sich gut vorstellen, dass die Arbeitsbedingungen mehr als unerfreulich waren.

Sie stolperte über ein Brett, strauchelte gegen einen der Gefrierschränke. Ihre Handtasche fiel auf den Boden. Als sie sich bückte, um sie aufzuheben, blickte sie kurz zu der Tür zurück, durch die sie gekommen war. Sie konnte es sich immer noch anders überlegen, konnte zu den Polizisten draußen auf der Straße rennen und sagen, das Ganze sei einfach eine Nummer zu groß für sie. Sie habe ihre Lektion gelernt, und von nun an werde sie ihre Nase nie mehr in anderer Leute Angelegenheiten stecken –

Sie richtete sich wieder auf, hängte sich die Handtasche entschlossen um die Schulter und stieg über das Brett.

Und plötzlich stürzte sie richtig. Nach vorne und nach rechts. Irgendetwas hatte sie von hinten gestoßen, und obwohl sie instinktiv die Hände ausstreckte, um ihren Fall abzufedern, wusste sie, dass es zu spät war. Mit einem Fuß war sie an der etwas vorstehenden Türleiste eines Gefrierschranks hängen geblieben, und sie fiel, erst heftig auf ihr linkes Knie, dann zur Seite auf die rechte Schulter, auf die Brust und – in den Schrank. Mit dem Kopf krachte sie gegen eines der Metallregale, und während sie langsam im grauen Wirbel der Bewusstlosigkeit versank, hörte sie noch die Gefrierschranktür zuknallen.

Sie blinzelte, wieder und immer wieder, riss schließlich mehrmals die Augen weit auf, ohne auch nur den winzigsten Lichtstrahl zu entdecken. In ihrem Kopf dröhnte es, und sie spürte etwas Feuchtes auf Stirn und Wange. Ein beißender, saurer Geruch stach ihr in die Nase.

Sie brauchte eine Weile, bis ihr wieder einfiel, was geschehen war, wo sie sich befand. Wie lange war sie schon hier drinnen?

Es gelang ihr mit Mühe, sich zu einer kriechenden Haltung aufzurichten. Dabei musste sie nicht nur gegen das Schwindelgefühl, sondern auch gegen den Schmerz ankämpfen, der in ihren Schläfen pochte. Atme, befahl sie sich, du musst nur atmen, ein und aus. Doch bei jedem Atemzug schoss ihr ein stechender Schmerz in den Kopf. Und als sie gegen dieses unerträgliche Pochen die Zähne zusammenbeißen wollte, merkte sie, dass sie klapperten. Vicky zitterte unkontrolliert.

Vorsichtig tastete sie eine Seitenwand des Schranks ab und stieß auf eine senkrechte Stange, die offenbar zur Stabilisierung der Regale diente. Sie hielt sich daran fest und zog sich ganz langsam hoch, bis sie endlich auf den Füßen stand.

Am schlimmsten war die Dunkelheit. Eine derart absolute Schwärze hatte sie noch nie erlebt.

Vorsichtig versuchte sie, sich um neunzig Grad zu drehen. Sie rief sich in Erinnerung, wie sie gefallen war, und hoffte, dass sie jetzt ungefähr mit dem Gesicht zu Tür stand. Und da müsste es doch irgendwo eine Klinke geben und einen Lichtschalter –

Und gerade, als sie dachte: Aber das Licht wird ja nicht gehen, weil der Gefrierschrank keinen Strom hat – Gott sei Dank, wenigstens etwas –, hörte sie ein Geräusch, das sie vor Entsetzen erstarren ließ. Das Surren eines Motors.

Panik packte sie. Sie streckte die Arme aus und stolperte vorwärts. Sie kam an eine Wand, fuhr mit den Fingern daran entlang, tastete, kratzte und hoffte auf eine Ritze, die auf eine Tür hinwies. Sie konnte ihren Pulsschlag so deutlich hören, als hätte jemand die Lautstärke aufgedreht.

»Hilfe! Hilfe!«

Sie trommelte mit den Fäusten gegen die Wand.

Würde irgendjemand sie hören können? Der Gefrierschrank war gut isoliert, womöglich war er dadurch sogar schalldicht. Ihr fiel wieder die Maschine in der Halle ein, die, kurz bevor jemand sie hier hineingestoßen hatte, angesprungen war. Die würde ihre Hilferufe endgültig verschlucken.

Es wurde kälter. Wie lange dauerte es wohl, bis die Temperatur unter den Gefrierpunkt gesunken war? Vielleicht war es ja schon so weit. Sie trug Jeans und eine leichte Jacke, nichts, was sie im Ernstfall warm halten würde. Vicky war in Nordalberta aufgewachsen, und das war ein Teil der Welt, wo der Tod durch Erfrieren sehr real war. Alle Kinder wurden über diese Gefahr aufgeklärt, alle Eltern erzählten die Geschichten mit den warnenden Beispielen. Die heiße Hölle war eine Erfindung des Südens. Für Vicky war die Hölle kalt.

Sie zitterte am ganzen Leibe. Das war gut, wie ihr wieder einfiel: Über das Zittern versuchte der Körper seine normale Temperatur zu halten. Das konnte er allerdings nicht unbegrenzt. Sie würde kontinuierlich an Wärme verlieren, und zwar alle paar Minuten einen Grad. Wenn das Zittern aufhörte, bedeutete das, dass das Herz seine Tätigkeit verlangsamte und weniger Blut in die Glieder schickte, damit die zentralen Funktionen aufrechterhalten blieben. Und wie lange dauerte es dann noch bis zum Herzstillstand, bis zum finalen Koma? Zwanzig Minuten? Eine halbe Stunde?

Clark hatte gesagt, er gebe ihr eine halbe Stunde. Vielleicht suchte er ja schon nach ihr. Aber wie lange würde es dauern, bis er sie fand?

Sie presste sich mit dem ganzen Körper flach an die Wand, rutschte daran entlang und fühlte nach irgendwelchen Unebenheiten, die vielleicht eine Türdichtung, eine Türangel, eine Klinke, ein Lichtschalter, ein Thermostat sein konnten. Es würde nicht mehr lange dauern, bis sie gar nichts mehr mit ihren bloßen Fingern berühren konnte, da sie an allen Metallteilen, auf die sie stießen, festfrieren würden.

»Hilfe!«, schrie sie und blieb einen Moment stehen, um gegen die Wand zu hämmern. Das Atmen schien mühsamer zu werden. Vielleicht war es ja sinnlos zu schreien, vielleicht sollte sie sich den Sauerstoff aufsparen. Bevor die Tür zugeschnappt war, hatte sie einen flüchtigen Eindruck von dem Raum gewonnen. Er schien etwas kleiner als ihr Schlafzimmer zu sein. Wie lange dauerte es wohl, bis sämtlicher Sauerstoff aufgebraucht war? Aber bestimmt wäre sie bis dahin schon den Erfrierungstod gestorben.

»Hilfe!«

Jetzt fühlte sich auch die Wand kälter an. Sie vergeudete ihre Körperwärme, wenn sie hier noch weiter wie ein platt gedrückter Adler entlangrutschte. Aber ihre einzige Hoffnung bestand darin, dass sie den Türgriff fand. Suchte sie an der falschen Wand?

Sie bewegte sich jetzt schneller seitwärts an der Wand entlang und versuchte mit jedem Zentimeter ihres Körpers etwas zu ertasten, was nicht nur glatte, kalte Fläche war.

Eine Ecke. Vielleicht war sie vorher an der falschen Wand gewesen. Sollte sie zurückgehen oder es mit der Wand probieren, die jetzt kam?

Sie entschied sich für die neue Wand, schob sich zentimeterweise an ihr entlang. Sie trat auf etwas Hartes und stieß es beiseite. Ihre ausgestreckten Finger berührten Metall, es klebte und brannte gleichzeitig, und sie schreckte zurück, zog sich den Jackenärmel über die Hand und tastete so erneut nach dem Metall. Es fühlte sich an wie das Stützrohr für die Regale und war vielleicht dasselbe, gegen das sie zuerst gekippt war. Wo war sie? War sie wieder dort, wo sie begonnen hatte? Wo war die verdammte Tür?

Sie ging zurück zu der Ecke, tastete sich wieder an der ersten Wand entlang, kam an eine weitere Ecke. Sie schob sich an dieser dritten Wand entlang. Aus ihrer Kehle kam ein Geräusch, eine Art Stöhnen, das offenbar nicht ihrem Willen gehorchte. Ihre Finger wurden allmählich so taub, dass sie ihr wie gefühllose Klauen am Ende ihrer Hände vorkamen. Das Feuchte auf ihren Wangen – entweder Blut oder Tränen – begann zu frieren. Sie musste ständig blinzeln, damit die Feuchtigkeit in ihren Augen nicht zu Eis wurde.

Plötzlich stieß etwas sie in die Rippen. Etwas Flaches, Längliches, das in der Wand verankert war. Als sie zurückwich, merkte sie, dass es beweglich war. Es musste irgendeine Art Griff sein. Eine Klinke.

Sie zog die Hand noch weiter in ihrem Ärmel hoch, packte die Klinke durch den Stoff hindurch und drückte sie kräftig nach unten. Irgendetwas in dem Schloss knirschte, irgendetwas lockerte sich. Sie drückte den Griff so weit hinunter, wie sie konnte, schob mit ihrem ganzen Körper. Nichts. Sie zog die Klinke in ihre Richtung. Nichts. Die Tür schien von außen verschlossen worden zu sein. Sie versuchte es wieder und wieder und schrie dabei verzweifelte stumme Silben in die Dunkelheit.

Es gab nichts mehr, was sie noch hätte tun können. Sollten in dem Gefrierschrank irgendwelche Sicherheitsvorrichtungen sein, dann hatte sie sie nicht gefunden. Vielleicht waren sie auch noch nicht installiert worden. Oder derjenige, der Vicky hier eingeschlossen hatte, hatte sie außer Kraft gesetzt.

Sie schlug mit den Fäusten gegen die Tür und spürte den Schlag inzwischen nur noch in den Schultern. Langsam sank sie zu Boden.

»Hilfe! Hilfe!« Die Luft, die sie einatmete, schien in ihrem Hals zu erstarren. Sie wusste, wenn sie die Luft beim Ausatmen sehen könnte, würde sie eine weiße Wolke sehen, die sich in feinen Kristallen auf ihren Armen niederließ.

Sie pochte gegen die Tür. »Helft mir«, konnte sie jetzt nur noch flüstern. »Bitte helft mir.«

Die Tür ging auf.

Sie kippte nach vorne, über die Türschwelle, und landete wie ein Sack auf dem Boden der Werkhalle. Das plötzliche Licht war überwältigend. Sie kniff die Augen zu, drückte den Kopf fester gegen die Brust.

»Vicky! Mein Gott! Ist alles in Ordnung?« Es war eine Frauenstimme.

»Vielen Dank«, sagte Vicky. Ihre Zunge hatte Mühe, die Wörter zu formen.

»Mein Gott! Wie lange waren Sie bloß da drinnen? Was ist passiert?«

Vicky öffnete ihr eines Auge einen Spalt und blickte hoch. Die Deckenlampe blendete sie, und sie schloss es schnell wieder. Aber sie hatte die Frau erkannt. Linda Harding.

»Wie spät ist es?«, fragte sie. Sie hätte auf ihre eigene Uhr schauen können, aber dann hätte sie die Augen wieder öffnen müssen.

»Fast halb zwei. O Vicky.« Linda kniete nieder und begann, Vickys Hände zu reiben. »Ich dachte, ich hätte es mir nur eingebildet, als ich hier langging und da drinnen etwas hörte. Wie lange haben Sie bloß da drin gesteckt? Sie könnten Frostbeulen bekommen haben. Am besten hole ich John oder Junior –«

»Nein. Nein, es ist alles in Ordnung.« Sie setzte sich mühsam auf, öffnete vorsichtig ein Auge in Lindas Richtung. Diesmal war es schon einfacher. »Draußen. Da ist jemand ... Ach, egal.«

Linda rieb immer noch Vickys Hände. »Sind Sie sicher?«

Vicky stand taumelnd auf. »Es ist alles in Ordnung. Ich werde einfach gehen. Ich glaube, ich sollte mich bewegen.«

Zwei Arbeiter in Overalls näherten sich, blieben stehen und starrten sie an.

»War sie etwa im Gefrierschrank?«, fragte der eine von ihnen.

»Ja«, sagte Vicky und wankte unbeholfen an ihnen vorbei zu der offenen Tür, durch die sie vor einer Ewigkeit die Halle betreten hatte. »Ich war in dem verdammten Gefrierschrank.«

Das Krankenhaus wollte sie über Nacht dabehalten, aber als Vicky die Röntgenbilder sah, bestand sie darauf, nach Hause zu gehen.

»Keine Frostbeulen, keine Gehirnerschütterung. Mir geht es prima«, sagte sie.

»Sie sollten nachts nicht alleine sein«, sagte der Arzt und tippte auf sein Klemmbrett, als folge er nur dessen Anweisungen.

»Ich bleibe bei ihr«, verkündete Clark.

»Das ist nicht nötig«, sagte Vicky. »Wirklich nicht.«

»Es ist vielleicht nicht absolut notwendig«, meinte der Arzt ungeduldig. »Aber ich würde es empfehlen.«

Vicky schien nicht so genau zu wissen, ob sie ärgerlich oder gehorsam sein sollte. »Okay. Gut«, sagte sie. Das »Okay« klang gehorsam und das »Gut« ärgerlich.

Sie ließ sich von Clark durch die Eingangshalle geleiten. Die Menschen im Warteraum legten ihre Illustrierten beiseite und starrten sie an. Mit ihrer zusammengeflickten Stirn, der zerknautschten Kleidung und der Polizeibegleitung musste sie wohl auch aussehen wie jemand, der eine Kneipenschlägerei hinter sich hatte.

»Du brauchst heute Nacht wirklich nicht bei mir zu bleiben«, sagte sie. »Sogar der Arzt hat gesagt, dass es nicht nötig ist. Und Vance ist doch verhaftet worden, oder? Eine ganze Horde Polizisten hat ja gerade das Lagerhaus gestürmt, als wir weggingen. Jetzt bin ich doch eigentlich nicht mehr in Gefahr.«

»Es ist eine Vorsichtsmaßnahme.«

»Es ist aber nicht notwendig.«

»Vielleicht kannst du momentan nicht so besonders gut beurteilen, was das Beste für dich ist.«

Sie wollte gerade eine sarkastische Antwort geben, als ihr aufging, dass Clark deshalb bleiben wollte, weil er sich schuldig fühlte und wütend auf sich war. Sie konnte noch so oft betonen, dass es ihre Idee gewesen war, sich mit Harding zu treffen. Clark hatte nur ein finsteres Gesicht gemacht und gesagt, nein, es sei sein Fehler gewesen.

»Also gut«, sagte sie. »Wenn du unbedingt willst.«

Der Wagen stand noch im Parkbereich für die Notaufnahme. Sie stiegen ein und fuhren Richtung Süden, nach White Rock. Sie kamen durch die Straße, in der Dulci Warner wohnte, und Vicky überlegte, wann eigentlich ihre nächste Nachhilfestunde war, aber irgendwie schien das inzwischen auf nahezu komische Weise unwichtig. Morgen, nächste Woche, wen interessierte das schon? Sie hatten Vicky irgendetwas gespritzt, und offenbar begann das erst jetzt zu wirken: Sie fühlte sich ganz schön beduselt.

Es begann dunkel zu werden. Die Zeit fliegt, wenn es einem gut geht, dachte sie und schob den Heizregler auf Maximum. Seit sie das Lagerhaus verlassen hatte, war sie nicht mehr warm geworden. Sie schlang ihre Arme um sich und versuchte, nicht zu zittern, weil sie wusste, dass Clark sie skeptisch von der Seite ansah und bestimmt überlegte, ob er nicht umkehren und sie in einem Krankenhausbett festbinden sollte.

Sie lächelte ihn an. Er hatte ein höchst ansehnliches, scharf geschnittenes Profil, und seine schiefe Nase sah von der Seite vollkommen gerade aus. Sie hätte am liebsten die Hand ausgestreckt und ihm auf die Stirn gelegt, um wie mit einer Art Bügeleisen seine Sorgenfalten zu glätten. »Mir geht es wirklich gut, Clark«, sagte sie. »Nur Kopfschmerzen, das ist alles. Und eventuell eine bleibende Aversion gegen Tiefkühlkost.«

»Du hättest sterben können. Wenn Linda nicht zufällig vorbeigekommen wäre ...«

»Sie *ist* aber gekommen. Es ist vorbei. Und außerdem – wer hätte denn gedacht, dass Vance zu so etwas fähig ist?«

Clark zuckte die Achseln. »Er muss den Verdacht gehabt haben, dass Rachel dir etwas über ihn erzählt hat oder dass du die Papiere gefunden hast. Vielleicht hat er auch gehört, wie du zu den Arbeitern gesagt hast, du hättest eine Verabredung mit seinem Vater. Und da ist er durchgedreht und wollte dich daran hindern, mit ihm oder mit uns zu reden. Plötzlich sieht er dich an dem Gefrierschrank vorbeigehen, schubst dich einfach hinein, nur um dich irgendwie loszuwerden. Wer weiß schon, was er wirklich gedacht hat? Er selber hat natürlich noch keinerlei Geständnis gemacht.«

»Sein Vater und Linda werden inzwischen wohl ... Bescheid wissen.« Als sie an die bitteren Tatsachen dachte, mit denen die beiden nun fertig werden mussten, verschärfte sich der Schmerz in ihrem Kopf. Linda hatte ihr das Leben gerettet, und das war nun die Belohnung.

»Vermutlich. Ich habe darum gebeten, den Fall abgeben zu dürfen.«

»Wieso?«

Vor der roten Ampel an der Grenze zwischen Surrey und White Rock blieb er stehen. Er ließ sich Zeit mit seiner Antwort. »Ich habe einen Irrtum begangen.«

»Wie? Was?«

»Bei dir.«

»Aha, ein Irrtum. Ich bin schon Schlimmeres genannt worden.«

Er runzelte die Stirn. »Du weißt genau, was ich meine.«

»Nein, das weiß ich nicht. Du kannst dir doch keine Vorwürfe wegen etwas machen, wofür ich mich entschieden habe.«

Die Ampel sprang auf Grün. Er preschte los. »Ich mache mir

Vorwürfe wegen etwas, wofür *ich* mich entschieden habe«, sagte er.

»Und das wäre?«

»Ich habe mich dafür entschieden, mich privat zu verwickeln.«

Sie zog mehrere Erwiderungen in Betracht, schwieg dann aber doch lieber. Sie waren jetzt auf der Straße, die zum Strand hinunterführte. Plötzlich hatten sie einen freien Blick auf die Semiahmoo-Bucht, die die letzten Strahlen der untergehenden Sonne auffing. Clark bog in die Pacific Avenue und dann in ihren Weg ab und parkte schließlich in der Einfahrt direkt hinter ihrem Wagen. Falls Vicky aus dem Haus wollte, müsste sie es zu Fuß tun. Sie stellte sich vor, wie Birdy jetzt die Vorhänge etwas zur Seite zog, um besser zu sehen, und sie hörte auch schon im Geiste, was sie morgen sagen würde, wenn Clarks Wagen immer noch da stand.

Ich habe mich dafür entschieden, mich privat zu verwickeln. Während sie die Treppe hochstieg, musste sie plötzlich an Conrad denken. Wenn er noch lebte, wäre nichts von alledem geschehen. Sie hätte niemals eine Fremde aufgefordert, in ihrem Haus zu wohnen, sie hätte nicht erleben müssen, dass die junge Frau starb, sie wäre keinem der verwirrenden Verwandten dieser jungen Frau begegnet, niemand hätte sie heute umzubringen versucht, und sie wäre nicht mit einem Polizisten nach Hause gekommen, der sich dafür entschieden hatte, sich privat zu verwickeln.

Clark stand oben an der Treppe, als müsste er extra ins Haus gebeten werden. »Na, dann komm rein«, sagte sie, und ihre Stimme klang schroffer als beabsichtigt. »Falls du nicht im Auto schlafen möchtest.«

Er fuhr mit der Hand am Geländer auf und ab. »Ich muss nicht bleiben. Falls du es wirklich nicht willst.«

Sie wusste nicht, ob sie lachen oder schreien sollte. »Herrgott nochmal! Komm rein.«

Sie schaltete die Musikanlage ein, versorgte ihn mit einer Illustrierten und ging erst mal duschen. Selbst unter dem heißen Wasserstrahl wurde sie noch von Kälteschauern geschüttelt. Sie stand zitternd da, kniff die Augen fest zu und spürte, wie das Wasser zu Eis wurde. Als sie es heißer drehen wollte, riss sie plötzlich die Hand zurück, und in ihr schrie es: Nein, das ist Metall, da klebt deine Haut fest!

Schließlich schob sie den Badewannenstöpsel ins Abflussloch, ließ die Wanne voll laufen und streckte sich lang aus. Nur aus dem aufsteigenden Dampf und ihrer geröteten Haut schloss sie, dass sie heute offenbar heißer badete als sonst.

Sie versuchte, einen leeren Kopf zu bekommen und das, was ihr widerfahren war, vom Wasser wegspülen zu lassen, aber gegen ihren Willen wanderten ihre Gedanken immer wieder zu jenem Moment zurück, als sie gestoßen worden war. Immer wieder malte sie sich aus, wie Vance dort gestanden hatte. Er muss verzweifelt gewesen sein, hatte Clark gesagt. Sie kannte Vance ein wenig und hatte ihn gemocht, und nun stellte sich heraus, dass er ihr, genau wie Rachel, die ganze Zeit den Tod an den Hals gewünscht hatte.

Ob Rachel wohl gesehen hatte, wer sie umbringen wollte? Hatte sie in jenem Bruchteil einer Sekunde ebenfalls gedacht: Nein, das kann Vance mir nicht antun? Hatte er sie nur deshalb getötet, weil sie von seinen Unterschlagungen wusste, oder auch, weil er wusste, dass sie von seinem Vater schwanger war? War er eifersüchtig? Nicht nur auf das Kind, sondern auch auf Rachel? Er hatte gesagt, er habe sie geliebt. Was musste das für ein Gefühl sein, wenn man herausfand, dass die Frau, nach der man sich verzehrte, mit dem eigenen Vater schlief, und dazu noch mit einem Vater, den man ein bisschen verachtete? Geld und Sex, die häufigsten Motive für Mord.

Vicky zitterte immer noch. Mit den Füßen drehte sie den Hahn so heiß, wie es ging, und fühlte, wie das Wasser um ihre Waden wirbelte.

Sie hatte einmal über ein Experiment mit Fröschen gelesen. Die Tiere waren in heißes Wasser gesetzt worden und hatten heftig gestrampelt, um wieder herauszukommen. Später hatte man sie in kühles Wasser gesetzt und es dann ganz langsam erhitzt, und die Frösche hatten friedlich stillgehalten, bis sie gar waren. Warum tut man das armen Fröschen an, dachte sie, wenn wir doch längst wissen, dass Menschen sich in heißen Badewannen vergnügt zu Tode kochen?

Ihre Badewanne ergriff jetzt eine Vorsichtsmaßnahme: Fast alles nachgelaufene heiße Wasser verschwand schnorchelnd und gurgelnd im Überlauf. Heute würde sie sich also nicht friedlich zu Tode kochen können.

Es klopfte an die Tür.

»Ja?«

»Ist alles in Ordnung mit dir? Du bist schon ziemlich lange da drin.«

»Mir wird endlich warm. Ich hatte Eis, jetzt möchte ich Feuer. ›Feuer und Eis‹.« Wie sie sich erinnerte, hatte das Gedicht allerdings weniger mit Feuer und Eis als mit Hass und Begehren zu tun.

»Robert Frost«, sagte Clark zu ihrer Überraschung.

»Richtig«, sagte sie.

»Ich habe übrigens eine Pizza bestellt. Hoffentlich ist das in Ordnung.«

»Gute Idee. Muss ich zum Essen aus der Badewanne?«

»Deswegen ja Pizza, die kann ich unter der Tür durchschieben.«

Sie lachte. Der Mann hatte einen Witz gemacht, einen echten Witz. Sicherheitshalber blickte sie aber doch zur Tür, ob der Spalt tatsächlich breit genug dafür war.

»Gib mir eine Minute«, sagte sie.

Sie war froh, dass er da war. Diese Erkenntnis überfiel sie so plötzlich, dass sie sich abrupt aufrecht setzte und Wasser über den Wannenrand schwappte: Es ist ganz einfach. Ich bin froh, dass er da ist.

Als sie im Bademantel ins Wohnzimmer kam, war die Pizza schon geliefert worden. Der Badezimmerdampf hatte sich inzwischen im ganzen Haus verteilt, sämtliche Fenster waren beschlagen, und der Kater lag benommen in der Ecke und hatte alle viere in die Luft gestreckt, als wäre er betäubt worden. Vicky hörte Tina Turner leise singen. Sie war nicht sicher, ob die CD noch im Apparat gesteckt hatte oder ob Clark Tinas kämpferisches »We Don't Need Another Hero« ausgesucht hatte.

Bei der Pizza handelte es sich genau genommen um drei. Für den Fall, dass sie irgendeinen Belag nicht mochte, wie Clark Vicky erläuterte. Aber sie hatte plötzlich einen Bärenhunger und hätte glatt alle drei essen können.

»Während du im Bad warst, ging das Telefon«, sagte Clark. »Wahrscheinlich hätte ich nicht abnehmen sollen, aber ich bin rangegangen, und es war deine Freundin Amanda.«

»Was hat sie gesagt?« Bitte mach, dass es nichts Beleidigendes war, flehte sie im Stillen.

»Sie fragte, ob ich Supermann sei.«

»O Gott. Das tut mir Leid.«

»Das macht nichts«, sagte Clark. »Ich bin daran gewöhnt.«

»Ich habe ihr nicht viel von dir erzählt. Nur deinen Namen erwähnt und wie wir uns kennen gelernt haben.«

Vicky fragte sich, ob er ihr wohl glaubte. Männer hatten ständig den Verdacht, dass die Frauen über sie tuschelten. Wahrscheinlich, weil es zutraf.

Clark nahm einen Bissen Pizza und wischte sich die Finger an seiner Serviette ab. Sie hinterließen einen roten Fleck. Vicky bemerkte, dass er schwitzte, was bei der hohen Luftfeuchtigkeit im Zimmer kaum verwunderlich war.

»Es tut mir Leid, wenn ich vorhin so ... scharf geklungen habe«, sagte er. »Ich war einfach wütend über mich selbst, weil du durch mich in Gefahr geraten bist.«

Nicht schon wieder! »Wir lästigen Zivilpersonen werden immer wieder geregelte Abläufe durcheinander bringen.«

Er lächelte nicht. »Vielleicht bin ich zu alt für diesen Beruf.«

»Ja, klar.«

»Das meine ich ernst.« Er fuhr sich mit den Fingern durchs Haar. »Das Alter spielt bei dieser Art Arbeit eine große Rolle.«

»Ein klappriger alter Mann bist du eigentlich nicht gerade.«

»Ich spreche nicht von der körperlichen Verfassung. Mein Bruder fährt gelegentlich Autorennen, und er hat mir erzählt, dass Fahrer über vierzig in eine niedrigere Klasse zurückgestuft werden. Ich dachte, es sei wegen der verlangsamten Reflexe und schlechterer Augen, aber der Grund ist, dass sie mehr Angst haben.«

»Wegen Angst kommt man in eine niedrigere Klasse?«

»Ganz offensichtlich. Aber die Evolution muss einen Grund

dafür gehabt haben, junge Menschen risikobereiter zu machen.«

Vicky erzählte ihm von den Fröschen und dem langsam erhitzten Wasser. »Der springende Punkt ist, dass alle Lebewesen, einschließlich der Menschen, eine Gefahr nicht spüren, wenn sie sich nur allmählich aufbaut und dadurch vertraut ist«, schloss sie. »Wir können nicht vorausahnen, was wir nicht empfinden können. Aber wer weiß, vielleicht wären alte Frösche von vornherein ängstlicher und argwöhnischer.«

»Man kann einem alten Frosch also doch neue Tricks beibringen.«

Sie lachte lauter, als sie eigentlich wollte. Clark hatte schon wieder einen Witz gemacht. Das Leben war schön.

»Falls Angst ein Trick ist«, sagte sie und nahm sich noch ein Stück Pizza.

»Keine Angst zu haben wäre der schlechtere Trick. Jedenfalls könnte ich gut auf die Sorte Angst verzichten, die sich erst später einstellt, wenn man sich wieder an die Gefahr erinnert. Die retroaktive Angst. Das Was-wäre-wenn.« Clark knüllte seine Serviette zusammen und legte sie neben seinen Teller.

Vicky lächelte ironisch. Sie würde sich jetzt nicht mit ihm über die lähmende Gefahr des großen Was-wäre-wenn streiten.

Die übrig gebliebene Pizza reichte bestimmt noch für die ganze Woche. Vielleicht würde sich Clark ja morgen früh dazu überreden lassen, einen Teil mitzunehmen.

Jetzt wickelte sie die Reste erst einmal in Butterbrotpapier, öffnete den Kühlschrank und wollte etwas Platz darin schaffen. Doch der plötzliche kalte Luftstrom verschlug ihr den Atem, sie stolperte rückwärts und knallte die Kühlschranktür zu. Ganz benommen von ihrer eigenen Reaktion, lehnte sie sich gegen das Spülbecken.

Clark war mit seinem Teller in die Küche gekommen. »Alles in Ordnung?«

Ihr Lachen klang wenig überzeugend. »Es war nur ... die plötzliche Kälte aus dem Kühlschrank.«

»Ich denke, das ist eine völlig normale Reaktion nach alldem, was passiert ist.« Trotzdem starrte er sie weiter an.

»Das Seltsame ist, dass ich eben nicht daran dachte, wie ich in dem Gefrierschrank eingeschlossen war, sondern an ein Erlebnis aus meiner Kindheit. Es war einer dieser grauen Wintertage mit knapp über null Grad, wie man sie öfter in Nordalberta hat. Ich kam gerade von der Schule und war noch so klein und leicht, dass ich oben auf den vom Wind vereisten Schneewehen entlanglaufen konnte. Plötzlich bin ich aber trotzdem durch die Eiskruste gebrochen und bis zu den Achseln im Schnee versunken. Ich glaube, es dauerte eine halbe Stunde, bis ich mich wieder befreit hatte, und ich konnte genau spüren, wie die Taubheit an meinen Beinen hochkroch und wie der Wind meinen Atem gefrieren ließ und meine Tränen am Gesicht festklebte. Komisch, an die Geschichte habe ich seit zwanzig Jahren nicht mehr gedacht.«

»Ja, wahrscheinlich funktioniert das so. Man hat das Erlebnis B und erinnert sich dabei an das Erlebnis A.«

»Assoziative Erinnerung«, sagte Vicky.

»Retroaktive Angst«, sagte Clark.

Sie gingen ins Wohnzimmer, und Vicky stellte den Fernseher an. Das war etwas Sicheres, etwas, das sie vorm Redenmüssen bewahrte. Sie guckten eine Quizshow, bei der Clark zu Vickys Ärger schneller mit den Antworten war als sie, und danach einen Film mit jeder Menge Autorennen und total unglaubwürdigen Frauen. Clark saß neben ihr auf der Couch und hatte einen Arm locker um ihre Schultern gelegt. Sie war nicht sicher, ob sie nicht lieber etwas anziehen sollte, ob er den Morgenmantel mit nichts darunter vielleicht provozierend fand. Doch dann dachte sie: Ach, zum Teufel, wenn er die Nacht hier verbringen will, dann kriegt er eben, was er verdient.

Seine Nähe beunruhigte und erregte sie. Sie konnte doch jetzt keine erotischen Gefühle haben! Da war sie knapp dem Tod entronnen, und wenige Stunden später dachte sie schon an Sex mit Clark. Aber vielleicht schrie ihr Körper nach Leben, gerade *weil* sie so knapp dem Tod entronnen war. Das alte *carpe diem*.

Ein Zittern durchlief ihren Körper. Clark drückte sie fester an sich.

»Entschuldigung«, sagte sie.

»Alles in Ordnung. Ist dir immer noch kalt?«

»Im Haus müssen mindestens dreißig Grad sein. Der Grund bist du.«

»Ich?«

»Wo möchtest du schlafen? Auf der Couch oder im Bett?«

Er brauchte sehr lange für seine Antwort. Schließlich glitt er mit seiner Hand ganz sachte unter ihren Morgenmantel zu ihrer Brust. Wieder durchlief sie ein Zittern, und die Haut ihres ganzen Körpers wollte ihn. Sie schloss die Augen, hielt den Atem an.

»Ich werde dich enttäuschen«, sagte er. »Das weißt du.«

»Nein, das wirst du nicht. Ich leide an retroaktiver Unterkühlung. Das ist wie retroaktive Angst, bloß kälter. Ich wünsche mir nur, dass du dich nackt neben mich legst und mich wärmst.«

Er fuhr mit seinen Fingern leicht über ihre andere Brust. »Das klingt ja fast wie eine Dienstanweisung«, sagte er. »Wie einer dieser Personenschutzaufträge.«

»Na, siehst du.«

Sechzehntes Kapitel

Als sie aufstand, war Clark schon fort, aber sie fand einen Zettel auf der Küchenanrichte.

»Vicky«, stand da in ziemlich steifer, steiler Beinah-Druckschrift. »Tut mir Leid, dass ich so früh wegmuss.« Es folgte ein angefangenes durchgestrichenes Wort, und dann: »Ich danke dir, dass ich bleiben durfte.«

Vicky lächelte. Ich danke *dir*. Es war ja eindeutig schöner für sie als für ihn gewesen. Sie war sich allerdings auch klar darüber, dass es keine große Kunst gewesen war, sie zu befriedigen. Wenn sie jetzt daran dachte, wie erregt sie gewesen war, schämte sie sich fast ein bisschen. Er hatte sie kaum berühren müssen. Es musste irgendwie mit den Geschehnissen bei den Hardings zu tun haben, mit einer Art Nimm-dir-was-du-kriegen-kannst-Biologie.

Sie kochte sich Kaffee, ließ den Kater ständig rein und wieder raus und sah zwischendurch in ihrem Terminkalender nach, ob sie irgendwelche Stunden geben musste. Ajit: 14.30, stand da. Das hätte sie glatt vergessen.

Heute Morgen fühlte sie sich noch schlapper und benommener als gestern Abend. Und an der Stelle, wo sie gegen die Gefrierschrankregale gefallen war, pochte es heftig in ihrem Kopf. Als sie das Pflaster abpulte, um nachzusehen, verzog sie erschreckt das Gesicht. Vielleicht hätte der Arzt die Wunde doch lieber nähen sollen. Vielleicht trüge sie dann bis ans Lebensende eine Narbe, die sie jedes Mal, wenn sie in einen Spiegel schaute, an Vance und an Rachel erinnerte. Assoziative Erinnerung.

Sie seufzte, klebte das Pflaster wieder fest und rief bei Amanda an. Sie wusste, dass ihre Freundin noch auf der Arbeit war, und hatte keine Lust, schon jetzt mit ihr das zu führen, was Amanda das volle Gesprächsprogramm nannte. Das würde erst am Wochenende stattfinden, wenn sie zusammen ins Kino gingen.

»Ja, er ist über Nacht geblieben«, erklärte sie dem Anrufbeantworter. »Und falls du ihn nochmal Supermann nennst, erlaube ich ihm, dich zu erschießen. Das meine ich ernst.«

Sie hatte gerade wieder aufgelegt, als das Telefon klingelte.

»Hallo?«

»Tag, Vicky.«

Sie umklammerte den Hörer ganz fest. »Dennis?«

»Genau. Sie haben mich heute entlassen. Mein Anwalt sagt, es hat was mit den Papieren zu tun, die Sie gefunden haben. Da wollte ich mal danke sagen.«

Was sollte sie antworten? Sie hatte tatsächlich dazu beigetragen, dass er entlassen worden war. Ein automatisches *Gern geschehen* lag ihr auf der Zunge, doch sie konnte die Phrase gerade noch herunterschlucken. Bei der Vorstellung, dass Dennis ihr für irgendetwas dankbar war, bekam sie ein leichtes Ekelgefühl.

»Verstehe«, sagte sie stattdessen, um Neutralität bemüht.

»Es war also einer von diesen verdammten Hardings.« Er lachte. »Das hätte ich wissen müssen. Diese beschissene Verwandtschaft.«

»Tja.« Würde sie es schaffen, einfach auf Wiedersehen zu sagen und aufzulegen?

»Vielleicht rufe ich Sie demnächst mal an, Vicky, und wir machen uns einen netten Tag. Wie wär das?«

»Das ist keine gute Idee, Dennis.«

»Wieso denn nicht, verdammt nochmal? Bin ich Ihnen vielleicht nicht gut genug?«

»Das geht aus juristischen Gründen nicht.« Ob er ihr das abkaufte? Sie hielt die Luft an und wartete auf seine Antwort.

»Na gut, egal. Ich muss jetzt wieder zur Arbeit. Die Mistkerle wollten mir den Job wegnehmen, aber mein Anwalt ist echt ein cleverer Hund, und er sorgt dafür, dass ich ihn wiederkriege.«

»Gut, Dennis. Dann also auf Wiedersehen.«

Als sie den Hörer auflegte, zitterte ihre Hand. Bitte, lieber Gott, mach, dass er mich nie wieder anruft. Wenn sie entscheiden müsste, ob sie lieber mit Vance oder mit Dennis in ein Zimmer gesperrt werden wollte, würde sie Vance wählen.

Es war allerdings ziemlich unwahrscheinlich, dass sie jemals vor diese Wahl gestellt würde. Dennis, Vance, alle beide waren Geschichte. Vicky musste sich jetzt wieder um ihr eigenes Leben kümmern. Sie sah noch einmal in den Kalender, malte einen Kreis um Ajits Ankunftszeit.

Telefon. Sie ließ den Anrufbeantworter laufen, für den Fall, dass es wieder Dennis war.

»Vicky? Ich bin es, Rob. Kristin hat mir erzählt, dass Sie –«

Sie griff nach dem Hörer. »Rob.« Wie hatte sie ihn nur vergessen können? Gestern Morgen hatte sie noch alle halbe Stunde wütend bei ihm angerufen, weil sie ihn wegen dieser Horrorgeschichte aus Lug und Trug, die Kristin ihr gebeichtet hatte, zur Rede stellen wollte. Der Zorn über seine Doppelzüngigkeit machte sie schlagartig hellwach.

»Kristin hat mir erzählt, dass Sie alles herausgefunden haben. Das mit ... Sie wissen schon. Wie ich ihr geholfen habe«, sagte er.

»Ihr geholfen. Ja, das hast du wahrhaftig! Du hast ihr geholfen, zu lügen und zu betrügen, und Rachel mit diesen verdammten Fotos in Angst und Schrecken versetzt.«

»Das tut mir Leid. Ich wollte nicht –«

»Und mich ebenfalls. Du brauchtest doch gar keine Nachhilfestunden. Du hast mich nur benutzt.«

»He«, sagte Rob frech. »Sie haben doch Ihr Geld gekriegt, oder?«

Vicky atmete tief durch und schluckte ihre Antwort herunter. Wenn sie aus Rob etwas herausbekommen wollte, sollte sie ihren Zorn wohl besser mit Höflichkeit tarnen. Oder aber ihm mit der Polizei drohen, was allerdings nicht so nach ihrem Geschmack war.

»Hör zu. Alles, was ich verlange, ist eine Erklärung. Wieso hast du dich überhaupt da eingemischt? Woher wusstest du das alles – wer Rachel war, dass Kristin ihre Tochter ist und die Geschichte mit der Hammond-Schule und Angeletti?«

Es folgte eine lange Pause. Sie wollte gerade »Nun?« sagen, als er antwortete. »Okay. Ich habe Kristin nicht alles erzählt. Ich dachte, das ist nicht nötig. Ich bin jetzt im College, und in drei Minuten beginnt der Unterricht. Danach kann ich vorbeikommen.«

Vorbeikommen. Vicky blickte aus dem Fenster und sah im Geiste seinen schwarzen Camaro vorfahren. Schwarz. Unter Birdys Beleuchtung wurde Blau zu Schwarz, aber Schwarz würde auch Schwarz bleiben, oder?

Sie blickte weg und versuchte, sich über die eigenen Irrtümer zu mokieren: Dennis war es! Nein, Vance war es! Nein, *Rob* war es!

Aber sie konnte ihr Entsetzen nicht wegspotten. Das letzte Mal, als sie sich so sicher gefühlt hatte, wäre sie fast gestorben.

»Ich muss sowieso was erledigen«, sagte sie. »Ich warte im College auf dich.«

Er zögerte. »Also gut. Wir treffen uns um elf in der Cafeteria. Ich habe das Zeug im Wagen.«

»Das Zeug?«

»Das ich Ihnen zeigen will.«

»Gut. Um elf. In der Cafeteria.«

Es war zu warm für die Jahreszeit, und die Kirschbäume an der Straße zum College standen schon in voller Blüte. Vicky schwitzte in Jacke und Sweatshirt, als sie über den kleinen Campus zu dem zweistöckigen Gebäude wanderte, in dem sich die Cafeteria befand. Studenten in Shorts sonnten sich auf dem Hof.

Zuletzt hatte sie hier mit Robs Geschichtslehrer gesprochen, als sie wissen wollte, wie stark sie Robs Aufsätze korrigieren sollte. Sie wurde ganz wütend bei dem Gedanken, dass Rob ihr einfach die Zeit gestohlen hatte. Vielleicht hatte er ja sogar absichtlich Fehler gemacht, damit sie sich auch nützlich vorkam.

Sie stieg die Treppe zur Cafeteria hoch, die den ganzen ersten Stock einnahm. Ein paar Studenten blockierten das Drehkreuz am Eingang. Sie lachten über irgendetwas in einer Illustrierten und sahen sie seltsam an, als sie sich an ihnen vorbeiquetschte. Vielleicht war sie ja zu alt, um sich ihr lädiertes Aussehen mit der verpflasterten Stirn leisten zu können. Sie holte sich einen Kaffee und ging einen Platz suchen. In dem geräumigen Sitzbereich hielten sich nur etwa ein Dutzend Menschen auf. Weil sie zu früh war, dachte sie, Rob sei noch nicht da. Aber da saß er schon, ganz hinten an der Wand, und hatte eine Pappschachtel vor sich auf dem Tisch stehen. Er winkte ihr zu, wobei er sich halb vom Stuhl erhob. Als würde er sich tatsächlich über ihren Anblick freuen.

Sie ging zu seinem Tisch und setzte sich. Rob schob die Schachtel beiseite, damit sie einander anschauen konnten. Er, der sonst immer so freundlich aussah, wirkte jetzt angespannt und erschöpft, und ein einzelnes Haarbüschel stand komisch ungekämmt von seinem Kopf ab. Vor ihm auf dem Teller lag ein halbes Kleiemuffin, und sein graues T-Shirt war ganz bekrümelt.

Rob, ihr Lieblingsschüler. Sie musste sich erst wieder in Erinnerung rufen, was er getan hatte, um ihren Zorn zu mobilisieren.

»So, nun erzähl mir mal.«

»Ich wollte nur Kristin helfen. Und Rachel.«

»Ja klar. Du ziehst Kristin in einen hirnrissigen Plan, den sie gar nicht überblicken kann, und dann schickst du Rachel lauter Fotos, um ihr Angst zu machen.«

»Die sollten ihr keine Angst machen –«

»Ja, das hat Kristin mir schon erklärt. Sie sollten sie *erinnern.*« Das letzte Wort sprach sie mit besonderer Betonung aus. »Ich kann es nicht fassen, dass du an dieser Unglücksgeschichte beteiligt bist, Rob. Kristin, ja gut, sie ist jung und dumm, aber du – Ich habe dich für einen vernünftigen Menschen gehalten. Du hättest dich doch auf eine etwas direktere Art an Rachel wenden können. Wieso dieses absurde Theater?«

Rob fuhr sich mit der Hand durchs Haar. Das Büschel mitten auf seinem Kopf war so verfilzt, dass er mit den Fingern darin hängen blieb. »Also gut, ich gebe ja zu, dass es vielleicht etwas ... übertrieben war. Aber ich habe doch diese Psychologielehrerin – Psychologie ist ja mein Hauptfach –, und die ist voll auf Freud. Sie wissen schon, das Unbewusste und dieses ganze Zeug. Und Rachels Geschichte klang so, als würde es da mächtig ums Unbewusste gehen. Und deshalb dachte ich, wir könnten da ansetzen.«

Vicky seufzte. »Halbbildung ist eine gefährliche Angelegenheit.«

»Und irgendwann fingen wir wohl an, das Ganze ... richtig

spannend zu finden. Ich weiß, Sie denken, ich bin an allem schuld, aber es war Kristin, die voll in die Sache einstieg.«

»Sie hat dann wohl auch das erste Foto von Rachels Vater gestohlen, nicht?«

Rob nickte. »Ich gebe zu, es war meine Idee, Rachel nach und nach die Fotos zu schicken. Aber Kristin ist auf die Idee gekommen, sie überhaupt zu besorgen. Sie fand das alles toll – den Alten zu besuchen, ihm was vorzuspielen. Ich habe sie nur gefahren. Für den Anruf entschuldige ich mich übrigens.«

»Welchen An...?« Doch dann fiel es ihr wieder ein. »Das warst du? Du hast vom Altersheim aus angerufen, um mir zu drohen? Um Himmels willen. Du hast mich zu Tode erschreckt!«

»Das tut mir Leid. Wirklich. Aber ... an dem Tag wären wir im Foyer fast mit Ihnen zusammengestoßen. Wir bekamen es mit der Angst zu tun und dachten, Sie würden zu viel herauskriegen und darauf kommen, dass Kristin die Frau von der Gemeinde war, die den alten Cornelius besuchen wollte.«

Vicky seufzte. »Ich hatte nicht die geringste Ahnung.« Zuckte da etwa ein zufriedenes kleines Grinsen um Robs Mundwinkel? Falls ja, so war es sofort wieder verschwunden. »Und die Bilder, die nicht aus dem Album stammten? Das von Kristin und das vor meinem Haus? Da warst du vermutlich der Fotograf.«

»Ja.«

»Und das aus der Hammond-Schule?« Diesmal hatte sie keinen blassen Schimmer, wie die Antwort aussehen würde.

Rob griff in die Schachtel und holte ein Foto heraus. »Dies hier?« Er schob es ihr hinüber.

Bis auf den fehlenden Kreis um Angelettis Gesicht war es identisch mit dem, das Rachel geschickt worden war und das Bitsy damals in der Kirche so verblüfft hatte.

Jetzt lächelte Rob. Er versuchte es zwar zu verbergen, aber er lächelte. Ohne etwas zu sagen, schob sie ihm das Foto über den Tisch zurück. Sie wusste, dass die Erklärung gleich folgen würde, dass sein Lächeln von der Sorte war, die eine Enthüllung ankündigt.

»Wissen Sie, was für mich das Wichtigste an diesem Foto ist?«, fragte er.

»Keine Ahnung.«

Er zeigte auf eine Frau, die vorne in der ersten Reihe saß und ein langes dunkles Kleid mit einer Kameenbrosche am Hals trug. »Wissen Sie, wer das ist?«

»Nein.« Konnte das etwa Bitsy sein? Sie hatte doch erwähnt, dass sie auch auf dem Foto war.

»Das ist meine Mutter.«

Vicky starrte ihn an. Er rieb mit dem Zeigefinger seinen Ohrsticker, und Vicky fiel wieder ein, dass er ihr erzählt hatte, den habe er sich gegönnt als Belohnung dafür, dass er seine leibliche Mutter gefunden hatte. Als Rob merkte, dass sie auf den Sticker guckte, nahm er die Hand weg, aber so zögerlich, als habe er absichtlich damit herumgespielt, entweder um ihr einen Hinweis zu geben oder um sich stumm an diesem für ihn so bedeutsamen Schmuckstück zu freuen.

Er lachte ein bisschen übertrieben, nahm das Foto hoch und starrte es an. »Dass ich sie gefunden habe, war das Beste, was mir in meinem Leben passiert ist. Sie war genauso glücklich wie ich, als ich mich mit ihr in Verbindung setzte. Dadurch ... haben sich eine Menge Dinge geklärt. Dinge, die meine Adoptiveltern nie gewusst haben. Ich wollte, dass Kristin das auch erlebt, dass sie dieselbe Erfahrung macht.«

»Aber wie bist du denn überhaupt an das Bild gekommen? Und wieso hast du das Gesicht des Arztes eingekringelt – wieso wusstest du von Angeletti? Hat deine richtige Mutter dir das erzählt?«

»Meine Mutter«, sagte er und blickte immer noch auf das Foto, »meine Mutter hat nur das bestätigt, was ich schon wusste.«

Vicky verkniff sich ihre ungeduldigen Fragen. Er würde es schon noch erzählen. Sie musste einfach warten.

Er griff wieder in die Schachtel und zog mehrere Aktenmappen heraus, jede enthielt rund ein Dutzend Seiten. Er breitete die Mappen fächerartig auf dem Tisch aus. Sie schienen ziemlich alt mit ihren ausgefransten Ecken und der dunkelbraunen Farbe, und sie rochen staubig. Auf jeder Mappe stand in Druckschrift ein weiblicher Name. Lucille LeClaire. Patricia Jewinsky. Ann Ferris.

»Die gehören Angeletti«, sagte Rob. »Es gibt über fünfzig davon.«

»Und auf einem stand der Name Rachel Cornelius«, sagte Vicky. Ihr wurde ganz kalt im Nacken.

»Ich habe Kristin gesagt, wenn jemand fragt, woher sie ihre Geburtsurkunde hat, soll sie behaupten, sie hätte sie irgendwo zu Hause gefunden. Aber es war alles hier drin.« Er legte die Hand auf die Schachtel. »Der gute Doktor hat tadellose Akten geführt. Alles über die Mädchen, ihre Eltern, die Babys, die Adoptionen notiert –«

»Auch die Namen der Väter?«

»Ein paar. Bei Rachel allerdings nicht. Aber Angeletti hat immer alles eingetragen, was er an neuen Fakten erfuhr, und die Akten so über zehn, zwanzig Jahre auf dem Laufenden gehalten – einige buchstäblich bis zu dem Tag, an dem er starb. Für sämtliche Personen, mit denen Rachel zu tun hatte, gibt es die aktuellen Adressen. Genau wie bei den anderen Frauen.«

»Den anderen?«

»Bis jetzt erst zwei. Ich habe die ersten beiden genommen, weil sie hier in der Nähe auf dem Festland leben.«

Die ersten beiden, resümierte Vicky kühl. Du lieber Gott, offenbar hatte er vor, sich mit sämtlichen Personen aus den Akten in Verbindung zu setzen.

»Aber Rachel ...« Rob zögerte. »Die war eine richtige Herausforderung für mich.«

»Herausforderung?«

Falls ihm ihr missbilligender Tonfall auffiel, so ließ er sich nichts anmerken. »Bei ihr hat Angeletti auf mehreren Seiten der Akte ›Kein Kontakt‹ vermerkt, und aus seinen Notizen geht auch eindeutig hervor, dass sie sich an nichts erinnern konnte, dass sie traumatisiert war. Was kein Wunder ist. Ihre Wehen müssen furchtbar schmerzhaft gewesen sein. Angeletti war spezialisiert auf schmerzhafte Wehen. Sie sollten mal lesen, was für Sachen er über diese Mädchen geschrieben hat. All die Einzelheiten über die Geburten und was er für Methoden hatte, um eine Geburt möglichst in die Länge zu ziehen. Wie er dafür sorgte, dass die Mädchen fürchterlich beten, bereuen und leiden mussten.«

Vicky erschauerte und versuchte, nicht an Rachel zu denken, auch nicht an Lucille LeClaire, Patricia Jewinsky, Ann Ferris und all die anderen jungen Frauen, die Dr. Angeletti bestraft hatte und deren Leben er dann gehortet hatte, fast wie eine Art schmutziger Memoiren fürs Alter. Sie warf einen Blick auf die Aktenmappen. Es mussten über fünfzig sein.

»Eins verstehe ich noch nicht«, sagte sie. »Und zwar, wie du an diese Akten gekommen bist. Hast du sie bei dieser Glaubensgemeinschaft gestohlen?«

»Mit denen habe ich nichts zu tun. Die Akten sind mir geschickt worden.«

»Wie? Von wem?«

Rob ließ sie einen Moment warten. »Haben Sie das nicht längst erraten?«

»Ich habe keine Ahnung.«

Rob reichte ihr das Bild vom Kollegium der Hammond-Schule herüber. »Da ist meine Mutter drauf.« Wieder machte er eine Pause. »Und mein Vater ebenfalls.«

Vicky starrte ihn an. »Angeletti? Er ist ...«

»Mein Vater.« Diesmal registrierte er ihre Verblüffung nicht mit Zufriedenheit. »Meine Mutter hat es für eine Ironie des Schicksals gehalten, dass sie in der Schule als Kollegiumsmitglied begann und als Insassin endete.« Er nahm das Foto, betrachtete es noch einmal und ließ es in die Schachtel fallen. »Das hier ist mein Erbe. Die Schachtel kam eines Tages zusammen mit dem Brief von einem Rechtsanwalt. In dem stand, dass Angeletti sie mir hinterlassen habe. Dem Sohn und Erben.« Er lachte bitter.

«Wieso ... Wieso hat er das getan, was glaubst du?«

»Damit ich weiß, wer ich bin, und vielleicht seine Arbeit fortsetze.« Er schob die Mappen zusammen und ließ sie in die Schachtel fallen.

»Und ...« Vicky wählte sorgfältig ihre Worte. »Und vielleicht hast du ja genau das getan.«

Eine fleckige Röte schoss ihm in die Wangen. »Das glauben Sie also? Dass ich das aus ... aus Sadismus gemacht habe?«

»Vielleicht nicht aus Sadismus. Aber die Art, wie du dich in anderer Leute Leben einmischst und das als Herausforderung verstehst. Wie du Menschen in Schrecken versetzt ... Das ist, vorsichtig gesagt, mindestens Voyeurismus. Da kannst du dich noch so oft damit trösten, du hättest den anderen ja nur helfen wollen.« Sie zeigte auf die Schachtel. »Hast du etwa vor, damit weiterzumachen? Willst du jede einzelne Akte durchgehen und – fast hätte ich gesagt, mit religiösem Eifer – jede Mutter und jedes Kind aufspüren?«

Rob stieß ein humorloses raues, bellendes Lachen aus. »Wieso denn nicht? Immerhin bin ich ja der Sohn meines Vaters.« Er schob seinen Stuhl zurück und stand auf. »Was glauben Sie denn, warum ich das hier mitgebracht habe?«

»Ich weiß nicht.«

Rob biss ein großes Stück von dem längst trockenen Muffin ab. Er schluckte, offenbar ohne zu kauen. »Damit Sie auch mal Gott spielen können, Vicky. Denn Sie sind mindestens ebenso begabt dafür wie ich.« Er drehte sich um und ging.

Sie brauchte einen Augenblick, um zu begreifen.

»Warte.« Sie stand stolpernd auf, hastete hinter ihm her. Inzwischen war es in der Cafeteria voll geworden, fast jeder Tisch war besetzt. Mehrere Studenten blickten verwundert hoch, als Vicky Rob am Ärmel packte. »Du kannst doch nicht einfach –«

»Und ob ich kann. Ich habe ja auch nicht darum gebeten.« Er wies mit dem Kopf zu dem Tisch, an dem sich schon zwei Studenten niederlassen wollten. »Oder Sie lassen die Schachtel einfach da stehen. Und gehen.« Er befreite sich aus ihrem Griff. Und ging.

Die Schachtel stand auf ihrem Couchtisch. Als Amanda am nächsten Tag nach der Schule vorbeikam und Vicky ihr erklärte, was da drin war, klappte Amanda den Deckel hoch und sagte: »Los, Pandora. Bist du denn nicht wenigstens neugierig?«

Vicky schob Amandas Finger energisch weg und schloss die Schachtel wieder. »Natürlich bin ich neugierig. Aber ich habe kein Recht dazu. Dann wäre ich doch genauso mies wie Rob.«

»Also gut.« Amanda holte das Branchentelefonbuch und blät

terte darin. »Hier, da haben wir es. Aktenschredder. Eine ganze Seite voll. Auf einer Anzeige steht: ›Wir wissen, wie man Geheimnisse hütet.‹«

Vicky seufzte. »Ich weiß ja nicht mal, ob ich *dazu* berechtigt bin. Womöglich sind das hier die einzigen Unterlagen darüber, wer die leiblichen Mütter sind und was mit den Babys geschehen ist. Die kann ich doch nicht einfach vernichten.«

»Gut, dann kleb das verdammte Ding fest zu und verstau es im Keller. Aber überleg dir gut, wem du es in deinem Testament hinterlässt.«

»Vielleicht dir.«

»Huh. Ich geh doch als Erste, du Klugscheißerin.« Amanda schleuderte ihre Schuhe weg und legte die Füße auf den Couchtisch. »Junior ist also verhaftet worden.«

Junior. Amanda hatte schon wieder übergangslos das Thema gewechselt. Vicky nahm sich eine Banane und begann sie langsam zu schälen. »Ja, anscheinend. Der Wagen war gründlich gewaschen worden, aber die Polizei hat doch noch ein paar Kleiderfasern unter der Stoßstange gefunden. Und die passten zu Rachels Jacke. Meiner Jacke, genau genommen.« Sie biss in die Banane. »Mir wäre es trotzdem lieber, wenn es Dennis gewesen wäre. Er war so ein mieser Typ. *Ist* so ein mieser Typ.«

»Wenn er dich nochmal anruft, leg einfach auf.«

»Er ruft wahrscheinlich nicht mehr an. Ich bin nicht sein Typ. Er wird sich nach einer Frau wie Rachel umsehen, einem sanftmütigen, passiven Wesen, das leicht einzuschüchtern ist.«

»So sanftmütig war Rachel gar nicht. Die meisten geschlagenen Frauen würden nie im Leben eine Affäre anfangen. Selbst wenn es nur darum ginge, schwanger zu werden.«

Amanda hatte Recht: Rachel war nicht so sanftmütig und passiv gewesen, wie sie gewirkt hatte.

Das letzte Stück Banane war inzwischen unappetitlich dunkel angelaufen. Vicky klappte die Schalen darüber und legte es auf den Beistelltisch.

»So, ich muss jetzt gehen«, sagte Amanda und stand auf. »Und? Triffst du dich am Wochenende mit Superm... mit Clark?«

»Ja.«

Amanda stöhnte. »Mir stinkt es allmählich, auf dich und deine Männer eifersüchtig zu sein.«

»Ich kann ja mal gucken, ob er einen Freund hat. Konstabler Bruce Wayne oder sonst jemanden.«

»Ich bitte dich. Der einzige Polizist, mit dem ich mal ausgegangen bin, hat gleich seinen Dobermann mitgebracht. Und der hat mehr Leben in die Bude gebracht als sein Herrchen. Nein, Moment mal, ich glaub, ich meine gar kein Rendezvous. Woran ich mich erinnere, war wohl eine Gefängniszelle.«

Als Amanda gegangen war, schälte Vicky noch eine Banane und aß sie, während sie rastlos im Haus umherwanderte. Dabei musste sie immer wieder zu der Schachtel auf dem Couchtisch starren. Schredder oder Keller? Schließlich verklebte sie den Deckel mit breitem Paketband, um die Akten und sich selbst vor Schnüffelei zu schützen. Dann verstaute sie die Schachtel auf dem obersten Bord im Schrank von Rachels ehemaligem Zimmer. Das schien fürs Erste der angemessene Platz zu sein.

Fürs Erste. Sie zweifelte stark, dass sie auf Dauer ihre Nase da raushalten würde. Doch als sie die Treppe wieder hochstieg, fiel ihr noch eine dritte Möglichkeit ein. Sie könnte die Schachtel dem Sozialamt übergeben und denen die Entscheidung überlassen.

Sie stand eine Weile vorne am Fenster und beobachtete zwei Krähen, die in ihrer Ulme das obligatorische jährliche Frühlingsnest bauten. Während die eine sehr geschickt kleine Zweige in das lockere Geflecht steckte, flog die andere in westlicher Richtung davon. Vicky sah ihr so lange hinterher, bis sie verschwunden war. Doch sie würde zurückkehren, ihr Nest zu Ende bauen, ihre lärmenden Krähenjungen aufziehen und ihr Krähenleben führen.

Als Ajit zu seiner Stunde erschien, zeigte er auf ihren Kopf und rief: »Sie haben sich verletzt!«

»Das ist die aktive Verbform. Und jetzt bitte das Passiv.«

Ajit runzelte die Stirn. »Sie ... sind verletzt worden«, formulierte Ajit. »Durch eine oder mehrere unbekannte Personen.«

Vicky lachte. »Gut«, sagte sie.

Unbekannte Personen. Das war eine gute Beschreibung für

alle, denen sie im Zusammenhang mit Rachel begegnet war. Unbekannte Personen. Wie ein Wirbelsturm waren sie in ihr Leben eingebrochen und hatten Vicky mit einem Wust von Lügen, Geheimnissen und Halbwahrheiten traktiert. Jetzt war der Sturm vorüber. Er hatte mehr Schaden angerichtet, als sie anfangs gedacht hatte, aber nicht bei ihr, zumindest keinen dauerhaften. Sie konnte die Dinge, die umgefallen waren, wieder ordentlich aufstellen und ihr eigenes Leben weiterleben. Die anderen könnten das nicht.

Sie setzte sich gegenüber von Ajit an den Küchentisch. »Und? Was hast du denn nun in Sachen Heirat beschlossen?«

Ajit zog die Augenbrauen hoch und die Lippen zurück, eine Miene, die sie nicht recht zu deuten wusste. Aber besonders wohl schien ihm nicht in seiner Haut zu sein.

»Wir haben einen Kompromiss gefunden«, sagte er. »Ich habe dem Mädchen die Wahrheit gesagt, dass ich nicht ... all das bin, was sie sich vielleicht an einem Mann wünscht. Aber sie möchte mich trotzdem heiraten. Sie möchte unbedingt ihre unerfreulichen Eltern verlassen. Und ich erhalte das Geld, um auf die medizinische Hochschule zu gehen. Alle werden glücklich sein.«

Vicky seufzte. »Für mich klingt das eher nach einem Rezept, wie man *niemanden* glücklich macht.«

»Wir werden füreinander sorgen, auf unsere Weise. Und hat das Rezept für romantische Liebe nicht auch unschmackhafte Zutaten? Die Ehe meiner Eltern wurde arrangiert, und sie waren sehr glücklich. Meine Tante heiratete aus Liebe, und er schlug sie.«

»Aber sollte man sich nicht lieber auf sich selber verlassen anstatt auf seine Eltern?«

»Wenn man verliebt ist, ist man nicht man selber.«

Vicky lachte. »Was bist du für ein alter Mann. Hast du Angst vor der Liebe?«

Ajit lächelte. »Vor romantischer Liebe? Natürlich. Sie ist sehr gefährlich.«

»Unsinn. Du bist jung. Und wie ich höre, hat die Jugend keine Angst.«

»Das ist eine sehr romantische Ansicht«, sagte Ajit.

Sie hatte Ajit am Fenster nachgewinkt und wollte gerade weggehen, als sie einen gelben Wagen vorfahren sah.

»Du lieber Gott«, flüsterte sie dem Kater zu. »Linda Harding.«

Der Gefrierschrank, die Schwärze, die Kälte: Sie wurde von Erinnerungen überwältigt. Und dann Linda, die ihr Gott sei Dank die Tür geöffnet und das Licht wiedergeschenkt hatte.

Linda stieg aus dem Auto. Sie trug eine hüftlange beigefarbene Jacke, ein Kleid in einem etwas dunkleren Beigeton und beigefarbene Pumps. Ihr dickes schwarzes Haar, das sorgfältig zu einem französischen Zopf geflochten war – mit feinen Löckchen an Ohren und Schläfen –, sah aus, als käme sie direkt vom Friseur. Und es war das Einzige, was heute nicht entschieden beige an ihr war.

»Linda! Schön, Sie zu sehen!« Was sagte man zu einem Menschen, der einem das Leben gerettet hatte? Vicky stand einfach da und hielt ihr die Tür auf. Sie überlegte kurz, ob sie Linda umarmen sollte, aber ihre Aufmachung ermunterte nicht gerade zu physischem Kontakt.

»Ich hätte vorher anrufen sollen«, sagte Linda. »Darf ich trotzdem hereinkommen?«

»Selbstverständlich, natürlich. Kommen Sie. Darf ich Ihren Mantel nehmen? Möchten Sie einen Kaffee?«

»Nein, vielen Dank. Ich bleibe nicht lange.«

Linda setzte sich so kerzengerade aufs Sofa, dass sie die Rücklehne nicht berührte. Sie presste die Beine zusammen, legte ihre beigefarbene Handtasche in den Schoß und platzierte ihre gefalteten Hände obendrauf. Ihre Nagelhäute schimmerten leicht rosa, als hätte sie erst vor kurzem den Nagellack entfernt.

»Ich habe Ihnen noch gar nicht richtig gedankt«, sagte Vicky. »Sie haben mir das Leben gerettet.«

Linda antwortete nicht, schien sie noch nicht einmal gehört zu haben. Ihr Gesicht wirkte vollkommen starr, selbst ihre Augen schienen unbeweglich zu sein, sie blickten an Vicky vorbei stur geradeaus, sodass sie sich fast genötigt sah, ihren Stuhl etwas zu verschieben, um in Lindas Blickfeld zu kommen.

Wahrscheinlich steht sie noch unter Schock, versuchte Vicky

sich zu beruhigen. Ihr Sohn war ein Dieb und ein Mörder. Da war eine geöffnete Gefrierschranktür – egal, was dahinter hervorkam – nicht gerade das, was einen am heftigsten beschäftigte.

»Darf ich Ihnen nicht doch etwas zu trinken anbieten? Vielleicht einen Tee?«

Linda schüttelte den Kopf. Sie wühlte in ihrer Handtasche, und ohne hineinzusehen, holte sie eine schmale silberne Dose heraus. Sie entnahm ihr eine Zigarette und zündete sie mit einem Feuerzeug an, das sie anscheinend schon in der Hand gehalten hatte. Normalerweise hätte es Vicky verblüfft, dass sie nicht gefragt hatte, ob sie rauchen dürfe. Vicky nahm die Orangen und Bananen aus der Schale auf dem Couchtisch und stellte sie vor ihren Gast. Für einen Aschenbecher war sie absurd groß, aber Linda sagte geistesabwesend: »Vielen Dank« und streifte ihre Asche ab.

Wieso war sie gekommen? Vicky ruckte unruhig auf ihrem Stuhl und versuchte, nicht in dieses blasse, starre Gesicht zu blicken. Was wäre jetzt am besten? Was sollte sie tun oder sagen?

»Ich habe an Rachel gedacht«, sagte Linda plötzlich. »Während ich hierher fuhr. Ich dachte an unsere allererste Begegnung.« Sie nahm einen tiefen Zug aus der Zigarette. »Wissen Sie, wer der Vater ihres Babys ist?«

Vicky versuchte, ein neutrales Gesicht zu machen, sich keinerlei Überraschung anmerken zu lassen. Von welchem Baby?, hätte sie fast gefragt. Wusste Linda etwa von der Affäre zwischen ihrem Mann und Rachel? Doch sicher nicht. Trotzdem wollte Vicky lieber nur im äußersten Notfall lügen. Das war sie Linda schuldig.

»Wie meinen Sie das?«, fragte sie deshalb.

»Ich wüsste halt gern, ob sie es noch jemand anders gesagt hat.«

Jemand anders. Das hieß ja wohl, dass Rachel sich Linda anvertraut hatte. Es ging also offenbar um ihre erste Schwangerschaft.

»Und ... Sie wissen, wer der Vater ist?« Vickys Stimme klang etwas zu erwartungsvoll. Was änderte das jetzt noch? Wer immer es war, sie würde es auf keinen Fall Kristin erzählen.

»Er hat sie vergewaltigt. Sie ist danach zu uns gekommen, in der Nacht, als es passierte. Wie sie damals überhaupt hergefunden hat, weiß ich nicht. Ich war allein zu Hause, und sie hat es mir erzählt. Ich musste schwören, es keinem zu sagen. Sie selber hat nie wieder darüber gesprochen. Und ich auch nicht.«

»Du lieber Gott. Die arme Rachel. Hat ihr Vater es erfahren?«

»Ich glaube nicht. Denn nicht einmal er hätte die Grausamkeit besessen, von ihr zu verlangen, dass sie den Mann danach heiratet.«

Vicky brauchte einen Moment, bis sie begriff. »Ihn heiratet? Wollen Sie etwa sagen ... Wollen Sie sagen, dass es Dennis war?«

»Ja.«

Ihr drehte sich der Kopf. Das alles ergab überhaupt keinen Sinn. »Aber ... wusste er denn nicht, dass sie ihm ein Kind geboren hatte?«

»Nein. Sie schämte sich ganz schrecklich. Als wäre es ihre Schuld gewesen. Manchmal denke ich, dass sie sich vielleicht gezwungen hat, alles zu vergessen – die Vergewaltigung und auch das Baby. Denn nur so konnte sie überhaupt mit ihm leben. Vielleicht war es aber auch eine Art Rache, dass sie ihm nicht sagte, dass er ein Kind hatte, wo er sich doch so sehr eins wünschte.«

»Ich dachte, Dennis könnte gar keine Kinder zeugen.«

Linda lachte, allerdings nicht sehr froh. »Soweit ich weiß, ist in dieser Hinsicht alles in Ordnung mit ihm. Rachel hatte doch diese Krankheit –«

»Gebärmutterschleimhautentzündung.«

»– und die benutzte sie als Ausrede dafür, dass sie nicht schwanger wurde. Aber sobald sie mit Dennis verheiratet war, nahm sie die Pille. Ich fand die Pillen, als sie zum ersten Mal von ihm fortlief und zu uns kam.«

»Aber ich dachte, sie wünschte sich Kinder.«

»Ja, aber nicht von ihm.«

»Das ... verwundert mich«, sagte Vicky.

Anscheinend hatte sie Rachel ganz und gar nicht gekannt. Wie kompliziert hatte die Arme sich das Leben machen müssen, um überhaupt durchzuhalten. Vicky fiel wieder John Harding ein, der ihr erzählt hatte, dass Rachel ihm nur wenig anvertraut hatte. Daraus schloss Vicky, dass sie dann sicher auch nichts von der Pille erzählt hatte, die sie in der Zeit mit Dennis nahm. Hatte Rachel, als sie damals schwanger werden wollte, etwa geglaubt, Harding würde sich nicht auf eine Affäre einlassen, wenn er wüsste, dass Dennis gar nicht zeugungsunfähig war? Vicky dachte wieder an das komplizierte Komplott, das Rob und Kristin geschmiedet hatten, und an Robs bittere Bemerkung: »Ich bin der Sohn meines Vaters.« Wenn die Vorliebe fürs Komplizierte ein Vererbungskriterium war, dann war Kristin ganz gewiss die Tochter ihrer Mutter.

Wie auch immer sich die Dinge noch entwickeln würden, auf jeden Fall musste Vicky verhindern, dass Kristin herausfand, wer ihr Vater war: ein Vergewaltiger. Ihr halbes Leben lang hatte Rachel sich bemüht, das zu verheimlichen. Und Linda hatte das Geheimnis ebenfalls gehütet. Aber würde sie das auch jetzt noch tun, wo Rachel tot war? Linda wusste ja nichts von Kristin, und vielleicht dachte sie, es gebe jetzt keinen Grund mehr zu schweigen. Immerhin hatte sie es eben erst Vicky erzählt.

»Ich denke, wir sollten ihren Wunsch respektieren«, sagte Vicky. »Das heißt, dass wir ihr Geheimnis für uns behalten. Vielleicht hätten Sie es nicht einmal mir erzählen sollen.« Wieso sagte sie das? Es klang ziemlich ungeschickt, fast wie ein Vorwurf.

Lindas Mund wurde noch schmaler. Sie drückte ihre Zigarette aus und schob dabei die Obstschale ein paar Zentimeter über den Tisch. »Was soll das jetzt noch?«, sagte sie schroff. »Sie ist tot. Und alle glauben, Junior hätte sie umgebracht.«

Vicky zuckte zusammen. Lindas Bemerkung klang scharf wie eine Beschuldigung. »Das tut mir Leid. Es –«

»Junior hat niemanden umgebracht. Das ist doch lächerlich, absolut lächerlich! Er war ein freundlicher, liebenswerter Junge, und er ist ein freundlicher, liebenswerter Mann.«

Vicky befeuchtete ihre Lippen und überlegte, was sie sagen könnte, was Linda wohl von ihr hören wollte. »Ich weiß, wie schwer es fällt, das zu glauben«, sagte sie vorsichtig. »Dass er die Firma bestohlen hat und dass –«

Linda lachte ziemlich verkrampft und ohne dass ihre Lippen sich bewegten. »Gestohlen! Er hat nicht gestohlen!«

»Aber es gibt doch Beweise –«

»Das Geld hat ihm gehört. Er hat wie ein Sklave geschuftet, und John ... John fand, sein Sohn sei nichts wert, und gab ihm nur ein kleines Taschengeld. Als wäre er noch ein Kind. Sie haben ja keine Ahnung! Wie sollten Sie auch. Sie glauben, John sei ein reizender, charmanter Mann. Sie wissen ja gar nicht, wie egoistisch und geizig er ist. Irgendwann ertrug ich es nicht mehr, wie Junior um jeden einzelnen Penny betteln musste. Ich war es dann auch, die die Idee hatte, dass er ein eigenes Konto bekam.«

Vicky zog überrascht die Augenbrauen hoch. »Sie wussten davon?«

»Natürlich. Ich habe doch die Bücher geführt. Junior hätte das gar nicht allein gekonnt. Er verstand überhaupt nichts von Buchführung. Und John zum Glück auch nicht.«

Vickys Herz klopfte schneller. »Wussten Sie, dass Rachel das mit diesem ... Konto herausgefunden hatte?«

Der abwesende, leblose Ausdruck war aus Lindas Gesicht gewichen. Mit weit aufgerissenen Augen starrte sie ihr Gegenüber so intensiv an, dass Vicky sich fast gegen die Sessellehne gedrückt fühlte.

»Ich wusste, dass irgendwas im Busch war, dass sie Junior bedrängte. Er war plötzlich so nervös. Aber er wollte mich nicht beunruhigen. So war er, er wollte mich nie beunruhigen.« Mit raschen, aber sicheren Bewegungen zündete sie sich eine neue Zigarette an. »Ich denke, er hatte Befürchtungen wegen dieses Termins am Mittwoch, vielleicht wusste er sogar, dass man ihn verhaften wollte, aber er ging trotzdem ins Büro, obwohl er an dem Tag gar nicht hingemusst hätte. Er hatte eigentlich in Burnaby zu tun. Aber das hat er mir nicht gesagt, er wollte mich nicht beunruhigen, so war er. Wenn ich gewusst hätte, dass er in der Firma war, hätte ich niemals –«

»Niemals was?« Vicky hielt sich krampfhaft an ihren Sessellehnen fest. Ihr wurde kalt, eiskalt.

»Hätte ich Sie niemals in diesen Gefrierschrank gestoßen. Und deshalb bin ich auch hergekommen. Ich war schon gestern hier, aber da waren Sie nicht da. Ich muss ... nun, ich muss reinen Tisch machen. Mich entschuldigen. Ich wollte Sie nicht verletzen.« Sie zeigte vage auf Vickys Verpflasterung. »Ich wusste nicht, dass Sie ohnmächtig werden würden. Ich wollte die Tür eigentlich nur für vielleicht zehn Minuten schließen und dann so tun, als würde ich Sie zufällig finden.« Sie sprach mit vollkommen fester Stimme, genauso gut hätte sie den Gebrauch von Tupperware erklären können.

»Aber wieso? Linda, mein Gott, wieso?«

Linda nahm einen tiefen Zug aus ihrer Zigarette und bedachte Vicky mit einem schwachen Lächeln. Vicky fror immer heftiger. »Ich wusste, wieso Sie kommen wollten. Sie wollten sich mit John treffen. Nett mit ihm essen gehen und über Rachel reden. Und danach würden weitere Verabredungen folgen, noch ein und noch ein Essen, und ach, John würde so bezaubernd sein, so wie er immer ist, wenn er eine Frau zum Zuhören braucht, eine, die ihn bemitleidet. Oh, wie gut ich das alles kenne. Genauso hat er es mit mir gemacht, als seine erste Frau starb –«

»Aber – dachten Sie etwa, ich wäre hinter Ihrem Mann her? Haben Sie mich deshalb in den Gefrierschrank gesperrt?« Vicky musste aufpassen, dass sie nicht in hysterisches Gelächter ausbrach. »Mein Gott, Linda, ich bin wirklich nicht an ihm interessiert, du liebe Güte –«

»Mag ja sein, dass Sie selber fest davon überzeugt sind. Aber es wäre trotzdem geschehen, er hätte dafür gesorgt, dass es geschieht.«

»Dass Sie mich in den Gefrierschrank gesperrt haben, war also so etwas wie eine *Warnung*?«

»Es tut mir Leid. Es war – ich war so aufgebracht, so wütend. Ich bin in die Halle gegangen, um Sie zu bitten, nicht mit ihm essen zu gehen, und plötzlich ... plötzlich bot sich da diese Gelegenheit. Ich wollte, dass Sie glauben, John hätte Sie gestoßen. Auch wenn Sie ihn nicht verdächtigten, die Polizei würde es auf jeden Fall tun, dachte ich. Ich wäre nie auf die Idee gekommen, dass sie Junior verdächtigen. Er hätte ja eigentlich gar nicht in der Firma sein sollen. Aber bei John wäre es etwas anderes, da hatte die Polizei schon einen Verdacht. Jedenfalls glaubte ich das. Ich wusste nämlich, dass Sie denen erzählt hatten, er sei der Vater von Rachels Baby.«

Vicky schluckte. Ihr Mund schmeckte nach Kreide. »Sie wussten von dem Baby?«

»Natürlich wusste ich das. Er hat Rachel doch immer von zu Hause aus angerufen, genauso, wie er Sie angerufen hat. Als ob ich mit zugehaltenen Ohren durch sein Arbeitszimmer spazieren würde, als ob ich zu blöde wäre, um den Hörer vom Nebenanschluss abzunehmen.«

Vicky atmete tief durch. »Sie waren es also. Sie haben den Mercedes an jenem Abend gefahren.«

Linda presste die Finger gegen die Stirn. Sie senkte die Stimme, sprach so leise, dass Vicky sie nur mit Mühe verstehen konnte. »Ich wollte sie nicht töten. Es war ... wahrscheinlich wie bei Ihnen. Eine Warnung. Ich wollte, dass sie dachte, es könnte John sein. Ich weiß noch, dass sie nicht die richtige Jacke trug, und einen Moment lang habe ich gezögert, weil ich dachte: Was ist, wenn sie es nicht ist. Aber dann drehte sie sich um und sah mich und ...«

Danach schwiegen beide sehr lange, und Vicky konnte plötzlich all die kleinen Geräusche im Zimmer hören: das Ticken ihrer Uhr, eine Fliege, die am Küchenfenster surrte, den Kater, der vorne an der Haustür kratzte, einen Jogger, dessen Schritte draußen auf dem Pflaster widerhallten.

»Und wieso erzählen Sie mir das jetzt alles?«

Für einen Moment machte Linda ein ungeduldiges Gesicht, als wollte sie sagen: *Haben Sie denn gar nicht zugehört?* »Sie haben Junior verhaftet. Sie glauben, dass er sie umgebracht hat, dass er so etwas tun könnte. Es wäre mir doch nicht im Traum eingefallen, dass sie ihn verdächtigen, und ich hätte auch nie gedacht, dass Rachel heimlich eine Akte über ihn führt.«

»Und natürlich wollen Sie nicht, dass er für etwas ins Gefängnis muss, das Sie getan haben.«

»Nein, natürlich nicht.«

»Aber Dennis hätten Sie für den Rest seines Lebens im Gefängnis verrotten lassen.«

»Dennis. Was kümmert mich Dennis? Dieser miese Typ. Es war doch seine Schuld, dass Rachel überhaupt Verbindung mit uns aufgenommen hat. Er ist ein grauenhafter Mensch.« Sie drückte energisch ihre Zigarette aus. »Wieso hätte ich ein schlechtes Gewissen haben sollen? Im Gegenteil, es wäre doch eine gute Tat gewesen, denn im Gefängnis hätte er erst mal keine Frau mehr misshandeln können.«

Vielleicht rufe ich Sie demnächst mal an, Vicky, und wir machen uns einen netten Tag. Wie wär das?

Vicky nahm die Hände von den Sessellehnen. Ihre Fingerspitzen begannen zu kribbeln. Sie rieb sie an ihren Schenkeln, und es sah fast so aus, als wollte sie irgendetwas wegwischen.

»Sie müssen ...« Sie hielt inne. »Sie müssen sie wirklich gehasst haben. Rachel, meine ich.«

»Ja«, sagte Linda, »das stimmt. Am Anfang mochte ich sie noch. Alle mochten sie. Die kleine Rachel, das arme Ding. Sie hat so ein hartes Leben, da braucht sie unsere Hilfe, und sie ist doch so reizend und so dankbar, die Ärmste – Und dann stellt man fest, dass dieser Mensch, dem man ... sein Haus und sein Herz geöffnet hat, einen betrügt. Ich glaube, so einen Menschen hasst man dann ganz besonders, weil man ihn doch einmal gemocht hat, ihm vertraut hat.«

Vicky merkte, wie sie nickte, und hörte sofort auf. »Und dann haben Sie entdeckt, dass Rachel Vance ... Junior gedroht hat, ihn bloßzustellen.«

»Sie hat ihm gedroht, alles John zu erzählen. Aber nicht, weil sie fand, dass Junior etwas Böses tat. Ich glaube, das war ihr völlig egal. Der Grund war, dass sie ... mit John verbündet war. Mit ihm schlief.« Sie umklammerte den Schulterriemen ihrer Handtasche noch fester.

»Ich glaube nicht, dass er Sie wegen Rachel verlassen hätte.«

»O doch, ganz sicher. Sie hätte nur mit dem Finger zu schnippen brauchen, und er wäre gegangen.«

»Aber wieso haben Sie dann Rachel umgebracht und nicht Ihren Mann?«

Linda lachte. Diesmal klang es echt: amüsiert und überrascht. »Ja, vielleicht hätte ich das tun sollen. Aber ich wollte nicht, dass er stirbt. Ich wollte ihn einfach wiederhaben.«

Vicky blickte sie an. Linda war der letzte Mensch, von dem sie eine solche Tat erwartet hätte. Da saß diese ganz normale, beigefarbene Frau vor ihr, die nichts von jenen feurigen Leidenschaften zu wissen schien, für die man Morde begeht. Aber dann fiel Vicky ein, dass sie sich selber ja schon über die kleinen Dinge, die Rachel ihr verheimlicht hatte, furchtbar erregt hatte. Und wenn die Geheimnisse und der Verrat nun ein anderes Kaliber hatten, was dann? Wie viel brauchte es, um zu einer mordenden Linda zu werden?

»Es fällt mir einfach schwer«, sagte sie schließlich, »zu glauben, dass Sie einen Menschen umbringen können.«

»Wieso denn? Bloß weil ich eine Frau bin? Dennis trauen Sie das locker zu oder Junior. Müssen Frauen immer nur Depressionen kriegen oder Selbstmord begehen?«

Da hat sie gar nicht so Unrecht, dachte Vicky. »Schon bei Vance konnte ich es mir nicht vorstellen«, sagte sie, aber das stimmte nicht. »Ich habe Sie beide für Menschen gehalten, die ... andere Antworten kennen.«

»Tja, da haben Sie sich geirrt.«

»Und was werden Sie jetzt tun?«

Linda erhob sich rasch und geschmeidig, da sie nur auf der Sesselkante gesessen hatte. Vicky erstarrte. Bis jetzt hatte sie keine Angst gehabt. Es war ihr überhaupt nicht in den Sinn gekommen, dass Linda vielleicht nicht nur zum Beichten erschienen war. Sie warf einen verstohlenen Blick auf Lindas Handtasche. Passte da eine Pistole rein oder ein Messer ...? Wenn sie jetzt sofort aufsprang, in ihr Arbeitszimmer flüchtete, den Stuhl dort unter die Türklinke schob, den Telefonhörer hochnahm –

Aber Linda hatte sich schon umgedreht, strich ihr Kleid hinten am rechten Schenkel glatt und runzelte dabei leicht die Stirn, als wollte sie dem Stoff vorwerfen, dass er knautschte. Dann wandte sie sich zur Haustür.

»Ich bin auf dem Weg zum Polizeirevier. Ich wäre schon gestern hingegangen, aber ich musste noch ein paar Dinge regeln, einiges in Ordnung bringen. Und Sie sind die Letzte auf meiner Liste. Ich wollte Ihnen sagen, dass es mir Leid tut. Das mit dem Gefrierschrank. Dass Sie so lange da drin bleiben mussten.«

Aber dass du mich überhaupt da reingestoßen hast, das tut dir wohl nicht Leid, dachte Vicky. Sie stand auf, und sofort begann ihre Schläfe wieder zu pochen. Sie fasste sich ans Pflaster, ließ die Hand aber gleich wieder sinken, als wollte sie Linda nicht darauf aufmerksam machen. Wieso nicht, war ihr allerdings unklar.

»Es ist wichtig ...«, sagte Vicky und zögerte, weil sie nicht wusste, was sie eigentlich sagen wollte, was denn am Ende so wichtig war. »Es ist wichtig, dass Sie Reue zeigen. Sie müssen bereuen, dass Sie Rachel getötet haben. Das erwarten die. Fühlen Sie denn so etwas wie Reue?«

Linda wollte gerade zum Türknauf greifen. Sie zog ihre Hand zurück, blieb einige Sekunden stehen und starrte auf den Knauf. »Nein«, sagte sie.

Sie öffnete die Tür. »Ihr Kater ist hereingeschlüpft«, sagte sie. »Hoffentlich macht das nichts.«

Ihr Kater ist hereingeschlüpft. Hoffentlich macht das nichts.

Das war die absurdeste Bemerkung, die Vicky jemals im Leben gehört hatte, und dennoch wusste sie, dass irgendwann der Tag kam, wo sie jemandem von diesem Gespräch erzählen würde, und sie würde sagen: »Und als sie ging, sagte sie: ›Ihr Kater ist hereingeschlüpft. Hoffentlich macht das nichts‹«, und die betreffende Person würde dann »Nein!« oder »Du spinnst ja!« rufen, und es würde gelacht werden, und es würde ein billiges, höfliches Lachen sein, und bei diesem Gedanken stiegen ihr die Tränen in die Augen. Doch um wen sie weinte, hätte sie nicht zu sagen gewusst.

Danksagung

Wie stets gilt mein Dank Dale Evoy für Rat und Beistand. Für ihre unermüdliche Unterstützung und die aufmunternden E-Mails danke ich Maureen Shaw, Ranjini Mendis, Rita Patel, Emma Patel, Herman Gom, Chris Olson, Aritha van Herk, Maureen Moore, Florence McNeil, Heidi Greco, Murray Speer und Ken Long. Und Charis Wahl und Rhea Tregebov danke ich für ihre unschätzbare Hilfe bei der Lektorierung des Buches.

Ich danke außerdem Sharon Velisek für ihre Veröffentlichungen über sexuelle Belästigung, Allen Elliott für seine rettungsmedizinischen Kenntnisse und Sgt. Ron Paysen und Judge Elaine Ferby für ihre Auskünfte über die Berittene Königlich-Kanadische Polizei. Alle Irrtümer habe allein ich zu verantworten, und alle Personen und Vorkommnisse in diesem Roman sind rein fiktiv.